MIGNON G. EBERHART

Der Wolf im Schafspelz

Buch

Krankenschwester Sarah Keate wird beauftragt, gemeinsam mit ihrer Kollegin Drue Cable die Pflege eines jungen Mannes zu übernehmen. Im Hause des Patienten macht Sarah Keate gleich zwei Entdeckungen: Craig Brent, der Patient, war bis vor kurzem noch mit Drue Cable verheiratet. Und er hatte keinesfalls einen Unfall, sondern wurde angeschossen, ein Vorfall, für den die Familie des Patienten eine äußerst fadenscheinige Erklärung präsentiert. Überhaupt scheinen die meisten Familienmitglieder etwas gegen Drue zu haben. Vor allem Alexia Brent, die undurchschaubare Stiefmutter des Verletzten, besteht darauf, dass sie sofort wieder abreist. Doch Drue ist wild entschlossen herauszufinden, welche Machenschaften seinerzeit ihre Ehe mit Craig zerstört haben. Als die treibende Kraft hinter den Intrigen vermutet sie Alexia, die selbst in Craig verliebt ist, sowie Craigs Vater Conrad Brent, dem eine Krankenschwester als Schwiegertochter ein Dorn im Auge war. Bereits während der ersten Nacht kommt es zu einem Streit zwischen Drue und Conrad Brent, während dessen der alte Mann einen Herzanfall erleidet. Drue handelt richtig, als sie ihm eine Digitalis-Injektion verabreicht, doch ihr Patient stirbt ihr unter den Händen. Die Obduktion bringt Drue in größte Schwierigkeiten, denn wie sich herausstellt, starb Conrad Brent an einer Digitalis-Vergiftung …

Autorin

Mignon G. (Good) Eberhart, geboren am 6. Juli 1899 in Lincoln/Nebraska, wuchs im Mittleren Westen Amerikas auf. Ihre Krimis um die resolute Krankenschwester Sarah Keate gehören zu ihren größten Erfolgen. Sie wurden in über zwanzig Sprachen übersetzt, immer wieder verfilmt und mit den höchs-ten Preisen ausgezeichnet. Mignon Eberhart hat insgesamt 75 Romane verfasst und gilt in Amerika als die *Grand Old Lady of Crime*.

Von Mignon G. Eberhart außerdem im
Goldmann Taschenbuch lieferbar:

Während der Kranke schlief. Ein Sarah-Keate-Roman (120)
Die Treppe im Dunkeln. Ein Sarah-Keate-Roman (5263)
Mord im Jagdhaus. Ein Sarah-Keate-Roman (5379)
In einer kühlen Sommernacht. Ein Sarah-Keate-Roman (5380)

Mignon G. Eberhart

Der Wolf im Schafspelz

Ein Sarah-Keate-Roman

Aus dem Amerikanischen von
Barbara Först

GOLDMANN

Die amerikanische Originalausgabe erschien 1942
unter dem Titel
»Wolf in Man's Clothing«

Umwelthinweis:
Alle bedruckten Materialien dieses Taschenbuches
sind chlorfrei und umweltschonend.
Das Papier enthält Recycling-Anteile.

Deutsche Erstveröffentlichung Juli 2001

Umschlaggestaltung: Design Team München
Umschlagfoto: Wolf Huber
Satz: DTP-Verlag-Service Apel, Hannover
Druck: Elsnerdruck, Berlin
Krimi: 5389
Lektorat: Julia Eisele
Redaktion: Marie-Luise Bezzenberger
Herstellung: Max Widmaier
Made in Germany
ISBN 3-442-05389-7
www.goldmann-verlag.de

1 3 5 7 9 10 8 6 4 2

I

Anna Haub öffnete mir die Tür und damit die Pforte zu einem neuen Mordfall. Natürlich ahnte ich das damals noch nicht, sonst hätte ich mich schleunigst aus dem Staube gemacht.

Ihre gedrungene Gestalt hob sich in scharfem schwarzweißem Kontrast vor der barocken, prächtig ausgestatteten Eingangshalle ab. Sie trug ein weißes Häubchen, ebenso steif gestärkt wie ihre Schürze. Ihr Gesicht war rund und wirkte wie poliert, das helle glatte Haar war straff zurückgebunden. Doch was mir wirklich auffiel, war der erschrockene Ausdruck des Wiedererkennens in ihren porzellanblauen Augen. Und sie blickte nicht mich an, hatte mich kaum angesehen; sie starrte auf Drue, die mich begleitete.

»Wir werden erwartet«, sagte ich und wollte eben erklären, dass Drue Cable und ich die Krankenschwestern seien, die Dr. Chivey angefordert hatte, doch ich hielt unwillkürlich inne und folgte dem Blick des Hausmädchens. Als ich Drue anschaute, nahm sie die Hand vom Mund und sagte mit seltsam zitternder Stimme: »Anna! O Anna, wie geht es ihm?«

Das – und Annas erschrockener Blick – war für mich der erste Hinweis darauf, dass Drue Cable schon einmal von der Familie Brent gehört hatte. Sie hatte fest darauf bestanden, dass ich die zweite Pflegerin (denn man hatte zwei angefordert) sein sollte, Sarah Keate; im Zug jedoch war sie an diesem trüben Februarmorgen sehr schweigsam gewesen und hatte ein wenig bleich ausgesehen. Auch hatte sie nie, weder heute noch früher, den Namen der Brents oder das Städtchen Balifold in den Berkshire-Hügeln erwähnt – und dabei standen wir uns sehr nahe.

Weder Drue noch das Dienstmädchen gönnten mir einen Blick. Drues Worte schienen Anna eine Art Bestätigung zu geben, die sie gebraucht hatte. Sie machte einen altmodischen Knicks, wobei ihr weiter schwarzer Rock sich um ihre stämmigen Knöchel bauschte. Ihre Augen indes blickten noch ängstlicher drein. Sie schaute über die Schulter ins Innere des Herrenhauses und sagte leise und bekümmert: »O Miss! O Madam, Sie hätten nicht herkommen sollen.«

»Ich weiß. Anna ...« Drue streckte ihre kräftigen, kleinen Hände in den Schweinsleder-Handschuhen aus und ergriff die Hände des Mädchens. »Anna, sagen Sie's mir: Wird er überleben?«

»Er – er – ich weiß es nicht, Madam. Es ist ja erst gestern Nacht geschehen. Miss – Sie sollten wirklich lieber gehen. Bevor die's erfahren!«

Drue holte tief Luft und antwortete: »Ich hatte gehofft, dass Sie an die Tür kommen würden, Anna, Sie oder Beevens. Ich komme jetzt ins Haus. In welchem Zimmer liegt er?«

»In seinem eigenen. Er, oh, aber Madam –«, Anna brach ab, den Tränen nahe. Drue betrat die Halle. Ich folgte ihr und machte die Tür zu, denn Anna war zu verstört, um sich zu rühren. Mein erster flüchtiger Eindruck war der einer riesigen Halle und einer Treppe mit dunkler Holztäfelung, dazu ein Boden aus schwarzem und weißem Marmor, hochlehnige Stühle und lange italienische Tische, Teppiche und Wandbehänge in vielen gedämpften Farben. Anna rang verzweifelt ihre sauberen, rosigen Hände, aber Drue beruhigte sie: »Ist schon gut, Anna. Ich bin Krankenschwester, das wissen Sie doch – sie haben mich hergeschickt, damit ich ihn pflege.«

Auch sie ließ nun ihren Blick durch die Halle schweifen; es gab zwar eine Menge schwerer, geschnitzter Türen aus dunklem Holz, doch die Atmosphäre im Haus kam mir so gedämpft und eingekapselt vor, dass es kaum möglich schien, dass man uns gehört haben konnte. Drue ging eilig auf die Treppe zu und blieb kurz stehen, den Kopf nach oben gewandt. Sie schien zu horchen. Das weiche grüne Tweedkostüm umhüllte eng ihre schlanke, aufrechte Gestalt. Ihr Profil vor der dunklen Holztäfelung leuchtete klar und hell, und der rote Mund war fest geschlossen – jedoch offenbar nur unter größter Anstrengung.

In diesem Augenblick geschah etwas, das diese Anstrengung zunichte machte: Von irgendwo aus der Nähe vernahmen wir leises Trappeln. Dann verstummte es, und diese Stille gab uns das Gefühl, als würden wir äußerst aufmerksam beobachtet. Wir schauten zum anderen Ende der Halle, und dort stand vor einem schmalen Durchlass ein kleines Geschöpf, dessen ganzes Wesen geradezu schmerzhafte Erwartung ausdrückte. Es dauerte nur eine oder zwei Sekunden, dann sagte Drue mit belegter Stimme: »Sir Francis«, und das kleine Ding schoss auf behänden Pfoten und mit einem schluchzenden Winseln in der Kehle durch die große Halle auf uns zu.

Auf uns? Auf Drue. Es sprang in ihre Arme und versuchte laut jaulend wie verrückt ihre Hände und ihr Gesicht zu lecken. Es war ein winziger Yorkshire-Terrier, dessen lange Stirnlocke tief über die glänzenden Augen hing.

»Er hat Sie nie vergessen, Miss«, sagte Anna.

Drue hielt den kleinen Terrier fest im Arm und schmiegte ihre Wange an den bebenden Körper. Dann blickte sie zur Treppe und legte wieder die Hand vor den Mund, der nun nicht mehr eisern geschlossen war. Sie holte tief Luft und nahm mit dem kleinen Hund im Arm die ersten Stufen. Das Dienstmädchen streckte halbherzig den Arm aus, wie um sie davon abzuhalten, zog jedoch die Hand wieder zurück. Drue achtete gar nicht darauf. Mir blieb nichts anderes übrig, als ihr zu folgen.

Und endlich setzte sich auch Anna in Bewegung. Als ich kurz auf dem breiten Treppenabsatz verharrte und mich umschaute, war sie hinter mir. Der dicke Teppich dämpfte ihre Schritte. Ihr rundes, ängstlich emporgerecktes Gesicht war leicht purpurfarben getönt, als sie unter dem rötlichen Lichtschein hindurchging, der durch das Buntglasfenster über dem Treppenabsatz fiel.

Als ich das Ende der Treppe erreichte, hatte Drue einen breiten Korridor schon zur Hälfte durchschritten. Dieser Flur zog sich anscheinend über die gesamte Länge des Hauses und wurde nur an einer Stelle von einem schmaleren Korridor unterbrochen, der wohl zu den Zimmern der Dienstboten führte. Am nördlichen Ende des Hauptkorridors stand ein Mann – ein Hausdiener, der uns vom Zug abgeholt hatte – und versuchte augenscheinlich, anhand der Initialen und Anhänger Drues und meine Koffer zu sortieren. Unsere Zimmer mussten demnach diejenigen sein, vor die er das Gepäck gestellt hatte. Ich merkte mir die Tür, die er öffnete, und folgte Drue auf dem Korridor in die andere Richtung. Anna lief hintendrein.

Auf halbem Weg blieb Drue plötzlich stehen. Der Korridor war düster, denn es war ein trüber Vorfrühlingstag, an dem kalter Nieselregen fiel. Dennoch konnte ich sehen, dass sie einen Augenblick lang innehielt, die Hand schon auf dem Türknauf; dann öffnete sie die Tür und verschwand im Zimmer. Anna, die direkt hinter mir stand, stammelte: »Heilige Mutter Gottes! Aber was hätte ich denn tun sollen ...« Und wieder rang sie die Hände.

Vermutlich wollte ich gleichzeitig die Situation und meine eigene Verwirrung klären, denn ich begann mit lauter, klarer Stimme: »Sie verstehen nicht – ich bin Krankenschwester. Mein Name ist Sarah Keate. Miss Cable ist ebenfalls Krankenschwester. Ihr Hausarzt, Dr. Chivery, hat gestern Abend nach uns geschickt. Ich bin hierher gekommen, um Mr. Craig Brent zu pflegen ...« Hier brach ich abrupt ab, weil Anna kein Wort meines Vortrags gehört hatte. Auch sie öffnete jetzt die Zimmertür und ging hinein, und wieder blieb mir nichts anderes übrig, als den beiden zu folgen.

Es war so dämmerig in dem großen Schlafzimmer, dass das wuchtige Himmelbett in dem grauen Licht, das durch die Fenster gegenüber hereinsickerte, wie ein sperriger Klotz erschien. Es gab auch einen Kamin mit einer Couch davor, und ich sah Umrisse von zu vielen und zu schweren Möbelstücken. Dann erblickte ich Drue; sie kniete mit gesenktem Kopf neben dem Bett.

Anna gab ein leises Geräusch von sich, das wie ein ärgerlicher Seufzer klang. Sie ging zu einem Tischchen und knipste die Lampe darauf an. Jetzt konnte ich alles besser erkennen. Im Bett lag ein Mann, der unter der weißen Decke sehr groß wirkte, und Drue hatte ihr Gesicht auf seine Hand gelegt, die unter der Decke hervorschaute.

Anna tat einen Schritt auf die schlanke Gestalt zu und flüsterte: »Oh, das dürfen Sie nicht! Wenn sein Vater Sie hier findet …«

Drue hob den Kopf. Sie hatte den Hut abgelegt, sodass ihr hellbraunes Haar, das von den Schläfen zurückgebürstet war und vom Oberkopf in einer Menge kleiner Löckchen herabfiel, im Lampenschein wie Gold glänzte. Überdies war es zerzaust wie das Haar eines Kindes. Sie war sehr blass, blickte Anna flehend an und flüsterte: »Wird er sterben?«

»Nein, nein!«, rief Anna aus. »Um Gottes willen, nein.«

Einen Augenblick lang herrschte vollkommene Stille, nur unterbrochen vom Nieselregen, der auf das Fensterbrett fiel. Dann sagte Drue: »Nein, er wird nicht sterben. Ich werde es nicht zulassen. Ich bin Krankenschwester. Ich weiß, was ich zu tun habe …« Sie fühlte seinen Puls. »Wo ist das Krankenblatt. Der Arzt muss doch Anweisungen hinterlassen haben. Geben Sie es mir …«

Anna ging auf einen Tisch zu, und Drue erhob sich blitzschnell und folgte ihr. Ich trat näher ans Bett heran und betrachtete meinen Patienten – Craig Brent. Er schlief.

Offenbar hatte man ihm ein Schlafmittel gegeben. Ich wusste damals noch nicht, was geschehen war, doch mir missfiel der angespannte Ausdruck auf seinem Gesicht. Ein junges, mageres, stark knochiges Gesicht, fast streng, mit gebräunter Haut und Augen, die tief in ihren Höhlen lagen. Auch sein Puls wollte mir, als ich die Finger prüfend an sein Handgelenk legte, gar nicht gefallen.

Was immer dieser Mann, dieses Haus und seine Bewohner für Drue bedeuten mochten, für mich war damals das Wichtigste mein Patient. Drue und Anna hatten sich mit dem Krankenblatt zu einer mit einem Vorhang bedeckten Tür zurückgezogen, die offenbar zu einem Ankleidezimmer führte. Ich ging ihnen nach. Es war ein kleiner Raum mit Fenstern auf der einen und Schränken auf der anderen Seite; geradeaus führte eine weitere Tür ins Bad. Drue studierte die Anweisungen des Arztes, während Anna neben ihr stand, die Finger nervös in ihre Schürze gekrallt. Drue war ganz weiß, und der nach oben gerichtete Schein einer Lampe zeichnete die klare Linie von Kinn und Wangenknochen nach und warf einen leichten Schatten um ihre Augen. Sie blickte zu mir auf; in ihren Augen stand schmerzliches Flehen. Dann drückte sie mir das Krankenblatt in die Hand und fragte Anna in einem Flüsterton, der so eisig war wie der Regen draußen: »Anna, wer hat auf ihn geschossen?«

Nun, das versetzte mir doch einen echten, höchst unwillkommenen Schrecken, denn davon hörte ich jetzt zum ersten Mal. In der Krankenschwestern-Vermittlung hatten sie nur gesagt, es handele sich um einen Unfall (oder vielmehr, jetzt fiel es mir wieder ein: Drue hatte es gesagt, als sie mich überredete, sie zu begleiten). Kein Wort von einer Schussverletzung. Ich mag Schussverletzungen nicht. Die Hand, in der ich das Krankenblatt hielt, wurde plötzlich starr.

Anna schüttelte nur den Kopf. »Sie haben gesagt, es sei ein Unfall gewesen«, flüsterte sie. Unser gedämpftes Flüstern und der trübe Tag, die Stille in diesem großen Haus mit den dicken Mauern und das leise Prasseln des Regens verliehen der ganzen Szenerie etwas Unheimliches. Drues kleine Hände fassten Anna bei den Schultern. »Anna, Sie müssen es mir sagen. Was ist passiert?«

»Ich weiß es nicht, Miss Drue, ich schwöre, ich weiß es nicht. Sie haben ihn im Garten gefunden. Bei der Hecke …«

»Im Garten? Wann?«

»Gestern Abend. Gegen elf. Sie haben ihn ins Haus gebracht und nach dem Arzt geschickt.«

»Aber was haben sie gesagt? Wie konnte dieser Unfall geschehen?«

»Sie haben gesagt, er habe ein Gewehr gereinigt.« Annas Blick flackerte, dann schaute sie Drue wieder in die Augen.

»Um elf Uhr nachts?«, fragte Drue ungläubig. »Im Garten? *Craig*?«

Anna sagte nichts dazu. Sanft rauschte der Regen am Fenster hinter ihr. Es mochte vielleicht drei Uhr nachmittags sein, doch uns erschien es später, weil es so düster war. Endlich brach Drue das Schweigen: »Wer hat ihn hereingetragen? Wer hat ihn gefunden?«

Das Mädchen schluckte. »Beevens – Sie erinnern sich doch an ihn? Der Butler ...«

»Beevens! Ja, ich entsinne mich gut. Wer sonst noch?«

»Mr. Nicky und Mr. Peter Huber. Sie kennen ihn wohl nicht. Er ist ein alter Schulfreund von Mr. Craig.«

»Ich kann mich nicht an ihn erinnern.« Drue runzelte nachdenklich die Stirn. »Er ist also hier, meinen Sie? Er ist Gast in diesem Haus?«

»Ja, Miss Drue. Er und Mr. Nicky und Beevens haben den Schuss gehört – sie waren gerade im Damenzimmer, und Beevens war dabei, alle Türen abzuschließen. Mr. Craig hat um Hilfe gerufen – aber als sie ihn fanden, war er schon ohnmächtig. Da haben sie sofort den Arzt gerufen. Mr. Brent – ach, Sie müssen jetzt gehen! Sie dürfen nicht bleiben.«

Drue schenkte der flehentlichen Bitte keine Beachtung. »Wer hat sich um ihn gekümmert? Sie?«

»Ja, Miss Drue. Und Mrs. Chivery. Sie ist sofort gekommen – wie immer, wenn wir ihre Hilfe brauchen. Ist die ganze Nacht geblieben. Sie hat dem Arzt geholfen, die Kugel herauszuholen.«

»Die Kugel ...«, flüsterte Drue nach einem Augenblick des Schweigens und schien ein wenig zu frösteln. Ich schaute auf das Krankenblatt.

Drue wartete, bis ich es gelesen hatte. Ich wusste, dass sie mich beobachtete, um zu ergründen, was ich davon hielt, und ich wusste auch, dass sie sich auf meine Erfahrung verließ. Deshalb hatte sie mich ja gebeten mitzukommen.

Nun, die Verwundung war ernst, aber nicht unbedingt tödlich. Die Kugel war ihm in die Schulter gedrungen. Sie hatten sie herausgeholt, ohne den Patienten vorher geröntgt zu haben und ohne dass ihnen ein Operationssaal zur Verfügung gestanden hatte. Das musste eine ziemlich knifflige Aufgabe für den hiesigen Arzt gewesen sein. Mit gerunzelter Stirn fuhr ich fort zu lesen und wog die Chancen meines Patienten ab. »Wird er's überstehen?«, flüsterte Drue.

»Ich hoffe es. Ich übernehme die Nachtwache.«

»Das ist das Schwerste«, sagte sie. Sie legte mir die Hand auf den Arm und bat flehentlich: »Lass mich die Nachtwache übernehmen. Ich rufe dich, wenn irgendetwas nicht in Ordnung ist.«

»Na schön. Ich werde ein Auge offen halten. Wir können im Augenblick auch gar nichts weiter tun, als seinen Puls und seine Atmung zu überwachen. Falls sich sein Zustand verschlechtert …« Hier brach sie ab. In diesem Falle würde es viel zu tun geben, und zwar rasch. Ich wandte mich an Anna. »Bleiben Sie bitte bei ihm, während ich meine Schwesterntracht anziehe.«

Anna nickte und ich kehrte ins Schlafzimmer zurück. Dort stand eine Frau, die leise ins Zimmer gekommen war, neben dem Bett und beugte sich über den Bewusstlosen. Sie hatte ihre weiße Hand auf seine Stirn gelegt.

Nun, diese Geste hat natürlich auf mich dieselbe Wirkung wie das sprichwörtliche rote Tuch auf einen Stier: Die fieberheiße Stirn zu kühlen ist eine äußerst unpassende Vorstellung von Krankenpflege. Mit leiser, aber deutlicher Stimme sagte ich: »Ich muss Sie bitten, meinen Patienten nicht zu stören.« Die Frau warf mir einen kühlen Blick zu. »Ach – Sie müssen die Schwester sein.«

Sie war jung, ungefähr mittelgroß und sehr schön: ein zartes Gesicht, eine schmale Nase und ein kleiner, schön geschwungener Mund, dessen volle Unterlippe auf sonderbare Weise zugleich sensibel und grausam wirkte. Ihr Haar war wie eine dunkle Nebelwolke so kurz geschnitten, dass es den kleinen Kopf in einer Weise umschmiegte, die mich an griechische Jünglingsstatuen denken ließ. Die Augen wurden von langen Wimpern beschattet, sodass man nur ihr Glitzern sah, keinen klaren, freien Blick. Mein erster und bleibender Eindruck von ihr war der eines griechischen Standbildes und eines mittelalterlichen Porträts gleichermaßen; das mag verwirrend klingen, könnte jedoch als leise Andeutung auf Alexias bemerkenswerte Vielseitigkeit verstanden werden. In ihren Zügen fanden sich dieselbe Zartheit und zerbrechliche Schönheit und die gleiche versteckte Grausamkeit, die man leise schaudernd auf alten Porträts ahnt, unter Samt und Perlen verborgen. Italienische Porträts, meine ich – an dieser Frau war nichts Derbes wie bei den hübschen Mädchen alter holländischer oder deutscher Meister. Schönheit jedoch war unbestreitbar vorhanden – nur war es eine Schönheit, die stets auf der Lauer lag. Sie trug ein purpurrotes Kostüm, eine weiße Bluse und eine echte Perlenkette. Und ich konnte sie vom ersten Augenblick an nicht leiden.

Nachdem sie mich von Kopf bis Fuß gemustert hatte, wandte sie sich ostentativ wieder dem Bett zu, strich die Laken glatt und legte ihre Hand für einen Augenblick an Craig Brents braune Wange. Eine Besitz ergreifende Geste, die mich auf meinen Platz verweisen sollte. Ehe ich reagieren konnte (denn wenn ich jemanden pflegen soll, dann kümmere ich mich auch um ihn), kam Drue aus dem Ankleidezimmer, dicht gefolgt von dem kleinen Terrier und Anna. Ich sah, wie der Terrier blitzschnell in das Nebenzimmer zurückschoss. Anna wollte das Gleiche tun, passte jedoch nicht auf und stieß unsanft gegen die Wand.

Die Frau im roten Kostüm starrte Drue an. Drue blieb stehen. Es war eigenartig, wie die beiden sich über Craigs Bett hinweg anstarrten. Langsam hob sich die weiße Hand der Frau an den schlanken weißen Hals, und mit klarer Stimme herrschte sie Drue an: »Drue Cable! Wie kannst du es wagen, mein Haus zu betreten?«

2

»Alexia …«, flüsterte Drue.

Nun, ich wusste damals noch nicht, wer Alexia war (abgesehen davon, dass sie, ihrem Gesichtsausdruck nach zu schließen, ein Abkömmling eines der geschickteren Borgias sein musste), doch es sah so aus, als wollte sie wie eine Tigerin über das Bett springen und Drue an der Kehle packen. Stattdessen hielt sie immer noch ihre eigene Kehle samt Perlenkette fest, als hege eine von uns die Absicht, sie ihr zu rauben.

Ich konnte sie immer weniger leiden. »Seien Sie still!«, befahl ich meinerseits.

Keine der beiden Frauen achtete auf mich; sie standen völlig reglos da. Nur Anna machte sich klein und unternahm einen ebenso ernsthaften wie erfolglosen Versuch, mit der Wand zu verschmelzen. Ich ging quer durchs Zimmer zur Tür, die auf den Korridor führte, öffnete sie und winkte auffordernd. Diese Geste musste ziemlich herrisch gewirkt haben, denn Drue gehorchte unverzüglich, und auch die Frau, Alexia, deren Blick immer noch unverwandt auf Drue geheftet war, folgte ihr. Einen Augenblick lang sah es so aus, als würden sie an der Tür aufeinander treffen wie Benzin und Streichholz, doch es kam nicht dazu, weil Drue schnell auf den Korridor hinaustrat. Ich schloss die Tür (was bislang meine einzige Tätigkeit im Hause Brent zu sein schien) und sagte, wahrscheinlich mit der Absicht, alles aufzuklären, wie schon vorher zu Anna: »Ich bin Schwester Sarah Keate. Miss Cable und ich wurden geschickt, um …«

Die Frau in Rot, die immer noch Drue anstarrte, unterbrach mich. »Ach ja, stimmt« – ihre Stimme hatte einen verächtlichen Klang angenommen – »ich hatte vergessen, dass du Krankenschwester bist. So hast du dir also Zugang zum Haus verschafft.

Ist das deine Taktik? Craig war ja auch krank, als du ihn zum ersten Mal geschnappt hast, stimmt's? Aber diesmal wird es anders laufen. Denn jetzt bin ich hier und das ist *mein* Haus.«

Drue wurde so weiß wie die Wand. »Aber er hat dich nicht geheiratet! Ich habe die Anzeigen in der Zeitung immer genau gelesen. Er hat überhaupt nicht wieder geheiratet.«

Alexias Augen funkelten triumphierend. »Du hast sie eben nicht gründlich genug gelesen. Ich bin Mrs. Brent.« Lächelnd fügte sie hinzu, während sie Drue scharf beobachtete: »Jetzt weißt du, wie ich mich damals an dem Abend gefühlt habe, als du mit Craig zurückkamst.«

»Alexia ...«, begann Drue steif, dann schwieg sie abrupt. Alexia, immer noch lächelnd, fuhr fort: »Aber ich bin nicht Mrs. Craig Brent. Ich habe Conrad geheiratet. Es war eine sehr kleine Hochzeit – Conrad wollte es so. Aber du siehst, jetzt ist es mein Haus, und ich habe das Recht, Craig vor dir zu schützen ...«

»Conrad!«, rief Drue aus. *»Craigs Vater!«* Ihre Lippen bekamen wieder Farbe.

»Natürlich«, gab Alexia beißend zurück. »Und zu deinem eigenen Besten sage ich dir, du solltest lieber das Haus verlassen. Craig braucht dich nicht. Ganz zu schweigen von Conrad.«

Bis dahin war das Gespräch von einer geradezu peinlichen Freimütigkeit gewesen. Doch nun fand eine fast unmerkliche Verschiebung der Gefühle statt, die an meinen schutzlosen (jedoch zugegebenermaßen gebannt lauschenden) Ohren vorbeigerauscht waren. Drue sagte langsam und nachdenklich: »Ich bin hierher gekommen, Alexia, weil es hieß, Craig könnte sterben. Aber da ich nun einmal hier bin, werde ich, wenn ich kann, herausbekommen, was wirklich passiert ist.«

Alexia kniff die Augen zusammen.

»Was meinst du damit?«

»Ich glaube, du weißt, was ich meine«, antwortete Drue gedehnt und ließ Alexia nicht aus den Augen.

»Ich hab nicht die leiseste Ahnung«, sagte diese rasch – zu rasch.

Einen Augenblick herrschte Schweigen. Dann fuhr Drue im gleichen ruhigen Ton fort: »Vielleicht nicht. Aber ich werde mit Craig reden.«

»Er – er ist zu krank«, beeilte sich Alexia zu versichern. »Das geht nicht. Außerdem wird Conrad das nicht zulassen.«

»Conrad kann mich nicht davon abhalten.«

»Ach nein?«, rief Alexia. »Nun – das werden wir ja sehen.«

Wieder schien Drue für einen Moment zu überlegen. Dann begann sie von Neuem und blickte ihre Kontrahentin aufrichtig und flehentlich an. »Alexia, du bist Conrads Frau. Dir bedeutet es doch nichts – was in der Vergangenheit war. Ich nehme nicht an, dass wir Freundinnen sein können …«

»Freundinnen!«, rief Alexia mit einem schrillen Lachen.

»… aber es gibt keinen Grund, dass du etwas dagegen einwenden könntest, dass ich Craig pflege, oder dass ich mir mit ihm einig sein will.«

»Ich habt euch doch geeinigt«, stellte Alexia klar, »durch den Scheidungsrichter.«

»Aber das«, protestierte Drue, die nun ganz blass geworden war, »lag an ihm. Er wollte es und …«

»Natürlich wollte er es so«, schnitt Alexia ihr das Wort ab. »Ist er denn jemals zu dir zurückgekommen? Du brauchst mir nicht zu antworten. Ich weiß, dass er es nicht getan hat. Es führt zu nichts, wenn wir darüber streiten, Drue. Und übrigens, selbst wenn ich meinen Einfluss auf Conrad zu deinen Gunsten geltend mache – und ich habe einigen Einfluss, das kannst du mir glauben –, würde er mir nicht zuhören. Du hast seine Pläne in Bezug auf seinen Sohn zerstört. Er will dich nicht in seinem Haus haben. Und auch Craig will es nicht. Es ist kein Geheimnis an der ganzen Sache; wenn du etwas anderes geglaubt hast, solltest du besser freiwillig wieder abreisen. Du hast Craig verlassen, du bist nach Reno gefahren, du hast die Scheidung eingereicht. Man hat dir einen finanziellen Ausgleich angeboten, den du unklugerweise abgelehnt hast. Die Scheidung ist reibungslos über die Bühne gegangen. Und mehr ist dazu nicht zu sagen.«

Alexia hielt inne, um Luft zu holen, und fuhr hastig fort: »Wenn du deshalb zurückgekommen bist – um des Geldes willen –, hast du von Conrad keines zu erwarten. Zum Zeitpunkt der Scheidung hätte er es dir gegeben. Und er hat dir ein Angebot gemacht, das dir unter den gegebenen Umständen« – sie musterte Drue von Kopf bis Fuß, als trage diese einen fadenscheinigen Rock und durchgelaufene Schuhe (tatsächlich besitzt Drue den hervorragenden Geschmack der Amerikanerin für Kleidung und sieht immer gepflegt und schick aus, auch an jenem Tag) – »das dir unter den gegebenen Umständen wie ein Vermögen vorgekommen sein muss.« Wieder lächelte sie übers ganze Gesicht. Drue war nach dieser Rede bleich und starr geworden. Nur ihre Augen waren lebendig und loderten vor Zorn. Auch ihre Widersacherin lächelte nun nicht mehr, sie wurde ihrerseits still und angespannt. Ich wusste, dass jetzt etwas geschehen musste. Ich habe schon mit zu vielen hysterischen Patientinnen und Schwesternschülerinnen zu tun gehabt, um nicht zu wissen, dass rasches Handeln geboten ist, wenn eine Frau plötzlich verstummt und dasteht wie eine Statue.

Ich hakte Drue unter und sagte ein wenig hastig, jedoch mit fester Stimme: »Ich muss mich umziehen. Komm mit, Drue.«

Ich zog sie den Korridor entlang zu unseren Zimmern am Ende des Flurs. Mit erhobener Stimme rief Alexia uns nach: »Um halb sieben geht ein Zug. Der Wagen wird um sechs vorfahren.« Sie sah uns nach, da bin ich sicher, bis wir im Zimmer verschwunden waren. Der kleine Terrier war leise aus einem angrenzenden Schlafzimmer geschlüpft. Ich sah ihn nicht, bis wir zu meinem Zimmer gelangten und ich darauf achtete, dass Drue zuerst hineinging. Das Hündchen folgte ihr.

Wieder einmal schloss ich eine Tür. »Also …«, sagte ich ein wenig gezwungen, stellte meine Handtasche ab und zog die Handschuhe aus. Dann nahm ich den Hut ab.

Es war ein hübsches Zimmer, einfach eingerichtet, doch die Sessel waren mit Chintz bezogen, und viele Fenster sorgten dafür, dass es hell und gemütlich wirkte. Wahrscheinlich sollte es genau diesem Zweck dienen: um eine Krankenschwester oder einen überzähligen Hausgast zu beherbergen. An einer Wand war die Tür zum Bad, das mein Zimmer mit dem Drues verband. Ich ging durchs Bad hinüber und überzeugte mich, dass ihre Taschen dort standen.

Als ich in mein Zimmer zurückkam, stand Drue am Fenster, hielt den Hund fest im Arm und starrte hinaus in den strömenden Regen. Ich nahm meine Schlüssel aus der Tasche, kniete mich hin, um den Koffer zu öffnen, der einen Vorrat an Schwesternkitteln enthielt, und fragte: »Na schön. Was hat das alles zu bedeuten?«

Drue wandte sich vom Fenster ab. »Ich musste es tun, Sarah. Ich musste einfach herkommen, und du solltest dabei sein. Ich habe mich nicht getraut, dir zu sagen, dass er angeschossen wurde. Ich hatte Angst, du würdest dann nicht mitkommen wollen.«

»Du weißt ganz genau, dass ich nicht mitgekommen wäre.«

»Verstehst du, sie haben mich von der Krankenschwester-Vermittlung angerufen. Als ich hörte, dass es um Craig ging, war es wie – nun ja, wie Schicksal. Als ob ...« Sie brach ab und fuhr einen Moment später mit erstickter Stimme fort: »Als ob ich nur deshalb die Schwesternausbildung gemacht hätte. Um ihn zu pflegen. Sie haben gesagt, er würde es vielleicht nicht überleben und« – die letzten Worte kamen in einem unsicheren Flüstern – »es gibt so vieles, was ich ihm noch zu sagen habe.«

Im Zimmer war es einen Augenblick lang ganz still. Das ist der bohrende Schmerz des nahen Todes; der Gedanke an das, was man nicht gesagt hat und nun nie mehr wird sagen können. Die endgültige Trennung aller Beziehungen.

Es tat nicht gut, daran zu denken. Ich zog einen gestärkten Schwesternkittel aus dem Koffer und sagte forsch: »Na, jetzt bist du jedenfalls hier, und ich auch.« Ich mühte mich von den Knien hoch – schließlich bin ich nicht mehr in dem Alter, wo man wie eine Gazelle leichtfüßig von Klippe zu Klippe springt, oder vielleicht meine ich ja auch eine Bergziege ... Nun, auf jeden Fall stand ich auf und legte den Kittel aufs Bett. »Er sieht recht kräftig aus. Hast du mich deshalb selbst angerufen?«

»Ich habe das Mädchen in der Vermittlung überredet, dass ich dich selbst anrufen und die nötigen Vorbereitungen treffen darf. Ich hatte Angst, dass sie dir die Wahrheit erzählen würde …«

»Ehrliche Geständnisse erleichtern die Seele«, gab ich eine alte Binsenweisheit zum Besten, holte meine Schwesternuhr mit dem Extrazeiger hervor und schnallte sie am Handgelenk fest.

»Oh Sarah, du bist einfach großartig!«

»Unsinn! Du meinst, ich bin eine gute Krankenschwester.« Doch ich gestattete mir wieder, sie anzusehen, und ertappte sie bei einem leisen Lächeln.

»Du solltest lieber die Jacke ausziehen und deine Geschichte zu Ende erzählen«, ermahnte ich sie. Gehorsam legte sie die Kostümjacke ab. In ihrer einfachen weißen Bluse und dem kurzen grünen Rock sah sie sehr jung aus. Zerstreut schob sie mit einer Hand die glänzenden Locken hoch und sagte trostlos: »Du hast Alexia ja gehört. Sie werden versuchen, mich rauszuwerfen. Aber ich bleibe hier.«

Sicher, das Gespräch mit Alexia hatte in dieser Hinsicht nichts an Deutlichkeit zu wünschen übrig gelassen. Doch ich glaubte nicht, dass Drue während ihres wohl eher kurzen Aufenthaltes im Brentschen Hause das Familiensilber gestohlen oder den alten Großpapa ermordet hatte. Denn ich kannte sie aus der Schwesternschule; damals war sie ein schmales, hart arbeitendes Mädchen von ungefähr 18 Jahren gewesen, mit klugen Augen und einem stetigen frohen Lächeln auf den Lippen. Ich war zu der Zeit Tutorin (von den Schülerinnen ›Tut Ohr rin‹ buchstabiert, wie ich zu meinem Leidwesen feststellen musste) einer ganzen Schar von Schülerinnen gewesen, doch Drues Arbeit war mir immer als besonders engagiert aufgefallen, und so hatte ich mich bei einem späteren Wiedersehen an sie erinnert. Wir lernten einander gut kennen, trotz der langen Pausen von Wochen oder Monaten, während derer man einen komplizierten, langwierigen Krankheitsfall hat, denn so ist es im Leben einer Privatpflegerin bestellt. Dennoch hatte Drue niemals erwähnt, dass sie – wenn auch nur für kurze Zeit – verheiratet gewesen war. Falls man das plötzliche Fernbleiben eines völlig entflammten und sehr aufmerksamen jungen Medizinalsassistenten, das genau um diese Zeit herum erfolgte, nicht als Hinweis verstehen wollte.

Ich nahm meine Kittelknöpfe aus der Schachtel. »Ich muss mich sputen. Du und dein Craig Brent, ihr habt euch also kennen gelernt und geheiratet. Das muss ja eine sehr unauffällige Hochzeit gewesen sein – normalerweise bekomme ich solche Dinge doch mit. Und dann seid ihr geschieden worden. Conrad muss also Craigs Vater sein und sehr viel Geld haben. Alexia, die mir nicht gerade deine Freundin zu sein scheint ...«

»Sie hatte, ähm, eigentlich damit gerechnet, Craigs Frau zu werden, als er mich kennen lernte«, sagte Drue trocken und verstummte.

»Na, das muss ja reizend für sie gewesen sein!«, bemerkte ich.

»Sarah!« Sie fuhr zu mir herum. »Es war gar nicht so – ich wollte doch nicht – ach ...« Sie biss sich auf die Lippen und sah mich mit tränenfeuchten Augen an.

»Reizend für euch alle«, nahm ich den Faden wieder auf. »Auf jeden Fall wurde Craig letzte Nacht angeschossen, und du hast mich unter Verschweigung des wahren Sachverhaltes hierher gelockt, damit ich dir bei der Pflege helfe. Mehr weiß ich nicht.«

»Mehr gibt es auch nicht zu wissen«, stimmte sie traurig zu. »Es war ein Fehler, weißt du, von Anfang an. Ich sollte dir lieber gleich die ganze Geschichte erzählen. Wir hätten nicht heiraten sollen. Er – wir waren so jung. Es ist jetzt über ein Jahr her.«

Mehr als ein Jahr! Demnach kam sie sich jetzt reif und erwachsen vor und betrachtete ihr Ich von vor einem Jahr als überaus jung und unerfahren. Damals konnte sie, auch ungeachtet der Zeit, die sie an der Schwesternschule verbracht hatte, kaum mehr als 24 gewesen sein.

Hastig fuhr Drue fort: »Craig war krank, verstehst du. Er war beurlaubt und hatte einen Autounfall, bei dem er sich den Arm gebrochen hat. Es war ein komplizierter Bruch, und er musste fünf Wochen im Krankenhaus liegen. Fünf Wochen«, betonte sie, »und drei Tage. Ich war eine der Schwestern, die ihn gepflegt haben. Und am Tag seiner Entlassung haben wir geheiratet.«

»Während er Urlaub hatte?«

»Ja. Das – das hat dann auch später zu Problemen geführt. Denn sein Vater wollte, dass er in den diplomatischen Dienst ging. Sein ganzes Leben lang war er darauf vorbereitet worden, und ungefähr ein Jahr zuvor hatte er seine erste Stellung angetreten. Es war ein Posten in einer Botschaft, nicht besonders gut, aber immerhin ein Anfang. In Südamerika. Und als er zum ersten Mal Urlaub hatte und nach Hause kam, haben wir uns kennen gelernt. So ist das alles gekommen.«

Ich schob einen der Doppelknöpfe ins Knopfloch. »Und dann habt ihr geheiratet.«

»Ja. Er – ach, das ist eine von diesen Geschichten. So einfach und doch so falsch. Wir hätten damals nicht so überstürzt heiraten sollen. Wir haben einander doch gar nicht richtig gekannt. Wir hatten keine Zeit, uns kennen zu lernen. Wir haben versucht, uns etwas aus unserem Leben zu erzählen, Dinge, die wir vorher erlebt hatten, aber nichts davon schien irgendeine Bedeutung zu haben. Wir …« Sie neigte das Gesicht über den kleinen Hund, streichelte seinen Kopf. »Wir hatten ein paar Tage für uns allein. Es war nicht viel, weil sein Urlaub zwar verlängert worden war, aber allmählich zu Ende ging. Also mussten wir nach Hause kommen, das heißt, hierher. Um mit seinem Vater zu sprechen.« Wieder hielt sie inne. Ich befestigte den letzten Knopf und folgerte: »Papa war wohl ziemlich überrascht.«

»Er hatte ja auch noch nichts davon gehört.« Immer noch hielt sie den Kopf über den Hund gebeugt, ihr Gesicht war ganz blass geworden. »Siehst du, auch das war unrecht. Er hatte andere Pläne für Craig.« Stumm streichelte sie den Kopf des Hundes.

»Alexia«, riet ich.

Sie warf mir einen raschen Blick zu. »Stimmt. Sie und Craig waren aber nicht offiziell verlobt. Sonst hätte Craig es ihr gesagt, *vor* unserer Hochzeit. Aber es war so eine Art Vereinbarung, und zwar schon seit längerer Zeit. Ich wusste nichts davon. Bis wir hierher kamen und ich Alexia kennen lernte. Es war ein klarer, kalter Januartag vor mehr als einem Jahr, und wir kamen in die große Halle unten. Das Dinner war vorüber und die anderen haben in der Bibliothek Kaffee getrunken. Craigs Vater kam mit einer Tasse in der Hand aus der Bibliothek – und dann erschien Alexia. Sie war wunderschön – sie trug ein purpurrotes Abendkleid mit Schleppe –, und sie ging sofort auf Craig zu und hielt ihm ihr Gesicht zum Kuss entgegen. Und er sagte: ›Alexia, das ist meine Frau‹.«

»Ach du meine Güte«, seufzte ich und enthielt mich der Bemerkung, dass der junge Craig es meines Erachtens sehr wohl verdient hatte, angeschossen zu werden. Selbstverständlich konnte man von Alexia kaum erwarten, dass sie Drue jetzt oder jemals mit besonderer Freude begrüßen würde.

»Ja. Ach, ich habe dir ja gesagt, es war alles so falsch. Aber irgendwie war es seltsam, Sarah – wir konnten nicht anders. Es war, als wären wir in etwas hineingeraten, das wir nicht aufhalten konnten. Und nichts davon war Craigs Schuld, und meine auch nicht.« Ich vermeinte wieder Tränen in ihren Augen zu sehen, doch sie beugte den Kopf noch tiefer über den Hund, sodass ich es nicht genau erkennen konnte. Mit zitternden Fingern begann sie die lange Stirnlocke des Tierchens glatt zu streichen.

»Also sind die Funken geflogen«, vermutete ich.

»Im Grunde ging es um Craigs Karriere. Das hatte ich, als wir heirateten, noch gar nicht gewusst. Vielleicht hat Craig seinem Vater deshalb erst nach unserer Heirat von mir erzählt. Sein Vater sagte mir, die Ehe zwischen Craig und mir sei unmöglich, ein furchtbarer Fehler. Er hat gesagt, Craig brauche Geld für seine Laufbahn, und irgendwo müsse er es ja herbekommen. Und ich hatte natürlich nichts. Aber das war nicht einmal die Hauptsache, Conrad hat klargestellt, dass er Craig ursprünglich selbst unterstützen wollte, was er aber nun, da sein Sohn mich geheiratet hatte, nicht mehr tun werde. Er sagte, Craigs Karriere sei durch unsere Heirat ruiniert, und schon aus diesem Grunde würde er ihm die nötige Unterstützung verweigern, selbst wenn er seine Frau – mich – als Menschen schätzen würde. Er konnte mich nicht leiden, aber das war noch nicht alles. Ich – ich war Krankenschwester, verstehst du?« Sie hob ihren Kopf mit den schimmernden Haaren; ein bisschen Stolz lag in der Bewegung. »Auch ich stamme aus einer guten, alten Familie. Aber ich konnte ihm nicht helfen, gesellschaftlich, meine ich. Ich konnte keine Fäden ziehen. Das hat er mir ausführlich erklärt.«

Ich rümpfte die Nase. Wenn man Drue Cable nur ansah, wusste man, dass sie eine gute Kinderstube gehabt hatte; man sah es in jeder feinen Linie ihres Gesichts und in allen ihren Bewegungen. Ich bin kein Snob; ich arbeite nun schon zu lange als Krankenschwester, um für besondere Charakterzüge wie Mut und Wahrheitsliebe und Sanftheit (die, weiß Gott, überall existieren können) mehr als eine Art Anerkennung zu empfinden. Doch meine Arbeit hat mich auch einiges über Vererbung gelehrt: Die Gesetze der Natur bleiben immer gleich, darum kommt man nun einmal nicht herum.

»Also nahm Papa Brent Zuflucht zu der schönen, altmodischen Drohung der Enterbung. Zumindest ging es in die Richtung. Und was hat Craig dazu gesagt?«

»Craig hat zuerst darüber gelacht. Dann wollte er nicht einmal mehr darüber reden. Er sagte, ich solle es einfach vergessen; es sei nicht wichtig, ich solle nicht auf das Gerede seines Vaters achten. Aber ich konnte nicht umhin, darauf zu achten. Denn Mr. Brent hat zu mir gesagt, das Einzige, was wir tun könnten, sei, diese Ehe zu beenden, so – abrupt, wie sie begonnen hatte.« Offenbar zitierte sie jetzt den Herrn des Hauses; ich konnte es an dem bitteren Unterton hören, der zum ersten Mal in ihrer Stimme war.

Ich zog mein Wollkleid aus und griff nach dem Schwesternkittel. Dann weiß ich noch, dass ich einen Augenblick wie erstarrt innehielt und sie anschaute. Denn ihr Tonfall verriet mir schon, was als Nächstes kommen würde, und ich konnte es einfach nicht glauben. »Du willst mir doch nicht erzählen, dass du diesem Vorschlag zugestimmt hast!«, rief ich entsetzt.

Sie begann mit sanften, immer noch leicht zitternden Fingern, die Stirnlocke des Hundes zu einem Zopf zu flechten. »Nicht sofort. Das hätte ich einfach nicht gekonnt. Wir sind noch eine Weile hier geblieben. Craigs Urlaub war um einen weiteren Monat verlängert worden. Dann kam Alexia zurück, mit – mit Nicky.« Wieder beugte sie sich über den Hund. »Ihrem Zwillingsbruder.«

Wir schwiegen beide eine ganze Weile, während sie immer wieder die Stirnlocke des Hundes zu einem Zopf flocht und auflöste. »Dann«, fuhr sie endlich fort, »musste Craig nach Washington. Sein Vater wollte, dass ich hier blieb. Er hat gesagt, wir müssten uns besser kennen lernen. Craig war sehr froh darüber; er hat gehofft, sein Vater werde doch noch einlenken. Also hat er mich gebeten, hier zu bleiben, und ich blieb. Ich habe ihn zum Zug gebracht, und er hat mich geküsst und gesagt, er wäre in einer Woche zurück. Es war dort, am Bahnhof, als er in den Zug stieg …« Wieder beugte sie sich tief über den kleinen Hund. »Erst heute habe ich ihn wieder gesehen.«

»Nach so langer Zeit – warum?«

»Er musste länger in Washington bleiben, zwei, drei Wochen. Es – es ging gar nicht um …« Sie brach ab und holte Luft. »Sein Vater wollte mich gar nicht besser kennen lernen. Alexia war nämlich auch die ganze Zeit da. Das war nicht gerade angenehm.« Ihre Stimme klang nun ein wenig härter. »Außerdem war da noch Nicky. Craig kam nicht zurück, und ich konnte nicht hier bleiben. Also bin ich abgereist.« Sie schwieg, als sei die Geschichte nun zu Ende.

»Willst du mir etwa erzählen, dass sie dich so sehr beeinflussen konnten? Dass du einfach abgereist und nie zurückgekehrt bist?«

»Das war es nicht nur«, erwiderte sie und schien einen Augenblick nachzudenken, als wolle sie die Tatsachen in eine Reihenfolge bringen, die mir einleuchten würde. Stirnrunzelnd fuhr sie fort: »Sieh mal, Sarah, ich konnte einfach nicht bleiben. Also bin ich abgereist. Aber das war noch nicht alles, denn Craig hat seinen Beruf aufgegeben. Deshalb war er in Washington, er wollte einen Fliegerlehrgang absolvieren. Das war vor dem Krieg. Ich meine natürlich, bevor *wir* in den Krieg eintraten …«

Ich nickte. Natürlich. Das war damals kurz nach der Bombardierung von Pearl Harbor gewesen.

»Er wollte zur Air Force. Er hatte mir vor seiner Abreise nichts davon erzählt, und ich weiß auch, warum. Er wusste, ich würde das Gefühl haben, dass er seine Laufbahn meinetwegen aufgäbe. Und er wusste, dass ich das nicht zulassen und versuchen würde, es ihm auszureden. Aber was er zu dieser Zeit noch nicht wusste, war, dass er für das Pilotentraining unverheiratet sein musste. In diesem besonderen Lehrgang nahmen sie keine verheirateten Männer auf. Und er hat das nicht gewusst, bis er sich beworben hat. *Ich* wusste es nicht, bis Mr. Brent es mir in einem Brief schrieb.«

Ich bin kein profaner Mensch, und in diesem Augenblick war das wirklich ein Jammer, weil ich einfach nichts Angemessenes zu sagen wusste. Drue nickte ganz langsam, wie zur Antwort auf eine Frage. »Ja. Genau das habe ich getan. Ich habe ihm – Mr. Brent – geglaubt. Was hätte ich auch sonst tun können? Er war so offen und ehrlich … Er hat mir einen Brief geschickt, von dem ich wünschte, ich hätte ihn behalten. Habe ich aber nicht. Ich habe ihn verbrannt. In diesem Brief schrieb er, ich hätte Craigs angestrebte Laufbahn zerstört. Er schrieb, Craig wolle nun Pilot werden, und ich sei – wieder einmal – das Hindernis. Er schrieb, er bedauere alles, was er zu mir gesagt hatte, und er sei bereit, unsere Ehe anzuerkennen – das heißt, wenn wir *irgendwann später* einmal heiraten würden.« Sie brach ab und holte tief Luft, und ich sah nun das vollständige Bild vor mir.

Es war einfach unglaublich. Doch Frauen wie Drue können so unglaublich sein.

»Also hast du ihm geglaubt. Du warst einverstanden, Vergangenes sein zu lassen. Und hast vorgesehen, dich von Craig scheiden zu lassen, damit er seinen Lehrgang absolvieren konnte. Danach wolltet ihr erneut heiraten.«

»So«, sagte Drue, »war es geplant, ja.«

»Meine Güte, Drue!«

»Ich weiß. Aber damals schien es das Richtige zu sein. Wir hatten doch so überstürzt geheiratet. Craig war dabei, seine Arbeit aufzugeben, und sein Vater überzeugte mich, dass es Craigs brennendster Wunsch sei, in die Air Force einzutreten. Mr. Brent war so – ich kann dir gar nicht schildern, wie überzeugend er sein konnte. Er hat mich gebeten, ihm alles zu verzeihen, was er im Zorn gesagt hatte. Er sagte, er glaubte nun endlich, dass Craig und ich uns wirklich liebten. Er sagte, Craig habe sein Herz daran gehängt, Pilot zu werden und in die Luftstreitkräfte des Heeres oder der Marine einzutreten, denn Craig sei im Grunde seines Herzens Patriot – und das stimmt, wie ich sehr wohl wusste. Er hat gesagt, dass es – die Scheidung, meinte er – ja nichts weiter sei als eine besonders lange Verlobungszeit. Es hörte sich alles so vernünftig und richtig an. Er sagte, Craig würde mich nie selbst darum bitten, und wenn ich ihn liebte, müsste ich mich um die Scheidung bemühen. Und sobald das Jahr des Pilotentrainings um sei, könnten wir wieder heiraten.«

Das Ganze war sonnenklar, immer noch kaum zu glauben, falls man Drue nicht kannte, doch dies waren die blanken Tatsachen. Allzu klar war jedoch auch, dass da eine ziemlich krumme Geschichte eingefädelt worden war.

»Und du hast die Scheidung eingereicht?«

»Ja. In sechs Wochen war sie durch.«

»Und Craig hat mit dem Pilotenlehrgang angefangen?«

»Ja.«

»Was geschah dann?«

»Ich weiß es nicht.«

»Du weißt es …«

Drue schüttelte den Kopf und wandte den Blick ab. »Er ist nicht wiedergekommen.«

»Aber hat er denn nicht verstanden, warum du es tun musstest? Habt ihr euch nicht einmal gesehen oder euch geschrieben und …«

Wieder schüttelte sie den Kopf. »Nein. Ich meine – ich habe ihm ein paarmal geschrieben. Aber er hat nie geantwortet. Die Scheidung ging ganz ohne Aufsehen und – so schnell über die Bühne. Dann war alles zu Ende.«

Nach einem Augenblick des Schweigens fragte ich: »Und du hast nie versucht, ihn wiederzusehen?«

»Nein.« Ihr Mund verzog sich ironisch. »Siehst du, ich hatte auch meinen Stolz!«

Und der hatte sie einiges gekostet! Nun ja, ich sagte es nicht laut. Ich streifte mir den Kittel über, zog ihn glatt und warf einen Blick auf meine Uhr. Obwohl Drue so viel gesagt hatte, waren doch nur wenige Minuten vergangen.

»Aber jetzt«, begann sie unvermittelt, »ist es etwas anderes. Stolz bedeutet mir nicht mehr so viel. Ich bin älter geworden; ich bin jetzt erwachsen, eine Frau. Ich weiß, was ich will. Damals – war ich noch so ein Kind.«

Sie war immer noch ein Kind. Das sagte ich jedoch nicht, sondern nahm meine Schwesternhaube und ging damit zum Spiegel, um die weiße Haarsträhne in meinem ansonsten dichten kastanienbraunen Haar darunter zu verstecken. »Und jetzt bist du doch zurückgekehrt.«

Sie saß einen Moment still da. Im Spiegel sah ich, wie ihre Miene mehr und mehr Entschlossenheit ausdrückte. »Ja, ich bin zurückgekommen«, sagte sie endlich.»Ich musste zurückkommen.«

Weil ich sie beobachtete, anstatt auf meine Verrichtungen zu achten, stach ich mir mit einer Nadel in den Daumen und knurrte verärgert. Drue hatte sich also entschlossen zu kämpfen. Leider hatte sie ihre stärkste Waffe schon vor langer Zeit aufgegeben.

»Ich kann verstehen, dass du Alexia nicht mehr ertragen konntest«, stimmte ich ihr zu. »Und ich kann verstehen, dass du dieses Haus verlassen musstest. Ich kann sogar verstehen, dass du ihm – Papa Brent – geglaubt hast. Und dass du Craig hast gehen lassen, ohne jeden Versuch, ihn zu halten. Aber wen ich ganz und gar nicht verstehen kann, ist Craig!«

»Ich ja auch nicht. Nicht mehr«, sagte sie auf eine geistesabwesende Art, die gar nicht zu ihr passte. Abgesehen von ihrem trotzigen Aufbegehren gegenüber Alexia wirkte sie seit unserer Abreise nach Balifold ziemlich niedergeschlagen, fiel mir auf. Dies war auf keinen Fall ihre gewöhnliche Haltung angesichts der Widrigkeiten des Lebens. Sie war eine durch und durch vernünftige und rundum reizende junge Frau mit beträchtlichem Rückgrat – das jedoch bis jetzt bemerkenswert wenig in Erscheinung getreten war. Aber Liebe vollbringt ja die merkwürdigsten Dinge – und offenbar war sie immer noch bis über beide Ohren in den Mann verliebt, von dem sie sich damals hatte scheiden lassen.

Drue tätschelte den kleinen Hund. »Sarah, es war alles so klar damals. Erst jetzt, nachdem ich Zeit hatte nachzudenken und meinen übereilten Schritt zu bereuen, erkenne ich, dass es ein Fehler war. Aber ich habe damals geglaubt, dass es richtig war. Und ich habe niemals Verdacht geschöpft.«

»Verdacht weswegen?«, fragte ich mit einem nervösen Blick auf die Uhr. »Verdacht gegen wen?«

»Gegen irgendetwas und jeden«, gab sie zur Antwort.

»Und – hast du jetzt einen Verdacht?«

»Jetzt ja. Jetzt« – Sie flüsterte es auf den Teppich hinab – »muss ich wissen, was geschehen ist.«

Das war endlich ein Schritt in die richtige Richtung, der angesichts der vorausgegangenen Geschichte wahrhaftig angezeigt war. Forsch und, wie ich mich erinnere, fast fröhlich sagte ich: »Das ist gut. Es wurde auch höchste Zeit. Ich bin stolz auf dich!«

»Es wird aber nicht leicht«, wandte sie ein und warf mir einen schnellen, fast zaghaften Blick zu. »Ich meine – nur mal angenommen, Alexia hat Recht. Angenommen, Craig will mich wirklich nicht sehen. Ich meine – ich hab ja keinen Grund anzunehmen, dass er das tut. Er hatte doch vorher genug Gelegenheit dazu.«

»Schau mal«, sagte ich immer noch forsch und voller Zuversicht. »Offensichtlich waren in diesem Haus zwei Leute gegen dich – Papa und Alexia. Ich kenne Papa nicht, aber Alexia kommt mir nicht gerade vor wie die Liebenswürdigkeit in Person. Vielleicht hat Craig die überstürzte Ehe bereut und seinen Vater gebeten, ihm da herauszuhelfen. Vielleicht war es auch ganz anders. Wie auch immer, du musst dich gegen alles wappnen. Ich meine, du musst mit Craig reden.«

»Deshalb bin ich hergekommen«, flüsterte Drue.

»Vielleicht musst du es mit Fassung tragen«, fuhr ich fort. »Craig ist ledig und über einundzwanzig; er hätte zu *dir* kommen können.«

»Ich weiß.« Immer noch im Flüsterton.

»Andererseits kann alles Mögliche passiert sein. Es ist ein bisschen schwierig und melodramatisch, Menschen solcher Finessen zu verdächtigen; ich rede von verschwundenen Briefen und Lügen und solchen Sachen. Aber so könnte es auch gewesen sein.«

»Ich muss Klarheit haben«, sagte sie.

»Genau. Das fällt unter die Rubrik ›Unerledigtes‹. Es …« Hier hielt ich abrupt inne, weil es an der Tür klopfte. Ich dachte, es sei Anna, und ging hin, um zu öffnen. Doch es war nicht Anna, sondern ein Mann, jung und schlank, dessen fein geschnittene Züge mir sogleich bekannt vorkamen, obwohl ich ihn nie zuvor gesehen hatte. Er war lässig und elegant in Braun- und Kastanientöne gekleidet (braune Hose, kariertes Jackett, kastanienbraunes Einstecktuch und Krawatte), und er schien überaus erstaunt, mich hier anzutreffen.

»Oh, ich bitte um Entschuldigung! Ich dachte – Alexia sagte, Drue sei hier.«

Hinter mir hörte ich leises Rascheln. Als ich über die Schulter blickte, war Drue verschwunden. Der Hund, ihr Mantel – weg.

Der Name Alexia brachte die Erklärung: Der junge Mann ähnelte ihr sehr. Dies musste also der Zwillingsbruder Nicky sein. Hatte Drue mir nicht von ihm erzählt?

»Wo ist Drue?«, fragte er jetzt und versuchte über meine Schulter ins Zimmer zu spähen.

Es sah nicht so aus, als lege Drue Wert darauf, ihm zu begegnen. Ohne ein weiteres Wort nahm ich meinen Füllfederhalter und das Thermometer. »Entschuldigung, ich muss jetzt zu meinem Patienten.«

Er trat einen Schritt zur Seite, um mich in den Korridor zu lassen. Als ich meine Schritte zum Schlafzimmer des Kranken lenkte, blieb er an meiner Seite – mit geschmeidigen Bewegungen, wie ein Panter, und genauso unwillkommen. Ich muss gestehen, dass ich Nicky Senour sofort auf meine Liste der Menschen im Hause Brent setzte, die ich nicht leiden konnte. Er sah mich mit einem Ausdruck unverhohlener Neugierde an. »Wissen Sie«, sagte er. »Drue kann nicht hier bleiben. Sie muss abreisen. Sie müssen sie dazu bringen.«

Ich hatte nun die Schlafzimmertür meines Patienten erreicht, öffnete sie, wandte mich an Nicky Senour und zischte (im wahrsten Sinne des Wortes, denn ich wollte den Kranken nicht wecken): »Wenn ich bleibe, bleibt sie auch!« Dann machte ich die Tür vor seinem gut aussehenden, verblüfften Gesicht zu.

Craig Brents Puls und Atmung zeigten keinerlei Veränderung. Ich wollte ihn nicht aufwecken, um Fieber zu messen. Er hatte ein intelligentes, sensibles Gesicht und besaß, nach Mund und Kinn zu urteilen, auch einen eigenen Willen. Leider hatte sein Verhalten das genaue Gegenteil bezeugt. Ich musste an die Lücken in Drues Geschichte denken. Sie war sehr kurz gewesen und zum Teil schwer zu verstehen. Offenbar gab es nur zwei Erklärungen: Entweder hatte Craig seine überstürzte Ehe bereut und sie auf diese Weise beendet (dann konnte sie von Glück reden, ihn los zu sein, doch das hätte Drue damals nicht geholfen) oder da war wirklich ein krummes Ding gedreht worden. In diesem Falle sollten ein paar Worte zwischen ihr und dem Kranken im Bett das Missverständnis eines Liebespaares beenden.

Doch nichts in ihrem kurzen und sehr lückenhaften Bericht über diese kurze Ehe hatte die Frage berührt, die sich nun mehr und mehr meiner Gedanken bemächtigte. Es war doch sehr seltsam, dass jener Schuss sich versehentlich gelöst haben sollte. Demnach hatte ein anderer auf Craig Brent geschossen, in mörderischer Absicht – doch warum? Und, wichtiger noch – wer?

Anna erhob sich aus dem Sessel in der kleinen Nische hinter dem Vorhang, wo altmodische Erkerfenster ein Halbrund bildeten, das einen eigenen kleinen Raum umschloss. Sie hatte geweint und rieb sich die Augen. Ich ging zu ihr hinüber und sagte ein wenig schroff: »Sie können gehen. Ich bleibe jetzt hier.«

Als sie gegangen war, zog ich den Sessel ans Bett heran, um die leisesten Veränderungen in Craig Brents Gesicht beobachten zu können. Seine Bräune rührte von der Sonne her; darunter sah seine Haut fahl und grau aus. So saß ich mit der Hand an seinem schmalen braunen Handgelenk, als die Tür aufging. Zwei Männer kamen herein und schlossen die Tür hinter sich. Einer von ihnen war der Arzt. Ich hatte Dr. Chivery noch nie gesehen, doch eine Art antiseptische Sauberkeit wies ihn sogleich als Mediziner aus. Er war ein kleiner, grauhaariger Mann ohne Kinn, sehr schlank bis auf ein kleines Melonenbäuchlein, und mit Tränensäcken unter den Augen. Und er machte einen nervösen Eindruck.

Der andere Mann war ein Beamter der Landespolizei in einer schmucken graubraunen Uniform mit Streifen auf den Ärmeln. Ich muss gestehen, dass diese Uniform kein sonderlich willkommener Anblick war – sie schien mir eher wie eine Bestätigung, dass hier etwas faul war.

Ich stand auf. Der Arzt und der Polizist (ein Lieutenant, den Streifen nach zu urteilen) gingen ohne zu zögern auf das Bett zu. Der Arzt warf mir einen flüchtigen, abwesenden Blick zu, dann blickten beide eine Weile auf den Patienten hinab. Plötzlich hörte ich den Arzt eindringlich flüstern: »Er ist nicht angeschossen worden. Man kann ihn gar nicht angeschossen haben. Es war ein Unfall, das sage ich Ihnen doch.«

Doch der Polizeibeamte erwiderte nur: »Ich muss die Kugel sehen. Und die Waffe.«

3

Dr. Chivery wollte erst seine Hände falten, steckte sie dann jedoch in die Taschen. Die Hände waren rosig, glänzten ein wenig und zitterten beträchtlich. Er sagte: »Nun, ich fürchte, das wird nicht möglich sein.«

Der Polizist drehte sich unwillig um und blickte auf den Arzt hinab. Er fragte nicht nach dem Grund. Der Arzt wühlte unruhig in seinen Taschen herum, dann fuhr er fort: »Sie müssen verstehen; die Kugel wurde fortgeworfen – aus Versehen –, und die Waffe ist verschwunden. Keiner weiß, was damit geschehen ist.«

Wieder sagte der andere nichts, er beschränkte sich darauf zu warten und den Doktor zu mustern. In seiner Uniform wirkte er sehr groß und eindrucksvoll. Nervös setzte Dr. Chivery fort: »In der allgemeinen Aufregung muss jemand das Gewehr mitgenommen haben. Es wird bestimmt noch auftauchen.«

Wieder wartete er auf eine Antwort. Dieses Mal belohnte ihn der Beamte mit einem beiläufigen »Aha«.

In diesem Augenblick entdeckte ich eine seltsame Angewohnheit des Arztes: Er schaute die Dinge nicht direkt, sondern von der Seite an. Zum Beispiel starrte er auf den Rand meines Häubchens, auf einen der Bettpfosten, auf das braune Haar meines Patienten (sorgfältig mit nassem Kamm gescheitelt, sodass ich annahm, Anna habe ihre geschickten, pflegenden Hände im Spiel gehabt) und auf die Uniformknöpfe des Polizisten. »Sie kennen mich doch, Lieutenant. Na gut, vielleicht auch nicht. Aber die Sache ist die – wenn ich Grund hätte anzunehmen, dass es kein Unfall gewesen ist (und das ist unter den gegebenen Umständen einfach absurd), dann hätte ich ihn doch nicht so schnell und vorbehaltlos gemeldet. Ha«, fügte er hinzu, immer noch in gedämpftem Ton, »ha.«

Es sollte ein Lachen sein, und er zog die Mundwinkel mit nervösem Zucken nach oben, um es zu beweisen. Das Gesicht des Polizeibeamten hingegen blieb ernst und unbewegt wie ein Stein. »Lassen Sie mich mal die Fakten ordnen«, begann er. »Es ist gestern Abend gegen elf passiert?«

Dr. Chivery nickte, den Blick starr auf einen Bettpfosten gerichtet.

»Im Haus waren der Butler Beevens, Mrs. Brents Bruder Nicky Senour, und ein Gast, Peter Huber ...«

»Sie haben doch selbst mit ihm gesprochen«, unterbrach ihn Dr. Chivery.

»... Ja, sie alle waren in der Bibliothek, als es passierte. Der Butler hat die Fenster geschlossen und war mit den Riegeln beschäftigt, Mr. Huber und Mr. Senour haben Zeitung gelesen. Sie haben den Schuss gehört, und dann hörten sie ihn« – er nickte kurz zu dem Mann im Bett – »um Hilfe rufen. Sie sind in den Garten gelaufen, fanden ihn dort liegen und – und sahen sonst niemanden. Sie haben ihn in sein Zimmer gebracht ...«

»Und haben mich angerufen«, vollendete Dr. Chivery.

»Also war Craig Brent, soweit Sie wissen, zum Zeitpunkt des Schusses allein im Garten?«

»Er war allein«, bestätigte der Arzt. »Ich war zu Hause und habe in meiner Bibliothek gelesen. Meine Frau war oben und hat einen Brief geschrieben. Ich erzähle Ihnen das so ausführlich, weil wir – ha, ha«, wieder rang er sich ein gequältes Lachen ab, »fast schon zur Familie gehören. Mr. Conrad Brent – Craigs Vater – war schon zu Bett gegangen. Auch Mrs. Brent war in ihrem Zimmer, sie hatte den anderen Gute Nacht gesagt und war nur wenige Augenblicke, bevor es passierte, nach oben gegangen. Die Dienstboten ...«

»Ich werde sie noch befragen. Vielen Dank für den Hinweis. Sie wissen nicht zufällig etwas von irgendwelchen Familienstreitigkeiten ...?«

»Mein lieber Freund«, unterbrach ihn Dr. Chivery empört, »also wirklich, das hier ist doch keine Morduntersuchung.«

Der Polizist blickte auf Craig hinab. »Nein, zumindest *noch* nicht«, sagte er mit Betonung.

»Also *wirklich*«, begann Dr. Chivery von neuem und rieb seine rosigen Hände. Seine Stimme war nun unerwartet laut und schrill geworden, und trotz meiner Neugier fand ich, es sei an der Zeit, den lauten Tönen Einhalt zu gebieten: Ich legte meine Hand auf Craig Brents Handgelenk und sah den Doktor vorwurfsvoll an.

Dr. Chivery erwiderte den Blick, indem er auf meine rechte Augenbraue starrte. Die Sorge saß ihm wie eine graue Maske auf dem Gesicht, und doch kam es mir so vor, als ob dahinter Abneigung gegen mich lauerte. Auch der Lieutenant hatte mich prüfend angesehen. Nun wandte er sich zur Tür, grüßte noch einmal mit einem gemessenen Nicken und verschwand. Der Arzt blickte zögernd auf das Abzeichen an meinem Kragen und fragte: »Miss ...?«

»Keate.«

»Sie haben meine Anweisungen gefunden?«

»Ja, Doktor. Und ich wollte Sie fragen ...«

Eine rosige Hand winkte nervös ab. »Ich komme später noch einmal, dann können wir alles besprechen. Im Augenblick möchte ich nur wissen, ob unser Patient irgendetwas gesagt hat.«

»Nein, Doktor.«

»Oh. Hrrrm. Nun ja, vielleicht wird er ein wenig delirieren, unzusammenhängendes Zeug reden – achten Sie gar nicht darauf! Aber – ähm – Schwester ...« Hier sah er sich unruhig um und senkte die Stimme. »Ich glaube, ich muss Sie nicht erst daran erinnern, das alles, was ein Kranker in seinem Zustand sagt, nicht ...«

Ich richtete mich zu meiner vollen Größe auf und brachte ihn fast dazu, mir in die Augen zu sehen. »Ich bin keine Klatschbase«, gab ich ihm nachdrücklich zu verstehen.

Wieder sah ich den Schatten der Abneigung hinter der Maske der Sorge. Ich konnte fast hören, wie er darüber nachsann, dass er mich loswerden wollte, sobald sich die erstbeste Gelegenheit dazu bot. »Natürlich nicht. Überhaupt nicht«, beeilte er sich aalglatt zu versichern. »Ich bin auch bald zurück.« Und mit einem letzten schrägen Blick auf meine braunen Oxford-Schuhe verließ er das Zimmer.

Wieder einmal war ich allein in diesem großen, düsteren Schlafzimmer, vor dessen Fenstern der Regen rauschte, allein mit einem kranken Mann, der angeschossen worden war.

Ich war ein bisschen durcheinander. Schüsse, Gewehre, Kugeln. Die Polizei und ein Arzt, der mir nicht in die Augen sehen konnte.

Und, um alles noch komplizierter zu machen. Da war Drue, die warmherzige, ehrliche Drue, eng verbunden mit diesem öden Haus voller finsterer Geheimnisse – und besonders mit dem Mann, der hier angeschossen im Bett lag.

Das dunkle Holzpaneel der Tür spiegelte den trüben Schein, der durch die Fenster gegenüber fiel. Mein Patient stieß eine Art kraftloses Kichern aus und sagte ein paar Worte. Ich hörte sie ganz deutlich. »Ging ja gut.«

Ich erschrak ziemlich und eilte zum Bett. Craig Brents Lider flatterten und öffneten sich. In seinen Augen stand Belustigung und die Mundwinkel zuckten. Sonst hatte er sich nicht bewegt. Mit großer Anstrengung brachte er »Schwester …« hervor.

»Ja. Sie sollten lieber nicht sprechen.«

Doch es gab etwas, das er mir unbedingt sagen musste. Ich sah, wie er nach Worten suchte, während seine glänzenden Augen mich fragend anblickten. »Dachte – da war ein Mädchen. Hier …«, brachte er mühsam heraus und wartete auf meine Antwort. Doch ich zögerte. Seine Hand schaute immer noch unter der Decke hervor, und nun bewegte er sie und sagte, während er mich wie gebannt anstarrte: »Jemand – den ich kenne …«

»Es ist noch eine andere Schwester hier«, sagte ich schließlich. »Aber jetzt müssen Sie schlafen.«

»Eine andere – Schwester …«, wiederholte er. Dann zeigte das Schlafmittel wieder seine Wirkung und seine Stimme erstarb.

Ich wartete geduldig. Als ich schon glaubte, dass er eingeschlafen sei, und aufstand, öffnete er wieder den Mund. Und nun sprudelten Worte heraus, doch nur das Ende – »gelbe Handschuhe« – konnte ich deutlich verstehen. Der Rest war undeutliches Gemurmel. Wie von einer Lawine wurde er dann vom Schlaf überrollt, während ich still dastand, ihn beobachtete und mich fragte, was gelbe Handschuhe mit dieser Geschichte zu tun haben mochten.

Nun, am Ende zog ich den Schluss, dass er nur wirres Zeug gefaselt hatte. Aber Drue hatte er doch erkannt – oder war es ein rein instinktives Erkennen gewesen?

Und das, wenn ich es so recht bedachte, war schon seltsam: dass er über Drues Anwesenheit hier im Haus Bescheid wusste.

Wie ich bereits angedeutet habe, war die Begegnung mit dem Arzt und dem Polizeibeamten meiner Gemütsruhe nicht gerade förderlich gewesen. Außerdem war da noch die Angelegenheit mit dem verschwundenen Gewehr und der fortgeworfenen Kugel. Ich bin eine durch und durch vernünftige Person, das ist nun einmal meine Natur, und ich sehe keinen Grund, mein Licht unter den Scheffel zu stellen oder diese Gelassenheit zu verlieren. Ich bin die Herrin meines Geschicks, auch unter den ungünstigsten Bedingungen. Doch ich möchte nicht behaupten, dass ich nicht beunruhigt gewesen wäre, und Drues Geschichte steigerte meine düsteren Vorahnungen noch.

Denn nachdem ich alles Gehörte und Gesehene (was vielleicht nicht viel war, jedoch trotzdem genug) reiflich erwogen hatte, kam ich zu einem einzigen Schluss. Nicht, dass ich sentimental ober überaus mitleidig wäre; ganz im Gegenteil. Doch ich mochte Drue Cable, und es war sonnenklar, dass sie in diesem Haus keinen einzigen Freund hatte. Und es war ebenso sonnenklar, dass sie bleiben wollte.

Und mir gefiel nicht, was ich hier vorgefunden hatte.

Also musste auch ich bleiben und sie unterstützen. Etwas anderes konnte ich gar nicht tun. Und wenn Drue weggeschickt wurde, musste ich trotzdem bleiben, keine Frage.

Während ich mit einigem Widerwillen zu diesem Schluss gelangte, schlief Craig Brent tief und traumlos, ohne sich auch nur einmal zu bewegen oder etwas zu sagen. Als ich nach einer Weile nicht mehr still sitzen konnte, ging ich in die Nische mit den Erkerfenstern und schaute hinaus in den strömenden Regen. Und so geschah es, dass ich sah, wie Drue in den Garten ging und später wieder zurückkam.

Inzwischen war es später Nachmittag. Im Krankenzimmer und im ganzen Haus war es vollkommen still, abgesehen vom ewig prasselnden Regen. Nur einmal wurde irgendwo weit weg ein Radio angestellt – wahrscheinlich, um die neuesten Nachrichten zu hören. Ich fragte mich, was zur Zeit von der Front gemeldet wurde, und wünschte mir, wie schon so oft, dass sie mich dort einsetzen würden. Ich habe während des ganzen letzten Krieges Verwundete gepflegt. Zwar bin ich jetzt 20 Jahre älter und rund 15 Kilo schwerer, doch, wie man von einem alten Zugpferd sagt, immer noch gut bei Puste und bei Kräften. Und ich will meinem Vaterland dienen. In einem wehmütigen Aufflackern der Erinnerung sah ich die schlammigen Felder Frankreichs vor mir, fühlte Regen und Kälte, roch den süßlichen Geruch des Äthers (bis er uns ausging) und der Antiseptika – und alles, alles war schon 20 Jahre her. Ich erinnerte mich genau – dachte an Bataan und Corregidor und die Krankenschwestern, die jetzt dort im Einsatz waren und bis zur Erschöpfung Verwundete pflegten.

Mein Herz verneigte sich vor ihnen, doch es war auch schwer vor Sehnsucht. Deshalb verbannte ich, so gut es ging, den Krieg aus meinen Gedanken und schaute hinaus auf die Landschaft, so weit ich sie im strömenden Regen erkennen konnte.

Das Haus der Brents stand am äußersten Rande einer Kleinstadt namens Balifold; nicht ganz auf dem Land und nicht ganz in der Vorstadt. Es lag, glaube ich, mitten in den Ausläufern der Berkshire-Hügel, nicht weit von Lenox und Stockbridge. (Allerdings waren wir, soviel ich wusste, schon in Springfield umgestiegen.) Diese Region ist immer schon eine Gegend der Reichen gewesen. Das Haus selbst war ein Klotz, solide und hässlich, und nur dort, wo der Efeu Kamine und steinerne Balustraden überwuchert hatte, wurden die barschen Konturen des Gebäudes ein wenig gemildert.

Der gesamte Besitz war riesig und von einer sehr hohen, soliden Mauer umgeben. Es gab große schmiedeeiserne Tore, englischen Rasen, dichte, gestutzte Büsche, viele alte Bäume und, genau unter mir, ein großes, schräg abfallendes Rasenstück, das durch eine dichte Hecke begrenzt wurde. In dieser Hecke gab es einen Durchbruch mit ein paar Stufen und einem kleinem Tor, das, wie ich scharfsinnig vermutete, in den Garten führte, in dem mein Patient angeblich ein Gewehr gereinigt hatte – um elf Uhr in einer kalten Februarnacht.

Ich blickte auf Rasen und Tor hinab, als ich plötzlich ein blaues Cape flattern sah: Drue eilte von der Seite herbei und überquerte den Rasen. Sie lief so geschwind, dass der rote Futterstoff des Schwesterncapes aufblitzte und ich sogar den Saum ihres gestärkten weißen Rocks sehen konnte. Zwar hatte sie sich die Kapuze über den Kopf gezogen, doch ich war mir sicher, dass es Drue sein musste. Sie eilte die Stufen hinunter, verschwand hinter der Hecke und blieb lange Zeit verschwunden, wie ich bezeugen konnte, denn ich behielt das Tor unverwandt im Auge.

Als sie wiederkam, war es schon viel dunkler geworden; die Dämmerung hatte sich herabgesenkt. Drue kam direkt aufs Haus zu. Sie trug etwas unter dem Cape. Ich war ganz sicher, weil sie den Stoff so vor der Brust zusammenhielt, dass ihre Ellenbogen zu beiden Seiten abgewinkelt waren. Außerdem wirkte es merkwürdig verstohlen, wie sie zu einer der Hintertüren huschte.

Es dauerte allerdings keine zehn Minuten, bis sie frisch und munter in ihrer weißen Schwesterntracht samt Haube bei mir auftauchte, nur die Farbe ihrer Lippen und Wangen bezeugte, dass sie vor kaum einer Viertelstunde noch über den Rasen gelaufen war – und das, wie ich fand, in einer äußerst verdächtigen Weise. Sie kam leise herein, schloss die Tür hinter sich und nahm sofort ihren Posten neben dem Krankenbett ein. Sie hatte die Augen niedergeschlagen, sodass ich deren Ausdruck nicht lesen konnte, doch ihr Mund und ihre Haltung drückten deutlich genug die Angst aus, die sie um den Mann im Bett empfand.

Der junge Brent regte sich und begann wieder zu sprechen. »Aber das ist doch Mord«, sagte er. »Mord. Sag's Claud. Es wird noch einen Mord geben.«

Er sprach deutlich, es klang wie ein Befehl. Er sagte es im Brustton der Überzeugung. Doch er stand unter Beruhigungsmitteln, war nicht bei klarem Bewusstsein und wusste nicht, was er sagte – wenigstens hoffte ich, dass er es nicht wusste.

Drue jedoch flüsterte: *»Craig!«*, atemlos vor Schreck. *»Craig! Was meinst du damit?«*

Sie wartete; ich wartete. Er rührte sich nicht, sagte keinen Ton mehr.

»Er fantasiert«, sagte ich schließlich, doch meine Stimme klang unnatürlich hoch.

»Fantasiert?« Drue schien das Wort abzuwägen, während sie den Kranken angespannt beobachtete, dann jedoch setzte sie zu einer Entgegnung an. »Warum sollte er dann so etwas sagen, wenn er im Delirium ist?«

»Warum nicht?« Meine Stimme klang immer noch seltsam hoch. »Kranke sagen alles Mögliche in diesem Zustand. Wer ist denn dieser Claud?«

»Dr. Chivery«, erklärte sie. »Die Chiverys sind enge Freunde der Familie.«

Das war auch nicht gerade hilfreich; wenn in Craig Brents Worten auch nur ein winziges Körnchen Wahrheit liegen sollte, was der Himmel verhüten mochte, so war Dr. Chivery gewiss nicht der Mann, der in diesem Fall mit Entschiedenheit und Umsicht handeln konnte. Meine bisher einzige Begegnung mit diesem Gentleman hatte mich davon überzeugt.

Drue beugte sich wieder über das Bett. »Craig.« Sie sprach leise, jedoch klar und drängend. »Was meinst du? Was für ein Mord?« Und, nach einer langen Pause: »Wer?«

Craig jedoch gab keine Antwort. So hatte ich Zeit, mich wieder zu sammeln. »Er hat fantasiert«, sagte ich wieder und gab meiner Stimme einen munteren Klang. »Wenn es einen Mord geben sollte, so glaube ich nicht, dass der Mörder das schon vorher einer Menschenseele anvertraut hat. So etwas gibt es nicht.«

Sie sann eine Weile darüber nach, dann lächelte sie verhalten und blickte zu mir auf. »Nein. Du hast natürlich Recht. Es war dumm von mir, etwas anderes anzunehmen. Sein Zustand ist unverändert, oder?«

Ich nickte, und in diesem Augenblick öffnete sich erneut die Tür. Ein Mann stand im Türrahmen. Der Butler, dachte ich. Er war hoch gewachsen und sah in seinem schwarzen Frack äußerst vornehm aus. Aus klugen hellblauen Augen schaute er uns an, kam jedoch nicht ins Zimmer, sondern winkte mir mit einer Geste, die auf seltsame Weise Ehrerbietung ausdrückte und zugleich doch herrisch war. »Er will mit dir sprechen«, meinte Drue. »Ich bleibe hier bei Craig.«

Sie hatte Recht. Denn als ich auf ihn zuging, winkte mich der Butler (William Fanshawe Beevens, 54, seit 21 Jahren im Hause Brent angestellt, wie es später im Bericht stand) in den Flur.

»Mr. Brent«, begann er, »möchte mit Ihnen sprechen. Nur für einen Augenblick.« Nun, es sprach nichts dagegen, dass ich das Zimmer verließ, Drue konnte bei dem Patienten bleiben. »Würden Sie bitte hier entlang kommen?«, fuhr der Butler fort und ging mir auf dem Korridor voraus.

Als wir hinuntergingen, verursachten unsere Schritte fast kein Geräusch auf den teppichbedeckten Stufen. In der großen Halle mit dem schwarzweißen Marmorboden war niemand außer dem Butler und mir. Ich dachte flüchtig an den Lieutenant der Polizei; wäre er noch im Haus gewesen, so hätte ich ihm vermutlich von den Worten meines Patienten berichtet, obwohl sie im Delirium gesprochen worden waren – so hoffte ich zumindest. Doch der Polizeibeamte war nicht mehr da, und auf meine beiläufig gestellte Frage antwortete der Butler kurz, er habe seine Untersuchung abgeschlossen und sei gegangen.

»Es war ja nur eine Routineuntersuchung, die durchgeführt werden muss, wenn es einen Unfall mit einer Schusswaffe gegeben hat«, erklärte er, warf mir einen flüchtigen Blick aus seinen klugen hellblauen Augen zu und führte mich zu einer dunklen, mit geschnitzten Holzpaneelen verzierten Tür, die besonders wuchtig wirkte. Gerade als wir vor der Tür standen, wurde sie von innen geöffnet, und eine Frau kam heraus.

Sie war eine recht außergewöhnliche Person: von sehr kleinem Wuchs, mit bräunlichem Teint und rabenschwarzem Haar, das sie auf altmodische Weise zu einem hohen Pompadour toupiert hatte. Sie trug eine gestärkte weiße Bluse (ein Kleidungsstück, das früher Hemdbluse genannt wurde und einen hohen, steifen Kragen hat) und einen sehr weiten schwarzen Rock, der fast den Boden berührte. Um die extrem schmale Taille trug sie einen breiten Gürtel, unter dem sich die ausladenden Hüften wölbten. An einer Schulter steckte eine Uhr, und ein randloser Kneifer hing an einer Goldkette, die an einem goldenen Knopf auf ihrer anderen Schulter befestigt war. Die Frau schwebte in einer Wolke Veilchenparfüm daher. Sie mochte die fünfzig schon hinter sich haben; es war schwer zu schätzen. Im Großen und Ganzen wirkte sie wie eine Seite aus einem alten Buch, und ich mag mit Fug und Recht behaupten, dass ich alt genug bin, diese Seiten zu kennen.

Doch was mir am meisten auffiel, war der scharfe, forschende Blick aus ihren dunklen Augen in dem schmalen, blassen Gesicht. Sie nickte uns kurz zu und rauschte vorbei – ich versuche stets, ehrlich zu berichten, und vermute daher, dass dieses Rauschen von einem Petticoat herrührte. Ansonsten nämlich bewegte sich Maud Chivery so vollkommen lautlos, dass ich nicht anders konnte, als immer wieder darüber zu staunen. Man musste sie schon genau im Auge behalten, um mitzubekommen, was sie gerade tat. Zum Beispiel konnte man mit ihr im gleichen Zimmer sitzen, und, falls man nicht aufpasste, sie plötzlich nicht mehr vorfinden, wenn man sich umwandte und mit ihr reden wollte. Dann war sie verschwunden, ohne einen Laut von sich zu geben – wenn man das leise Rascheln ihrer Taftröcke außer Acht ließ, und auch das konnte man nicht immer hören. Eine beunruhigende Frau, und doch lernte ich mit der Zeit, sie, wenn auch widerwillig, zu respektieren.

Natürlich wusste ich damals noch nicht, dass es Maud Chivery war, die Frau von Dr. Chivery, und eine Vertraute, wenn nicht sogar ein Mitglied der Hausgemeinschaft, denn sie hatte in den langen Jahren, in denen Conrad Brent Witwer war, sämtliche Aufgaben der Haushaltsführung übernommen – die Wirtschaft überwacht, Dienstboten eingestellt und eingearbeitet, Craig in die Schule und zum Zahnarzt geschickt, und sogar, wenn es sein musste, an Conrad Brents Seite die Gastgeberin gespielt. Damals ordnete ich sie sogleich als Mitglied des Brent'schen Haushalts ein, und offen gesagt auch als eines, das sich, wie die anderen, nicht durch sonderliche Liebenswürdigkeit auszeichnete.

Beevens öffnete mir nun die Tür und ließ mich zum Hausherrn vor. Anders kann man es nicht bezeichnen.

Als Erstes war ich bass erstaunt, dass ich die unerhörte Kühnheit besessen hatte, ihn vor Drue schalkhaft »Papa Brent« zu nennen. Als Nächstes widerfuhr mir eine andere Art von Schock, denn ich spürte sofort, dass ich ernsthaft auf der Hut war. Wovor, wusste ich nicht – falls es nicht der Mann war, der dort vor dem Kamin stand und mich betrachtete. Er schien mir von vornherein als ein unberechenbarer Mensch.

Und dann wurde mir auch klar, dass Drue Cables Stand (oder genauer gesagt, schlechter Stand) in diesem Hause keineswegs auf etwas so Trivialem wie einem kleinen Streit zwischen Liebenden gründete, den ein paar Worte aus der Welt schaffen konnten. Als ich Conrad Brent sah, wurde mir das schlagartig bewusst. Und ich dachte auch, dass irgendwo in diesem großen Haus eine Gefahr lauerte.

Natürlich wird jeder sagen, dass in einem Haus, wo Gewehre losgehen und Menschen anschießen, Gefahr lauern muss, dazu braucht man keinen sechsten Sinn. Doch es steckte noch mehr dahinter. Etwas ganz anderes; etwas, das nichts mit Vernunft und Logik zu tun hatte. Es schien auch nichts mit mir zu tun zu haben; es war einfach etwas Unfassbares, das wie ein Schleier in der Luft dieses Zimmers schwebte. Das Verrückte daran war natürlich, dass selbst ich es wahrnahm, denn ich habe nie Vorahnungen, besitze einen guten Magen, keine Nerven und wenig Fantasie.

Beevens schloss die Tür hinter mir, und Conrad Brent sagte: »Meine Frau hat mir erzählt, dass die Krankenschwester, die mit Ihnen gekommen ist, früher die Frau meines Sohnes war. Ich werde sofort anordnen, dass sie das Haus verlässt. Und von Ihnen erwarte ich, dass Sie sich um meinen Sohn kümmern, bis ich eine andere Regelung gefunden habe.« Er schwieg kurz, dann fügte er hinzu: »Wenn Sie Hilfe brauchen, wenden Sie sich an Mrs. Chivery.«

4

Heute ist es einfach für mich, Conrad Brent zu verstehen: seine Halsstarrigkeit und seine Schwäche, seine Eitelkeit und seine konsequente Selbsttäuschung, sein Zaudern, seinen Stolz und seine sturen Vorurteile, und vor allem sein Unvermögen, einen Fehler zuzugeben. Damals jedoch spürte ich nur, dass etwas mit ihm nicht stimmte; er kam mir zu hart und zu kalt vor und bemäntelte damit offensichtlich seine innere Unsicherheit.

Ein seltsamer Eindruck, denn sein äußeres Gebaren deutete nicht in mindesten auf Unsicherheit oder geheime Schwächen hin. Und wenn mein Urteil nicht trog, dann bestand wenig Hoffnung, dass sein Hass gegen Drue sich legen würde. Wenn die harte und kalte Fassade tatsächlich seine innere Unsicherheit verdeckte, dann würde er auf der einmal getroffenen Entscheidung beharren, nur um sein Gesicht zu wahren. Ich habe schon einige solcher Fälle erlebt – es gibt nichts Schlimmeres als die besessene Widerborstigkeit eines im Grunde schwachen, unsicheren Menschen.

Mr. Brent stand also vor dem Kamin und wartete auf mein gehorsames: »Ja, Sir« (und hatte, wenn ich mich nicht irre, ein bisschen Angst, dass ich es nicht sagen würde). Er war kein großer Mann, jedoch muskulös und untersetzt. Sein Gesicht war braun gebrannt, und eine scharfe Adlernase sprang daraus hervor, während das Kinn hinter einem dichten Bart verschwand. Unter schweren Lidern blitzten erstaunlich helle Augen. Er war schon ein bisschen kahl und trug, außer dem etwas dünnen Bart, einen gestutzten Schnauzbart, dessen Spitzen gewachst und zur Seite gewickelt waren.

Er stand vor dem Kamin, über dem ein Wappen in düsteren, kräftigen Farben angebracht war: ein Tier, ein feistes, nicht leicht zu definierendes Geschöpf, das vielleicht ein Einhorn darstellen sollte – ein Einhorn, das leichtfüßig auf einem Bein über einen Rasenfleck balancierte. Das Wappen war nicht geviert, eine Form, die eher ungewöhnlich war und mir deutlich machte, wie alt dieses Geschlecht war. Ich hätte auch erkennen können – dachte jedoch damals nicht daran –, dass man in diesem Geschlecht seit Generationen unerwünschte Einflüsse fremden Blutes abgewehrt hatte, um stur und voller Selbsttäuschung an der einmal gewählten Abstammungslinie festzuhalten.

Damals aber dachte ich an nichts anderes als an Drue. Deshalb sagte ich mit erhobener Stimme, die von der Holzvertäfelung und den Büchern und den roten Lederbezügen widerhallte: »Ich fürchte, Miss Cable wird hier bleiben müssen.«

»Wie bitte?«, fragte Mr. Brent zurück, obschon er mich sehr wohl verstanden hatte.

Ich mäßigte meine Stimme und drückte mich klar aus. »Sie können Miss Cable nicht einfach wegschicken. Sie ist als Pflegerin hier. Wir werden beide gebraucht.«

»Wir können uns bis morgen früh eine andere Krankenschwester aus New York kommen lassen. Sagen Sie ihr, sie soll in einer halben Stunde zur Abreise bereit sein.«

Ich schätze, er war nicht an Widerstand gewöhnt, und seine gewohnte Arroganz – ob vorgetäuscht oder echt – erfüllte normalerweise gewiss ihren Zweck. Er glaubte einfach nicht, dass ich ihm Widerstand leisten würde. Also holte ich tief Luft und trat dann näher an ihn heran. »Hören Sie«, begann ich, »Sie wollen doch nicht, dass Ihr Sohn stirbt?«

Das traf ihn hart! Tief in seinen hellen, glänzenden Augen sprang eine Flamme auf, und er streckte die Hand aus, um sich auf einen Stuhl zu stützen. »Er wird nicht sterben«, sagte er und sah mich an, als sollte ich mich hüten, es zu leugnen, doch ich hatte ihm trotzdem Angst eingejagt.

»In vierundzwanzig, höchstens sechsunddreißig Stunden werden wir wissen, wie es steht. Wenn alles gut geht, werden wir zum Glück nicht viel zu tun haben, aber wenn etwas schief geht … Ich möchte Ihnen den Rat geben, Miss Cable hier zu behalten. Außerdem weiß Ihr Sohn, dass sie im Hause ist.« Auch das schlug ein; wieder sah ich es in seinen Augen aufflammen.

»Ich dachte, er wäre nicht bei Bewusstsein. Chivery sagte mir, er werde noch eine Zeit lang bewusstlos bleiben.«

»Er ist kurz aufgewacht, hat ein paar Worte gemurmelt und ist wieder eingeschlafen.«

»Er hat ein paar Worte …«, nahm Brent rasch meine Worte auf, dann besann er sich anders und fuhr nachdenklich fort: »Was hat er gesagt?«

»Tut mir Leid«, erwiderte ich. »Schließlich bin ich Krankenschwester. Dr. Chivery hat mich eben noch an meinen Eid erinnert. Florence Nightingale, Sie wissen schon.« Ich hatte es ganz sanft gesagt und sah nun, wie ihm langsam die Röte in die Wangen stieg. Seine Lippen verfärbten sich violett, und ich konnte nicht umhin zu bemerken, dass er nicht besonders gesund aussah.

»Florence Nightingale kann mir gestohlen bleiben«, gab er zurück. »Immerhin werden Sie von mir bezahlt. Ich bin sein Vater. Was hat er gesagt?«

Wütend funkelte er mich an. Ich hielt seinem Blick stand, antwortete lediglich: »Tut mir Leid. War das jetzt alles?«, und machte einen Schritt auf die Tür zu.

»Warten Sie!«, befahl er herrisch, als ich den Türknauf schon in der Hand hatte. Eine kurze Pause entstand. Irgendwo hörte ich eine Uhr in gemessenem Rhythmus ticken. Es war schon fast dunkel, die schweren roten Vorhänge waren zugezogen und eine oder zwei Tischlampen angeschaltet worden. Im Kamin unter dem hochmütigen Wappen brannte ein Pechkohlenfeuer; ein Kohlenklotz brach auf und sprühte blaue Funken. Endlich fragte Conrad Brent: »Hat er irgendetwas über den Unfall gesagt?«, und sah mich mit scharfem Blick an.

Also, jetzt hatte er mich kalt erwischt. Trotz der Feindseligkeit, die sein Benehmen sofort in mir geweckt hatte, war es doch meine Pflicht, irgendjemand Craigs Worte mitzuteilen. Und ich tat es.

»Er sagte – nun, also im Grunde hat er Folgendes gesagt: ›Aber das ist doch Mord. Sag's Claud.‹ Und dann: ›Es wird noch einen Mord geben.‹«

Während ich das sagte, beobachtete ich Conrad Brent, der mich ansah, ohne dass in seiner Miene eine Veränderung vorgegangen wäre – ziemlich seltsam, denn er hätte doch wenigstens erschrecken müssen. Hätte mich ausfragen müssen, doch er tat es nicht. Nach einer Weile zuckte er lediglich die Achseln und meinte: »Er fantasiert. Bestimmt.«

Ich erwiderte nichts darauf. »Und hat er die – Frau – erkannt?«, wollte Brent wissen.

Ich entdeckte plötzlich einen leicht sadistischen Zug an mir und erwiderte neckend: »Oh, aber sicher!«

Das traf ihn mehr als alles, was vorher gesagt worden war. Er hatte nicht gerade einen Schlaganfall, doch es fehlte nicht viel. Dann ging er plötzlich zu dem langen, blank polierten Schreibtisch in der Fensterlaibung, drückte mit dem Daumen auf einen Klingelknopf und schickte Beevens, der bald darauf erschien, unverzüglich nach Drue.

»Sagen Sie Anna, sie soll bei Mr. Craig bleiben«, befahl er. »Und bringen Sie die andere Schwester hierher.«

»Sehr wohl, Sir«, sagte Beevens und verschwand.

»Ich muss jetzt wieder zu meinem Patienten ...«

»Sie bleiben hier!«, fiel er mir ins Wort.

»Aber ...«

»Anna hat sich um ihn gekümmert, bevor Sie hier eintrafen. Sie wird es wohl noch fünf Minuten länger tun können!«

Er bot mir keinen Stuhl an und setzte sich auch selber nicht. Doch nachdem er einen Augenblick lang regungslos auf den Tisch gestarrt hatte, nahm er eine Kristallkaraffe zur Hand, die mit dazu passenden kleinen Gläsern auf einem silbernen Tablett stand. Sie enthielt Brandy, und das Licht spiegelte sich in der Karaffe und dem goldbraunen Inhalt. Er bot mir etwas davon an, doch ich schüttelte den Kopf, worauf er sich selbst ein großzügig bemessenes Quantum einschenkte, das er in einem Zug hinuntergoss. Ich hatte das Gefühl, dass er sich für die Begegnung mit Drue wappnete, und das bestätigte nur den seltsamen, bis jetzt allerdings unbegründeten Eindruck, den ich von ihm hatte.

Die gut geheizte Bibliothek war ein großer, hoher Raum, in dem Holzvertäfelung und deckenhohe Bücherregale einander abwechselten. Es gab ein paar mächtige Sessel mit hohen Lehnen und bestickten Polstern, einen langen, recht schäbigen Diwan mit rotem Lederbezug, und einen Teppich, der, wie Peter Huber mir später erzählte, eigentlich einem Museum gestiftet worden war, nun jedoch sein Dasein auf dem Boden fristete, wo alle auf ihm herumtrampeln konnten – ein Umstand, der Peter zu ärgern schien, mir jedoch vollkommen einleuchtete, denn es war ja immerhin ein Teppich. Doch Huber meinte, er gehöre an die Wand.

Dann kam Drue. Beevens murmelte etwas vor sich hin und schloss die Tür hinter ihr, sodass ihre weiß gekleidete Gestalt sich scharf von dem dunklen Holz abhob. Sie hatte das Kinn in die Höhe gereckt. Auch ihr Gesicht war weiß, und die grauen Augen blitzten dunkel. Conrad Brent stellte sein Glas ab.

»Warum bist du hergekommen?«, fragte er mit Nachdruck.

Drue holte tief Luft. »Ich wurde als Pflegerin geschickt.«

Conrad Brent sah sie finster an. »Nein. Ich sage dir, warum du gekommen bist. Du bist hier, weil's um meinen Sohn geht. Du wolltest ihn sehen. Tja, aber er will dich nicht sehen. Das sollte dir inzwischen klar sein.«

Drue wurde, falls das möglich war, noch einen Stich blasser. »Ich bin gekommen, um ihn zu pflegen«, verteidigte sie sich. »Er ist krank, und er braucht mich …«

»Nicht dich!«, fiel ihr Brent ins Wort. »Jede andere – aber nicht dich. Ich sage dir: Er will dich hier nicht haben.«

Drue zögerte, dann hob sie entschlossen das Kinn. »Das glaube ich nicht!«

Conrad Brent hob mit einer wütenden und doch beherrschten Geste die Karaffe und stellte sie mit einem Knall wieder auf den Tisch. »Hör gut zu, Miss Cable …«

»Mrs. Brent«, unterbrach ihn Drue mit leiser Stimme.

»Mrs. …«

»Ich habe meinen Mädchennamen wieder angenommen. Vor dem Gesetz bin ich Mrs. Brent.«

Wieder erschien ein Hauch Purpur auf Brents Wangen. »Aber du bist nicht die Frau meines Sohnes«, sagte er schneidend. »Und wenn es mir auch schmerzlich ist, so muss ich dir doch sagen, dass mein Sohn dich nicht will. Er hat mich gebeten, die Trennung von dir zu arrangieren. Damals wollte ich dir das nicht verraten, ich wollte dich nicht unnötig verletzen, das ist nicht meine Art. Und auch Craig wollte dich so weit wie möglich schonen; er glaubte, es sei schonender, eure Ehe so zu beenden, wie es dann auch geschah – allmählich, und so, dass deine Gefühle nicht verletzt wurden. Es tut mir Leid, dir das jetzt sagen zu müssen, nur dein Trotz und dein Argwohn haben mich dazu gebracht. Aber du musst einfach begreifen, dass Craig dich weder jetzt noch damals zur Frau haben wollte. Er hatte erkannt, dass diese Ehe überstürzt eingegangen worden war.«

Während er sprach, stand Drue in ihrer gestärkten weißen Schwesterntracht vor der dunklen Tür. Ihr Gesicht war fast so weiß wie ihr Kittel, doch sie wandte den Blick kein einziges Mal ab.

Wieder berührte Conrad Brent wie zufällig die Karaffe und fuhr fort: »Wie gesagt, es tut mir Leid. Aber du musst die Wahrheit doch geahnt haben, als er nach Beendigung seines Pilotentrainings nicht zu dir zurückkam.«

Da trat Drue einen Schritt vor. »Er hat diesen Lehrgang also abgeschlossen?«

Ein seltsamer, rätselhafter Ausdruck glitt über Conrad Brents Gesicht. Er drückte ein Geheimnis aus – doch ein Geheimnis, vor dem er irgendwie zurückschrak; als ob er nicht an das denken wollte, was ihm im Kopf herumging. Dennoch sagte er, sehr steif: »Ja. Er wird uns bald verlassen. Ich weiß nicht, wohin sie ihn schicken.«

»Warum ist er jetzt zu Hause?«, erkundigte sich Drue.

»Ich wüsste eigentlich nicht, wieso du das Recht hast, mich das zu fragen«, gab Brent zurück. »Aber sei's drum« – er hob die Schultern – »er hat Urlaub bekommen. Jetzt werden wir natürlich eine Verlängerung des Urlaubs beantragen müssen. Wie ich schon sagte, ich weiß nicht, wohin er dann geschickt wird. Auch er weiß es nicht. Er soll« – und wieder huschte der abwehrende und geheimnisvolle Ausdruck über sein Gesicht – »er soll sich bei einer Bomberstaffel melden.«

»Bomber ...«, stieß Drue erstickt hervor.

»Ja«, bestätigte Conrad Brent. Eine unangenehme kleine Pause entstand, während derer ich zum ersten Mal den Eindruck gewann, dass Brent vermutlich dieselben Ängste ausstand wie die junge Frau, die er so sehr hasste. Er schien dies auch zu spüren, denn nun richtete er sich zu voller Größe auf, warf ihr einen hasserfüllten Blick zu und fuhr fort: »Darum geht es hier aber nicht, sondern darum, dass du nicht mehr seine Frau bist. Und er will dich nicht sehen.« Er schwieg, und da Drue sich nicht rührte, stieß er plötzlich ärgerlich hervor: »Oder zweifelst du an meinen Worten?«

Den Blick unverwandt auf ihn gerichtet, antwortete Drue lediglich mit einem ruhigen »Ja«.

Conrad Brent lief dermaßen rot an und sah aus, als wolle er gleich platzen, dass ich vorsichtshalber einen Blick auf die Brandykaraffe und das Sofa warf ... Doch er steuerte knapp am Anfall vorbei. Drue setzte mit ruhiger Stimme hinzu: »Verstehst du, Craig hat mich geliebt.«

»Das war doch nur eine jugendliche Schwärmerei!«, rief Conrad Brent mit beherrschtem Zorn. »Und davon war er schnell geheilt. Deine Ehe mit meinem Sohn ist für alle Zeiten vorbei. Ich wollte nur sichergehen, dass du das auch begreifst, bevor ich dir erlaube, in meinem Haus zu bleiben. Da ich jetzt aber sehe, dass du es nicht begreifen willst, kannst du uns ebenso gut gleich verlassen ...« Er streckte schon die Hand nach dem Klingelknopf aus, als ich mich einmischte: »Sie sollte besser hier bleiben.«

Verblüfft drehte er mir den Kopf zu. »Das alles trifft doch die

Hauptsache nicht«, erklärte ich. »Das Einzige, was jetzt zählt, ist, ob Ihr Sohn lebt oder stirbt.« Das sagte ich ganz kühl und betrachtete dabei angelegentlich das dicke, ausgelassene Einhorn auf dem Wappen über dem Kamin.

Eine kleine Pause entstand, während er das Gesagte verdaute. Dann wandte er sich wieder an Drue. »Es könnte sein, dass wir dich heute Nacht hier brauchen. Aber versteh mich recht, ich werde nicht zulassen, dass du versuchst, mit meinem Sohn zu sprechen. Wenn du hier bleiben willst, dann zu meinen Bedingungen.«

Nun, das war deutlich genug: Halt den Mund oder ich werfe dich hinaus. Drue überlegte kurz, dann sagte sie fast flüsternd: »Ich bleibe. Ich muss hier bleiben …«

»Na schön«, meinte Conrad Brent. »Dann nimmst du morgen den Mittagszug. Das wär's.«

Drue blieb noch eine oder zwei Sekunden lang abwartend stehen und sah ihn an, dann ging sie zur Tür. Doch als sie bereits die Hand auf dem Knauf hatte, drehte sie sich noch einmal zu ihm um. Ihre klaren grauen Augen blickten nachdenklich und seltsam abschätzend. Ganz ruhig sagte sie: »Du bist sein Vater. Ich nehme an, du liebst deinen Sohn. Aber ich könnte dich umbringen für das, was du mir angetan hast.« Mit dieser ruhig vorgebrachten, aber völlig unerwarteten Bemerkung verließ sie das Zimmer und schloss die Tür.

Nun, ich war ein wenig beunruhigt, das muss ich zugeben. Ich wandte mich Conrad Brent zu, der ein Taschentuch hervorgeholt hatte und seine bläulichen Lippen damit betupfte. »Hören Sie«, sagte ich kurz. »Ich kenne das Mädchen. Sie wäre jedem Mann eine gute Ehefrau.«

»Und eine reizende Schwiegertochter«, bemerkte Conrad Brent, »die droht, mich umzubringen.«

»Sie hat es nicht so gemeint, das wissen Sie doch. Sie …«

Er fiel mir ins Wort: »Meine liebe Schwester! Ich zweifle keinesfalls daran, dass sie jedem Mann, wie Sie es so treffend ausdrücken, eine gute Frau wäre. Aber nicht« – und er richtete sich auf und blickte zu dem Wappen empor, worauf seine Stimme sich völlig veränderte – »nicht *meinem* Sohn. Das wäre fürs Erste alles, Schwester.« Ohne mir Gelegenheit zu einer Erwiderung zu geben, ging er zur Tür und hielt sie auf, sodass ich mich gezwungen sah, ihm in die Halle zu folgen.

Die große, feierliche Eingangshalle sah nun ganz verändert aus. Das Feuer im Kamin war angezündet, und eine kleine Teerunde hatte sich darum versammelt. Beevens machte sich irgendwo im Hintergrund zu schaffen. Alexia, die hinter einem Tisch mit Spitzendecke saß, schenkte den Tee ein. Das alte Service war aus Silber, so blank poliert, dass es fast wie Satin aussah.

Conrad Brent lud mich ein, den Tee im Kreise der Familie zu nehmen. Das verblüffte mich so sehr, dass ich ihn ungläubig anstarrte. Doch es war, als ob sich der Vorhang eines Theaters gehoben hätte, und Conrad Brent hatte seine Rolle zu spielen. Er gab einen vollkommen veränderten Mann – gelassen, weltgewandt, freundlich und hochherrschaftlich.

Natürlich lehnte ich ab – ich hatte meinen Patienten nun lange genug allein gelassen. Doch Brent bestand darauf, mich zuerst Maud Chivery, die nur kurz nickte und mich neugierig musterte, dann Nicky Senour, den ich ja schon kennen gelernt hatte – und der sich dessen offenbar deutlich entsann, weil er so unhöflich war –, und schließlich einem weiteren jungen Mann vorzustellen, der groß und blond war und freundlich aussah. Er erhob sich höflich von seinem Platz auf der Kaminbank und machte einen Diener. Sein Name war Peter Huber. Das war also Craigs Freund, der Mann, der Nicky und dem Butler geholfen hatte, den Verletzten in sein Zimmer zu tragen.

Maud Chivery rührte mit ihrer ein wenig runzligen braunen Hand in ihrer Tasse und sagte mit einer Stimme, so sanft wie Seide: »Ich würde mich freuen, Ihnen heute Nacht beizustehen, Schwester. Wenn die andere Pflegerin uns verlässt.«

Alexia wandte ihr schönes Gesicht fragend ihrem Ehemann zu. Conrad erwiderte den Blick nicht. »Die andere Schwester wird bis morgen bleiben«, sagte er.

Maud Chiverys Augen glitzerten vor Neugier, Alexias Miene hingegen wurde starr. Sie machte eine winzige Bewegung, als wolle sie sich aus ihrem Stuhl erheben, doch Conrad trat rasch zu ihr und legte ihr seine schwere Hand auf die Schulter. Alexia legte ihre Hand zärtlich darüber. Sofort wurde sein Gesicht weicher. Es war nur zu deutlich: Welche Szenen sich zwischen diesen beiden auch abgespielt haben mochten – Conrad Brent war bis über beide Ohren in seine junge Frau vernarrt. In eine junge Frau, die noch vor kurzem die Verlobte seines Sohnes gewesen war. »Sie reist morgen ab«, fuhr er fort.

Alexia war nicht so schnell zu besänftigen; sie senkte die Lider, doch es kam mir so vor, als schieße sie unter deren Schutz einen herrischen Blick auf ihren Bruder Nicky ab. Der schaute einen Augenblick in seine Tasse und meinte: »Ich frage mich, was Drue will.«

Maud Chivery gebot ihm mit einer Geste ihrer bräunlichen Hand zu schweigen, blickte jedoch gleichzeitig interessiert zu Conrad Brent hinüber. »Alexia und ich wünschen, dass dieser Name in unserem Haus nicht mehr genannt wird«, sagte dieser äußerst herrisch und würdevoll. Es klang erstaunlich ehrlich und wirkte wie ein Wunsch, die Umstände zu kontrollieren wie ein Burggraf im Mittelalter – dabei ist es in der heutigen Zeit nicht zu vermeiden, dass man ab und zu den Namen eines Menschen hören muss, den man hasst. Über Nickys gut geschnittenes Gesicht mit dem schmalen Mund huschte ein flüchtiger Ausdruck des Missfallens; dann hob er seine Tasse, ohne etwas dazu zu sagen.

Ziemlich unvermittelt sagte ich, dass ich nun wieder zu meinem Patienten müsse, und ebenso unvermittelt erhob sich Peter Huber, stellte seine Tasse hin und sagte etwas Entschuldigendes zu Alexia, die zustimmend nickte. Sie hatte zwar noch kein einziges Wort gesagt, ihren Willen aber dennoch deutlich zum Ausdruck gebracht: durch den fragenden Blick zu Conrad, ob Drue weggeschickt werde, und nicht zuletzt durch den herrischen Blick auf ihren Bruder, der sofort Gewehr bei Fuß gegen

Drue gestanden hatte. Zweifellos hielt Alexia die Zügel der Macht in ihren zarten weißen Händen. Sie hatte Peter Huber während ihres zustimmenden Nickens nicht einmal angeblickt. Als ich mich anschickte, die Treppe hinaufzugehen, durchquerte er die große Halle und war bald an meiner Seite. Vom Treppenabsatz blickte ich noch einmal auf die Gesellschaft hinab. Alexia, deren rotes Kostüm leuchtete und deren Perlen den warmen Schein des Feuers spiegelten, saß regungslos in ihrem Sessel. Den Kopf hatte sie ein wenig zur Seite geneigt, und wieder sah ich in ihrem Gesicht unter der Schönheit die versteckte Grausamkeit; vielleicht nistete sie in der Form des kleinen roten Mundes oder drückte sich in der Form des etwas spitzen Kinns aus. Auf jeden Fall konnte sie nichts für ihr Aussehen, sagte ich mir und schaute Nicky an. Bei ihm war es haargenau dasselbe: ein kaum wahrnehmbares Zucken um den Mund, ein brütender Ausdruck, etwas, das man kaum richtig erkennen und beschreiben konnte – eine geheimnisvolle Grausamkeit.

Maud Chiverys dunkles Gesicht über dem gestärkten weißen Kragen verzog sich leicht, als sie uns die Treppe hinaufgehen sah. Dann ließen wir den Absatz hinter uns und konnten die kleine Gruppe in der Halle nicht mehr sehen.

Peter Huber folgte mir in den Korridor, der zum Zimmer meines Patienten führte. Als wir außer Hörweite der Personen unten in der Halle waren, begann er: »Warten Sie einen Augenblick, Miss – Schwester. Ich möchte mit Ihnen reden. Es dauert nicht lange. Hier ist ein Stuhl.«

Nun, man hätte diese Sitzgelegenheit vielleicht so nennen können – auf mich wirkte sie eher wie eine Requisite aus den gut ausgestatteten Folterkammern des Mittelalters. Ein knollenbeiniger Amor warf mir von der Tapete gegenüber anzügliche Blicke zu. »Wird er sterben?«, fragte Peter Huber.

»Ich hoffe nicht. Aber ich glaube es auch nicht.«

Peter Huber sah nett aus, wie ich schon sagte. Sehr blond und sehr groß, jedoch nicht ganz so jungenhaft, wie ich auf den ersten Blick geglaubt hatte. Er war ebenso braun gebrannt wie

Craig Brent. Um die großen blauen Augen und den etwas viereckigen Mund zeigten sich feine Fältchen; seine Züge waren grob und ein wenig stumpf, das Haar gelockt und kräftig. Er hatte auch schlanke, kräftige Hände und kleidete sich in englischen Tweed. Er war jedoch kein Engländer, obschon sein Benehmen etwas Europäisches an sich hatte – vielleicht lag es an seiner besonderen Höflichkeit. Jedenfalls schaute er mich ernst und besorgt an und fragte: »Hat er Ihnen gesagt, wer auf ihn geschossen hat? Ich bin sicher, dass er es weiß.«

5

Peter Huber mitzuteilen, was Craig gesagt hatte, war nicht das Gleiche, wie es Conrad Brent zu erzählen. Conrad war Craigs Vater, vom selben Fleisch und Blut, außerdem hatte er hier im Hause das Sagen. Falls in Craigs gemurmelten Worten auch nur das kleinste Körnchen Wahrheit lag, so musste ich mich an Conrad halten und an niemand anderen.

»Es war ein Unfall«, erklärte ich verhalten. »Beim Reinigen eines Gewehrs.«

Peter Huber sah mir gerade in die Augen. »Im Garten?«, fragte er. »Nachts? Nein, Schwester. Was ist wirklich passiert?«

Ich stand von dem unbequemen Stuhl auf. »Sie sollten darüber besser Bescheid wissen als ich«, erwiderte ich forsch. »Ich muss jetzt wieder zu meinem Patienten.«

»Aber – oh, na schön.« Er begleitete mich zur Tür von Craigs Schlafzimmer und legte die Hand auf den Türknauf. »Ich werde Sie nicht stören«, sagte er lächelnd, »aber wenn ich irgendetwas für Sie tun kann ...«

»Vielen Dank.« Er warf über meine Schulter hinweg einen Blick ins Schlafzimmer, dann jedoch machte er die Tür von außen zu, ohne zu versuchen, das Zimmer zu betreten.

Drue stand am Fenster.

Es ist doch seltsam, dass Frauen sich dermaßen mit Pelzen und Juwelen und Seide behängen. Nichts bringt die Schönheit einer Frau so zur Geltung wie das einfache Weiß der Schwesterntracht. Der gestärkte Kittel betonte Drues schlanke Figur, die weiße Haube saß auf ihrem Haar mit den goldenen Lichtreflexen und umrahmte ihr Gesicht wie eine Krone – ein stattlicher und doch verführerischer Anblick. Unter der Haube wirkten ihre Augen sehr klar und intensiv, die Lippen leuchteten rot. Das blendende Weiß verstärkte die Schatten unter ihren feinen Wangenknochen und hob die blassen Schläfen hervor. In ihrem Gesicht lagen Stärke, Entschlossenheit und zugleich Zärtlichkeit.

Ich ging zum Krankenbett und stellte fest, dass sich sein Befinden nicht verändert hatte. Drue schaute hinaus in den Regen. »Danke, dass du mich vor Conrad Brent verteidigt hast.«

»Vielleicht wird er ja morgen ...«

»Nein. Er wird sich nicht anders besinnen. Mir bleibt nur heute Nacht.«

Nur heute Nacht. Und Craig Brent war bewusstlos, stand unter Medikamenten und schwebte in der nebelhaften, unberechenbaren Zone zwischen Leben und Tod.

Es gab nichts, was ich sagen oder tun konnte. Endlich sagte sie: »Ich lasse dich jetzt allein; ich werde versuchen, etwas zu schlafen. Um zwölf übernehme ich die Wache.« Dann verließ sie das Zimmer.

Es war fast sechs Uhr, und der Regen prasselte in stürmischen Böen gegen die Fenster. Im ganzen Haus war es still.

Ich hatte viel Zeit zum Nachdenken, während die Minuten verstrichen, und ich muss gestehen, dass mir das Ergebnis meiner Überlegungen gar nicht gefiel. Denn wie ich es auch betrachtete, Drue kämpfte auf verlorenem Posten und konnte doch nichts anderes tun, als zu kämpfen.

Die Hauptursache allen Übels war natürlich, dass Craig Brent überhaupt nichts unternommen hatte, um Drue wiederzufinden. Heutzutage, so sagte ich mir, können Väter nicht mehr die uneingeschränkte Befehlsgewalt über ihre Söhne ausüben, denn diese würden das nicht zulassen. Sie sagen vielleicht ›Okay, Pa, ich gehe Steine klopfen, wenn's sein muss, aber ich werde die Frau heiraten, die ich liebe‹.

Craig Brent jedoch hatte nichts dergleichen getan. Während ich dies dachte und ihn dabei beobachtete, bewegte er sich ein bisschen, seufzte und zog die Hand, die Drue geküsst hatte, unter seine Wange – ohne die Augen zu öffnen, ohne richtig wach zu werden. Er seufzte noch einmal wie ein zufriedenes Kind und fiel wieder in Tiefschlaf. Es zeigt deutlich, was für Gefühle ich für Craig Brent hegte, wenn ich sage, dass mich dies so sehr ärgerte, dass es fast nicht mehr auszudrücken war. Ich stand auf, ging zum Kamin und starrte auf die verglühenden Kohlen.

Doch auch wenn ich Craig Brent nicht mochte, noch weniger gefiel mir die Tatsache, das er angeschossen worden war. Ich hielt es nicht für einen Unfall.

Nun, die Zeit verstrich und ich wünschte mir mein Strickzeug herbei. Niemand betrat das Zimmer, außer Beevens, der mir irgendwann das Abendessen brachte und eine halbe Stunde später wiederkam, um das Tablett abzuholen. Ich hatte auch mit Alexia oder Maud Chivery gerechnet, doch keine von beiden klopfte in jener Nacht an die Tür. Der Sturm draußen wütete immer heftiger, Regen und Windböen fegten über die Wiesen, und es war nicht besonders gemütlich in dem düsteren Zimmer, weil der Wind immer wieder Rauchschwaden in den Kamin drückte und irgendwo in der Ferne ein Fensterladen klapperte. Ich begann, ein wenig nervös auf die Uhr zu schauen. Einmal hatte ich sogar das absurde Gefühl, dass alle anderen auf mysteriöse Weise verschwunden seien und mich und meinen Patienten in diesem großen, irgendwie bedrohlichen Haus allein gelassen hätten, deshalb stand ich auf und öffnete die Tür.

Der erste Blick auf den langen Korridor in der schwachen Nachtbeleuchtung bestätigte meine sonderbare Vorstellung fast – er sah so vollkommen leer aus. Doch während ich noch hinausspähte, trat Nicky aus einem Zimmer, das näher an der Treppe lag, schaute den Korridor entlang, sah mich oder mein weißes Häubchen, verharrte einen Augenblick reglos und zog sich schließlich wieder in das Zimmer zurück und schloss die Tür. Er trug kein Dinnerjackett, sondern immer noch sein kariertes Jackett und eine braune Hose. Ich war sicher, dass es Nicky war.

Dies war übrigens genau der Augenblick, in dem Delfine in mein Leben – und ins Schlafzimmer – trat. Ich fühlte etwas Weiches an den Köcheln, unterdrückte einen Aufschrei, schaute nach unten und entdeckte einen riesigen Malteser Kater mit flammenden grünen Augen, ein alter Haudegen mit vernarbten Ohren. Er stolzierte zum Kaminvorleger, drehte sich dort zweimal um sich selbst und ließ sich in aller Ruhe nieder und starrte mich an.

Er war offenbar unter den Stühlen und Tischen und durch die Schatten des Korridors herangeschlichen, sodass ich sein heimliches Kommen gar nicht bemerkt hatte. Und jetzt konnte ich ihn nicht mehr loswerden. Ich hielt ihm einladend die Tür auf und flüsterte: »Miez, miez!«, worauf er mich nur verächtlich ansah. Ich ging auf ihn zu und versuchte ihn mit meinem Rock zu scheuchen, doch das fand er höchstens amüsant. Ich streckte die Hand aus, um ihn hochzuheben, doch er hob lediglich eine kräftige graue Pfote, legte sie auf meine Hand und fuhr langsam seine Krallen aus. Er machte keine Anstalten zu kratzen, gab mir jedoch deutlich zu verstehen, dass er wenig oder gar keine Skrupel hatte, von seinen scharfen Waffen Gebrauch zu machen.

Also ließ ich ihn in Ruhe. Er putzte sich ausgiebig, hielt kurz inne, um etwas unter der Couch zu belauern, und rollte sich zuletzt zu einer grauen Kugel zusammen, um ein Nickerchen zu machen. Ich setzte mich nacheinander auf einen Stuhl, auf das Sofa und endlich aufs Bett, um Craig eingehend zu betrachten. Dann kehrte ich wieder zu dem Stuhl zurück. Das Problem war, das ich schon zu viel, andererseits jedoch zu wenig wusste. Es war eine sehr unruhige Nachtwache, voller düsterer Vorahnungen. Doch nichts geschah – jedenfalls nicht wirklich. Nur einmal, als der Wind etwas nachließ, vermeinte ich leise Schritte im Korridor zu hören. Das ganze Haus schien zu schlafen, obwohl dieser Schlaf etwas Lauerndes, Wachsames an sich hatte.

Der Kater rührte sich nicht. Mein Patient lag in tiefem Schlaf. Der Wind ließ die Fensterläden ächzen und heulte im Kamin. Mitternacht rückte heran, und Drue ließ sich nicht blicken.

Es wurde zwölf, zehn nach zwölf, und sie erschien immer noch nicht.

Um Viertel nach zwölf geschahen zwei Dinge gleichzeitig. Delfine schlug die Augen auf, ohne auch nur einmal schläfrig zu blinzeln, setzte sich auf und starrte wie gebannt auf die dunkle Täfelung der Tür. Lange saß er so da, starrte die Tür an und wandte den Blick nicht ab. Dann schlug etwas mit einem scharfen Knall gegen die Tür.

Danach blieb alles ruhig. Ich bin wohl aufgestanden, denn ich erinnere mich, dass ich ganz still stand und lauschte. Doch nach dem Knall war nichts mehr zu hören, keine Schritte, keine Stimmen, nicht das kleinste Geräusch.

Deshalb ließ ich wahrscheinlich ein paar Sekunden verstreichen, ehe ich mich zur Tür begab und sie aufmachte. Doch im Flur war keine Menschenseele; leer erstreckte er sich zu beiden Seiten, nur die Stühle warfen Schatten.

Ich glaube – nein, ich bin mir sicher –, dass ich sogar einige Zeit dort stehen blieb, lange genug zumindest, um etwas äußerst Seltsames zu entdecken, und zwar eine Art Delle in einem der blank polierten Holzpaneele der Tür.

Es war, als habe jemand etwas Schweres (eine Leiter, eine Feuerzange oder vielleicht einen Hammer) den Flur entlang getragen und sei damit versehentlich gegen die Tür gestoßen. Aber normalerweise werden Hämmer oder Leitern nicht zu nachtschlafender Zeit durch Häuser geschleppt.

Dann jedoch, während ich die leichte Delle betrachtete und mit den Fingern darüber strich, hörte ich irgendwo im Haus eine Frau aufschreien, abgehackt und atemlos; der Schrei brach ab, bevor er wirklich durchdringend werden konnte. Und irgendwie wusste ich, dass es Drue war, die da geschrien hatte.

Ich wusste auch, dass der Schrei von unten gekommen war, kann mich jedoch nicht erinnern, dass ich mich von der Stelle bewegt hätte – nur, dass ich irgendwie zum Treppengeländer gelangt war und mich daran festhielt. Und dass der Marmorboden in der großen Halle sehr rutschig war.

Die Tür zur Bibliothek stand offen, Licht fiel hindurch. Und da stand Drue, das Gesicht so weiß wie ihr Häubchen. Sie hielt etwas in der Hand und beugte sich über Conrad Brent, der halb auf dem Boden, halb auf der Ledercouch lag.

Er war tot, das sah ich sofort. *»Sarah – Sarah! Ich habe ihn umgebracht!«*, flüsterte Drue tonlos.

Dann hörten wir schwere Schritte auf dem Marmor der Halle, die sich rasch näherten. Drue drehte sich um, und der glänzende Gegenstand in ihrer Hand blitzte im Licht auf.

6

In Zeiten der Not und Hast werden die eigenen Handlungen ganz und gar durch den Instinkt gelenkt. Erst hinterher stellt man sie in Frage, und dann ist es zu spät, denn die Taten sind bereits vollzogen – ob im Guten oder im Bösen, auf jeden Fall jedoch endgültig. Ich streckte die Hand aus und nahm Drue das glänzende Ding ab. Es war eine Spritze – leer.

Drue starrte mit weit aufgerissenen, verschleierten Augen auf Conrad Brent. Wieder flüsterte sie mit dieser seltsam tonlosen Stimme: »Ich wollte ihn nicht töten. Ich habe versucht, ihm zu helfen. Aber er – er ist gestorben ...«

Ich konnte ihr leider nicht die Hand auf den Mund legen; das hätte man gesehen – die Schritte hatten vor der Tür zur Bibliothek Halt gemacht. So stopfte ich die Spritze in meine Kitteltasche und sagte mit lauter Stimme, um Drue zu übertönen: »Hab keine Angst! Wir holen den Arzt ...« Erst dann drehte ich mich um. In der Tür stand Peter Huber; zum Glück waren es nicht Alexia oder Nicky – und wenn die Drues letze Worte noch mitbekommen hätten ...

Drue verstummte; aus Vorsicht, wie ich hoffte, war mir dessen jedoch leider nicht sicher. Peter Huber gab einen Laut der Überraschung von sich und betrat schnell die Bibliothek.

»Krank?«, rief er. »Meine Güte! Er sieht ja furchtbar aus ...« Damit trat er neben mich und hielt den roten Morgenmantel zusammen, den er über einem grell gestreiften Pyjama trug. »Er ist tot, nicht wahr?«

Nun, ich bin schon lange Krankenschwester; ich weiß, wann ich einen Toten vor mir habe. Aber dann tastete ich doch noch nach dem Puls von Conrad Brent, während Huber zusah.

»Ja, er ist tot«, bestätigte ich endlich.

»Was war es? Herz?«

»Ich weiß es nicht. Aber ich nehme es an.« Unschlüssig blieben wir noch einen Moment stehen und schauten auf Conrad Brents Leiche hinab, die grässlich verrenkt halb auf der Couch, halb auf dem Boden lag; der Kopf war auf eine Schulter gesunken, dass ich ein Handtuch holen und sein kantiges, jedoch nicht länger beeindruckendes Kinn hochbinden wollte, ehe die Totenstarre einsetzte. Und dann fiel mir ein, dass dies der Polizei überhaupt nicht gefallen würde; ich durfte ja gar nichts berühren. Die *Polizei*? Aber Drues unbedachte Worte bedeuteten doch nicht zwingend, dass sie ihn ermordet hatte. Und ich dachte auch nur deshalb an Mord und an die Polizei, weil Craig gesagt hatte, es werde noch ein Mord geschehen.

Craig! Den hatte ich ganz vergessen.

»Ich muss unbedingt zu meinem Patienten zurück! Ich glaube, dass Mr. Brent tot ist, aber rufen Sie zur Sicherheit Dr. Chivery!« Als ich an der Tür war, fiel mir Drue ein: Ich konnte sie doch nicht hier lassen, neben dem Toten, den Fragen des jungen Huber oder anderer ausgesetzt! Schnell eilte ich wieder an ihre Seite. »Du gehst jetzt rauf zu Craig. Und bleib da!«

»Aber ich ...«, setzte sie an. »Beeil dich!«, fiel ich ihr ins Wort.

Ich hoffte nur, Peter Huber würde nicht merken, wie drängend ich gesprochen hatte. Dennoch warf Drue der zusammengesunkenen Gestalt auf dem Sofa noch einen langen, entsetzten Blick zu, ehe sie das Zimmer verließ. Als ich sicher war, dass sie außer Hörweite war, sagte ich in scharfem Ton zu Huber: »Rufen Sie den Arzt! Ich bleibe hier.«

»Soll ich nicht lieber bei ihm bleiben? Das macht mir nichts aus. Sie können ja den Arzt anrufen.«

»Nein«, erwiderte ich. »Ich habe seine Nummer nicht.«

»Aber das Fräulein vom Amt ...«

»Beeilen Sie sich!«, drängte ich ihn, worauf er mich nur verblüfft anstarrte und sich davonmachte. Ich schloss die Tür hinter ihm und wandte mich wieder Conrad Brent zu.

»Ich habe ihm umgebracht«, hatte Drue gesagt, während sie die Spritze in der Hand hielt. Schließlich fand ich die Einstichstelle: ein kleiner, roter, kaum sichtbarer Fleck auf dem rechten Arm. Wenn sie den entdeckten, was würden sie dann sagen? Jeder im Haus wusste doch, dass der Tote sich zwischen Drue und ihren jungen Ehemann gestellt hatte, und selbst jetzt, als sie zurückgekehrt war, hatte er ihr keine Chance geben wollen. »Mir bleibt nur heute Nacht«, hatte sie gesagt.

Nun, vielleicht würde Claud Chivery das kleine rote Mal übersehen. Ich rollte den Hemdsärmel des Toten herunter, knöpfte die Manschette zu und zog den Ärmel des braunen Samtjacketts darüber. Dann sah ich mich im Zimmer um.

Seit unserem Gespräch am Nachmittag hatte sich kaum etwas verändert; die Schreibtischlampe war immer noch angeschaltet; das Kaminfeuer zu Asche heruntergebrannt. Die Brandykaraffe stand immer noch auf dem Tisch – allerdings nicht mehr auf ihrem Tablett, sondern am äußersten Rand der Tischkante. Der Raum war gut geheizt und so still, dass jeder einzelne Gegenstand darin, der von Conrad Brents Existenz zeugte, ein geheimes Leben zu haben schien – es war, als beobachteten mich die Stühle und die Bücher, das Wappen über dem Kaminsims und die Dinge, die auf dem Tisch standen: Sie schauten auf mich und die schweigende Gestalt, die leblos und mit grauem Gesicht auf der Couch lag.

Craig hatte einen Mord vorhergesagt, und nun war Conrad Brent tot.

Kein angenehmer Gedanke. Dennoch war ich ein wenig erschrocken, als ich feststellte, dass ich unwillkürlich die Hand nach der Brandykaraffe ausgestreckt hatte. Ich war schon drauf und dran, sie hochzuheben und nach einem Glas zu greifen, als ich mich zur Ordnung rief. Mein Leben lang bin ich abstinent gewesen, und so zog ich meine Hände rasch zurück – obwohl in der Karaffe ohnehin nicht mehr genug Brandy war, um mir zu einem größeren Schandfleck zu gereichen. Auf jeden Fall hatte ich die Karaffe berührt – damals dachte ich mir jedoch nichts dabei und sah mich weiter im Zimmer um. Ich will nicht gerade behaupten, das ich nach Hinweisen suchte, es waren ohnedies keine vorhanden. Nicht einmal eine Zigarette oder Zigarrenasche. Ein Manschettenknopf hätte mir schon gereicht oder die Asche verbrannter Papiere im Kamin. Doch es war nichts zu sehen.

Nichts als Conrad Brent, und das Einzige, was ich mit Sicherheit wusste war, dass er letzten Endes an akutem Herzversagen gestorben war. Sein Gesicht war grau wie die Asche im Kamin, die Lippen waren bläulich angelaufen, was in der Fachsprache Zyanose genannt wird. Er hatte sich zum Dinner umgekleidet, irgendwann jedoch das Dinnerjackett mit einem aus braunem Samt vertauscht. Seine Krawatte war gelockert und der Kragen aufgeknöpft worden. Ich starrte gerade nachdenklich darauf, als plötzlich die gesamte japanische Armee ohne Vorwarnung begann, das Haus zum bombardieren.

So jedenfalls hörte es sich an. Denn unversehens ertönten irgendwo im Haus ein dumpfes Geräusch und eine Reihe lauter Schläge, gefolgt von einem Klirren, als ob Glas zersplitterte. Ich rannte zur Bibliothekstür und stieß sie auf. Der Lärm endete so abrupt, wie er angefangen hatte, doch es kam mir so vor, als ob er überall im Haus widerhallte. In der großen Halle war niemand, und ich wollte eben auf die Treppe zugehen, als Peter Huber aus der anderen Richtung, von jenseits der Treppe, in die Halle stürzte und wilde Blicke um sich warf. »Was war das?«, rief er, als er mich sah.

Er wartete meine Antwort gar nicht ab, sondern lief, drei Stufen auf einmal nehmend, die Treppe hinauf. Ich folgte ihm. Der Lärm schien aus dem ersten Stock zu kommen, wo Drue allein war. Craig – der erst letzte Nacht Opfer eines Mordanschlags geworden war!

Jedenfalls gab es im Augenblick nichts, was ich oder jemand anderes für den Mann in der Bibliothek tun konnte.

Leider bin ich nicht allzu flink auf den Beinen, obwohl ich die Stufen sozusagen im Galopp nahm. Als ich den oberen Korridor erreichte, war Peter Huber verschwunden. Der schwach beleuchtete Hauptflur erstreckte sich zu beiden Seiten, nur von zwei oder drei Lampen erhellt, und die hier und da an der Wand stehenden Stühlen erschienen mir wie unbeholfene Raubtiere, die auf Beute warteten, sich jedoch nicht rührten. Auch sonst war keine Bewegung zu sehen.

Ein schmalerer Flur ging genau gegenüber der Treppe vom Hauptkorridor ab; er führte wohl zum Dienstbotenflügel und zur Hintertür. Peter Huber musste dorthin gerannt oder in einem der Zimmer verschwunden sein. Ich machte mir nicht die Mühe nachzuschauen. Während ich den dunklen, breiten Korridor entlangrannte und das Rascheln meines gestärkten Kittels von den düsteren Wänden widerhallte, erwachte das Haus auf einmal zum Leben. Jemand betätigte einen Klingelzug, der entfernt im ganzen Haus zu hören war. Jemand stieß eine Tür auf. Dann endlich erreichte ich das Zimmer meines Patienten.

Es war hell erleuchtet, so, wie ich es verlassen hatte. Doch das Bett war leer. Das Zimmer war leer. Craig Brent war verschwunden – und Drue ebenfalls.

Ich muss wohl ins Zimmer gerannt sein und es ein wenig kopflos durchsucht haben. Ich weiß noch, wie ich unter das Bett schaute und die schweren Vorhänge zur Seite zog, obwohl nicht einmal eine Katze sich dahinter hätte verstecken können. Ach ja, die Katze – die war ebenfalls verschwunden. Niemand war im Bad und niemand im Ankleidezimmer. Als ich wieder ins Zimmer eilte, kam Maud Chivery in einem weiten blumenbedruckten Morgenmantel hereingerauscht und leuchtete mir mit einer Taschenlampe ins Gesicht. »Was war das für ein Krach? Was ist passiert?«, rief sie. Dann sah sie das leere Bett und kreischte: »Was haben Sie mit Craig gemacht?«

Was *ich* mit Craig gemacht hatte!

»Conrad Brent ist tot. Er liegt in der Bibliothek. Sie sollten lieber gleich den Arzt rufen.« Ich nahm ihr die Taschenlampe ab. Ihr Gesicht wurde wächsern, und die großen Augen verengten sich zu schmalen Schlitzen. Ich glaubte schon, sie würde ohnmächtig werden, denn ihre bleich gewordenen Lippen gaben nur noch ein flüsterndes »O-o-o-oh« von sich. Ich schob sie auf einen Stuhl und wandte mich zur Tür.

Dort stand Alexia in einem purpurroten Morgenrock, der sich eng an die Kurven ihres Körpers schmiegte und in reichen Falten bis zum Boden fiel. Ihr schmales, feines Gesicht schaute mich aus einer Wolke schwarzer Haare an.

»Conrad …«, flüsterte sie. *»Conrad.«* Und als ich an ihr vorbeigehen wollte, hielt sie mich an der Schulter fest. *»Wo ist Craig? Was ist mit ihm geschehen …?«*

»Das will ich ja gerade herausfinden.« Ich schüttelte ihre Finger, die sich an mir festkrallten, ab und eilte in den Korridor hinaus. Craig konnte nicht allzu weit gekommen sein. Ich versuchte es mit dem nächsten Schlafzimmer: Hinter der Tür herrschte eisige, ordentliche Leere, und ein »Röhrender Hirsch im Abendrot« sah mich traurig von seinem Platz über dem Kamin an. Kein Zeichen von Craig oder Drue. Ich wollte es mit der Tür gegenüber versuchen, drehte mich um und prallte mit einem Mann zusammen, der den Flut entlangeilte! Wir drehten uns einmal um uns selbst, dann erkannte ich den Mann – Nicky. Er schubste mich ziemlich unsanft aus dem Weg, und ich ließ Mauds Taschenlampe fallen – auf seinen Fuß, wie ich glaube. Jedenfalls fluchte er vor Schreck und Schmerz, hüpfte auf einem Fuß herum und hielt den anderen in der Hand. »Haben Sie Conrad gesehen?«, schrie er mich an. »Wo ist er?«

»In der Bibliothek. Warum passen Sie nicht auf, wohin Sie laufen?« Ich fand mein Gleichgewicht wieder, bückte mich nach meinem Häubchen, das heruntergefallen war, und fragte mich, ob ich die Taschenlampe kaputtgemacht hatte.

»Ist er tot? Sind Sie sicher? Ist er tot?« Seine Augen in dem schmalen, gut geschnittenen Gesicht leuchteten wie Diamanten.

»Schauen Sie doch selber nach!«, herrschte ich ihn an und hob die Taschenlampe auf, während er auf die Zimmertür zuhumpelte, wo Maud und Alexia standen. »Ich gehe jetzt hinunter«, hörte ich Alexia sagen. »Komm, Maud …«

Dann öffnete ich die nächste Tür und fand Craig. Der Raum war eine Art Wäschekammer, eng und schmal und voller Wandborde. Es roch stark nach Lavendel. Craig lag in voller Länge ausgestreckt auf dem Boden, und Drue beugte sich über ihn – offensichtlich im Begriff, ihn zu ertränken, denn sie drückte ein triefendes Handtuch gegen seinen Kopf.

»Drue!«

»Sarah, er ist verletzt! Sieh doch ...«

Craigs Gesicht sah blutleer und weiß aus. Drue nahm das Handtuch von seiner Schläfe, und dort erblickte ich eine stark blutende Platzwunde.

»Was ist passiert?«

»Ich weiß es nicht. Er war nicht in seinem Zimmer, als ich heraufkam. Ich hab ihn gesucht und endlich hier gefunden. Genauso, wie er jetzt daliegt ...«

Craig trug einen Morgenmantel und Pantoffeln und war in eine Decke gewickelt. »Auch die Decke?«, fragte ich jetzt, während ich mich hinkniete und mir die Wunde genauer ansah.

»Nein. Die Decke habe ich geholt. Er muss uns unten gehört haben. Vielleicht hat er versucht, auch nach unten zu kommen und ist dabei über irgendwas gestolpert.«

»Was hatte er denn hier drin zu suchen?« Craigs Puls schlug ziemlich regelmäßig. Ich warf einen vorsichtigen Blick auf den Verband an seiner Schulter. Die Wunde war nicht wieder aufgebrochen, denn ich konnte keine frische Blutung entdecken.

»Ich weiß es auch nicht! Aber er war hier, nicht auf dem Korridor. Sarah, ist er schlimm verletzt?« Ihre Stimme klang schrill vor Angst.

»Ach, die Wunde ist nicht so schlimm. Wird ihm vielleicht später wehtun. Wir werden sie verbinden. Das Wichtigste ist jetzt, dass wir ihn ins Bett zurückschaffen, bevor er sich eine Lungenentzündung holt.«

Ich setzte mich auf die Fersen und holte tief Luft. Auf jeden Fall war Craig nicht tot. Drue musste in diesem Augenblick dasselbe gedacht haben, denn sie sagte mit zitternder Stimme: »Als ich ihn so daliegen sah, dachte ich, er wäre tot. Obwohl man doch keinen Schuss gehört hat. Aber ich dachte ...« Sie brach ab und beugte sich über ihn, drückte ihm wieder das Handtuch gegen die Schläfe. »In meiner Tasche ist Verbandszeug.«

Mir zitterten immer noch die Knie. »Was war das für ein Krach?«, fragte ich sie.

»Was für ein Krach?«

»Was für ein ...« Ich starrte sie nur an. »*Der* Krach! Du musst es doch gehört haben!«

»Ich hab gar nichts gehört«, erwiderte sie, ganz auf Craig konzentriert. »Vielleicht war ich in dem Augenblick gerade im Bad. Sarah, glaubst du, wir können ihn tragen?«

Ich gab es auf. »Nein. Ich hole jemanden, der uns hilft.«

Während ich mich erhob, begannen Craig Brents Lider zu flattern, und er öffnete die Augen. Sie waren verschleiert, die Pupillen verengt, was mir bewies, dass er immer noch unter Beruhigungsmitteln stand. Doch sein Blick heftete sich auf Drues Gesicht, das über ihm schwebte, und dann war es, als ob ein Feuer in seinen Augen aufloderte. Er bewegte schwach die Lippen. »Drue ...«, brachte er flüsternd hervor.

Sie sagte nichts, beugte sich nur über ihn, wobei ihr weißes Häubchen wie ein Heiligenschein im Licht schwebte. Ihr Ausdruck war unglaublich zärtlich und besorgt. Ich räusperte mich und fragte: »Wie sind Sie hierher gekommen? Was ist passiert?«

Er sah mich nicht an; ich glaube, er hatte mich nicht einmal gehört. Er schaute unverwandt Drue an, mit einem Blick, der so lebendig und drängend war, dass er fast wie ein lebendiges Wesen wirkte. Beide schwiegen und blickten einander an.

Und doch lag Conrad Brent tot in der Bibliothek, in meiner Tasche steckte eine Spritze, und Craig hatte vorausgesagt, dass ein Mord geschehen werde.

Es war schon seltsam und im höchsten Grade unerfreulich, wie mir das Wort »Mord« – vielleicht hier im Haus oder irgendwo draußen in der Nacht verübt – immer wieder mit grausiger Hartnäckigkeit in den Sinn kam.

Doch inzwischen war ich wütend geworden; eine typische Reaktion von mir, wenn ich Angst habe. Ich sagte etwas, das bei den beiden anderen vermutlich nur noch als verärgertes Brummen ankam, und öffnete dann die Tür. Im Korridor war niemand; Alexia, Maud und Nicky waren verschwunden. Ich eilte zur Treppe und stieß auf dem Absatz auf Beevens, der eben schwer atmend die Stufen emporstieg. (Sein langer weißer Bademantel ließ ihn fast wie ein Mitglied des Ku-Klux-Clan aussehen.) »Kommen Sie, helfen Sie uns!«, rief ich. »Beeilen Sie sich!«

Er stellte keine Fragen, nicht einmal dann, als wir in die Wäschekammer kamen und er dort seinen jungen Herrn der Länge nach auf dem Boden ausgestreckt sah. In seiner vollen Länge, abgesehen davon, dass Drue ihn ein wenig hochgehoben hatte, und sein Kopf nun an ihrer Brust ruhte. Sie drückte immer noch das Handtuch gegen die hässliche blutende Wunde an seiner Schläfe. Beevens stieß einen Laut aus, der tatsächlich klang wie »Bah-bah« und beugte sich vor. »Nehmen Sie bitte seine Füße, Schwester!«, wies er mich an.

Wir schafften Craig ins Bett zurück. Als wir ihn endlich warm eingepackt und Wärmflaschen um ihn herum verteilt hatten, damit er nicht doch noch eine Lungenentzündung bekam, hatte er erneut das Bewusstsein verloren. Beevens, der immer noch keine Fragen stellte, ging uns zur Hand. All das dauerte seine Zeit.

Zuletzt jedoch hatten wir alles Menschenmögliche getan. Beevens schaute mich an. »Sie werden in der Bibliothek verlangt, Miss Keate.«

Drues Kopf fuhr jäh zu mir herum, sodass ihr weißes Häubchen verrutschte.

Auch in meinem Inneren schien etwas zu verrutschen und sich schmerzhaft zusammenzuziehen. Ich will damit nicht sagen, dass mein Verstand anfing zu arbeiten, denn ich hab seit jenen Ereignissen stark an seiner Existenz gezweifelt – doch jedenfalls bekam ich mich wieder in den Griff.

»Na gut.« Ich rückte mein Häubchen zurecht. »Es dauert nicht lange«, sagte ich zu Drue.

Ich gab ihr keine Zeit, etwas zu erwidern, sondern eilte unverzüglich hinter Beevens her. Erst als ich auf dem Treppenabsatz unter dem Buntglasfenster war, fiel mir ein, dass ich immer noch Drues Spritze in der Kitteltasche mit mir herumtrug.

Ich glaubte zwar nicht, dass die Leute in der Bibliothek mich durchsuchen würden, doch ich wollte sichergehen und versteckte die Spritze.

Unter dem hohen Bogenfenster befand sich eine Art Fensterbrett, auf dem ein kränkelnder, aber noch sehr buschiger Farn stand. Beevens ließ den Treppenabsatz hinter sich und begann schwerfällig die letzten Stufen zur Halle hinunterzusteigen, während ich die Spritze unter die dichten Farnwedel schob. Zu mehr reichte die Zeit nicht. Beevens hatte bereits gemerkt, dass ich ihm nicht folgte, und machte Anstalten, sich langsam und würdig umzudrehen. Mit einem Gefühl, als hätte ich eine Leiche versteckt, trat ich rasch von dem Farn weg und folgte dem Butler. Wir durchquerten die Halle, wobei ich undeutlich zwei oder drei Menschen sah, die sich hinter der Treppe im Durchgang zu einem Flur zusammendrängten, der wohl in den rückwärtigen Teil des Hauses führte: zwei Dienstmädchen, wie ich annahm, und der stämmige, gedrungene Mann, der uns vom Zug abgeholt hatte.

Die Tür zur Bibliothek stand offen. Alexia schritt ruhelos hinter dem großen Schreibtisch auf und ab. Sie machte ein paar Schritte, drehte sich um, wieder ein paar Schritte … Anna stand neben der Tür. Sie trug einen Bademantel in verblichenem Blau, und ihre blauen Augen starrten aus einem weißen Gesicht.

Die anderen hatten sich um Conrad Brents Leiche geschart. Dr. Chivery kniete neben dem leblosen Körper und wandte mir den Rücken zu. Maud stand hinter dem Sofa; ihr Gesicht war nur noch eine starre, gelbliche Maske mit weit aufgerissenen Augen, die Chivery genau beobachteten. Auch Peter war da und blickte nachdenklich auf die Leiche hinab. Als ich eintrat, wandte Nicky sich abrupt vom Sofa ab, ging um den langen Schreibtisch herum und warf sich in Conrads Sessel.

Alexia sah mich als Erste. Sie drehte sich um, um ihre kurze purpurrote Schleppe zur Seite zu treten, stutze und sagte: »Da ist ja die Schwester. Haben Sie Craig gefunden? Wo hat er gesteckt? Was ist passiert?«

»Es geht ihm gut. Er ist wieder im Bett. Miss Cable ist bei ihm.«

Maud warf mir einen raschen Blick zu. Dr. Chivery stand ein wenig unbeholfen auf, klopfte sich zerstreut die Knie ab und sah sich verwirrt um. »Ich – ich habe nicht erwartet, dass Conrad so bald sterben würde«, sagte er. »Aber ich fürchte, es ist zu Ende.« Er blickte unentschlossen zu seiner Frau hinüber. »Das muss ja schnell gegangen sein«, warf Nicky ein. »Keiner von uns wusste, dass er unter Herzanfällen litt.«

Claud Chivery fuhr sich mit zitternder Hand über das spitze Kinn. »Er hatte ein Medikament dagegen«, erklärte er. »Das hat er immer genommen, wenn er einen Anfall hatte. Aber ich glaube, dass es diesmal ...« Er beugte sich über die Leiche, schien an ihr und auf dem Sofa etwas zu suchen. »Nun, sie ist nicht da. Die Pillenschachtel, meine ich. Der Anfall muss so überraschend gekommen sein, dass er keine Zeit mehr hatte, seine Pillen zu holen. Er hatte es schon seit Jahren am Herzen, wissen Sie.«

»Das wussten wir«, stimmte Alexia zu.

Dr. Chivery sah mich an. »Sie haben ihn gefunden?«

»Ja. Er war schon tot. Ich konnte nichts mehr für ihn tun.«

Er betrachtete meine Armbanduhr und schien fast darauf zu warten, dass ich ein bisschen ausführlicher wurde. Das aber tat ich nicht, denn ich folge dem Prinzip »Je weniger man darüber redet, desto besser« und erntete dafür ein Nicken des Arztes. »Ähem – ja. Ich hatte befürchtet, dass er so von uns gehen würde.«

»Seine Medizin war Digitalis, nicht wahr, Claud?«, fragte Maud ein wenig steif.

Wieder warf Claud Chivery seiner Frau einen unsicheren

Blick zu. »Aber ja, natürlich. Das wusste doch jeder. Er hat es in einer Schublade seines Schreibtischs aufbewahrt – dort.«

Natürlich richteten sich nun alle Blicke auf den Schreibtisch. Und ebenso selbstverständlich – wenigstens kam es mir so vor – streckte Alexia die Hand aus und zog eine Schublade auf, die oberste rechts.

»Die Schachtel ist nicht da«, sagte sie. »Er muss sie bei sich haben.«

»Aber ich habe doch …« Dr. Chivery zuckte die Achseln. »Vielleicht habe ich sie ja übersehen.«

Er wandte sich wieder der Leiche zu. Stille breitete sich im Raum aus, die mich wie eine unausgesprochene, heimliche Frage anmutete. Wir sahen alle zu, wie er rasch und irgendwie behutsam die Taschen des Toten durchsuchte. Sein Vorgehen rief mir in Erinnerung, dass Conrad Brent und sein Arzt viele Jahre lang Freunde und Nachbarn gewesen waren.

»Nein, die Schachtel ist nicht da.« Endlich richtete er sich wieder auf. Er war vollkommen perplex, und dieses Gefühl zeigte sich nun neben einer seltsamen neuen Besorgnis in seiner Miene. »Und in der Schachtel war Digitalis«, sagte Maud. »Jeder wusste, wo er es aufbewahrte. Claud – Alexia – wenn irgendjemand diese Pillen weggenommen hat, dann ist es Mord. Mord …«

Da war es wieder, dachte ich fast wütend, dieses Wort. Hartnäckig tauchte es immer wieder auf.

Weiter jedoch konnte ich in diesem Augenblick nicht denken, weil Beevens einen halb erstickten Ausruf ausstieß und mit konsternierter Miene aus der Bibliothek eilte. Wir hörten seine Schritte in der Halle und das Geräusch, als die schwere Haustür geöffnet wurde. Und dann hörten wir die Stimmen, laut und herrisch.

»Wir sind so schnell wie möglich hergekommen. Wo ist der Ermordete?«

»*Ermordet?* – aber wir – aber wir …« Beevens schien sich nur unter größten Anstrengungen zusammenzureißen. »Sie müssen sich irren, Sir. Hier gibt es keinen Ermordeten. Niemand hat die Polizei gerufen.«

Daraufhin redeten mehrere Stimmen gleichzeitig, und man hörte raschelnde Bewegungen; dann durchquerten schnelle, feste Schritte die Halle in Richtung Bibliothek, und der Lieutenant vom Tag zuvor erschien auf der Schwelle.

Er sah sich mit raschen Blicken im Raum um. Dann wandte er sich an Dr. Chivery: »Vor einer Viertelstunde wurde von diesem Haus aus im Präsidium angerufen. Der Anrufer sagte, Conrad Brent sei ermordet worden, und bat uns, so rasch wie möglich zu kommen. Wer hat ihn ermordet?«

7

Niemand sagte ein Wort. Sogar Beevens stand stumm in der Tür und glotzte wie ein Fisch am Haken. Nickys schmaler Kopf und anmutige Gestalt schienen in Wachsamkeit zu erstarren, wie ein junges Tier, das eine Falle wittert.

Dann ergriff Maud das Wort: »Sag es ihnen, Claud. Hier muss ein Irrtum vorliegen.« Dr. Chivery blinzelte heftig, blickte auf das schwarze Haar seiner Frau und die linke Schulter des Lieutenants und sagte, die Polizei sei in einem Irrtum befangen. »Mr. Brent war mein Patient. Er hatte einen Herzanfall – mit tödlichem Ausgang. Niemand hat Sie angerufen, und hier ist auch niemand ermordet worden.«

Der Lieutenant trat langsam ins Zimmer. Er war ein hoch gewachsener Mann, schlank wie eine Gerte; sein Wesen gemahnte an eine Peitsche, aufgerollt und bereit zuzuschlagen. Ein paar Polizisten (in der Uniform der Landespolizei, was mich folgern ließ, dass der Brent'sche Besitz außerhalb der Bezirksgrenzen lag und deshalb unter deren Zuständigkeit fiel) folgten ihm auf dem Fuße. »Ich verstehe«, sagte er nun. »Aber wer hat uns dann angerufen?«

Und hier fingen die Schwierigkeiten an, denn niemand hatte angerufen, oder zumindest wollte keiner es zugeben. Chivery sah verstört, aber verständnislos drein; Maud blickte verärgert, aber ebenso verständnislos – Nicky, Alexia, Peter und sogar Anna stritten den Anruf, als sie gefragt wurden, mit Nachdruck und je nach Temperament mehr oder weniger empört ab, alle waren gleichermaßen ahnungslos und erstaunt ob eines solchen Anrufs – und ihr Erstaunen klang echt. Beevens, der immer noch auf der Schwelle stand, bestritt es besonders heftig. Und vielleicht war es auch bei mir so; ich weiß noch, dass ich mit einer Stimme, die wie ein Jagdhorn von den Bücherwänden widerhallte, behauptete, der Gedanke an die Polizei sei mir gar nicht in den Sinn gekommen.

Alexia richtete sich zu ihrer vollen Größe auf und nahm die Pose der Hausherrin ein, die ihr wunderbar stand. »Da sehen Sie es, Lieutenant. Sie haben sich geirrt. Mein Mann ist an einem Herzschlag gestorben. Die Schwester« – der Lieutenant streifte mich mit einem Blick – »hat ihn so gefunden. Sie rief uns, und wir haben den Arzt geholt. Mein Mann wurde nicht ermordet.«

»Sie haben gewiss den Namen falsch verstanden«, setzte Nicky eifrig hinzu. »Sie sollten sich lieber beeilen, was, Lieutenant? Ich meine, wenn hier in der Gegend jemand ermordet wurde – oder so – und wenn man Sie dort erwartet ...« Der Beamte warf Nicky einen Blick zu, und dieser verstummte abrupt. Die Lieutenant hatte schmale, graugrüne Augen, hohe Wangenknochen und ein ungeheuer gleichmütiges, beherrschtes Wesen. »Ich habe den Anruf selbst entgegengenommen«, erklärte er. »Am Apparat war eine Frau. Und ich habe den Namen bestimmt *nicht* falsch verstanden.«

»Eine Frau!«, rief Nicky aus. »Aber ...« Wieder verstummte er und fuchtelte hilflos mit seinen kleinen Händen herum. *»Aber er wurde nicht ermordet!«*

Jetzt trat Claud Chivery vor. »Das ist auch meine Meinung, Lieutenant. Ich werde den Totenschein ausstellen, und meinerseits bestehen keinerlei Zweifel, was die Todesursache betrifft. Schließlich war er mein Patient.« Darauf entstand Schweigen, nur von der Halle her hörten wir Beevens, der die Dienstboten von ihrem Beobachtungsposten verscheuchte. »Man wird Sie rufen, wenn es nötig ist«, sagte er. »Nun gehen Sie bitte ...« Beevens selbst hingegen blieb, machte sich in der Halle zu schaffen und lauschte wahrscheinlich gespannt auf jedes Wort, das er aufschnappen konnte.

In aller Ruhe sagte der Lieutenant: »Wenn Sie erlauben ...«, ging zum Sofa und blickte auf Conrad Brent hinab.

Es macht mir nichts aus zuzugeben, dass ich sehr nervös war.

In den Jahren meiner bewegten Laufbahn (die nun sehr weit zurückliegt) habe ich oft genug Gelegenheit gehabt, die Kompetenz und Hartnäckigkeit polizeilicher Ermittlungen zu bewundern.

Sie waren per Telefon herbeigerufen worden, und wer auch immer sie angerufen hatte, musste Gründe gehabt haben, zu glauben, dass hier ein Mord geschehen war.

Jeder schaute auf den Lieutenant, bis der sich schließlich an Alexia wandte und sagte: »Es tut mir Leid, Madam. Wir werden so gut wie möglich auf Ihre Gefühle Rücksicht nehmen und unser Bestes tun, um Sie vor öffentlicher Bloßstellung oder Belästigungen zu schützen. Falls Mr. Brent ermordet wurde, werden wir das bald herausfinden. Wenn er aber ...«

»Aber er kann doch gar nicht ermordet worden sein!«, rief Alexia ärgerlich. Und plötzlich wurde ihr starres, maskenhaftes Gesicht weich. Graziös schwebte sie auf den Lieutenant zu und legte ihm die weiße Hand auf den Arm, schmiegte sich fest an ihn. Sie hob ihm flehend ihr schönes Gesicht entgegen, während sie leise und melodiös sagte: »Lieutenant, niemand hätte meinen Mann umgebracht. Es ist einfach unmöglich ...«

Der Polizist löste sich mühelos und unbeeindruckt von ihr. »Würden Sie uns jetzt bitte allein lassen?«, fragte er höflich. »Dann haben wir mehr Ruhe. Bitte gehen Sie alle – bis auf Dr. Chivery.«

»Aber ich ...« Alexias Stimme klang nun nicht mehr melodiös. Ihr kleines Gesicht war angespannt, und ihre Augen glitzerten gefährlich. Kühl fiel der Lieutenant ihr ins Wort: »Wir müssen eine Autopsie vornehmen, Dr. Chivery. Ich lasse den Amtsarzt aus Nettleton holen. Er wird in einer Stunde hier sein und kann Ihnen bei der Autopsie helfen.«

Dr. Chivery starrte auf die Knöpfe an der Uniform des Polizeibeamten. »Conrad hatte ein schwaches Herz. Schon seit Jahren. Wenn er einen Anfall hatte, hat er Digitalis genommen. Wir werden es vermutlich bei der Obduktion finden. Aber es kann unmöglich eine tödliche Dosis sein und ...«

Maud fiel ihm ins Wort: »Aber genau darum geht es doch!

Was ist mit seiner Medizin? Wo ist sie? Und wenn sie fortgenommen wurde – ich meine, wenn er sie selbst fortgenommen hat –, dann ist er doch gestorben, weil er sie nicht hatte. Das ist doch genau das – was ich sagte, als die Polizei kam.«

Nun, das stimmte nicht ganz; vorher hatte sie gesagt, dass, wenn die Medizin absichtlich weggenommen worden war, es schon fast gleichbedeutend mit Mord wäre.

»Was wäre mit diesem Digitalis?«, wollte der Lieutenant wissen, der sich darauf stürzte wie ein Hund auf einen Knochen. Dr. Chivery setzte zu einer hilflosen Erklärung an. Die Medizin sei immer in der obersten Schreibtischschublade aufbewahrt worden; in Conrad Brents Taschen habe er sie nicht finden können, und es sei gut möglich, dass Brent gestorben sei, weil er das Mittel nicht zur Hand gehabt hatte.

Damit war jedoch noch nicht bewiesen, dass jemand es zu diesem Zwecke entfernt hatte. Der Lieutenant behauptete das auch nicht, sondern fragte nur, ob jemand es weggenommen habe, oder ob jemand davon gewusst habe, dass Conrad Brent selbst es verlegt hatte.

»Heute Abend, kurz nach dem Dinner, war es noch in der Schublade«, schaltete sich Alexia plötzlich ein. »Da habe ich die Schachtel gesehen.«

»Haben Sie es Mr. Brent gegeben?«, fragte der Lieutenant.

»Nein. Zu diesem Zeitpunkt ging es ihm ja noch gut; er brauchte die Medizin nicht. Wir haben unseren Kaffee hier getrunken, in der Bibliothek. Er hat nach einem Artikel über den Krieg gesucht, den er einmal aus der Zeitung ausgeschnitten hatte. Dieser Ausschnitt lag in der Schublade, und ich habe ihn für ihn herausgesucht – und da sah ich seine Medizin.«

»Ich erinnere mich«, sagte nun Peter Huber, »er hat uns den Artikel vorgelesen.«

Maud hatte ihre schwarzen Brauen zusammengezogen. »Stimmt, ich weiß es noch; es ging um die Verhaftung von ein paar feindlichen Ausländern, die früher dem ›Bund‹ angehört hatten.«

»Das ist doch jetzt nicht wichtig«, konterte Alexia. »Jedenfalls habe ich bei dieser Gelegenheit die Medizin gesehen – in der Schublade.«

Seitdem jedoch hatte niemand mehr Conrad Brents Herzmittel gesehen, und wenn doch, so gab er es nicht zu. Ich machte mir allmählich Gedanken über die bevorstehende Autopsie und fragte mich, ob das Mittel, das Drue ihm gespritzt hatte (sicher ein Kreislaufstimulans), im Blut nachzuweisen sein würde.

Ich wusste zwar einiges über Obduktionen, doch lange nicht genug. Dann gab ich es auf, darüber nachzugrübeln, weil der Lieutenant uns jäh und entschieden mitteilte, wir könnten jetzt gehen. »Ruhen Sie sich ein wenig aus, wenn Sie können«, riet er. »Unsere Untersuchung wird noch einige Zeit dauern. Ich werde Ihnen später noch einige Fragen stellen müssen.«

Rasch wandte ich mich zur Tür; ich musste so schnell wie möglich mit Drue sprechen. Doch Nicky war vor mir an der Tür, dann drehte er sich zu Alexia um. »Komm, Liebes«, sagte er unerwartet mitfühlend und erinnerte uns auf diese Weise daran, dass Alexia eben erst zur trauernden Witwe geworden war. Sogar sie selbst starrte ihn etwas verblüfft an, ließ es sich dann jedoch gern gefallen, dass er schützend den Arm um sie legte. »Wenn die Polizei auf dieser Untersuchung besteht, müssen wir eben das Beste daraus machen.«

Alexia schaute noch einmal die reglose Gestalt auf der Couch an. Ich dachte schon, sie wolle zu dem Verblichenen gehen, vielleicht Lebewohl sagen, doch sie tat es nicht. Ihre langen Wimpern senkten sich über die Augen, und sie wandte sich zur Tür, vom Arm ihres Bruders gestützt. »Ich fasse es nicht«, hauchte sie, wieder mit dieser melodischen Stimme. »Ich glaube – der Schock. Ja, ich werde jetzt nach oben gehen. Nicky …« Sie stützte sich auf seinen Arm, bis sie an den Fuß der Treppe gelangten, das sah ich. Und ich wäre ihnen zu gern gefolgt, denn ich wollte so schnell wie möglich zu Drue – doch der Lieutenant hielt mich zurück.

»Sie waren hier, als er starb, Schwester?«

»Er war schon tot, als ich dieses Zimmer betrat.« Auch Maud ging nun, gefolgt von Peter Huber, der sich seiner Position in diesem Haus des Todes und der Tragödien nicht allzu sicher schien – immerhin war er als Fremder in eine schreckliche Familienangelegenheit hineingezogen worden. Anna war ebenfalls verschwunden, wohin, wusste ich nicht. Damit blieben nur die Polizisten, der Lieutenant, Dr. Chivery und ich. Und der Leichnam.

»Warten Sie doch bitte einen Moment, Schwester!«, befahl der Lieutenant brüsk, als ich mich wieder der Tür zuwenden wollte. »Ich möchte mit Ihnen reden. Haben *Sie* die Polizei angerufen?«

Das hatte er mich vorhin schon gefragt. Wahrscheinlich wiederholte er es nun, weil die Familie außer Hörweite war, und er somit annahm, dass ich umso williger einen Verdacht eingestehen und die Gründe dafür angeben würde.

»Mit Sicherheit nicht«, sagte ich fest. »Wenn ja, hätte ich es Ihnen gesagt. Mich geht die ganze Sache doch nichts an. Ich bin nur als Pflegerin hier, und ich bin erst heute – ich meine, gestern Nachmittag – hier angekommen. Ich ...«

»Ja, ich weiß«, sagte er. »Sie und Miss Drue Cable, die früher mit Craig Brent verheiratet war.«

Ich schnappte so heftig nach Luft, dass ich beim Versuch, es zu verbergen, fast erstickte. »Ja. Das ist aber Schnee von gestern. Und hat daher überhaupt nichts zu tun mit ...«

»Die Ehe wurde letztes Jahr geschieden. Sie waren die Erste, die Mr. Brent fand, ist das richtig?«

Dr. Chivery fuhr sich mit der Hand über die Stirn und durch das schüttere Haar, und ich fuhr vorsichtig fort: »Es war genauso, wie ich Ihnen gesagt habt. Er war tot, als ich ins Zimmer kam.«

»Ja, ich weiß«, sagte der Lieutenant wieder. »Aber wie kam es, dass Sie ihn gefunden haben? Sie waren doch oben im Zimmer des Kranken, oder etwa nicht?«

Diese Frage hatte ich kommen sehen. Ich war aber nicht auf

sie vorbereitet, und sie brachte mich in – wie sagt man doch gleich? – in unsicheres Fahrwasser. Wenn Peter Huber Drue nicht mit mir zusammen gesehen hätte, wie sie sich über Conrad Brent beugte … Doch er hatte sie gesehen. Vorsichtig begann ich: »Ich glaubte, ich hätte einen Hilfeschrei gehört. Auch Miss Cable muss etwas gehört haben. Aber wir konnten nichts mehr für ihn tun. Dann – dann kam auch Peter Huber die Treppe heruntergerannt. Er hatte wohl dasselbe gehört, nehme ich an. Ich hab ihn losgeschickt, um den Arzt anzurufen.«

»Warum das?«

»Für den Totenschein natürlich. Miss Cable ging dann wieder nach oben zu unserem Patienten« (ich war ziemlich froh, dies einflechten zu können) »und ich bin hier geblieben. Aber ich konnte nichts mehr tun. Und dann war da plötzlich dieser fürchterliche Krach im Haus.« Plötzlich fiel mir ein, dass niemand diesen Krach erwähnt hatte, obwohl er doch Maud und Nicky und Alexia ebenfalls aufgeschreckt haben musste.

»Krach? Was für ein Krach?«

»Ich weiß es nicht. Es hörte sich an, als ob das ganze Haus einstürzte.« Mir war sehr viel daran gelegen, alles so weit als möglich einzugestehen und seine Aufmerksamkeit von Drue abzulenken. »Peter Huber ist nach oben gerannt, um nachzusehen, was passiert war. Ich bin ihm nachgelaufen, als ich oben ankam, war er verschwunden, und ich hatte Angst, dass – dass meinem Patienten vielleicht etwas zugestoßen war …«

»Dass ihm etwas zugestoßen war? Was meinen Sie damit?«

»N-nichts. Natürlich habe ich zuerst an ihn gedacht. Und ich hatte Recht, denn als ich in sein Zimmer kam, war er verschwunden. Miss Cable hatte ihn aber in der Zwischenzeit gefunden; offenbar war er aufgestanden, hatte sich den Morgenrock übergezogen, sich zur Treppe aufgemacht und war gestürzt. Wir haben ihn dann ins Bett zurückgebracht.«

»Wo war er denn, als Sie ihn fanden?«

Ich berichtete kurz.

»Aber ich dachte, er stünde unter Beruhigungsmitteln?«

»Das stimmt auch«, schaltete sich plötzlich Dr. Chivery ein. »Die Wirkung sollte auch noch anhalten. Aber bei einem Mann wie Craig kann man nicht wissen, welche Wirkung ein Beruhigungsmittel zusammen mit Fieber haben kann. Vielleicht hat er sich eingebildet, dass im Haus irgendein Aufruhr sei, und ist auf dem Weg nach unten ohnmächtig geworden.«

Der Lieutenant (der, wie ich später erfuhr, Nugent hieß – bloß Nugent; falls er auch einen Vornamen hatte, so behielt er ihn für sich) blickte Claud Chivery an. »Er hat einen Streit mit seinem Vater gehabt, nicht wahr, Doktor?«

Dr. Chivery warf ihm einen raschen, nervösen Blick zu. Er sah furchtbar müde aus, die Augen waren geschwollen, und die Sorgenfalten in seinem verhärmten Gesicht mit dem zurückweichenden Kinn wirkten grau und tief. »Also – also nein«, beteuerte er. »Ich meine, früher vielleicht, ja. Aber jetzt doch …«

»Sie sollten lieber wissen, wo wir hier stehen, Dr. Chivery«, unterbrach ihn Nugent abrupt. »Sie – und alle anderen hier – haben mir über diese Schießerei eine Geschichte aufgetischt, die, unter uns gesagt, ziemlich faul ist.«

»Lieutenant Nugent …«, setzte Dr. Chivery an und erhob sich empört.

»Nun, mir kam sie jedenfalls so vor. Aber so wie die Dinge nun einmal lagen, waren mir die Hände gebunden. Falls Craig Brent gestorben wäre, hätte ich Ermittlungen wegen Mordes aufgenommen …«

»Mord …«, wiederholte Dr. Chivery mit schriller Stimme, und seine kleinen, zarten Hände zitterten.

»… und falls nicht, hatte ich vor, mir seine Version des ›Unglücksfalles‹ im Garten anzuhören. Aber da er gestern bis zur Bewusstlosigkeit ruhig gestellt war, konnte ich nichts tun. Ich konnte ihn nicht einmal befragen. Jetzt aber, das werden Sie verstehen, werde ich das ganz gewiss tun.«

»Aber – aber es war doch nicht Craig, der gestorben ist. Conrad …«

»Genau«, unterbrach Lieutenant Nugent Chiverys nervösen

Protest. »Läge es im Bereich des Möglichen, dass Craig Brent in die Bibliothek spaziert, seinen Vater vergiftet und danach in der Speisekammer zusammenbricht ...«

»Wäschekammer«, berichtigte ich.

»... wo er gefunden wurde?«

»Vergiftet!«, kreischte Chivery, wobei sein beklommenes Gesicht sich grau verfärbte. »Das ist ja grässlich! Ich sage Ihnen – Conrad ist eines völlig natürlichen Todes gestorben. Ich werde die Autopsie vornehmen und Ihr Amtsarzt kann mir meinethalben dabei helfen. Aber eines kann ich Ihnen jetzt schon sagen: Wir werden herausfinden, dass er an einem Herzschlag starb – und überhaupt ...« – sein nervöser Blick huschte durch den ganzen Raum, zum Schreibtisch, zum Sofa, überall hin, außer zu Nugent – »... und überhaupt hat Craig sich selber angeschossen! Also – selbst Sie können doch nicht glauben, dass es in diesem Haus zwei Mörder geben könnte ...?«

»Es sei denn, Craig hätte sich aus eben diesem Grunde angeschossen«, bemerkte Lieutenant Nugent, während er Chiverys nervöse Miene betrachtete.

»Sich selber angeschossen – ach, jetzt verstehe ich! Damit es so aussieht, als ob jemand anderes versucht hätte, ihn zu töten, dann aber seinen Vater erwischt hat? Um sich eine Art Alibi zu verschaffen, noch bevor die Tat begangen wurde? Also, das ist geradezu grotesk, Lieutenant! Ha ha ha!« Es sollte ein Lachen sein, klang jedoch eher verzweifelt.

Nun schaltete ich mich ein: »Aber er hat doch ein Alibi. Craig, meine ich. *Ich* bin sein Alibi.« Die beiden Männer starrten mich an. »Ich war in seinem Zimmer und hätte doch gesehen, wenn er es verlassen hätte.«

Es entstand eine Pause, während der Chivery nicht mich, sondern mein rechtes Ohr anstarrte. Nugent machte eine ruckartige Kopfbewegung zu den beiden schweigenden – und gespannt lauschenden – Polizisten hin. »Rufen Sie Dr. Marrow an«, befahl er. »Er soll unverzüglich herkommen.« Einer der Beamten verließ das Zimmer.

»Conrad muss, als es passierte, gerade von seinem Spaziergang zurückgekommen sein«, sagte Claud Chivery langsam. »Er ging jeden Abend spazieren. So um elf. Sagte, dann könnte er besser schlafen. Er ging immer sehr langsam ...«

Nugent fiel ihm ins Wort: »Das wäre alles, Schwester.« Er beugte sich über Conrad, als ich das Zimmer verließ und versuchte, nicht zu rennen.

In der Halle war keine Menschenseele. Ich glaube, dass Claud Chivery die Tür hinter mir schloss. Auf dem Treppenabsatz hielt ich an, sah mich rasch um, sah niemanden und steckte die Hand unter die Farnwedel. Die Spritze war nicht mehr da!

Ich suchte und suchte, doch ich fand sie nicht. Die einzig mögliche Schlussfolgerung war die, dass mich jemand beobachtet und die Spritze später an sich genommen hatte.

Es hat keinen Zweck, meine Gefühle zu beschreiben. Natürlich machte ich mir keine Sorgen um mich, sondern um Drue, die ich ihren Feinden ausgeliefert hatte – falls Alexia oder Nicky die Spritze genommen hatten. Es konnte auch Maud gewesen sein ... In ihren dunklen Augen lag ein Ausdruck, der von Abgründen zeugte, ohne dass man sagen konnte, welcher Art diese Abgründe waren – wahr oder falsch, wie es immer so schön im Radio heißt.

Alle drei – Alexia, Nicky und Maud – waren auf ihrem Weg nach oben an der Pflanze vorbeigekommen. Auch Peter Huber konnte jetzt im Besitz dieser Spritze sein. Und sogar Beevens, vorausgesetzt, er hatte Augen im Hinterkopf, denn er hatte sich nicht umgedreht, während ich die Spritze versteckte.

Die Tür zur Bibliothek war vom Treppenabsatz aus zu sehen, und sie hatte offen gestanden, als ich herunterkam; doch ich hatte niemanden gesehen, obwohl ich sie ständig im Auge behalten hatte.

Als ich schließlich Schritte von der anderen Seite der großen Halle hinter der Treppe vernahm (wo sich, wie sich herausstellte, ein winziges Zimmer mit dem Telefon und ein kleinerer Flur befanden, der zur Küche und zur Hintertreppe führte) und richtig vermutete, dass es sich um einen der Polizisten handelte, musste ich meine Suche aufgeben. Schweren Herzens stieg ich die letzten Stufen hinauf. Mord ist niemals etwas Angenehmes, und ich sah ständig Drues Gesicht vor mir – so jung und liebreizend, den jungen Mund mit seinem kindlichen, ehrlichen Ausdruck, und den Blick ihrer Augen, als sie zu mir aufgeschaut und gesagt hatte: »Mir bleibt nur heute Nacht.«

Und ich musste ihr sagen, was ich angerichtet hatte.

Sie saß neben Craigs Bett und sah mich sofort fragend an. Craig war immer noch bewusstlos; er schlief, nahm ich an. Sein Puls war normal; die Wunde hatte sich nicht von neuem geöffnet, und Drue hatte die blutige Prellung an seiner Schläfe gesäubert und ordentlich verbunden. Ich winkte Drue, mir ins Ankleidezimmer zu folgen und erzählte ihr alles, außer der Tatsache, dass die Spritze verschwunden war. In größter Eile und flüsternd berichtete ich, dass die Polizei im Haus war, und sah beunruhigt, wie die Farbe aus ihren Lippen wich.

Sie packte meine Hände mit einem unglaublich festen Griff.

»Sarah, wissen sie, dass ich …?«

»Nein. Ich habe die Spritze versteckt. Ich habe ihnen nicht erzählt, dass du vor mir in der Bibliothek warst. Ich – oh Liebes, schau mich doch nicht so an! Du hattest doch nicht vor …«

»Ich habe ihm Digitalis gegeben, Sarah, ich musste es tun. Es ging ihm furchtbar schlecht. Seine Medizin war verschwunden. Ich dachte, er würde sterben. Also bin ich in mein Zimmer gelaufen, wo ich ein wenig Digitalis hatte – es war noch von der alten Mrs. Jamieson, du weißt schon, die wir zusammen gepflegt haben …«

Ich nickte. Eine Krankenschwester kann die Medikamente eines Kranken, den sie gepflegt hat, entweder vernichten oder für einen Notfall aufbewahren, und jede Schwester – auch ich – legt sich mit der Zeit einen eigenen Notfallkasten an. Ich zum Beispiel trug genug Beruhigungsmittel in meiner Reisetasche herum, um mir die unwillkommene Aufmerksamkeit jedes Polizeibeamten zuzuziehen, der sie zufällig entdecken mochte.

»Und du hast es ihm gespritzt?«

»Ja.« In ihren Augen stand das blanke Entsetzen. »Verstehst du, ich hatte mit ihm geredet. Dann hat er … ich habe sofort gesehen, dass es ihm schlecht ging. Er sagte, ich solle ihm seine Medizin geben. Er hat nach Luft geschnappt – es war furchtbar! Er hat mir gesagt, wo ich die Schachtel finden würde, aber ich wusste ja noch, dass er sie in der rechten oberen Schublade seines Schreibtischs aufbewahrte. Aber als ich nachsah, war sie nicht da, und deshalb bin ich …«

»Du hast die Schublade aufgezogen?«

»Ja, sicher.« (Ich dachte an Fingerabdrücke; aber Drues Fingerabdrücke an der Schublade würden natürlich nichts beweisen – oder doch?) Drue fuhr hastig fort. »Aber da war keine Pillenschachtel. Dann hat er mich förmlich angefleht, sagte, selbst wenn ich ihn hasste, müsste ich ihm helfen, und da habe ich die Spritze aus der Tasche in meinem Zimmer geholt, sie mit Alkohol sterilisiert, die Nadel aufgesetzt und bin in die Bibliothek zurückgerannt. Er hat selber seinen Ärmel hochgekrempelt und mir gesagt, ich solle mich beeilen. Das habe ich auch getan. Ich habe ihm bestimmt die richtige Dosis gegeben …«

»Wie viel?«

Sie sagte es mir. Ich nickte zustimmend. Conrad hatte in den wenigen Augenblicken, in denen er allein war und Drue die Spritze aufzog, sicherlich keine der Pillen genommen, die er für den Notfall bereithielt, denn hätte er es getan, so hätte er Drue nicht gestattet, ihm die zusätzliche Dosis zu verabreichen. »Weiter!«, drängte ich sie.

»Das ist alles, Sarah. Er …« Sie ließ meine Handgelenke los und griff sich mit den Händen an die Kehle. »Er ist gestorben. Sofort. Er – er ist einfach gestorben, und ich konnte nichts dagegen tun.«

Sie zitterte. Nun nahm ich ihre Hände und hielt sie fest. Und überlegte fieberhaft.

»Sag bloß nichts von dieser Spritze. Zu niemandem. Wenn es sein muss, dann lüge.«

Ihre Hände krampften sich in meine. Ihre schreckgeweiteten Augen sahen mir forschend ins Gesicht. »Sie werden sagen, dass ich ihn getötet habe«, flüsterte sie. »Ist es das, wovor du Angst hast?«

Ich musste es ihr jetzt gestehen. »Hör zu, Drue: Ich habe die Spritze verloren, ich meine, natürlich nicht absichtlich. Ich habe sie versteckt, und jemand hat sie dort weggenommen.«

Wir schwiegen beide betroffen. Aus dem angrenzenden Zimmer hörte man Craigs tiefe Atemzüge. Draußen klatschten Regentropfen, vermischt mit nassem Schnee, gegen die Fenster. »*Wer ...?*«, flüsterte Drue nervös.

»Ich weiß es nicht. Ich habe die Spritze in einem Farn versteckt, denn ich konnte mir denken, was du getan hattest, und wollte nicht, dass die Leute hier es erfahren. Jetzt aber ist die Spritze verschwunden, also muss mich jemand beim Verstecken beobachtet haben; wer, weiß ich nicht. Aber sie ist weg, und deine Fingerabdrücke sind darauf. Die Polizei kann mit Leichtigkeit beweisen, dass es deine Spritze war, und sie wird Spuren von Digitalis enthalten.«

8

Nach einem langen Augenblick des Schweigens sagte sie ungläubig: »Aber er wurde nicht ermordet, Sarah! Ich habe doch gesehen, wie er starb. Wenn ich ihn umgebracht habe, dann war es ein schrecklicher, unverzeihlicher Fehler, aber ich habe ihn doch nicht *ermordet*. Ich wollte doch ...«

»Du hast ihn nicht ermordet. Hör zu, Drue, du kannst der Polizei aber auf keinen Fall erzählen, was du getan hast. Das *darfst* du nicht! Ich habe schon einiges an polizeilichen Ermittlungen erlebt; Indizienbeweise haben schon so manchen an den Galgen gebracht. O nein, das wollte ich doch damit nicht sagen! Ich wollte nur, dass du mir versprichst, nichts über die Spritze zu sagen – jedenfalls jetzt noch nicht. Nicht bis – nun ja, bis wir sehen, wie sich die Dinge entwickeln.«

»Aber wenn ich etwas Falsches getan habe, wenn es doch Mord sein sollte – dann muss ich es doch gestehen, verstehst du das nicht? Wenn die Polizei Recht hat, wenn er ermordet wurde, dann sollten sie doch wissen, was ich ihm gegeben habe, und wie viel.« Sie brach ab, rang nach Luft und fuhr, gegen die Tränen ankämpfend, fort: »Aber er *kann* gar nicht ermordet worden sein!«

»Stimmt. Aber wer hat die Polizei angerufen und warum? Wer hat Craig angeschossen? Warum? Und was hat Craig damit gemeint, als er sagte, es werde noch ein Mord geschehen?«

»Aber er meinte doch nicht – er konnte doch nicht *das* gemeint haben!« Wieder sah sie mich einen Moment mit schreckgeweiteten Augen an, dann schüttelte sie den Kopf. »Nein – ich sollte der Polizei doch lieber ganz genau erzählen, was ich getan habe.«

Ihre Haltung machte mir Angst, aber noch mehr ging sie mir

auf die Nerven. »Na schön!«, fuhr ich sie an. »Dann los, erzähl ihnen, dass du ihn umgebracht hast! Genau darauf wird es nämlich hinauslaufen. Oder soll ich es ihnen sagen? Craig kann dich ja im Gefängnis besuchen, obwohl ich das stark bezweifle.«

»Sarah ...!!!«

»Man kann schon mal nobel sein, Drue Cable, aber das hier ist jetzt nicht der richtige Zeitpunkt dafür. Aber bitteschön, wenn du so wild darauf bist, eine Märtyrerin aus dir zu machen, werde ich dich nicht daran hindern. Der Himmel weiß, dass es mir einerlei ist. Du hast mich schließlich hergebracht; ich wusste nicht, dass ich in eine derartige Geschichte verwickelt würde. Ich hasse Schusswaffen, und ich hasse Mord, und ich hasse die Polizei. Am besten fahre ich nach Hause – falls sie mich nicht daran hindern. Du kannst tun, was immer du willst. Geh doch und erzähl ihnen, dass du es warst. Ich werde mich nicht darum kümmern, denn ich bin dann nicht mehr hier.«

»Sarah ...« Sie packte mich an den Armen. »Sarah, so ein Dummkopf bin ich nicht.«

»O doch, das bist du. Das sehe ich ganz genau ...«

»Nein. Nein.« Sie ließ die Hände sinken und schaute auf den Toilettentisch mit der kleinen rosaroten Lampe und den Kristallflakons. »Ich werde nichts sagen. Ich kann einfach nicht glauben, dass es Mord war. Ich habe ihn doch gesehen! Und doch, wenn – ach, du hast natürlich Recht.«

»Natürlich habe ich Recht.«Ich dachte nach. Es gab nur eine einzige Möglichkeit für uns, und die barg gewisse Risiken. Doch Digitalis war bereits erwähnt worden; und es war ein Beweisstück, das geradewegs zu Drue führte.

»Hast du deinen ganzen Vorrat an Digitalis verbraucht, Drue?«

»Nein. Nur genug, um ...«

»Wir sollten den Rest von dem Zeug loswerden.«

»Aber Sarah, wenn – wenn ich ihnen schließlich doch von der ganzen Sache erzählen muss ...«

»Ich weiß. Es könnte ziemlich belastend aussehen. Aber ich

glaube, es ist besser, das übrige Zeug verschwinden zu lassen, weil wir ja darauf hoffen können, dass es niemals herauskommt – das mit der Spritze, meine ich. Irgendein unfähiger Trottel« (ich meinte natürlich das genaue Gegenteil) »von einem Polizisten könnte das Digitalis in die Finger bekommen oder Chivery könnte die Einstichstelle entdecken. Nein, nein, Drue, es ist besser, den Rest Digitalis jetzt verschwinden zu lassen. Ich werde das machen …«

»Nein«, unterbrach sie mich hastig und mit erhobener Stimme, hatte sich jedoch gleich wieder im Griff. »Ich mache es lieber selbst. Ich weiß ganz genau, wo es ist. Ich gehe – sofort.«

Und sie ging, während ich zurückblieb, reichlich verblüfft über die plötzliche Angst in ihrem Gesicht. Es war, als hätte sie sich an etwas erinnert, wovon ich keinesfalls erfahren sollte – was natürlich Unsinn war. Was konnte schon in ihrem Zimmer, in ihrer kleinen Schwesterntasche oder irgendwo sonst im Haus sein, das sie vor mir geheim halten musste? Als sie endlich zurückkam und ganz leise ins Zimmer schlüpfte, wo ich still neben Craigs Bett saß, hatte ich schon entschieden, dass es nichts Wichtiges sein konnte.

»Hast du es?«, flüsterte ich.

Sie sah ganz weiß aus und atmete in kurzen Stößen, hatte eine Hand in der Tasche. Sie schüttelte den Kopf. »Sie sind schon vor mir da gewesen. Sie … Sarah – sie haben deine kleine schwarze Tasche – du weißt schon. Meine auch. Ich habe einen Polizisten mit beiden Taschen die Treppe hinuntergehen sehen – oh, Sarah …«

Wir starrten uns über Craigs Bett hinweg an, während der Regen leise an die Fenster trommelte. Endlich sagte ich – ich musste es tun: »Mach dir nichts daraus. Das muss gar nichts zu bedeuten haben. Sorg dich nicht.«

Danach konnten wir nichts mehr tun. Wir sprachen auch nicht mehr viel. Der Regen murmelte und trommelte gegen die Fenster, und wir konnten nur dasitzen und warten.

Digitalis. Und sie hatten an uns, die Krankenschwestern, gedacht und unsere Instrumenten- und Medikamententaschen genommen, um sie zu durchsuchen, noch ehe sie die Ergebnisse der Autopsie vorliegen hatten. Mir gefiel das gar nicht, obwohl ich es Drue gegenüber nicht erwähnte (sie wusste es natürlich ohnehin). Craig schlief, der Regen rauschte unablässig, und wir konnten nicht in Erfahrung bringen, was die Polizei im Augenblick tat. Oder was Alexia, Nicky und Maud taten. Wahrscheinlich warteten sie, genau wie wir.

Ich durfte jetzt nicht einmal mehr nach der Spritze suchen. Wenn derjenige, der sie in dem Farn gefunden hatte (weil er sah, wie ich sie dort versteckte), sie bereits der Polizei ausgehändigt hatte, waren wir verloren. Anderenfalls mochten wir vielleicht noch eine Chance haben.

Wenn es Mord war, wer war dann der Täter? Wer hatte auf Craig geschossen? Wer hatte seinen Vater ermordet?

Als ich mit meinen Überlegungen so weit gediehen war, legte ich mich auf die Couch vor dem Kamin, denn da Drue und ich im Augenblick nicht weiterkamen, konnte ich ebenso gut ein wenig schlafen. Ich weiß noch, dass die Namen der Beteiligten wie eine Art Albtraum-Karussell in meinem Kopf herumwirbelten: Alexia, Maud, Peter Huber, Dr. Chivery (der zwar nicht im Hause, jedoch bestimmt nicht weit entfernt gewesen war, und jederzeit hätte hineingelangen können, ohne dass jemand davon erfuhr), Beevens, Anna und die anderen Dienstboten.

Gerade als ich einschlummern wollte, fiel mir der geheimnisvolle Anruf bei der Polizei ein. Wer hatte angerufen? Und noch viel wichtiger: warum? Die Antwort darauf, so dachte ich plötzlich mit jener völligen Klarheit, die einem am Rande des Schlafes zu Gebote steht, mochte vielleicht die Lösung dieser ganzen verfahrenen Angelegenheit bedeuten.

Danach war ich für den Rest der Nacht hellwach. Craig hingegen lag im Tiefschlaf und auch seine Traum-Irrfahrten schienen ihn nicht im Geringsten beeinträchtigt zu haben: Drue saß in einem Sessel neben dem Bett und hatte das gestärkte Häubchen angelegt. Ihr Haar war ein wenig zerzaust, weil sie den

Kopf die ganze Zeit über angelehnt hatte. Mit blassem Gesicht und sehr dunklen Augen betrachtete sie versunken Craigs Züge im Schlaf. Es regnete die ganze Nacht über; ab und zu schneite es sogar. Von den anderen hörten wir nichts. Zweimal stand ich auf und schlich auf Zehenspitzen in den Flur, traute mich einmal sogar die Treppe hinunter und blieb kurz bei dem Farn stehen. Doch die Spritze war unwiederbringlich verschwunden.

In der großen Halle war niemand, doch im Frühstückszimmer saßen Nicky Senour und Peter Huber vor dem Kamin und rauchten. In der Bibliothek hielten sich ein paar Polizisten auf; ich sah es, weil ich mich bis vor die Tür wagte. Keiner hielt mich auf, und ich wollte sehen, was sie dort machten. Meine Mühe wurde dadurch belohnt, dass ich nunmehr überzeugt war, dass hier ernsthafte Ermittlungen im Gange waren. Denn sie hatten von allen glatten Oberflächen Fingerabdrücke genommen, an den Möbeln und auf dem Teppich wurde ein kleiner Handstaubsauger eingesetzt, und die Brandykaraffe war fort. Auf dem Sofa und dem Teppich sah ich mit Kreide gemalte Kreuze, die, wie ich annahm, die Lage der Leiche bezeichnen sollten. Man hatte also bereits Fotos gemacht. Die Leiche selbst war fortgebracht worden.

Zwei Beamte waren noch im Raum; der eine kritzelte stenografische Notizen auf einen kleinen Block, der andere blies eine Wolke gelben Puders aus einem Gerät, das wie ein kleiner Blasebalg aussah, auf eines der Holzpaneele rechts vom Kamin – doch dieses Paneel war, wie ich jetzt erst erkannte, in Wirklichkeit eine Schwingtür, die in einen kleinen Waschraum führte; man sah es an den Wandkacheln, die in Blassgrün gehalten waren. Der Polizist hielt in seiner Arbeit inne und drehte sich zu mir um, der andere hörte ebenfalls zu schreiben auf und schaute mich an. Da ich keinem der beiden willkommen schien, eher das Gegenteil, trat ich den Rückzug an. Immerhin hatte ich alles gesehen, was ich sehen wollte. Nicky hob den Kopf, als ich durch die Halle ging, ließ mich jedoch ungehindert passieren. Peter hingegen erhob sich und kam mir nach.

»Haben Sie's Craig schon gesagt?«, fragte er.

»Nein.«

»Man sollte damit auch lieber warten.«

»Was war das für ein Krach, Mr. Huber? Sie wissen schon – während Sie den Arzt angerufen haben. Haben Sie das schon rausgefunden?«

Er runzelte die Stirn; seine Miene wirkte ernst und besorgt. »Ich habe leider nichts und niemanden gefunden«, gestand er. »Schätze, ich bin kein guter Detektiv. Dem Geräusch nach dachte ich, dass irgendwo ein Fenster zu Bruch gegangen war, aber ich hatte mich wohl geirrt. Ich habe den ganzen Flur abgesucht, der in die hinteren Räume des Hauses führt, aber ich habe nichts gefunden, das diesen Krach ausgelöst haben könnte.«

»Könnte es nicht irgendein – ein Eindringling gewesen sein? Ein Dieb vielleicht?«

Peter Huber zuckte die Achseln. »Ich weiß es nicht. Ich werde aber der Polizei gegenüber diese Möglichkeit andeuten. Craig geht es gut, ja?«

»Oh, ja.«

»Sie haben ihn schon weggebracht – ich meine Conrad Brent. Schätze, sie sind jetzt schon bei der Autopsie.«

Nicky verfolgte mich mit neugierigen Blicken, als ich die Treppe wieder hinaufstieg. Es muss wohl so um vier oder fünf Uhr gewesen sein – an einem kalten, stürmischen Februarmorgen. Um sechs war Craig immer noch nicht aufgewacht. Ungefähr um sieben erschien Beevens, gekleidet in aufrechte Gesinnung und einen dunklen Anzug und brachte Drue und mir Kaffee und Toast. Frühstück werde es auch bald geben, sagte er, bis dahin möchten wir doch mit dem Kaffee vorlieb nehmen. Er sprach zu mir gewandt, schaute jedoch Drue freundlich und mitfühlend an; natürlich wussten alle Dienstboten im Hause über ihre Schwierigkeiten mit der Familie Brent Bescheid. Vielleicht fanden sie es sogar romantisch, doch auf jeden Fall wurde Drue von allen gemocht, das war klar.

Leider konnte uns Beevens nichts über die Ermittlungen der

Polizei berichten. Bald verschwand er wieder, selbst äußerst verhärmt und mit geschwollenen Lidern. Danach tranken wir Kaffee, und Drue knabberte ein bisschen an einem Stück Toast, wozu ich sie nötigen musste. Dann schickte ich sie auf ihr Zimmer. Irgendwann an diesem Tage würde sie der Polizei gegenüber treten müssen, und sie hatte die ganze Nacht kein Auge zugetan. Also schickte ich sie weg und war deshalb allein, als Craig endlich aufwachte.

Er fuhr fast mit einem Ruck hoch, war sofort hellwach. Sein Gesicht sah blass und übermüdet aus, doch sein Puls ging ruhig. Fieber hatte er nicht mehr, und die Wunde an seiner Schulter schmerzte zwar, schien aber gut zu verheilen.

»Wo ist Drue?«, fragte er fast sofort.

»In ihrem Zimmer, sie ruht sich aus.«

Mit leichtem Stirnrunzeln sah er mich an. Er war nun völlig nüchtern und strahlte eine Art Autorität aus. Sofort fiel mir eine, wenn auch sehr entfernte Ähnlichkeit mit seinem Vater auf – vielleicht war es die Nase oder das braun gebrannte, entschlossen wirkende Kinn. Seine Augen jedoch waren dunkler, leuchtender und drückten Beherztheit aus, sprachen von seiner Seele. Die Augen seines Vaters waren nur kalt, geradezu eisig gewesen. »Sie sind also die andere Schwester«, meinte er. »Ja, stimmt, jetzt erinnere ich mich an Sie.«

»Ich bin Sarah Keate. Ich werde läuten, damit Sie etwas zum Frühstück bekommen. Ich glaube, Sie könnten jetzt etwas Leichtes ...«

»Hören Sie, Schwester«, fiel er mir ins Wort. »Irgendetwas ist doch letzte Nacht passiert – irgendwas – ich kann mich nicht erinnern ...«

Ich zögerte einen Augenblick. »Gar nichts ist passiert, Sie sind nur einmal aufgestanden, als ich gerade nicht im Zimmer war, und haben sich irgendwo gestoßen und sich eine Schramme eingehandelt ...«

Er fuhr sich mit der Hand an die verbundene Schläfe. »Ja natürlich!«, rief er aus. »Daran kann ich mich erinnern! Aber vorher war unten etwas passiert. Jemand hat geschrien. Sie sind hinausgegangen und ich – ich bin aufgestanden, um nachzusehen, was da los war. Ich habe mir Pantoffeln und Bademantel angezogen und …« Hier stoppte er abrupt. In seinen Augen stand plötzlich eine klare Erinnerung.

»Und dann sind Sie gestolpert …«, fuhr ich fort, doch er schüttelte den Kopf. »Nein. Jemand hat mich niedergeschlagen.«

»*Jemand* …« Ich musste schlucken.

Er sah mich angewidert an. »Kriegen Sie jetzt bloß keinen Schluckauf!«

»A-aber Sie sagten doch …«

»Natürlich. Ich sagte, jemand hat mich niedergeschlagen. Am Kopf der Treppe. Ich habe jemanden hinter mir gehört und mich umgedreht, und das war's auch schon. Beim Umdrehen traf mich der Schlag und meine Lichter gingen aus. Ich kann mich sehr gut erinnern.«

Plötzlich merkte ich, dass ich ihm glaubte: Sein Blick und seine Stimme waren klar und vernünftig. Aber dann musste ich doch nachfragen: *»Wer?«*

»Das weiß ich doch nicht. Ich sage Ihnen doch, das ist alles, woran ich mich erinnere, außer dass – lange Zeit später – Drue bei mir war.« Als er ihren Namen aussprach, ging mit seiner Stimme eine fast unmerkliche Veränderung vor sich: sie klang ernst und doch warm und zärtlich, als spreche er einen über alles geliebten Namen aus. Doch immerhin hatte er sie verlassen und einem harten Leben ausgeliefert, ohne auch nur einmal zu schreiben oder auf andere Weise von sich hören zu lassen. Das Leben einer Krankenschwester ist nicht gerade leicht. Ich wappnete mich gegen zu viel Mitgefühl.

Unvermittelt packte er mich am Handgelenk. »Aber was ist geschehen? Wer hat geschrien?«

Ich musste es ihm erzählen. Ich hätte es gern vermieden, doch das war nicht möglich. Ich wusste, der bloße Versuch des Verschweigens würde ihn nur unnötig aufregen. Also berichtete ich so schonend wie möglich und erinnerte ihn daran, dass sein Vater schon seit Jahren unter einem schwachen Herzen gelitten habe. Dann fügte ich hinzu, dass es zudem schnell gegangen sei.

Die Polizei, Drue und das Digitalis erwähnte ich nicht.

Als ich ihm alles erzählt hatte, ging ich zum Fenster und starrte hinaus in die graue Morgendämmerung. Nach einer Weile rief er mich.

»Ja, bitte?«

»Vielen Dank ...«

»Es – es kam ja nicht unerwartet«, wiederholte ich. »Und zum Glück ging es schnell.«

»Ja, ja – ich muss den Arzt sprechen, wenn er kommt, Schwester.«

»Natürlich.« Er hatte mich nicht wieder nach Drues Schrei gefragt, und ich war ihm dankbar dafür. Er ließ es zu, dass ich ihm das Gesicht wusch und nach dem Frühstück läutete. Anna erschien umgehend. »Es tut mir so Leid, Mr. Craig.« Ihre Augen füllten sich mit Tränen.

»Ich – ja, Anna. Weinen Sie nicht.« Er tätschelte ihr freundlich die Hand, und sie verschwand wieder. Und fast sofort erschien Alexia im Krankenzimmer.

Ich strich gerade die Laken glatt und glaubte, es sei Anna. Alexia war im Zimmer, ehe ich meinen Irrtum bemerkte. Sie hatte sich angekleidet und trug jetzt ein eng anliegendes schwarzes Kleid mit Spitze am Hals und an den Handgelenken. Sie kam rasch aufs Bett zu und kniete davor nieder.

»Craig, haben sie's dir schon erzählt ...?«

Er sah sie einen Moment lang an, ohne zu antworten, mit einem seltsamen Ausdruck im Gesicht, der irgendwie grimmig wirkte und an seinen Vater erinnerte, obwohl er auch völlig verschieden von ihm war. Craigs Blick war zugleich voller Gefühl, auch wenn er es zu verbergen suchte. Sein Vater hingegen hatte immer nur trotzig und ein wenig grausam gewirkt.

Alexia beugte sich über Craig und stützte sich mit einer Hand auf dem Bett ab, sodass sie ihm so nahe wie möglich war. Heute Morgen hatte sie Lippenstift aufgetragen, was ihrem Mund trotz der vollen, grausamen Unterlippe einen sanften, geradezu zitternden Ausdruck verlieh. Das dunkle wolkige Haar umrahmte weich ihr cremeweißes, schmales Gesicht mit den ausgeprägten Zügen. »Es tut mir Leid, Craig«, sagte sie. »Er war dein Vater.«

Craig kniff die Augen zusammen. »Und dein Ehemann, Alexia.«

Sie zeigte keine Regung, außer dass ihre Lider sich ein wenig senkten, doch ich sah, wie sie sich versteifte. Ganz langsam und in ihren süßesten Tönen sagte sie, während sie Craig tief in die Augen blickte: »Daran muss man mich nicht erst erinnern. Und du, Craig, weißt das am besten von allen.«

Eine kurze Pause entstand. Ich wollte jetzt die Bettdecke abziehen und dadurch Alexia von ihrem Sitzplatz vertreiben, doch als ich Anstalten dazu machte, begann sie von neuem: »Es ist furchtbar – ich meine, die Polizei und das alles! Sie haben den Revolver in Drues Zimmer gefunden.«

»Drue! Was soll das heißen? Was ist mit der Polizei? Was für einen Revolver?«

»Also wirklich, Mrs. Brent, ich muss Sie jetzt bitten, zu gehen! Mein Patient ist nicht …« Ich warf mich in die Bresche, wobei mein gestärkter Kittel drohend raschelte.

Alexia brachte uns beide zum Schweigen. »Versuch nicht darüber nachzugrübeln, mein Liebling«, sagte sie und drückte ihre Wange an Craigs. »Ach Craig, du weißt es doch – du weißt doch, dass ich Conrad nie geliebt habe. All das hat nun ein Ende, Liebling.«

Über ihre Schulter hinweg starrte Craig mich an. »Um Gottes willen, was meint sie damit? Was für ein Revolver?«, stieß er heftig hervor.

9

Also – selbst wenn ich es gewusst hätte, hätte ich es ihm nicht gesagt, weil ich vor Zorn außer mir war. Ich legte meine Hand auf Alexias Schulter und hätte fast härter zugepackt als beabsichtigt, denn sie riss sich mit einem ziemlich empörten Blick los und stand blitzschnell auf, während sie mit der Hand ihre Schulter umfasste. »Schwester, Sie vergessen sich! Wie können Sie es wagen, mich anzu…?«

»Was für ein Revolver, Alexia?«, fragte Craig wieder. »Von welchem Revolver sprichst du?«

Sie senkte die weichen, samtigen Lider über ihre Augen. »Conrads Revolver«, antwortete sie atemlos. »Er war in Drues Zimmer. Die Polizei hat ihn gefunden.«

Craig wurde so weiß wie sein Kissen, und ich machte mich bereit, Alexia durch schiere Brachialgewalt aus dem Zimmer zu befördern, wenn schon nichts anderes half. Craig rief: »Aber er wurde doch nicht erschossen!«

»Nein! Er wurde nicht erschossen«, warf ich rasch ein. »Er starb an einem Herzanfall, wie ich Ihnen gesagt habe. Also dann, Mrs. Brent …«

»Aber die Polizei«, insistierte Craig. »Warum ist die Polizei hier?«

»Jemand muss sie angerufen haben«, antwortete Alexia. »Und keiner weiß, wer. Anscheinend ist jemand ans Telefon gegangen, nachdem Conrad gestorben war, und hat der Polizei berichtet, dass dein Vater ermordet wurde. Die kam dann auch sofort und wird jetzt ihre Ermittlungen durchführen …«

»Mord!«, rief Craig. *»Aber das ist doch nicht möglich!«*

Er machte Anstalten aufzustehen, zuckte jedoch zusammen, als er die Schulter bewegte, und wurde noch blasser. In diesem

Augenblick klopfte Peter Huber an die Tür, betrat geschwind das Zimmer, hielt jäh an, als spüre er die Spannung im Raum, und sagte schließlich: »Es ist nur – Sie sollen nach unten kommen, Alexia. Sofort. Die warten schon auf Sie. Auf Sie übrigens auch, Schwester Keate.« Er blickte an uns vorbei zu Craig und fragte: »Haben Sie es ihm schon gesagt?«

Hinter ihm erschien nun Anna mit einem Tablett. »Ich komme nicht mit hinunter«, sagte ich entschlossen. »Ich muss mich um meinen Patienten kümmern.«

»Es ist die Polizei, die unten wartet, stimmt's, Peter?«, fragte Craig.

Peter Huber nickte. »Craig, das mit deinem Vater tut mir so Leid.«

Craig schloss die Augen, als wollte er so das Thema ausblenden. »Ja, Peter«, sagte er nur. Dann folgte ein Augenblick des Schweigens, während Anna mit ihrem Tablett zum Bett ging. Ich folgte ihr. Craig sah zu mir hoch. »Gehen Sie ruhig hinunter«, meinte er. »Anna wird bei mir bleiben. Ich muss wissen ...«

»Ich werde es dir sagen, Craig. Ich werde dir alles erzählen, was die Polizei tut.« Alexia wollte sich schon wieder dem Bett nähern, blieb jedoch jäh stehen, als ich mich aufrichtete und sie zornig anfunkelte. So begnügte sie sich mit zärtlichen Worten: »Grüble nicht zu viel, Liebling. Versuch, nicht so viel zu denken. Ich komme bald wieder zu dir.« Dann rauschte sie hinaus. Peter kam zum Bett, und wieder sagte Craig zu mir: »Bitte gehen Sie auch mit, Miss Keate. Ich will, dass Sie mir alles über die Ermittlungen berichten ...«

Ich ließ mich überreden; nicht, weil mich die Arbeit der Polizei allzu sehr interessierte, sondern nur, um meinem Patienten einen neuen Fieberschub zu ersparen. Anna und Peter Huber blieben bei Craig, zumindest eine Zeit lang, denn im Laufe dieses langen Morgens wurde auch nach Peter geschickt.

Die Befragung dauerte fast drei Stunden. Drei Stunden ständiger Fragen und Antworten – Behauptungen, Wiederholungen, Erklärungen und vermutlich auch ein paar Lügen, ob frech behauptet oder in den Berichten der Zeugen verborgen, das konnte man nicht so leicht herausfinden.

Die Befragung war schon in vollem Gange, als ich das kleine Frühstückszimmer betrat, das mit seiner elfenbeinfarbenen Täfelung, den Chintzbezügen mit Rosenmuster und dem prasselnden Kaminfeuer sehr behaglich wirkte.

Alle außer Craig und Peter waren da: Lieutenant Nugent und zwei weitere Beamte der Staatspolizei, schlank und schweigsam wie ihr Vorgesetzter, ein dicker Mann im grauen Anzug, mit rosigen Wangen und funkelnder Brille, der, wie sich herausstellte, der Bezirksstaatsanwalt war (von da an wusste ich auch, dass die Polizei von einem Mord ausging), Nicky und Alexia, die es verstand, sich den Anschein eines schwankenden Rohrs im Wind zu geben. Beider Gesichter waren einander so ähnlich, so geheimnisvoll, schön und zart, dass es schien, als sei das eine der Spiegel des anderen, als ob die große Ähnlichkeit sogar ihre Gedanken verbände. Was, nebenbei bemerkt, von der Wahrheit ziemlich weit entfernt war.

Auch Maud war dabei, ein kleines, furchtloses Persönchen im bauschigen schwarzen Kleid. Den mächtigen Pompadour über der niedrigen, fahlen Stirn hoch frisiert, das kleine Kinn über dem fischbeingestärkten weißen Kragen in die Höhe gereckt, musterte sie mit wütenden, grübelnden Blicken die Polizisten, Nicky und Alexia und sogar mich, ohne einmal zu blinzeln. Ich glaube nicht, dass auch nur eine Bewegung oder ein Blick ihren wieselflinken Augen entging. Dr. Claud Chivery war nicht anwesend.

Dann erblickte ich Drue: Sie saß in einem schweren Ohrensessel und hatte die Hände um die Armlehnen gekrampft. Wie eine Krone leuchtete die weiße Haube auf ihrem glänzenden Haar. Sie war sehr bleich und in ihren dunkelgrauen Augen lag stummes Entsetzen. Ich hatte den Eindruck, dass sie versuchte, mir ohne Worte, nur durch Blicke, etwas mitzuteilen, und versuchte deshalb, ihr ebenfalls stumm die Gefahr, in der sie schwebte, klar zu machen, und ihr gleichzeitig zu sagen, dass ich auf ihrer Seite stand. Es war also ein ziemlich komplizierter Blick, möchte ich behaupten – und natürlich trug er in keiner Weise dazu bei, die Situation zu entschärfen.

Dann spürte ich, dass wir beobachtet wurden, und drehte mich um. Es war Lieutenant Nugent, der mich mit zusammengekniffenen Augen nachdenklich ansah; seine Augen schienen nun eher grün als grau – ein schlechtes Zeichen, wie ich später herausfinden sollte. Während der gesamten Befragung war er so lakonisch wie immer, und wenn er etwas ausführlicher werden musste, so tat er es mit einer Miene, die nur allzu deutlich sein Missfallen ausdrückte.

»Setzen Sie sich bitte, Schwester Keate«, begann er. »Der Bezirksstaatsanwalt, Mr. Soper, möchte Ihnen gern ein paar Fragen stellen.«

Ich nahm Platz, und das Ritual wurde abgespult. Es fing schlecht an und es endete auch schlecht.

Soper begann mit einer kurzen, knappen Erklärung, dass man genug Digitalis in Conrads Blut gefunden habe, um das Gift als Todesursache anzusehen, und dass die Polizei aus diesem Grunde an Mord glaube.

Und dann kamen sie Schritt für Schritt zu der unausweichlichen Schlussfolgerung.

Es geschah ganz langsam, kein Detail wurde ausgelassen, jedem Nebenweg und jeder Kreuzung – wenn ich so sagen darf – wurde viel Zeit gewidmet. Erst am Ende erkannte ich, dass Soper seinen Weg genau geplant und abgesteckt hatte, um eben jenes Ziel anzusteuern, das er von Anfang an im Auge gehabt hatte. Wie schon gesagt, es dauerte sehr lange: Sie stellten mir Fragen, und ich wiederholte genau das, was ich zuvor schon Lieutenant Nugent gesagt hatte – nicht mehr und nicht weniger. Dann befragten sie Maud und Nicky und Alexia und schickten nach Peter Huber, der ebenfalls vernommen wurde; keiner entkam den Fragen. Und Stück für Stück setzten sich die Teile zu einem Ganzen zusammen – auch wenn vieles für die Beamten nur eine Bestätigung des bisher Gehörten war, denn sie hatten natürlich vorher schon diskrete Ermittlungen angestellt.

Conrad Brent hatte den gestrigen Tag genauso verbracht, wie er es normalerweise zu tun pflegte, nur mit dem Unterschied, dass er sich um seinen Sohn gesorgt, dem Krankenzimmer drei oder vier morgendliche Besuche abgestattet (bevor Drue und ich angereist waren) und mit Dr. Chivery gesprochen hatte. Bei diesem Gespräch war es laut Maud nur um Craigs Zustand gegangen. Der Lieutenant wusste bereits, dass Conrad mit mir und danach mit Drue gesprochen hatte. Auch dazu stellte er mir fast sofort Fragen. In dem Gespräch sei es um Conrads Sohn gegangen, teilte ich ihm mit, um nichts sonst. Nicky drehte sich um und starrte mich nachdenklich an, und Maud fiel mir plötzlich ins Wort: »Das war nicht alles, Lieutenant. Sie dürfen nicht vergessen, dass Conrad Brent sehr wütend über Drues Erscheinen war und ihr befahl, sie solle sein Hause verlassen. Heute Morgen sollte sie abreisen. Sie …«

»Ja, das haben Sie mir schon erzählt«, unterbrach Nugent. Drue öffnete ein wenig den Mund und beugte sich vor, als wollte sie etwas sagen, doch Nugent ließ sie nicht zu Wort kommen. »Also«, fuhr er energisch fort, »außer mir und Dr. Chivery gab es gestern keine Besucher. Was geschah beim Abendessen?«

Ich konnte nicht feststellen, ob sie Drue schon befragt hatten. Das wäre nur logisch gewesen, doch irgendwie hatte ich das Gefühl, dass sie es nicht getan hatten, und das kam mir verdächtig vor, eine Unheil verkündende Unterlassung.

Einer nach dem anderen steuerte seine Antworten bei. Das ganze Verhör nahm mehr und mehr den Charakter eines formalen Zusammentragens altbekannter Fakten an. Was mich störte, war nur der deutliche Eindruck, dass sie Drue nicht vorher allein und direkt befragt hatten. Infolgedessen sah es mehr und mehr danach aus, als ob die erfragten Fakten sozusagen um ihre Person herum gebaut worden waren. Wenn die Reihe dann an Drue kam, würden sie eine solide Beweisgrundlage für ihre Vernehmung haben.

Ich hörte besorgt zu.

Das Abendessen hatte zur üblichen Zeit stattgefunden, sagten die anderen; Nicky, Peter, Alexia, Maud und natürlich Conrad seien zu Tisch gegangen. Auch Drue sei anwesend gewesen, sagte Maud aus, doch die andere Pflegerin (hier traf mich der schlaue Blick ihrer Augen) hatte Dienst, und so wurde ihr das Essen auf einem Tablett heraufgebracht. Beim Dinner hatte sich jedoch nichts Besonderes zugetragen; niemand hatte viel gesprochen, alle hatten dasselbe gegessen. Also konnte er nicht beim Abendessen vergiftet worden sein.

»Digitalis«, erklärte Nugent, »wirkt besonders schnell. Fast sofort.« Dann fuhr er mit der Befragung fort. Auch der Abend war wie gewöhnlich verbracht worden. Conrad, Maud, Alexia und Peter hatten Bridge gespielt, Nicky hatte gelesen und ihnen zugeschaut. Während des Spiels hatte es die üblichen beiläufigen Bemerkungen gegeben, über aktuelle Nachrichten, den Krieg, über Ereignisse in der Nachbarschaft. Irgendwann (niemand konnte die genaue Zeit angeben) bat Conrad Alexia, den Zeitungsausschnitt zu holen, und zu diesem Zeitpunkt lag seine Medizin noch an ihrem Platz in der Schublade. Alle Versuche herauszufinden, wann genau sie verschwunden war, blieben ohne Ergebnis.

Ungefähr um elf Uhr hatten sie das Kartenspiel beendet. Conrad hatte seinen Spaziergang gemacht, die anderen waren zu Bett gegangen. Kurz nach elf hatte Dr. Chivery vorbeigeschaut (auch dies wurde von Maud berichtet, die sehr viel mitteilsamer war als alle Übrigen) und war in Mauds Zimmer gewesen, in dem sie immer schlief, wenn sie über Nacht bei den Brents blieb. Doch er hatte sich nicht lange dort aufgehalten, sondern war bald zu seinem Cottage gegangen. »Es gibt da einen Fußpfad, eine Abkürzung«, erklärte Maud, und Nugent nickte kurz.

»Und Brent hat er nicht gesehen, sagt er?«, fragte Soper Nugent, der wiederum nickte. Daraus schloss ich, dass sie Dr. Chivery schon befragt hatten.

Gewöhnlich pflegte Conrad von seinen Spaziergängen nach einer Dreiviertelstunde zurückzukehren; er ging immer sehr langsam, hatte also gestern vermutlich keine weite Strecke zurückgelegt. Sein Mantel, sein Stock und Hut hingen am üblichen Platz in der Garderobe, einem Nebenraum der großen Halle. Auch sein Dinnerjackett hing dort, er hatte sich demnach ein anderes Jackett angezogen und war dann offenbar gleich in die Bibliothek gegangen.

»Er ruhte sich gern noch ein wenig aus, ehe er nach oben ging«, berichtete Beevens. »Er nahm stets einen kleinen Schlummertrunk und rauchte eine oder zwei Zigaretten, dann ging er zu Bett. Er wollte nie, dass ich für ihn aufblieb; die Haustür schloss er immer selbst ab.«

Schlummertrunk? Etwas Brandy? Nun ja, sie hatten die Karaffe mitgenommen; sie wussten gewiss längst, ob sie Gift enthalten hatte.

Dann entfachte Nicky eine kleine Sensation, indem er plötzlich einwarf, dass er Conrads Rückkehr gesehen hatte. »Ich war hier im Zimmer«, sagte er leichthin. »Ich habe gesehen, wie Conrad hereinkam, die Tür schloss, den Mantel auszog und das Jackett überstreifte.«

»Nicky!«, schrie Alexia auf. Sie fuhr herum und starrte ihren Bruder ungläubig an.

»Aber Mr. Senour«, sagte Soper, »warum haben Sie uns das nicht erzählt?«

»Ich dachte nicht, dass es wichtig wäre«, antwortete Nicky aalglatt. »Und mehr war es auch nicht, verstehen Sie? Er hat mich gar nicht gesehen. Ich saß da drüben vor dem Kamin und habe gelesen. Er ist in die Bibliothek gegangen, und ich bin nach einer Weile aufgestanden und nach oben gegangen. Das ist alles.«

Drue sah ihn unverwandt an. Ich weiß nicht, woher ich wusste, dass sie den Atem anhielt – vielleicht, weil ich es selbst tat.

»Sind Sie sicher, dass das alles war?«, fragte Nugent. »Ist vielleicht doch jemand – Sie zum Beispiel – Conrad Brent in die Bibliothek gefolgt?« Schweigen. Nicky lächelte versonnen und betrachtete die Fingernägel seiner kleinen Hand. »Das ist alles«, betonte er mit aalglatter Sturheit. »Na schön«, meinte Soper, »dann wollen wir mal weitermachen.« Er stellte Fragen zum Motiv und zu möglichen Feinden, die Conrad Brent gehabt hatte. Nugent sah Nicky nachdenklich an. Sopers Schweinsäuglein blickten äußerst argwöhnisch, während er seine Fragen stellte; nur wenn sein Blick auf Alexia fiel, wurde er milder gestimmt. Sie sah aber auch wunderhübsch und sehr hilflos aus, das muss ich zugeben, nur wenn sie ihre langen Wimpern hob, sah man, dass ihre Augen überaus kühl und beherrscht dreinblickten. Nicky lehnte in aufreizender Beschützerpose an der Rückenlehne ihres Sessels, immer noch mit jenem versonnenen Lächeln auf den Lippen, und Alexia saß die meiste Zeit über regungslos da, antwortete nur kurz, wenn sie gefragt wurde, und hatte ein Bein über das andere geschlagen, während die Spitze ihres eleganten Pumps ungeduldig wippte.

Nach einer Weile wurde nach Peter Huber geschickt, der unverzüglich kam und sich in meiner Nähe auf einen Stuhl setzte. Ich nahm an, dass er Craig so viel wie möglich erzählt hatte. Beim Hinsetzen stieß er einen unbewussten Seufzer aus, steckte sich dann eine Zigarette an und hörte der Befragung zu – so wie wir alle.

Bald wandten sie sich auch an ihn – oder, besser gesagt, sie rekapitulierten die Fakten. Als er herunterkam, hatte er beide Krankenschwestern in der Bibliothek vorgefunden, war das richtig? Ja, das stimmte. Warum sei er denn überhaupt heruntergekommen?

»Das habe ich Ihnen doch schon gesagt«, erklärte Peter Huber. »Ich war beim Lesen eingenickt, hatte aber kein Fenster geöffnet und das Licht nicht ausgemacht, und als ich aufwachte, war es im Zimmer viel zu warm. Also habe ich ein Fenster hochgeschoben, das Licht ausgemacht und die Tür zum Korridor geöffnet, weil ich dachte, auf diese Weise das Zimmer schneller lüften zu können.«

Dabei hatte er dann den Schrei aus dem Erdgeschoss gehört. Er hatte noch einen Moment lang gelauscht, und als er schon im Begriff gewesen war, die Tür wieder zu schließen, hatte er mich gesehen, wie ich den Korridor entlangrannte und die Treppe hinuntereilte. Da hatte er auch gedacht, dass etwas nicht stimmen müsse, hatte sich Morgenmantel und Pantoffeln geholt und war mir gefolgt.

»Mr. Huber«, sagte der Bezirksstaatsanwalt. »Ich möchte, dass Sie sich ganz genau erinnern, es ist sehr wichtig. Als Sie in die Bibliothek kamen, haben da die Schwestern – entweder eine oder beide zusammen – irgendetwas für Mr. Brent getan? Ich meine, um es genau zu formulieren, hatte eine von ihnen eine Spritze in der Hand? Denken Sie bitte genau nach …«

Das Herz schlug mir bis zum Hals. Ich wagte nicht, Drue anzuschauen.

Da antwortete Peter geradeheraus: »Nein.«

»Sind Sie sicher?«

»Absolut. Sie standen nur neben Conrad Brent. Wir haben ihn angeschaut. Er war tot. Miss Keate hat dann Miss Cable zu Craig und mich zum Telefon geschickt. Ich habe es aber nicht geschafft, den Doktor anzurufen. Konnte die Nummer nicht finden, war wohl zu aufgeregt. Na, jedenfalls gab es dann diesen fürchterlichen Krach, als ob etwas umfiele …«

»Ja, ja, das haben Sie uns ja schon erzählt«, sagte der Bezirksstaatsanwalt gereizt. »Irgendetwas fiel herunter und Glas splitterte – nur leider können wir nichts Heruntergefallenes finden, und von den Fenstern ist auch keines zerbrochen.« Er wandte sich an mich. »Miss Keate, gab es da vielleicht noch etwas? Etwas, das sich letzte Nacht vor Mr. Brents Tod ereignete, und das Ihnen irgendwie – nun ja, spanisch vorkam? Ungewöhnlich?«

Aus der Art, wie er das sagte, gewann ich den Eindruck, dass er diese Frage jedem der Anwesenden vorgelegt hatte. Maud machte ein höhnisches Gesicht, und Alexia gab sich alle Mühe, ein Gähnen zu unterdrücken. Es war einer der schlechten Scherze des Schicksals, dass ich fast mit »Nein« geantwortet hätte (wie vermutlich jeder andere hier), wäre nicht genau in diesem Augenblick Delfine durch die Halle geschlichen, ein wachsames grünes Auge auf den Polizisten an der Tür gerichtet. Der flüchtige Blick auf das Tier erinnerte mich plötzlich an ein sehr triviales Vorkommnis, das ich bis zu Sopers Frage völlig vergessen hatte. »Aber ja. Da war tatsächlich etwas.«

Alexia hörte so plötzlich zu gähnen auf, dass ihre Kiefer aufeinander schlugen, und Mauds verächtlicher Gesichtsausdruck verwandelte sich in wache Neugier. Ich fuhr fort: »Es war eine Art Schlag gegen die Tür des Krankenzimmers.«

»Ein Schlag!«, rief der Bezirksstaatsanwalt aus.

»Ja. Irgendetwas auf dem Korridor ist gegen die Tür gestoßen.«

»Etwas! Was?«, rief Soper. Er schien ein wenig verblüfft darüber, dass er nun, wenn man so sagen darf, endlich einen Knochen gefunden hatte. »Ja, sehr gut, erzählen Sie weiter«, drängte er ungeduldig, als ich zögerte. »Was war es denn? Sind Sie nicht zur Tür gegangen und haben nachgeschaut?«

»Doch. Ich habe die Tür aufgemacht und sah ...« Wieder hielt ich inne, weil ich hatte berichten wollen, dass ich Nicky gesehen hatte, wie er aus einem anderen Zimmer kam. Aber das stimmte ja gar nicht; ich hatte Nicky zwar gesehen, doch das war gewesen, bevor dieses Etwas – was auch immer es war – gegen die Tür gestoßen war, und zwar so laut, dass es mich und den Kater aufgeschreckt hatte. Nein, auch das stimmte nicht, der Kater war schon vorher hochgeschreckt, als hätte er etwas im Korridor gehört. Der Schlag gegen die Tür war erst später erfolgt. Und als ich endlich bei der Tür war und sie öffnete, war niemand mehr zu sehen gewesen.

»Also, wen haben Sie nun gesehen?«, drängte der Staatsanwalt. *»Wen?«*

Nugent schwieg und beobachtete uns aufmerksam – und plötzlich ging mir auf, dass das alle im Raum taten: Sie beobachteten und lauschten unseren Worten. Es herrschte eine angespannte, seltsame Stille. Ich fuhr nun ganz langsam fort, nicht so sehr verwirrt von der Stille, als vielmehr von ihrer Art, die mir wie ein Lauern vorkam: »Ich habe niemanden gesehen. Ich weiß nicht, wer es gewesen sein könnte. Ich habe gar nichts gesehen.«

»Aber Sie ...«, fuhr Soper mich an, doch nun schaltete Nugent sich ein. »In Ordnung, Miss Keate. Wir glauben Ihnen ja.« Seine Augen waren jetzt sehr schmal und leuchtend grün. »Sie waren also unten in der Bibliothek, als Sie etwas fallen hörten«, fuhr er fort. »Was haben Sie dann getan?«

»Ich bin nach oben gerannt.« Ich wiederholte in Kürze, was ich getan hatte. Und rückte dabei mit etwas heraus, das anscheinend in der Untersuchung noch nicht erwähnt worden war, nämlich, dass ich Craig bewusstlos und an der Schläfe blutend in der Wäschekammer gefunden hatte.

»Er sagte, jemand sei auf dem Korridor gewesen und habe ihn niedergeschlagen«, fügte ich hinzu.

»Wer?«, wollte der Staatsanwalt wissen.

»Er sagt, er wisse es nicht. Aber wenn dort jemand war, heißt das doch, dass es sich um einen Einbrecher gehandelt haben muss, um – um einen Dieb ...«

»Aber er sagte doch, er sei im Flur niedergeschlagen worden«, hakte Soper ein, dem nun ob seiner eigenen Scharfsinnigkeit sichtlich der Kamm schwoll. »Sie hingegen behaupten, ihn in der Wäschekammer gefunden zu haben!«

»So war es auch. Oder, besser gesagt: Miss Cable hat ihn zuerst gefunden.« Wieder richteten sich alle Blicke auf Drue; doch niemand stellte ihr eine Frage. »Irgendjemand muss ihn in die Wäschekammer geschleift und dort liegen gelassen haben. Ich meine, ein Mann.«

»Eine Frau hätte das auch tun können«, setzte Soper an, doch Nugent unterbrach ihn schnell. »Ich werde Craig Brent später noch dazu befragen«, meinte er, obwohl aus seinen grünen Augen Zweifel sprachen. Soper, der nun ein wenig aus dem Konzept gebracht war, runzelte die Stirn, klopfte sich auf den Bauch und schlug eine neue Richtung ein: »Kommen wir also zu Conrad Brents Geschäftsangelegenheiten ...«

Das dauerte nicht lange; ich glaube, jeder war davon überzeugt, dass Conrad seine Angelegenheiten geordnet hatte, und außerdem konnte man ja seinen Bankier und seinen Anwalt fragen. Und Conrads Geschäftsverbindungen schienen die Polizei auch nicht besonders zu interessieren. Er war ein wohlhabender Mann gewesen, der dank seines großzügigen Einkommens sehr gut gelebt hatte. Vielleicht würde später noch anderes ans Tageslicht kommen, doch zu diesem frühen Zeitpunkt der Ermittlungen konnte es keinen Zweifel daran geben, dass seine geschäftlichen Angelegenheiten in Ordnung waren.

Doch niemand erwähnte sein Testament, und das schien mir eine weitere seltsame Unterlassung. Denn nun wandten sie sich den Alibis zu, und zwar so vorsichtig und sachte, dass man zuerst gar nicht merkte, worauf all diese Fragen nach Uhrzeiten abzielten. Am Ende jedoch stellte sich heraus, so viel begriff ich, dass niemand außer Craig ein Alibi hatte. Nicky immerhin hatte zugegeben, dass er bei Conrads Rückkehr im Frühstückszimmer gewesen war. Hatte er Drue gesehen? Würde er von ihrem Gespräch mit Conrad berichten? Ich konnte es beim besten Willen nicht aus Nickys verschlossener Miene herauslesen. Zuletzt stellte der Staatsanwalt fest, dass es bei Giftmorden ohnehin kein hieb- und stichfestes Alibi gäbe, blickte zu Nugent hinüber und machte ungeduldige Handbewegungen. Nugent erwiderte seinen Blick und schüttelte fast unmerklich den Kopf, als wollte er sagen: »Warte – noch nicht.«

Ich sah es kommen. Und bereitete mich innerlich darauf vor, zumindest glaubte ich das. Aber niemand kann sich letzten Endes gegen eine drohende Katastrophe wirksam wappnen. Doch ich wusste, dass es jetzt bald kommen musste; sie hatten bereits die Frage nach der Spritze gestellt, also mussten sie die Einstichstelle in Conrads Arm entdeckt haben. Sie hatten Drues und mein Zimmer durchsucht und die kleine Tasche mitgenommen, in der sie ihre Instrumente und ein paar Mittel aufbewahrte, also wussten sie auch von dem Vorrat an Digitalis und dass in der Tasche keine Spritze war – die jede Krankenschwester normalerweise mit sich führt. Sie hatten festgestellt, dass Conrads

Medizin samt Schachtel verschwunden war, und er konnte sie nicht selbst verlegt haben. Nach einem Motiv mussten sie nicht erst lange suchen, und nach einem Zeugen auch nicht, denn Nicky dürfte wohl gesehen haben, wie Drue in die Bibliothek gegangen war, auch wenn er es, aus bisher unbekannten Gründen, noch nicht ausgesagt hatte. Und darüber hinaus sprach der Blick, den Soper und Nugent getauscht hatten, von einer vorher festgelegten Strategie.

Drue war also noch nicht vernommen worden. Ich hatte Recht gehabt. Wahrscheinlich nahmen die beiden an, dass es sie mürbe machen würde, wenn sie die ganze Zeit stumm dasitzen und zuhören musste, wie die Anklage aufgebaut wurde – wie man Möglichkeiten ausschloss und Umstände herausarbeitete, bis sie unverrückbar waren.

Mir war kalt, und ich fühlte mich so steif, als hätte ich alle Muskeln angespannt. Ich hatte das Gefühl, Drue ansehen zu müssen, tat es jedoch nicht.

Das Beil sauste schneller herunter, als ich erwartet hatte, und der Schlag war härter. Maud war es, die die Anklage auf ihre hässliche Spitze trieb. Man sprach gerade über die Möglichkeit, dass Conrad vor dem Herzanfall seine Pillenschachtel weggeworfen hatte, weil sie leer war, als Maud ungeduldig *»Unsinn!«* in die Runde rief.

Alle starrten sie an. Sie wiederholte: »Das ist blanker Unsinn! Conrad hätte das nie getan. Er hatte immer einen Vorrat an Digitalis zur Hand. Im Übrigen war sein Vorrat erst vor drei Tagen aufgefüllt worden, wie Claud Ihnen schon sagte. Seitdem hatte er keinen Anfall gehabt, der Vorrat war also unangetastet. Und ich weiß nicht, warum Sie nicht endlich zum Kern der Sache kommen: Er hat doch eine Spritze bekommen, dass wissen Sie. Claud hat etwas gesehen, das er ganz sicher für eine Einstichstelle hielt, und hat mir davon erzählt. Nur eine Krankenschwester oder ein Arzt konnte ihm eine Spritze geben – und Claud war nicht im Haus. Und Sie wissen doch sehr gut, wer ein Mordmotiv hatte.«

»Eine Einstichstelle?«, fragte ich rasch.

Nugent sah mich an, und Maud verstummte abrupt, wobei sie mir einen finsteren Blick zuwarf. »Wollen Sie uns etwas sagen, Schwester Keate?«, fragte Nugent.

»Ja. Ich verstehe nicht, wie irgendjemand, sogar ein Arzt, mit völliger Sicherheit behaupten kann, dass er eine Einstichstelle, von einer Spritze verursacht, identifizieren kann. So ein Einstich ist sehr klein; oft so klein, dass man ihn überhaupt nicht sehen kann. Die menschliche Haut ist sehr elastisch und schließt sich sofort wieder über der Stelle, wenn die Nadel herausgezogen wird.«

Maud funkelte mich zornig an. »Und ebenso oft kann man die Stelle sehen!«

Ich zuckte die Achseln. »Ich stelle ja gar nicht in Frage, dass Dr. Chivery ein kleines Mal gefunden hat, dass er für die Einstichstelle einer Spritze hielt. Ich bezweifle nur, dass irgendjemand mit Sicherheit behaupten kann, dass ein – nun ja, ein bloßer Nadelstich ausgerechnet von einer Spritze herrührt.«

»Miss Keate«, sagte Maud eisig. »Es steht Ihnen nicht zu, die Ehrlichkeit des Arztes, unter dessen Führung Sie arbeiten, in Frage zu stellen!«

»Es ist aber die reine Wahrheit«, entgegnete ich. »Da können Sie fragen, wen Sie wollen!«

Maud fuhr zu Nugent herum. »Dr. Chiverys Urteil ist noch niemals in Frage gestellt worden. Und wie ich eben sagen wollte – ganz offensichtlich gibt es nur einen Menschen hier im Haus, der ein Motiv hatte. Und zwar Drue Cable.«

»Mrs. Chivery…«, begann Nugent, doch sie war jetzt so in Fahrt, dass ihr steifer, kleiner Körper vor Erregung zuckte. Die schwarzen Augen flitzten von einem zum anderen, ließen niemanden aus.

»Sie muss in die Bibliothek gekommen sein, um mit ihm zu reden, um ihn zu überreden, dass er sie bleiben ließ. Er hatte ihr ja gesagt, dass sie heute sein Haus verlassen müsse. Und sie hat ihn gestern Nachmittag schon bedroht. Ich habe das gehört und

Sie auch, Nicky. Sie sagte nämlich: ›Ich könnte dich dafür umbringen.‹ Ich weiß ganz genau, wie es geschehen ist. Sie kam in die Bibliothek und beschuldigte ihn, ihre Ehe zerstört zu haben. Conrad hatte einen Anfall und bat sie, ihm die Medizin zu holen; sie ging zum Schreibtisch und – und nahm die Medizin weg, tat so, als ob sie schon vorher verschwunden wäre. Und Conrad, der im Sterben lag, bat sie, ihm zu helfen. Sie ist Krankenschwester ... Woher sollte er wissen, was sie tun würde ...«

»Halt! Wir werden uns einen Anwalt besorgen. Sie können sie doch nicht einfach beschuldigen ...« Ich stand auf, doch sofort war Nugent neben mir, legte mir fest die Hand auf den Arm. Drue sah aus wie ein Geist, bleich, starr, die großen dunklen Augen auf Maud geheftet. Auf Alexias Lippen lag der Anflug eines Lächelns. Maud, deren schwarze Augen Funken sprühten, fuhr herausfordernd fort: »Also hat sie ihm Digitalis gespritzt, und zwar eine zu hohe Dosis. Das brachte ihn um. Wie sie es geplant hatte. Sie glaubte, es würde nie herauskommen. Genauso ist es passiert ...«

»Das reicht jetzt, Mrs. Chivery«, sagte Nugent. Doch Soper übertönte ihn. »Sie hat ganz Recht«, dröhnte er. »Ich hatte es mir von Anfang an gedacht. Sie hat völlig Recht, Nugent, eine andere Erklärung gibt es nicht. Ich war sehr geduldig, habe jede mögliche Spur verfolgt. Aber nun reicht es ...« Er stand auf und starrte Drue mit seinen kleinen Äuglein anklagend an. »Sie hat's getan. Diese junge Frau hat's getan. Sie wollte ihn zuerst mit dem Revolver töten. Dann hatte er den Anfall, und das machte es leichter für sie, die Krankenschwester, also ergriff sie die Gelegenheit beim Schopf. Sie versteckte seine Medizin, tat ihm gegenüber so, als sei sie schon vorher verschwunden, sagte ihm, sie werde ihm helfen. Und dann hat sie ihn umgebracht. Verhaften Sie unverzüglich Drue Cable, Lieutenant. Der Fall liegt ganz klar auf der Hand; ich übernehme die Verantwortung. Wir werden sofort eine Anklageerhebung durch ein Schwurgericht einleiten, und zwar wegen vorsätzlichen Mordes.«

Nicky betrachtete angelegentlich seine Fingernägel. »Tja«,

bemerkte er mit weicher Stimme in das nachfolgende Schweigen. »Dann kann ich's ja gleich erzählen. Drue war *wirklich* bei Conrad in der Bibliothek. Ich habe sie gesehen. Und ich hörte sie sagen: ›Ich habe deinen Revolver.‹ Dann hatten sie einen fürchterlichen Streit.«

10

Drue erhob sich wie von Fäden gezogen, als wüsste sie nicht, was sie tat, sagte jedoch kein Wort. Ich stand so dicht neben ihr, dass ich es gehört hatte. Alexia lächelte ein wenig und sagte leise etwas zu Nicky. Maud triumphierte ganz offen; Peter Huber machte Anstalten, zur Tür zu gehen, um Craig die neue Sachlage mitzuteilen, kam dann jedoch rasch ins Zimmer zurück. Soper verkündete lautstark, dass er es ja gewusst habe, dass er von Anfang an Recht gehabt habe, dass Nicky den Mund aber ruhig etwas eher hätte aufmachen können. Ich meine mich zu erinnern, dass ich mehrere Male ebenfalls sehr laut darauf pochte, dass Drue ohne Anwalt kein Wort sagen würde. Etwas anderes wollte mir nicht einfallen. Dann knallte Nugents Stimme dazwischen wie ein Peitschenhieb und brachte uns alle zum Schweigen.

»Wollen Sie damit sagen, dass sie einen Revolver in der Hand hatte?«, wandte er sich an Nicky.

»O nein«, erwiderte der. »Das hätte ich doch gesehen.«

»Dann hat sie ihn also nicht mit dem Revolver bedroht?«

»Kann ich Ihnen leider nicht sagen«, erwiderte Nicky lässig.

»Und was haben Sie dann getan?«

»Nachdem ich Drue in die Bibliothek gehen sah?« Nickys Stimme klang immer lässiger. »Ich habe aus dem Ton von Conrads Stimme geschlossen, dass sie – nun ja, vielleicht Unterstützung brauchen könnte. Aber sie schien ganz gut allein zurechtzukommen, also bin ich nach oben gegangen. Ich war eben eingeschlafen, als ich etwas fallen hörte – was, weiß ich nicht – und dann hieß es, Conrad sei tot.«

»Was haben Sie noch gehört?«, fragte Soper schnell. »Was hat Brent gesagt, als Miss Cable ihm drohte, sie habe seinen Revolver? Rief er um Hilfe? Sie müssen doch gehört haben, was noch gesagt wurde!«

Nicky schwieg, betrachtete seine Fingernägel, dachte einen Augenblick nach und sagte dann: »N-nein. Leider nicht.«

»Aber wenn Sie doch ihre Stimmen gehört haben …«, fing Soper an, wurde aber von Nugent unterbrochen: »Können Sie das alles auch beschwören, Mr. Senour?«

Nicky sagte, das könne er nicht.

Es war eine unerklärliche, plötzliche Kehrtwendung, an der er trotzig festhielt. »Ich kann überhaupt nichts beschwören«, sagte er. »Und das werde ich auch nicht tun. Ich habe lediglich gesagt, dass Drue herunterkam, während Conrad sich in der Bibliothek aufhielt.«

Soper war wütend. »Sie sagten, die beiden hätten einen Streit gehabt. Sie sagten, Sie hätten Miss Cable bei Brent in der Bibliothek gesehen, kurz bevor er starb. Sie sagten, sie habe ihn mit seinem eigenen Revolver bedroht!«

»Ich werde aber keinen Eid darauf schwören«, beharrte Nicky, wobei er Alexias Stirnrunzeln und Mauds wütenden Blick und ihren festen Griff auf seinem Arm ignorierte.

»Das müssen Sie auch nicht!«, rief Soper ärgerlich. »Alles, was Sie ausgesagt haben, ist schon zu Protokoll genommen worden. Sie alle wussten das.« Einer der Beamten in einer Zimmerecke stenografierte auch diesen Satz eifrig mit. Doch Nicky schüttelte nur den Kopf.

»Sie werden mich nicht dazu kriegen, das zu unterschreiben oder irgendetwas davon im Zeugenstand zu bestätigen. Ich bin kein Mensch, der einen anderen vor Gericht mit so einer Aussage belastet.«

Alexia biss sich mit den scharfen weißen Zähnen auf die volle Unterlippe, während sie Nicky einen unheilvollen Blick sandte. Maud stieß einen leisen, ärgerlichen Schrei aus und muss danach wohl in aller Stille verschwunden sein, denn als ich mich nach ihr umsah, war sie nicht mehr da. Soper sagte ärgerlich, dass Nicky auf jeden Fall in den Zeugenstand müsse, dagegen könne er gar nichts machen; er, Soper, werde sich persönlich darum kümmern. Und plötzlich warf Nugent ein: »Wir werden Miss Cable allein vernehmen, nicht wahr, Soper?«

»Aber ...«, wollte Alexia protestieren, doch Nugent fiel ihr ins Wort. »Allein. Wenn Sie also bitte ...«

Also mussten alle – Alexia, Nicky, Peter und Beevens – den Raum verlassen; sie taten es ziemlich widerwillig, wie mir scheinen wollte, so, als wären sie lieber geblieben. Doch Nugent schloss die Tür mit Nachdruck hinter ihnen, und Soper starrte mich ungläubig an.

»Nun?«, sagte er in scharfem Ton. »Wollen Sie etwa hier bleiben?«

»Natürlich«, erwiderte ich ebenso schlicht wie bestimmt.

»Das kommt nicht in Frage! Sie haben doch gehört, was ...«

»Ach, lassen Sie sie doch«, sagte Nugent. Soper hob resigniert die Schultern, und Drue, die sehr aufrecht und mit wachen grauen Augen neben dem großen Ohrensessel stand, öffnete nun zum ersten Mal den Mund. »Ich habe ihn nicht umgebracht.« Es war eine simple Feststellung, deutlich und klar, wie von einem Kind, das etwas auswendig Gelerntes aufsagt. Ich glaube, das Ganze kam ihr einfach unwirklich vor – obwohl es leider nur allzu wirklich war.

»Sie waren mit Brent im Zimmer«, stellte Soper fest. »Sie hatten ein Motiv ...« Er steuerte mit voller Kraft auf sein Ziel zu, doch Nugent nahm ihm rasch den Wind aus den Segeln. »Miss Cable«, sagte er, »wollen Sie uns nun genau schildern, was Sie gestern Abend getan haben? So einfach wie möglich?«

»Ich finde, sie sollte einen Anwalt hinzuziehen«, betonte ich wieder. »Du kannst die Aussage verweigern, Drue.« Ich war mir nicht sicher, ob sie auch die Beantwortung der Fragen verweigern konnte, doch jedenfalls erreichte ich, dass sie ihr kleines, festes Kinn hob und Nugent furchtlos anblickte.

»Ich werde aussagen, so gut ich kann«, begann sie. Wieder hielt ich den Atem an und überlegte, wie ich sie stoppen könnte, wenn sie zu viel sagte.

»Ich war in der Bibliothek – wie Nicky ja schon gesagt hat«, fing sie an.

»Sehr gut, Miss Cable, und weiter?«

»Ich wollte mit Mr. Brent sprechen. Deshalb habe ich gewartet, bis er von seinem Spaziergang zurückkam, dann bin ich in die Bibliothek gegangen. Wir haben einige Zeit geredet. Dann hatte er einen Herzanfall und ...« Sie stockte, und ich war sicher, dass sie nun die Spritze erwähnen würde. Ich machte eine Bewegung, sodass meine gestärkte Tracht warnend raschelte. Eine flüchtige Röte überzog ihr Gesicht, und sie fuhr sich mit einer Hand an die Kehle, als wollte sie die Worte zurückhalten, die sich ihr auf die Zunge drängten. »Und – dann ist er gestorben«, fuhr sie fort. »Wenn man bei der Autopsie eine derart große Menge Digitalis gefunden hat, so weiß ich nicht, auf welche Weise er sie bekommen haben soll.«

Nun, das kam der Wahrheit so nahe wie möglich und verschaffte Drue einstweilen Sicherheit. Dennoch wünschte ich, dass Drue – wie ich – endlich begreifen möge, worauf die beiden aus waren; nämlich auf ein Geständnis, dass sie Conrad Digitalis gegeben hatte. Das war der wichtige Beweis, die ausschlaggebende Tatsache, das fehlende Glied in der Kette, an der sie so eifrig geschmiedet hatten. Drue konnte nicht nachweisen – weder ihnen noch den Geschworenen –, wie viel sie Conrad gegeben hatte, und dass es keine tödliche Dosis gewesen war. Instinktiv wollte sie die Wahrheit erzählen, das wusste ich, doch die Wahrheit wäre zum damaligen Zeitpunkt die schlimmste Falle für sie gewesen. Soper begann sofort, eine neue Batterie Fragen abzufeuern.

»Aber was ist mit diesem Revolver, Miss Cable? Sie hatten doch einen Revolver. Warum?«

Sie drehte sich zu ihm um. »Ich habe den Revolver im Garten gefunden«, sagte sie mit fester Stimme. »Gestern Nachmittag.«

»G-Garten?«, stammelte der Staatsanwalt.

»Wo mein – wo Craig in der Nacht zuvor angeschossen worden war. Der Revolver war gut versteckt, aber ich habe ihn gefunden. In dem Sackleinen, das um die Rosensträucher gewickelt ist.«

Nugents Augen hatten einen seltsamen Ausdruck angenommen. »Warum haben Sie denn danach gesucht, Miss Cable?«, fragte er. »Und warum haben Sie den Revolver mit in Ihr Zimmer genommen?«

Sie wandte sich wieder an ihn. Wenn sie mit Nugent sprach, wirkte sie weniger trotzig, eher vertrauensvoll – und genau das konnte am Ende ihr Verderben sein. Sie schien Nugent zu vertrauen und ihm die ganze Geschichte erzählen zu wollen, und Soper wartete nur darauf, sich auf eine unbedachte Äußerung zu stürzen. Drue fuhr fort: »Weil ich nicht an diese Geschichte von einem Unfall glaubte. Ich bin in den Garten gegangen, um mir die Stelle anzusehen, wo mein« – wieder verbesserte sie sich hastig – »wo Craig angeschossen wurde. Ich habe dort gesucht und die Waffe gefunden. Das ist alles. Ich habe den Revolver in mein Zimmer gebracht, weil ich ihn Craig zeigen wollte, sobald es ihm ein wenig besser ging.«

»Warum?«, fragte Nugent ungewöhnlich sanft.

»Weil es doch beweist, dass jemand auf ihn geschossen hat«, antwortete Drue.

»Er hat doch gesagt, es sei ein Unfall gewesen«, entgegnete Nugent, wobei er sie scharf beobachtete. »Und er sollte es eigentlich am besten wissen.«

»Ich wollte aber, dass er den Revolver bekommt«, wich Drue aus.

»Wollen Sie damit behaupten, dass sein Unfall in Wirklichkeit ein Mordversuch war?«, rief Soper aus.

Wieder fuhr sie zu um ihm herum, das Kinn furchtlos erhoben. »Er hätte sich doch niemals selber angeschossen!« Ihre Stimme klang sicher und ruhig. »Und er hätte auch ganz bestimmt nicht um elf Uhr nachts im Garten ein Gewehr gereinigt!«

»Wussten Sie, dass dieser Revolver Conrad Brent gehörte?«

»Ich war mir nicht sicher. Ich wusste allerdings, dass er einen Revolver besaß.«

»Hat er denn zugegeben, dass die Waffe ihm gehörte? Als Sie sie ihm in der Bibliothek gezeigt haben?«

»Ja – ich meine, er hat es nicht direkt gesagt. Er hat den Revolver erkannt und gefragt, wo ich ihn gefunden hätte.«

»Jetzt hören Sie mal gut zu, Miss Cable«, befahl Soper mit schlauem Blick. »Haben Sie ihn des Mordversuchs an seinem Sohn beschuldigt?«

»Nein. Natürlich nicht.«

»Warum haben Sie ihm dann den Revolver gegeben?«

»Weil ich wollte, dass er Bescheid wusste; dass ich den Revolver im Garten gefunden hatte, wo er versteckt gewesen war. Ich wollte, dass er das erfuhr.«

»Warum?«, fragte Soper wieder.

»Weil doch deswegen etwas unternommen werden musste! Es bewies doch, dass Craig nicht selbst auf sich geschossen haben konnte. Er hätte die Waffe doch nicht versteckt!«

»Und was genau hat Brent darauf gesagt?«

Drue wurde rot. »Er hat gesagt, es sei unmöglich, dass ich den Revolver genau dort gefunden hätte. Er sagte, ich wolle nur – nur Schwierigkeiten machen.«

»Und Sie ...«

»Ich sah dann, dass es ihm sehr schlecht ging. Ich sagte, er solle sich lieber hinlegen, und wollte schon die Bibliothek verlassen, aber er – er hat mich gebeten zu bleiben. Und dann wurde es schlimmer. Ganz plötzlich. Und – dann ist er gestorben.«

Nach einem Augenblick des Schweigens fragte Nugent: »Wer, glauben Sie, hat auf Craig geschossen?«

Sofort wirkte sie nicht mehr so trotzig. Schüttelte den Kopf. »Ich weiß es nicht. Ich weiß es einfach nicht ...«

»Sie weiß es nicht! Natürlich wissen Sie es nicht! Das ist ein ganz klarer Versuch, vom Hauptpunkt Ihrer Ermittlungen abzulenken, Lieutenant. Es überrascht mich, dass Sie die Geschichte dieser jungen Frau nicht durchschauen.« Soper kam ganz nahe an Drue heran. Sein Gesicht war krebsrot und drohend, und er fuchtelte mit seinem fetten, kräftigen Zeigefinger

vor ihrer Nase herum. »Jetzt hören Sie mal gut zu, Miss: Sie haben doch mit Conrad Brent gestritten, oder etwa nicht?«

»Ich habe nicht mit ihm gestritten. Ich habe ihn nur um die Erlaubnis gebeten, hier zu bleiben und mich um Craig zu kümmern.«

»Sie haben mit ihm gestritten! Wie gestern Nachmittag – und da hat man Sie gehört –, als er versucht hat, Sie wegzuschicken. Sie haben ihm vorgeworfen, dass er Ihre Ehe zerstört habe. Sie sind mit der Absicht hergekommen, den jungen Brent wieder für sich zu gewinnen. Aber sein Vater hat das nicht zugelassen, und da haben Sie ihn umgebracht!«

Drue war nicht länger blass, ihre Wangen flammten scharlachrot, und ihre Augen sprühten wütende Blitze. »Ich bin hergekommen, um Craig zu pflegen«, sagte sie. »Und er war mein Ehemann, bis sein Vater …«

»Drue, Drue!«, rief ich, eine Hand auf ihrem Arm.

Soper sagte: »Verhaften Sie sie, Lieutenant. Ich bestehe darauf. Ich mache Sie verantwortlich, wenn sie davonkommt. Die Anklage lautet auf Mord, es hat keinen Sinn, noch weiter darüber zu diskutieren. Nehmen Sie sie mit …«

»Ich glaube nicht, dass wir genug Beweise haben, um sie anzuklagen«, sagte Nugent leise, jedoch äußerst kühl.

»Genug Beweise!«, schnaubte der Staatsanwalt verächtlich. »Was wollen Sie denn noch? Da ist zum einen die Spritze …«

»Wir wissen noch nicht mit Sicherheit, ob sie eine hatte.«

»Das kommt noch, das kommt noch! *Sie* brauchen wir gar nicht erst zu fragen, Sie lügt uns ja doch nur an. Ja, und was Sie betrifft« – und hier fuhr er auf mich zu, die Augen in dem roten Gesicht zu wütenden, funkelnden Schlitzen zusammengekniffen – »Sie stiften das Mädchen auch noch dazu an. Na, um Sie werden wir uns auch noch kümmern! Außerdem haben wir ja einen Zeugen …«

»Nicky Senour«, sagte Nugent, wieder mit jener besonders sanften Stimme. »Und er will es nicht beeiden. Im Übrigen hat er nicht gesehen, dass sie ihn ermordet hat. Er hat nur gesagt, dass sie bei Brent in der Bibliothek war …«

»Er sagte, sie hätten einen fürchterlichen Streit gehabt«, beharrte Soper. »Das sollte den Geschworenen schon auf die Sprünge helfen. Seien Sie doch kein Dummkopf, Nugent! Sie werden Ihre Beweise schon noch kriegen. Aber verhaften Sie diese junge Frau, damit wir sie in Gewahrsam wissen. Alle Beweise der Welt nützen Ihnen gar nichts, wenn die Beschuldigte später auf und davon ist. Verhaften Sie sie …«

»Ich stelle sie unter Aufsicht«, sagte der Lieutenant langsam.

»Aufsicht! Was soll das heißen?«

»Ich sorge dafür, dass sie ihr Zimmer hier im Haus nicht verlässt und unter Bewachung steht«, erklärte Nugent.

Und das tat er schließlich auch – es war unglaublich!

Doch zuerst verhörten sie Drue noch einmal und sorgten dafür, dass ich vorher das Zimmer verließ. Ich wäre geblieben, doch wenn ein Bezirksstaatsanwalt, ein Polizeilieutenant und zwei kräftige Polizisten sich gegen einen stellen, kann man nicht viel machen. Ich ging also so trotzig wie möglich hinaus und setzte mich auf eine Bank in der Halle, von der aus ich die Tür im Auge behielt. Niemals in meiner ganzen Laufbahn als Krankenpflegerin habe ich es zugelassen, dass sich jemand zwischen mich und meinen Patienten stellte. Doch ehrlich gesagt, als ich dort saß, die Augen auf die Tür geheftet, verzweifelt bemüht, etwas zu verstehen, und doch nicht mehr hörte als unverständliches Gemurmel, da war es mir völlig gleichgültig, ob Craig Brent seine Verletzung überleben würde – im Gegenteil, ich hasste ihn damals so sehr, weil er der Grund für Drues Anwesenheit in diesem verfluchten Haus war, dass ich fast wünschte, er möge sterben, vorzugsweise in siedendem Öl gekocht. Falls ich es geschafft hätte, ihn danach wieder zum Leben zu erwecken. Meine Mordlust mag zwar vehement sein, aber die Anfälle dauern nie lange.

Nur einmal ging ich nach oben. Craigs Zimmertür stand offen, und ich spähte vorsichtig hinein. Peter Huber saß rauchend auf einem Stuhl neben dem Bett. Anna stand am Fenster, hatte dem Zimmer den Rücken zugekehrt, den Kopf gesenkt und drückte ein Taschentuch gegen ihre Augen. Craig und Peter unterhielten sich mit gedämpfter Stimme. Craig sah wieder ganz munter aus – *ihn* hetzte die Polizei gewiss nicht von Falle zu Falle, von Geständnis zu Geständnis und nahm ihm jeden Ausweg. Ich begab mich schleunigst wieder hinunter zu meiner Bank. Die anderen waren immer noch im Frühstückszimmer.

Ich saß noch da, als sie herauskamen. Drue sah blass und verhärmt aus, sogar ihre Lippen waren kreidebleich. Sie sah mich mit großen, gequälten Augen an, in denen ich nichts lesen konnte, obwohl ich glaubte, dass sie dankbar dafür war, dass ich auf sie gewartet hatte. Und sie brachten sie sofort nach oben und sperrten sie in ihr Zimmer, mit einem Bewacher davor! Ich lief hinterdrein. Soper, der mich mit einem weiteren argwöhnischen Blick bedacht hatte, ging in die Bibliothek.

Nugent, der sicherlich Augen im Kopf hatte, musste inzwischen bemerkt haben, dass mein Zimmer mit dem Drues verbunden war. Doch der Polizist, der vor ihrer Tür Wache stand, hielt mich nicht auf, als ich mein Zimmer betrat. Und natürlich ging ich sogleich durch das Bad zu Drue hinüber.

Sie stand mitten im Raum, schaute mit hoch erhobenem Kopf auf die Tür und hatte die Fäuste geballt, als ob sie einen Angriff erwartete. Als sie mich hörte, fuhr sie herum, brach dann jedoch auf dem Bett zusammen. »O Sarah, Sarah, was soll ich nur tun?«

Ich setzte mich auf die Bettkante und nahm ihre Hände. »Was hast du ihnen noch erzählt? Was haben sie aus dir herausgelockt? Schnell, Drue, erzähl's mir.«

Es stellte sich heraus, dass es nicht allzu schlimm war. Damit will ich sagen, es hätte schlimmer sein können, aber nicht viel schlimmer. Die beiden hatten sie gründlich über das Gespräch mit Conrad ausgefragt, über ihre Gründe, warum sie nach Balifold gekommen war, über die Spritze, die nicht unter ihren anderen Instrumenten gewesen war, und endlich über das Digitalis, das sie gefunden hatten. Irgendwie hatte Drue es geschafft (als hätte sie nun endlich begriffen, in welcher Gefahr sie schwebte), die gefährlichen Fragen zu umschiffen. Sie hatte nicht zugegeben, Conrad eine Spritze gegeben zu haben, hatte nicht gesagt, dass er um seine Medizin gebeten hatte und dass diese, als sie danach suchte, nicht in der Schublade gewesen war.

Sie hatte in der Tat gekämpft und die Gefahr abgebogen (besonders, was die Pillenschachtel anging), und zwar auf eine Weise, die ihr gar nicht ähnlich sah. Drue ist, wie die meisten von uns, von Natur aus ungekünstelt und ehrlich. Wenn sie derartig gekämpft hätte, um einen anderen (den sie liebte) zu schützen, wäre es mir verständlicher und mehr ihrer Art entsprechend vorgekommen. Sie besaß diese Art von besonderem Mut; ich habe einmal erlebt, wie sie einen Patienten mit dem Mut einer Löwin verteidigt hat. Doch damals hatte ich keine Zeit, über dieses für sie ungewöhnliche Verhalten nachzudenken – ich war nur froh, dass die Polizei es nicht geschafft hatte, ihr eine wirklich belastende Äußerung zu entlocken.

»Ich habe immer nur wiederholt: ›Ich weiß es nicht, ich weiß es doch nicht‹. Dann habe ich mich daran erinnert, was du gesagt hattest, und einen Anwalt verlangt. Sarah, als sie mich fragten, ob ich ihm eine Spritze mit Digitalis gegeben hätte und ob er mich um seine Medizin gebeten hätte, da – da habe ich mich wie ein Wurm um die Antwort herumgewunden, Ausflüchte gemacht und mich da hinausgeschlängelt.« Sie schlug die Hände vors Gesicht. »Komisch«, sagte sie mit bebender Stimme, »wie schwer es fällt, eine glatte Lüge zu erzählen, auch wenn man fest dazu entschlossen ist. Statt wirklich zu lügen, machst du – Ausflüchte, du lavierst dich um eine direkte Aussage herum und – ach, es ist wirklich toll! Du konzentrierst alle deine Kräfte auf die Lüge und kannst es vor dir selber nicht zugeben.« Sie nahm die Hände vom Gesicht und starrte auf den Teppich. »Jedenfalls wissen sie nicht, dass ich ihm die Spritze gegeben habe – nicht mit Sicherheit. Aber – oh, Sarah, was kann ich nur tun?«

Nun, ich tröstete sie, so gut ich konnte – und das war wenig genug. Ich sagte ihr, wir würden einen Anwalt einschalten. Ich sagte, die Polizei hätte nichts als Indizienbeweise.

»Aber Menschen werden doch manchmal nur auf Grund von Indizienbeweisen verurteilt. Das stimmt doch, Sarah?«

»Niemals«, log ich, ohne mit der Wimper zu zucken. »Das wäre doch nicht legal.« Dann nötigte ich sie, sich aufs Bett zu legen, und gab ihr ein wenig Branntwein mit Ammoniak, doch sie trank ihn nicht. Noch ehe wir in Ruhe über eine Verteidigungsstrategie reden oder deren Grundzüge festlegen konnten, klopfte es an der Tür, und es war Wilkins, der wachhabende Polizist. Man wünschte, dass wir in Craigs Zimmer kämen.

»Sofort bitte«, drängte der Polizist.

Doch Drue ging vorher noch einmal zum Spiegel. Es munterte mich doch auf, als ich sah, wie sie sich kaltes Wasser auf die Augen tupfte, ihr Gesicht puderte und sich die Lippen nachzog. Es war wie eine kleine, unbewusste Kriegserklärung.

Aber falls Craig dies bemerkte oder auch nur Drues Anwesenheit in seinem Zimmer wahrnahm, so ließ er es sich nicht anmerken, als wir dort eintrafen. Er warf uns beiden einen abwesenden, kalten Blick zu, als sei Drue irgendeine zufällige Bekannte und nicht die Frau, mit der er einmal verheiratet gewesen war.

Soper war auch da und bekam sofort wieder seinen argwöhnischen Blick, als er Drue sah. Auch Nugent war im Raum, zusammen mit dem allgegenwärtigen Polizisten, der unsere Aussagen mitstenografierte. Anna drückte sich in einer Zimmerecke herum, aber Peter war verschwunden. Nachdem ich Craig genauer betrachtet hatte, schickte ich Anna ebenfalls weg und nahm meinen Posten neben dem Bett des Kranken ein, die Finger an seinem Puls. Nicht ohne Schuldgefühle, denn seine Wangen glühten und seine Augen glänzten zu sehr.

»Ich habe nach Ihnen schicken lassen, Miss Keate«, sagte er zu mir, »und nach Drue. Ich fand, das ginge Sie beide an.«

»Ich fürchte, Sie werden sich beeilen müssen«, sagte ich an Nugent gewandt. »Zehn Minuten …«

Der Staatsanwalt blähte sich auf, als wolle er protestieren, fügte sich jedoch nach einem mahnenden Blick von Nugent. Drue ging leise zum Fenster und blieb im Schutz der Vorhänge stehen. Das trübe Tageslicht ließ ihren weißen Rock aufleuchten, ihr Gesicht hingegen blieb im Schatten. Doch ich glaube, jeder von uns war sich deutlich der schlanken Gestalt bewusst, die aufmerksam zuhörte.

»Wir wollten Sie nicht befragen, bevor es Ihnen besser geht, Brent«, sagte Nugent. »Natürlich wollten wir Sie so schnell wie möglich sehen ...«

»Ist schon gut«, meinte Craig. »Aber sagen Sie mir erst einmal – was genau liegt gegen Miss Cable vor? Ich rede von Fakten. Die Sie untermauern können.«

»Ich werde es Ihnen sagen«, begann Nugent und legte die Anklage gegen Drue in klaren Linien und ohne ein überflüssiges Wort auf. Sie hatte mit Conrad Brent gestritten, sie hatte ihm die Schuld für die Trennung von ihrem Ehemann gegeben. »Das heißt, von Ihnen, Mr. Brent«, meinte Nugent mit einem behutsamen Blick auf die schlanke weiße Gestalt; sie hatte Digitalis in ihren Köfferchen gehabt, die Medizin war nicht an ihrem üblichen Platz gewesen, und man hatte ein Mal am Körper Brents gefunden, das von einer Spritze stammen konnte. Knapp, aber peinlich genau fuhr er fort, da niemand im Haus wisse, wohin die Pillenschachtel verschwunden war, gebe es nur eine mögliche Schlussfolgerung über ihr Verschwinden und die Spritze und die tödliche Dosis Digitalis in der Leiche. Und die sei, dass Drue die Medizin hatte verschwinden lassen, um einen Vorwand zu haben, Conrad Brent die tödliche Dosis Digitalis zu verabreichen.

»Soll ich das so verstehen, dass Ihre ganze Theorie auf der Annahme beruht, Miss Cable sei hergekommen, um sich mit – mit mir zu versöhnen, und dass dieser Wunsch so stark war, dass sie meinen Vater ermordet hat, weil er sich diesem Wunsch widersetzte?« Craigs Stimme klang scharf. Er fuhr fort: »Diese Annahme entbehrt jeglicher Grundlage. Als Motiv wäre das absurd. Weder Miss Cable noch ich haben den Wunsch, wieder zu heiraten. Miss Cable ist nicht mit dieser Absicht hergekommen.«

»Und warum dann?«, fragte Soper.

In Craigs Augen blitzte ein belustigtes Lächeln auf und verschwand wieder. »Sie ist Krankenschwester. Es war reiner Zufall, dass man sie gerufen hat. Sie brauchte das Geld, und da wir uns in freundschaftlichem Einvernehmen getrennt haben, gab es für sie keinen Grund, nicht hierher zu kommen.«

»Und warum hat sie dann«, fragte Soper ein wenig schärfer, »mit Ihrem Vater gestritten?«

Craig zog die Augenbrauen hoch. »Ich bin mir nicht sicher, ob sie wirklich mit ihm gestritten hat – aber wenn es stimmt, so möchte ich bemerken, dass es auch nicht besonders schwierig war, mit meinen Vater in Streit zu geraten.«

»Also wirklich, Mr. Brent«, sagte Soper schockiert. »Ihr *Vater* ...«

»Ich weiß, ich weiß«, antwortete Craig. »Aber Sie machen das Ganze zu einer Morduntersuchung, da muss man auch an die Lebenden denken. Natürlich ist es gut möglich, dass mein Vater sie gebeten hat abzureisen, und sie sich aus beruflichen Gründen geweigert hat, auf diese Art aus dem Haus gewiesen zu werden. Aber wie dem auch sei, weder so noch anders wird ein Schuh daraus. Zum Beispiel haben Sie nur Indizienbeweise gegen Drue. Und die können Sie nicht untermauern ...«

»Ich bitte um Entschuldigung, wenn ich Ihnen da nicht zustimmen kann«, unterbracht ihn Soper. »Wenn wir ihr Spritzbesteck finden und es Digitalis enthält ...« Nugent machte ein trübsinniges Gesicht.

»Aber Sie haben es nicht«, sagte Craig rasch. »Also haben Sie auch keinen Beweis. Und – verstehen Sie mich recht – Drue war ja in der Nacht, als der Anschlag auf mich verübt wurde, nicht einmal hier. Es ist doch ziemlich unwahrscheinlich, dass zwei Mörder in ein und demselben Haus herumschwirren.« Er sagte das zwar leichthin, hatte jedoch einen bitteren Zug um den Mund.

»Zwei? Aber Sie haben doch gesagt, es sei ein Unfall gewesen…«, brauste Soper auf, und wieder wurde er von Nugent unterbrochen, der allen Wiederholungen und Anschuldigungen sauber den Faden abschnitt: »Wer hat auf Sie geschossen?«

Müde schloss Craig die Augen. »Ich hätte Ihnen das alles schon gestern erzählen können, wenn Chivery mir nicht so viel Beruhigungsmittel gegeben hätte. So wie ich es verstanden habe, waren Sie doch hier, um eine Untersuchung darüber anzustellen.«

»Die junge Frau hatte auch den Revolver!«, rief Soper. »Davon haben Sie nichts gesagt, Nugent.«

»Mr. Brent wurde ja auch nicht erschossen«, sagte Nugent.

»Sie meinen Conrad. Aber Craig wurde doch angeschossen und …«

»Miss Cable war aber nicht hier, als ich angeschossen wurde«, sagte Craig.

Soper ignorierte ihn. »Woher wissen wir, dass sie über den Revolver die Wahrheit gesagt hat? Für mich hört es sich so an, als ob sie Conrads Revolver genommen hat, um ihm damit zu drohen. Dann fiel ihr eine andere Methode ein, ihn loszuwerden. Und so hat sie diese Geschichte erfunden, dass sie den Revolver im Garten gefunden hätte – um zu erklären, warum sie ihn bei sich hatte …«

»Und warum sollte sie ihn in diesem Falle noch haben?«, wollte Craig wissen.

»Warum? Na, um ihre Fingerabdrücke abzuwischen! Oder sie war zu aufgeregt und hat den Revolver einfach vergessen. In ihrem Zimmer, als sie das Digitalis holen wollte. Wir aber haben ihn gefunden; da musste sie sich eine Erklärung ausdenken. Und zugleich hat sie ihre Chance gesehen, uns Sand in die Augen zu streuen, nämlich, dass Craigs Unfall ein Mordversuch war und dass deshalb die Person, die auf Craig geschossen hatte, mit dem Mörder Conrads identisch sein musste – wodurch sie insofern aus der Sache heraus war, als sie in jener Nacht noch nicht im Hause war.«

»Nein, nein!«, rief Drue vom Fenster her. »Das habe ich nicht getan! Ich ...«

»Ich kann Miss Cables Geschichte mit dem Revolver bestätigen«, warf ich hastig ein. »Oder wenigstens einen Teil davon.« Doch nachdem ich ihnen so überzeugend wie möglich berichtet hatte, dass ich Drue aus dem Garten zum Haus hatte zurückkehren sehen, waren sie nicht sonderlich beeindruckt.

»Konnten Sie denn erkennen, was sie bei sich trug?«, fragte Nugent.

»Nein. Sie trug ihren Umhang.«

»Also konnten Sie nicht erkennen, dass es ein Revolver war?«

»Nicht genau. Es musste aber etwas Kleines sein.«

»Aber eigentlich sind Sie nicht sicher, dass sie irgendetwas bei sich trug?«

»Ich hatte den Eindruck ...«

»Eindruck!«, schnaubte Soper.

Nugent schüttelte den Kopf. Drue drehte sich plötzlich wieder zum Fenster; ich glaube, sie wollte ihre Tränen verbergen.

»Zurück zu Ihrem Unfall«, sagte Nugent zu Craig. »Jemand hat Sie also angeschossen. Wenn ja, wer?«

»Nun gut«, meinte Craig. »Es ist folgendermaßen passiert: Ich bin im Garten spazieren gegangen – ohne besonderen Grund, ich bin einfach nur so herumgelaufen. Es war stockfinster, denn wir haben ja Neumond. Plötzlich hat es im Gebüsch geraschelt. Ich habe mich umgedreht, weil ich dachte, es sei der Hund. Dann bin ich etwas näher ans Gebüsch herangegangen und habe eine Hand gesehen, wenn auch nur schwach, der Rest der Gestalt – ich glaube, einen Umriss erkannt zu haben – war im Schatten. Dann hat mich etwas an der Schulter getroffen, als hätte mir jemand einen harten Schlag verpasst. Als Nächstes wurde mir klar, dass da jemand auf mich geschossen hatte. Ich glaube, dann bin ich auf das Gebüsch zugewankt, und ich muss wohl auch um Hilfe gerufen haben. Ich weiß noch, dass ich gestürzt bin, dann nichts mehr, bis sie mich nach oben getragen haben. Beevens und Pete. Dann kam Chivery. Aber im Gebüsch habe ich niemanden erkennen können; ich wusste nur, dass da jemand war. Ich konnte noch nicht einmal den Revolver richtig erkennen«, sagte er. »Aber ich denke mir, dass Miss Cable ihn gefunden hat und dass dies der Revolver sein muss, den sie in ihrem Zimmer hatte. Ich habe sie nämlich gebeten, ihn zu suchen, als ich für einen Augenblick klar war; Sie wissen ja, wie das ist, wenn man Beruhigungsmittel bekommen hat. Denn ich wollte natürlich wissen, wer auf mich geschossen hatte. Ich wollte den Beweis.«

Sopers kleine, kalte Augen verschwanden fast in den Falten seines misstrauisch verzogenen Gesichts. »Das hat uns Miss Cable aber nicht erzählt. Sie hat nichts davon gesagt, dass Sie sie auf die Suche nach dem Revolver geschickt haben.«

Craig warf Drue einen raschen Blick zu. »Ach nein?«, fragte er unerschütterlich. »Tja, aber so war es nun einmal.«

»Der Revolver gehörte Ihrem Vater«, schaltete sich jetzt Nugent ein. »Mrs. Brent und Mr. Senour haben ihn wiedererkannt.«

»Er hat ihn im Schreibtisch in der Bibliothek aufbewahrt«, sagte Craig, der die Tatsache, dass der Revolver seinem Vater gehörte, widerspruchslos akzeptierte. »Den hat er nie abgeschlossen; Wertsachen hingegen hat er immer in den Safe getan, und der befindet sich hinter einem der Paneele in der Bibliothek.«

»Sie wollen damit sagen, dass jeder den Revolver genommen haben kann?«, fragte Soper.

»Ja, sicher.«

Nugent sah nachdenklich aus. »Die Hand, die Sie gesehen haben – trug die einen Handschuh?«

Craigs Puls begann plötzlich wie ein Motor zu pochen. Äußerlich jedoch blieb er ganz kühl und sah Nugent ruhig an. »Ich hab nicht die leiseste Ahnung. Ich habe diese Hand im Grund nur als hellen Umriss gesehen.«

»Aber Sie wussten, dass es eine Hand war?«

»Aber – natürlich!«

Eine kleine Pause entstand; ich schaute demonstrativ auf meine Uhr. »Demnach glauben Sie, dass dieselbe Person, die Ihren

Vater getötet hat, es zuerst bei Ihnen versucht hat?«, fragte Soper.

»Ich weiß es nicht«, erwiderte Craig. »Ich weiß nur, dass Miss Cable noch in New York war, als auf mich geschossen wurde.«

»Woher wissen Sie das?«, wollte Soper wissen.

Craig zog die Brauen hoch. »Hier war sie jedenfalls offensichtlich nicht.«

»Schon gut, Mr. Soper«, unterbrach Nugent die Spekulationen. »Sie war in New York; das und den Anruf bei der Krankenschwester-Vermittlung habe ich schon überprüft.«

Soper sah verärgert aus. Craig fuhr eilig fort: »Auf jeden Fall ist es ziemlich unwahrscheinlich, dass Miss Cable in der einen Nacht auf mich schießt und in der nächsten meinen Vater vergiftet, weil sie mich sehen wollte und er dagegen war. Diese Motive kommen mir ein wenig verworren vor.«

»Jetzt hören Sie mal, Brent«, sagte Soper, »wir versuchen doch nur die Wahrheit herauszufinden. Sie brauchen nicht in diesem Ton mit uns zu reden.«

»Ich weiß«, sagte Craig ernüchtert. Die Schärfe war aus seiner Stimme verschwunden, und nun klang sie nur noch müde und aufrichtig. »Ich kann ja verstehen, dass Sie ermitteln und alles untersuchen müssen, und ich werde Ihnen auch helfen, so gut ich kann. Aber ich glaube wirklich, dass Sie nur Ihre Zeit verschwenden, wenn Sie Miss Cable unter Anklage stellen. Sie war nun einmal in jener Nacht nicht hier, als ich angeschossen wurde. Und sie hatte keinen Grund, meinen Vater umzubringen. Sie will mich ebenso wenig heiraten wie ich sie. Unsere Ehe ist unwiderruflich beendet, und das tut keinem von uns Leid.«

»Wollen Sie damit sagen«, rief Soper und schaute in Drues Richtung, »wollen Sie damit sagen, dass, wenn Drue Cable, Ihre frühere Frau, Ihnen den Vorschlag machte, sie wieder zu ehelichen – dass Sie ihr dann einen Korb geben würden?«

Ich schaute Drue nicht an, niemand außer Soper sah sie an. Craigs Puls schlug so regelmäßig wie ein Uhrwerk. »Und wenn es auch unritterlich klingt«, sagte er kühl und deutlich. »Ja.«

11

»Die Zeit ist um«, mahnte ich. »Ich muss Sie bitten, jetzt zu gehen.«

Ich hatte wohl ziemlich energisch geklungen, denn Nugent gehorchte augenblicklich und wandte sich zur Tür. Soper jedoch blieb, wo er war. »Ihr Vater war ein wohlhabender Mann, Brent. Wer profitiert von seinem Tod? Ich will damit sagen – wie lauten die wichtigsten Verfügungen in seinem Testament?«

»Da müssen Sie schon seinen Anwalt fragen; John Wells in Balifold. Werden Sie Miss Cable jetzt freilassen?«

Nugent fuhr herum und starrte Soper an. Der verfärbte sich nahezu tiefrot. »Freilassen! Auf keinen Fall! Sie bleibt hier – unter Bewachung oder im Gefängnis.«

»Aber ich brauche sie«, warf ich rasch ein, in einem Versuch, die aufgebrachten Gemüter zu beruhigen. »Ich brauche sie, damit sie mir bei Mr. Brents Pflege zur Hand geht.«

»Sie können sich eine andere Schwester aus New York besorgen!«, fuhr Soper mich an. »Miss Cable bleibt unter Bewachung, oder sie kommt in Untersuchungshaft.«

Nun, ich wollte keine andere Schwester als störendes Element hier haben. Außerdem konnte auch Anna mir helfen. Soper watschelte wie eine wütende Ente aus dem Zimmer. Nugent jedoch zog mich hinaus auf den Flur. »Miss Keate«, begann er leise, »wer war gestern Nacht hier im Flur? Als etwas gegen die Tür stieß und Sie hinausgegangen sind, um nachzuschauen?«

»Was – na, niemand! Das heißt, äh, irgendwann, vielleicht eine halbe Stunde vorher, habe ich Nicky dort gesehen. Aber nach dem Knall gegen die Tür nicht mehr. Da ist übrigens auch eine Delle – hier.« Ich legte einen Finger darauf, und er besah sich die Stelle, wobei seine Miene ausdruckslos blieb wie die eines Indianers. »Aber es ist, wie ich Ihnen gesagt habe«, fuhr ich fort. »Nach dem Schlag gegen die Tür habe ich im Flur niemanden gesehen.«

Ein seltsamer Ausdruck in Nugents Augen ließ mich verstummen. Doch er sagte lediglich: »Ich rate Ihnen, es mir zu sagen. Denken Sie noch einmal darüber nach.« Dann ging er. Ich war ein bisschen verblüfft, denn wenn ich etwas gehört oder gesehen hätte, hätte ich es ihm doch gesagt, allein schon, um die Last des Verdachts von Drue abzuwälzen.

Als ich wieder ins Krankenzimmer trat, lag Craig mit geschlossenen Augen im Bett. Wilkins ging behutsam auf Drue zu, die immer noch am Fenster stand. »Warten Sie draußen«, sagte ich zu ihm. Er warf mir einen zweifelnden Blick zu, tat jedoch wie befohlen. Ich schloss die Tür hinter ihm. Falls ich jedoch geglaubt hätte – und dem war nicht so –, dass Drue und Craig inzwischen ein paar freundliche Worte gewechselt hatten, so wäre ich bitter enttäuscht worden.

Drue hatte sich so weit umgedreht, dass ich nur ihren schlanken, aufrechten Rücken und den hoch erhobenen Kopf mit dem weißen Häubchen sah.

»Sind sie weg?«, fragte Craig mich.

»Ja.« Und dann musste ich es sagen: »Die Hand steckte in einem Handschuh, nicht wahr? Sie hätten doch die Farbe im Dunkeln nicht erkennen können.«

Er riss die Augen auf und starrte mich an. Schließlich sagte er: »Ich weiß nicht, wovon Sie reden.«

Was ich auch ungefähr erwartet hatte.

»Na schön. Ich kann Sie nicht zwingen, es mir zu sagen. Aber es gibt noch etwas, das Sie erklären müssen, und wenn schon nicht mir, dann der Polizei. Gestern haben Sie im Halbschlaf gesagt: ›Es wird noch einen Mord geben. Sag's Claud.‹ Was haben Sie damit gemeint?«

Er lag einfach da und starrte mich aus halb geschlossenen Augen an, deren Ausdruck ich nicht zu deuten vermochte. Und dann stritt er es glatt ab.

»Ich kann mich nicht daran erinnern. Könnte alles Mögliche damit gemeint haben. Es sei denn, dass ich von dem Anschlag auf mich gesprochen hätte. Nun gehen Sie schon, und erzählen Sie es der Polizei!«

»Das werde ich auch tun«, sagte ich entschlossen. Da wirbelte Drue herum. Sie rang die Hände. »Craig, du hättest doch nicht für mich zu lügen brauchen!«, rief sie aus.

»Hab ich auch nicht«, erwiderte er kurz.

»Du hast mich doch gar nicht auf die Suche nach dem Revolver geschickt …«

»Ach, das!«, meinte Craig wegwerfend. »Aber der Rest davon entsprach doch der Wahrheit, oder etwa nicht? Ich meine, du bist doch nicht mit der Absicht hergekommen« – er grinste verstohlen, obwohl seine Augen etwas anderes sagten – »dass wir uns versöhnen? Ich bin mir sicher, dass das nicht deine Absicht war.« Das Lächeln verging, doch sein Blick verlor nichts an Intensität. »Das will doch keiner von uns beiden. Deshalb hab ich's der Polizei erzählt …«

In diesem Augenblick klopfte Wilkins an die Tür. Er sah mich verlegen an, als ich öffnete. Aber Drue musste trotzdem mit ihm gehen. Als sich die Tür hinter ihr geschlossen hatte, schloss Craig die Augen wieder und lag lange Zeit regungslos da. Der bittere Zug um seinen Mund wollte nicht weichen.

Nun ja, danach breitete sich eine Art Ruhe aus, unter der es freilich immer noch schwelte. Endlich besann ich mich auf meine Pflichten. Craig war jetzt wirklich auf dem Wege der Besserung, trotz der Ereignisse, die natürlich einer Genesung nicht zuträglich waren. Er schien tief in Gedanken versunken, denn er ließ es sich ohne Murren gefallen, dass ich ihn mit einem alkoholgetränkten Schwamm abrieb, ihm einen frischen Pyjama anzog und mir den Verband genauer besah.

»So viel Getue um nichts«, bemerkte er, zuckte aber dennoch zusammen, als ich den alten Verband abnahm. »Wenn es wenigstens eine Kugel der Japaner gewesen wäre, dann hätte ich ein bisschen von diesem Getue verdient!«

»Sie werden den Kugeln der Japaner noch früh genug ausweichen dürfen«, sagte ich schroff. »Nun halten Sie schon still!«

»Solange ich ihnen ausweichen *kann*«, sagte er grinsend, indes ich an Jugend und Krieg und diese grässliche Verschwendung dachte.

»Wann reisen Sie ab?«, fragte ich dann.

»Ich weiß nicht. Irgendwann Ende der Woche.«

»Mit dieser Verletzung? Unsinn!«

»Mir geht's gut. Ich würde ja jetzt schon aufstehen, wenn Sie mich nur lassen würden.«

»Sicher. Versuchen Sie's ruhig. Dann wird die Wunde wieder zu bluten anfangen.«

»Ach ja?«

»Hören Sie gut zu, junger Mann, Sie sind gerade noch einmal mit dem Leben davongekommen. Wollen Sie gesund werden, damit Sie wieder aufstehen können, oder wollen Sie wochenlang bettlägerig bleiben?«

»Okay, okay«, sagte er, sah jedoch immer noch widerborstig genug aus, was mich zu dem Entschluss veranlasste, ihn weiterhin scharf zu beobachten. »Wenn Sie den Frühling zu Hause oder im Krankenhaus verbringen wollen, dann können Sie von mir aus jetzt gleich aufstehen. Wenn Sie aber an die Front wollen, tun Sie, was ich Ihnen sage: Bleiben Sie im Bett! Ich pflege Sie gesund.«

Und zum ersten Mal schaute er mich zustimmend und erfreut an. »Noch bevor der Marschbefehl kommt?«

»Das kommt darauf an. Ich tue mein Bestes. Wissen Sie schon, wohin es gehen wird?«

»Nein.« Er wälzte sich unruhig im Bett herum. »Ich hoffe nur, die gerichtliche Untersuchung ist abgeschlossen und alles kommt wieder ins Lot. Wenn das zu Ende ist, kann ich abreisen.«

»Ja, natürlich. Weiß Drue, dass Sie schon so bald fahren wollen?«

»Nein.« Er warf mir einen warnenden Blick zu. »Und Sie dürfen es ihr auch nicht verraten.«

»Aber ...«

»Ich meine es ernst. Verstanden?«

»Na gut. Wenn Sie nicht wollen, dass sie es erfährt, aber ich denke ...«

»Ich mache mir schon genug Gedanken darüber«, fiel er mir ins Wort, fügte dann aber ein wenig schuldbewusst hinzu: »Tut mir Leid.«

Ich drückte ihn sanft in die Kissen zurück. Die Wunde verheilte gut, doch selbst diese leichte Bewegung trieb ihm den Schweiß auf die Stirn. Nun, es war wirklich Glück gewesen, dass die Kugel sein Herz verfehlt hatte.

»Sind Sie denn schon lange zu Hause«, fragte ich ihn.

»Erst ein paar Tage. Ja, so ist es besser.« Er lehnte sich bequem zurück, seufzte und grinste wieder. »Ein tapferer Soldat!«, verspottete er seine Schwäche.

»Sie haben Glück, noch am Leben zu sein«, wiederholte ich. Und als ich sah, wie sich der Schatten von Verwirrung und Schrecken und Trauer erneut über sein Gesicht senkte, sagte ich plötzlich impulsiv: »Mr. Brent, was, glauben Sie, ist letzte Nacht hier passiert? Es ist doch Ihr Zuhause, Sie kennen diese Leute. Haben Sie eine Theorie?«

Er schloss die Augen. War er müde? Oder wollte er mich ausschließen, hatte er die Augen zugemacht, damit ich nicht in ihnen lesen konnte? »Eine Theorie?«, meinte er. »Ich habe keine. Ich weiß nicht, was ich glauben soll.«

»Glauben Sie, dass es ein Unfall war?«, bohrte ich hartnäckig weiter. »Oder glauben Sie, dass die Polizei mit ihrer Theorie Recht hat?«

»Mord«, sagte er nachdenklich. »Nein, ich glaube nicht, dass es Mord war. Mein Vater hatte keine ...« Ich nahm an, dass er sagen wollte, sein Vater habe keine Feinde gehabt. Nun schlug Craig einen anderen Kurs ein. »Niemand würde meinen Vater ermorden wollen.« Wieder dachte er einen Augenblick nach, dann fuhr er mit geschlossenen Augen fort: »Mein Vater und ich hatten unsere Streitigkeiten. Und doch haben wir einander gemocht. Unsere Meinungsverschiedenheiten haben uns einander nicht entfremdet. Ich bin sicher, dass er es auch so gesehen hat. Ganz sicher.«

»Man weiß diese Dinge, auch ohne dass sie ausgesprochen werden«, stimmte ich ihm zu. »Ich bin sicher, dass er genauso gefühlt hat wie Sie. Und auch, dass er stolz auf Sie war. Und dass er …«

»Nein«, unterbrach er mich hastig. »Nein, stolz war er nicht auf mich. Ich habe ja auch nie etwas getan, worauf er hätte stolz sein können, allerdings auch nichts, dessen er sich hätte schämen müssen. Ich bin nur ein ganz gewöhnlicher Mann. Aber stolz war er nie auf mich.«

»Ich meine, weil Sie doch in die Air Force eintreten wollten. Immerhin konnte er sagen, dass sein Sohn für sein Vaterland kämpfen wollte.« Es ist schon seltsam, wie banal Wahrheiten klingen können. Craig fing an zu lachen, doch es klang nicht überzeugt, und er hörte schnell wieder auf.

»Sie verstehen nicht«, sagte er. »Genau in diesem Punkt waren wir ja unterschiedlicher Meinung. Er hatte keine Angst – das war es nicht. Er wollte nur nicht, dass ich in den Krieg zog.«

»Warum denn nicht?«

»Weil er – weil …« Wieder wälzte er sich unbehaglich auf der Matratze herum. »Ach, nichts, Miss Keate.«

Das brachte er ganz leicht über die Lippen, doch irgendwas an seinem Tonfall erregte meine Neugier. Also wartete ich und dachte darüber nach, was er gesagt oder vielmehr verschwiegen hatte. Und ganz plötzlich fuhr er fort: »Mein Vater konnte nichts dafür. Er war schon seit Jahren dagegen. Und außerdem hat er kürzlich noch seine Meinung geändert. Ich weiß es – es war der siebte Dezember, da bin ich sicher. Als wir in den Krieg eintraten. Ja, danach hat er eine andere Haltung zu der Frage eingenommen.«

»Aber ...«, begann ich, um ihn zu drängen, das, was bisher im Dunkeln lag, offen auszusprechen.

Doch er dachte nicht daran, das Dunkel für mich zu erhellen, sondern wechselte abrupt das Thema: »Pete wird uns auch verlassen, wissen Sie. Schon bald. In ein paar Wochen, sagt er.«

»Pete? Ach so, Peter Huber. Was macht er übrigens hier? Wollte er Sie besuchen?«

Natürlich ging mich das nichts an. Dennoch habe ich nie Skrupel gehabt, Fragen zu stellen, wenn ich etwas wissen wollte. Wie in diesem Fall. Craig bewegte die Schulter und zuckte wieder vor Schmerz zusammen. »Nein, er ist schon ein paar Wochen hier«, sagte er. »Kam von der Küste und hat sich für den Militärdienst beworben. Er wartet zurzeit auf den Bescheid. Er hat sich daran erinnert, dass wir hier wohnen, kam nach Balifold und nahm sich ein Zimmer im Gasthof, wo mein Vater ihn aufstöberte und hierher brachte. Au ...«, sagte er, nachdem er wieder versucht hatte, die Schulter zu heben. »Warum tut das so weh?«

»Es heilt. Und es ist nicht entzündet. Kannte Mrs. Brent Pete auch aus der Schulzeit?«

»Mrs. Brent? Nein.« Seine Mundwinkel zuckten belustigt. »Pete ist mehr oder weniger leicht zu beeindrucken.«

»Zu beeindrucken! Ach, Sie meinen ...« Zweifellos sprachen wir von Alexia. »Oh«, sagte Craig rasch, »es geht nur von Pete aus. Alexia ist – so wunderschön«, schloss er ziemlich trocken.

»Aber dann ...« Plötzlich hatte ich eine unerwartete, wenn auch weit hergeholte Vermutung: Wenn Peter Huber verrückt nach Alexia war, dann gab es ein Motiv für den Mord an Conrad. Allerdings kein besonders verlässliches Motiv, und natürlich ein sehr unerfreuliches – doch wann wäre ein Mordmotiv schon besonders erfreulich zu nennen? Außerdem gab es nur wenige, eigentlich gar keine Beweise für meine Vermutung. Also hielt ich den Mund.

Aber Craig erriet meinen unausgesprochenen Verdacht.

»Er hat doch meinen Vater nicht ermordet, um Alexia zu bekommen! Peter ist ein famoser Kerl. Außerdem ist Alexia überhaupt nicht an ihm interessiert.«

Das stimmte. Alexia hatte gewiss keine Zeit verschwendet und ihre Absichten deutlich gemacht – und die hatten nichts mit Peter Huber zu tun.

Doch das Problem, dass Conrad Brent ermordet worden war, blieb bestehen, denn die Polizei leistet sich in diesen Dingen keine Fehleinschätzungen.

Es ist wirklich sehr schwer, wie ich damals herausfand, die Tatsache eines Mordes zu akzeptieren, und doch kann man ihr nicht entrinnen – sie ist wie ein unwillkommener Gast, den man nicht los wird. Ein Mord in so einem Haus. Und erst letzte Nacht!

Schweigend legte ich meinen Verbandkasten beiseite. Nachdem ich Craig warm eingepackt hatte, zog ich die schweren Vorhänge auf, öffnete die Fenster und sorgte für frische Luft.

Es war sehr kalt, viel kälter als am Tag zuvor, und die tief hängenden grauen Wolken kündigten Neuschnee an. Jetzt jedoch sah ich, was sich am Vortag meinem Blick entzogen hatte: einen Teil der Landschaft. Rings umher lagen dicht bewaldete, sanft gewellte Hügel unter dem grauen Himmel. Straßen schlängelten sich hier und da zwischen und über den Hügeln dahin, alte Steinwälle markierten Grundstücksgrenzen. Neben der Hauswand war ein Weg, der anscheinend durch den Garten verlief und sich in einer Senke außer Sicht verlor. Er führte, wie ich später erfuhr, direkt zu dem mehr als eine Meile entfernten Cottage der Chiverys und war das, was von den Bewohnern des Hauses als Abkürzung bezeichnet worden war.

Hügel und Bäume vermittelten den Eindruck von Abgeschiedenheit. Während ich nach draußen schaute, tanzte eine Schneeflocke vorüber, sehr weiß gegen den grauen Himmel, dann eine zweite. Fröstelnd schloss ich die Fenster.

Der Tag blieb ruhig. Soper verließ anscheinend kurz nach dem Gespräch mit Craig das Haus. Auch Nugent verschwand, doch ich glaube, dass er sich noch eine Weile im Hause aufhielt und im Stillen seine Untersuchungen anstellte. Einmal kam ein Polizist mit Stempelkissen und Objektglas an die Tür und nahm meine Fingerabdrücke. Ich muss gestehen, dass mir diese Art Aufmerksamkeit gar nicht gefiel. Trotzdem habe ich meine Fingerabdrücke nicht absichtlich verwischt, wie er mir unterstellte, sondern das Glas ist mir unter den Fingern verrutscht.

Er hätte auch gerne Craigs Abdrücke genommen, doch dieser schlief augenblicklich tief und fest, und ich ließ nicht zu, dass man ihn weckte. Der Polizist ging und ich erhaschte durch die offene Tür einen kurzen Blick auf Lieutenant Nugent, der auf dem Treppenabsatz stand und anscheinend Beevens zuhörte, obwohl er selbst nichts sagte. Wir sollten uns noch an den Anblick von Nugents aufrechter, schweigsamer Gestalt gewöhnen; er war unaufdringlich, aber allgegenwärtig. Er konnte wirklich außerordentlich gut auf der Lauer liegen.

Natürlich gab es ein paar Dinge, die ich unbedingt erledigen musste, im Augenblick jedoch nicht erledigen konnte. Was mir mehr Sorgen bereitete als alles andere, war die Spritze, oder genauer gesagt, deren Verbleib. Wer hatte sie jetzt? Warum hatte er sie? Und schlimmer noch – was gedachte er mit ihr zu tun? Ich beziehe mich damit nicht unbedingt auf einen Mann – mir schien es auch sehr gut möglich, dass Maud mit ihren flinken Wieselaugen die Spritze aufgestöbert haben konnte. Und ich konnte nichts dagegen tun. Das ganze Haus nach einem derartig kleinen Ding abzusuchen, wäre schon unter normalen Umständen schwierig genug gewesen; mit der Polizei auf den Fersen war es geradezu unmöglich.

Und doch, wenn man sie fand – wie würde dann der Bezirksstaatsanwalt triumphieren!

Ich begann schon, mich zu fragen, ob Chivery seinen Patienten bereits vergessen hätte, als er schließlich am späten Nachmittag doch noch eintraf, grau und verhärmt und mindestens um zehn Jahre gealtert. Nachdem ich ihm zugesehen hatte, wie er Craigs Wunde untersuchte, und ein paar neue Anordnungen erhalten hatte, befahl er mir, das Zimmer zu verlassen. »Gehen

Sie etwas an die frische Luft«, empfahl er herzlich und mit glasigem Blick, der auf mein Häubchen gerichtet war. »Sie brauchen in der nächsten Stunde nicht zurückzukommen. Ich bleibe bei Craig.« Als ich zögerte, fügte er hinzu: »Ich möchte mit ihm reden – allein.«

Also musste ich gehen.

Mein Zimmer war aufgeräumt und still. Ich ging durch das Bad zwischen unseren Zimmern und klopfte leise an Drues Tür. Als sie sich nicht rührte, machte ich vorsichtig die Tür auf. Sie schlief und sah rührend jung aus. Eine Hand war unters Kissen geschoben, und ich sah die dunkeln Wimpern, die ihre weiche Wange überschatteten. Der kleine Hund Sir Francis lag am Fußende, sah mich wachsam an und knurrte schon einmal vorsorglich. Leise natürlich, doch es klang so gefährlich wie bei einem Polizeihund. Ich weckte Drue nicht auf und zog mich leise zurück. Plötzlich kam mir in den Sinn, dass ich, wenn ich verheiratet gewesen wäre, jetzt eine Tochter in Drues Alter haben könnte. Nun bin ich zwar eine alte Jungfer und mache keinen Hehl daraus, ein sentimentaler Schwachkopf bin ich jedoch nicht, und deshalb stellte ich diese Gedanken ab, zog stattdessen einen frischen Kittel an, nahm mein Häubchen, kam im Korridor wieder an Wilkins vorbei und ging aus dem Haus.

In der großen Halle war niemand, wir standen also nicht alle unter Bewachung. Die Haustür fiel schwer hinter mir ins Schloss, und ich schritt die Einfahrt entlang in Richtung Landstraße. Es war immer noch grau und kalt, und die Luft war sehr feucht, doch immerhin schneite es nicht mehr. Allmählich senkte sich die Dämmerung herab, und es war sehr still. 24 Stunden zuvor hatte ich den ersten Eindruck des drohenden Unheils gewonnen, das über diesem Haus lastete.

Die Einfahrt verlief in einer langen Kurve zwischen immergrünen Büschen. Als ich die gewaltigen steinernen Torpfosten erreichte, beschleunigte ich meine Schritte und folgte der Landstraße, die sich kurvenreich nach Norden und Westen wand und über eine oder zwei Brücken führte.

Irgendwo auf dem Weg gesellte sich Delphine, der Kater, zu mir. Ich betrachtete seine in vielen Kämpfen zerfetzten Ohren und fragte mich, was in aller Welt ihn letzte Nacht so plötzlich geweckt hatte. Schritte? Kleider, die unsere Tür streiften? Oder war es etwas noch Flüchtigeres gewesen, nur die Ahnung einer Bewegung hinter der Tür, die meinen Menschenohren verborgen geblieben war? Und dann fragte ich mich erneut, was so heftig und laut gegen die Tür geschlagen hatte. Wie ein Hammer.

Während ich dahinschritt, wurde die Mauer des Brent'schen Anwesens nach und nach zu einer niedrigen Feldsteinmauer, hinter der sich eine Wiese, hie und da mit Baumgruppen besetzt, in die nebelige Dämmerung erstreckte.

Und dann, nachdem ich zwei Seiten der Wiese umrundet und zu einer kleinen Anhöhe gelangt war, sah ich das Städtchen Balifold ungefähr eine oder zwei Meilen entfernt im Tal liegen. Ein Haufen weißer Häuser, enge und winklige Gassen, eine oder vielleicht auch zwei Kirchen, wie ich an den weißen Türmen sehen konnte, die über die kahlen Baumspitzen emporragten. Es gab viele Bäume hier, schöne, streng symmetrische Ahorne und Eichen, und viele immergrüne Gewächse.

Von meinem erhöhten Aussichtspunkt aus sah ich auch, dass es mehrere Landhäuser im Stile des Hauses der Brents gab, die zwischen Bäumen verborgen verstreut in den Tälern lagen. Über allem – über dem Städtchen und den bewaldeten Hügeln in der sanften Dämmerung – lag eine Ruhe und Stille, die recht angenehm gewesen wäre, nur schmeckte diese Ruhe auch nach Einsamkeit und Kälte. An diesem Punkt beschloss Delphine, mich zu verlassen und sich auf geheime Katzenmission in die Wiese zu begeben. Sein grauer Leib glitt ins dichte Unterholz neben der Straße und verschwand. Ich war allein.

Giftmord. Während ich auf der Anhöhe stand und mich gegen die niedrige Steinmauer lehnte, um von dort über das Städtchen und die stillen Hügel und Täler zu blicken, begann ich erneut über die möglichen Todesursachen nachzudenken. Der Gebrauch von Gift setzte einen Mörder voraus, der sich mit

Drogen auskannte, leicht an Digitalis herankam und über genügend Einfallsreichtum verfügte, um Conrad Brent dazu zu überreden, das Gift zu sich zu nehmen. Und zwar *bevor* Drue mit der unglückseligen Dosis in der Spritze zurückkam.

Und das brachte mich natürlich unausweichlich zu der Frage zurück, um die meine Gedanken den ganzen Tag über beständig gekreist waren: Wer hatte Conrad Brent ermordet?

Craig Brent hatte keinesfalls alles erzählt, was er wusste, da war zum Beispiel die Sache mit den gelben Handschuhen. Außerdem hatte er seinen im Halbschlaf geäußerten Verdacht, der doch geradezu prophetisch gewesen war, wenig überzeugend geleugnet. Dagegen hatte er für die Wunde an seiner Schläfe einen Grund angegeben, der nicht nur plausibel klang, sondern meiner Meinung nach sogar auf eine Spur hinwies, der die Polizei folgen sollte. Und obschon es im Falle eines Giftmordes kaum hieb- und stichfeste Alibis gibt – er hatte eines, denn schließlich hatte er unter *meiner* Aufsicht gestanden, während jemand Conrad zur Einnahme des Giftes überredet hatte. Außerdem hatte er unter Beruhigungsmitteln gestanden, was von vornherein klares Denken oder schnelles Handeln ausschloss. Und er war letzte Nacht selbst angeschossen worden. Es war nicht besonders wahrscheinlich, so hatte er gesagt, dass es im engsten Kreis zwei potentielle Mörder gab – beide mit der klaren Absicht, die Brents mit Stumpf und Stiel auszurotten, wenn man es mal so ausdrücken wollte.

Im Übrigen war er in der Nacht zuvor selbst so knapp mit dem Leben davongekommen, dass es an der Absicht, ihn zu ermorden, keinen Zweifel geben konnte. Also musste jemand anderes auf ihn geschossen haben, er hatte es sicherlich nicht selbst getan, um mit einer solchen fantastischen Anstrengung die Polizei auf eben diese Theorie zu bringen und sich dadurch schon vorher vom Verdacht des Mordes an seinem Vater zu befreien.

Nein, ich glaube nicht, dass Craig Conrad Brent ermordet hatte. Und es entsprach auch der Wahrheit, dass er sein Bestes getan hatte, um den Verdacht von Drue abzulenken, das musste ich ihm zugestehen.

Nicky hingegen zog den Verdacht geradezu auf sich, doch ich hatte keine Beweise, um diesen Verdacht zu untermauern. Alexia war natürlich auch ganz offensichtlich eine Verdächtige: jung, schön, mit einem Mann verheiratet, den sie, wie sie offen zugab, nie geliebt hatte – und überdies war er der Vater des Mannes, mit dem sie so gut wie verlobt gewesen war, und für den sie immer noch etwas empfand, was deutlich über stiefmütterliche Liebe hinausging. Ich dachte daran, wie sie neben Craig gekniet und was sie dabei gesagt hatte: »Du weißt es doch – du weißt doch, dass ich Conrad nie geliebt habe.« Und dann: »All das hat nun ein Ende, Liebling.« Craig hatte zwar nicht gesagt: »Oh, das ist aber schön, hurra, mein Vater ist tot und du bist frei!«, er hatte jedoch auch nicht gesagt: »Alexia, sei doch nicht albern!« Nicht einmal sein Gesicht hatte etwas Ähnliches ausgedrückt.

Und doch gab es auch gegen Alexia keine handfesten Beweise. Übrigens auch nicht gegen Peter Huber oder Maud Chivery. Maud hatte Conrad immerhin während seiner langen Jahre als Witwer den Haushalt geführt; es wäre nicht unnatürlich, wenn sie auf ihre junge Rivalin Alexia eifersüchtig gewesen wäre. Doch das musste noch lange nicht bedeuten, dass sie Conrad Brent ermordet hatte! Und Maud war eine streitlustige, schnippische Person, möglicherweise voller unterdrückter, schrecklich quälender Gefühle, die, wenn sie losgelassen wurden, ihr einziges Ventil in der Ermordung eines Mitmenschen finden können.

Ich versuchte, nicht mehr an all das zu denken. Doch es ist eine seltsame Sache mit Mord, das lernte ich während dieser Tage im Hause der Brents, inmitten der sanften Hügel von Berkshire. Mord hat eine besonders beharrliche, äußerst abschreckende Natur, er scheint fast so etwas wie eine geheime und grausame Persönlichkeit zu sein. Eben ist man noch vom Alltag umgeben, von der Wirklichkeit, und man denkt zum Beispiel ans Wetter oder ans Frühstück. Und dann plötzlich versetzt es einem sozusagen einen Rippenstoß in die Seele, als stünde diese grimmige Persönlichkeit unsichtbar neben einem und sagte stumm: »*Du kannst versuchen, mir zu entkommen, du kannst dir vormachen, ich sei verschwunden, aber ich bin immer noch da. Du kannst mich nicht sehen, du weißt nicht genau, wo ich bin, und dennoch bin ich da. Ich habe zugeschlagen und werde es vielleicht wieder tun. Woher willst du wissen, dass ich es nicht tue? Und woher willst du wissen, wer von mir besessen ist und wessen Arm meine Befehle ausführt?*«

Da bleibt einem das Herz in der Kehle stecken, und einem stockt der Atem. Das ist reichlich verrückt und primitiv, nehme ich an. Wie die Art und Weise, in der die Nackenmuskeln scheinbar von selbst versuchen, den Kopf zu drehen, um über die Schulter zu schauen.

Nun, genau das geschah mit mir. Ich verspürte diesen Drang und sah mich um, doch dort war nichts außer den Hügeln und der sinkenden Dämmerung.

Also ging ich in meiner kleinen Liste einen Schritt weiter, zu Peter Huber. Hier gab es wenigstens einen Beweis. Er war fast gleichzeitig mit mir am Tatort erschienen, wofür er eine Erklärung vorgebracht hatte, die wahr sein konnte oder auch falsch. Er hatte den Anruf an den Arzt verpfuscht; er war sofort nach dem Knall im oberen Stock hinaufgerannt und nicht wiedergekommen. Und wenn er auch kein Verwandter war und deshalb nicht direkt von Conrad Brents Tod profitieren konnte, so wie die anderen, sogar die Chiverys, konnte er doch ein Motiv haben, *wenn* er in Alexia verliebt war. Doch natürlich wird kein Mann einen Ehemann einer Frau umbringen, wenn er nicht sicher ist, dass er die Frau zum Schluss auch wirklich bekommt, und Peter war nicht derjenige, den Alexia wollte – ihr Favorit war Craig, und dieser, was immer er auch eingestand oder nicht, wusste das nur zu gut. Außerdem war Peter Huber nur ein Freund, der zufällig als unschuldiger Beobachter zugegen war und sich vielleicht sehnlichst wünschte, woanders zu sein.

Blieb Dr. Claud Chivery. Er hatte die berühmte Medizin verschrieben, die eine bis jetzt unbekannte Rolle in dieser Geschichte spielte, und irgendwo in der langen Freundschaft der Brents und der Chiverys mochten sehr wohl Keime für einen Mord vergraben liegen. Doch wieder gab es keine Beweise.

Während ich sinnend auf der Anhöhe stand, war es vollends dämmerig geworden, doch der Himmel war noch hell. Später erst sollte ich begreifen, was für ein gutes Ziel ich in meinem schwingenden Chape mit Kapuze vor dem klaren grauen Himmel abgab. Über den Hügeln im Osten ging ein zitronengelber Stern auf. Es wurde auch kälter, und so zog ich den Umhang fester um mich und setzte die Kapuze auf. Und genau in diesem Moment hörte ich jemanden mit schweren Schritten quer über die Wiese laufen – direkt auf mich zu, mitten durch die Dämmerung und die Brombeerranken!

Und das war noch nicht alles. Über meinem Kopf pfiff etwas – das hörte ich noch vor dem Schuss. Ich fiel buchstäblich auf Hände und Knie, als auch schon der zweite Schuss knallte. Und die Person, die da über die Wiese rannte, erreichte die Steinmauer und schickte sich an, darüber zu klettern.

12

Es ist schon eigenartig mit Schüssen: Egal, wie wenig Erfahrung ein Mensch damit hat, selbst zu schießen oder beschossen zu werden, man erkennt sofort, dass es sich nur um einen Schuss handeln kann.

Und genau in diesem Augenblick pfiff eine weitere, niedrig gezielte Kugel über meinen Kopf und die Steinmauer hinweg. Und ich war mir bewusst, dass die kletternde Gestalt mindestens zehn Meter entfernt war, die Schüsse jedoch von irgendwo auf der dunklen Wiese kamen, vielleicht sogar von der Baumreihe unten im Tal, die einen Bach zu säumen schien.

Ich wusste auch, dass es nicht die Katze war, die auf mich schoss. Damit war ich jedoch mit meinem Latein auch schon am Ende. Die Person, die über die Mauer geklettert war, musste sich wohl auch geduckt haben, denn ich sah niemanden in dem dunklen Winkel zwischen Mauer und Gesträuch.

Ich weiß nicht, was noch hätte geschehen können; vielleicht war es ja Schicksal, dass schließlich ein Auto auftauchte und uns rettete. Ein Attentäter muss schon ganz besonders kühn sein, um einen Menschen kaltblütig auf offener Landstraße zu erschießen. Doch das sollte ich nie erfahren, denn in diesem Moment raste ein Kleinwagen mit laut brummendem Motor um die Kurve und die Steigung der niedrigen Anhöhe hinauf. Hell strahlten die Scheinwerfer.

Also tat ich etwas, das sich gefährlich anhören mag, es aber in Wirklichkeit nicht war. Zumindest glaubte ich das nicht. Ich erinnere mich auch nicht genau an die paar Sekunden, in denen ich weiterkroch, mich im Schutz der Mauer aufrichtete, geduckt auf die rettenden Scheinwerfer zurannte und das Auto anhielt. Es war Dr. Chivery.

Er streckte den Kopf aus dem Fenster und beäugte mich ungläubig, während ich vorsichtig näher kam, das Auto als Schutz zwischen mir und der Wiese.

»*Miss Keate ...*«

»Da schießt jemand auf mich! Von der Wiese her! Irgendwer ...«

Plötzlich richtete sich ein weiterer dunkler Schatten vor der Mauer auf: Es war Anna, das Dienstmädchen. Ihr Gesicht hatte die Farbe eines nicht fertig gebackenen Muffins, und ihre Zöpfe waren ihr über ein Ohr herabgerutscht, was ihr einen leicht verwegenen Ausdruck verlieh, der jedoch durch das Entsetzen in ihren Augen Lügen gestraft wurde. »Doktor!«, keuchte sie. »Bitte, Sir – da schießt jemand – auf der Wiese ...«

Weder Claud Chivery noch ich sagten ein Wort. In der schwachen Beleuchtung des Armaturenbretts meinte ich sein Kinn noch weiter zurückweichen zu sehen, und seine ein wenig vorstehenden Augen schienen Annas Entsetzen widerzuspiegeln. Anna holte tief und rasselnd Luft und stotterte keuchend: »Ich meine – auf Kaninchen, glaube ich, Sir. Ich – ich bin gerade über die Wiese gegangen, als ich – ich jemand im Gebüsch am – am Bach gehört habe. Das – das hat mir wirklich Angst gemacht. Ich – ich bin weggerannt ...« Ihr unsteter Blick wanderte kurz zu mir, dann sah sie wieder Chivery an. »Und dann – als ich gerade an der Mauer war, fing – das Schießen an. Ich weiß nicht, wer das war, Sir. Aber sie – sie schießen oft auf Kaninchen hier. Leute aus dem Ort und – und ...« Wieder hielt sie inne. Dann riss sie sich zusammen. »Doktor, würde es Ihnen etwas ausmachen, mich zurückzufahren? Ich – ich fürchte, ich habe meinen freien Nachmittag überzogen. Beevens ...«

Wieder entstand eine kleine Pause. Dann griff Dr. Chivery wortlos nach hinten, öffnete die hintere Wagentür, und Anna und ich stiegen ein. Immer noch schweigend wendete er und fuhr wieder zum Landhaus der Brents. Keiner sagte ein Wort, nur das Tuckern des Motors hallte von den umliegenden Hügeln wider.

Chivery folgte dem kurvigen Fahrweg bis vor die Haustür, wo er uns absetzte. Ich bedankte mich bei ihm, und er fuhr wieder davon, jenen seltsamen Schatten des Schreckens, so schien mir, immer noch in den Augen. Anna beeilte sich, mir die Tür zu öffnen.

»Anna …«

»Ja, Miss Keate?« Sie war nun wieder zu Atem gekommen und rückte ihre dicken blonden Zöpfe zurecht.

»Wer war das auf der Wiese?«

»Ich weiß es nicht, Miss«, gab sie deutlich – und trotzig – zurück.

Ich musste sie gehen lassen.

Doch sie wusste ebenso gut wie ich, dass unser Jäger, sofern nicht zufällig ein Kaninchen vor seiner Flinte aufgesprungen war und ihn angebellt hatte, keinesfalls auf Hasen oder Karnickel geschossen hatte. Es war viel zu dunkel gewesen, um auf irgendwas zu zielen, das kleiner war als ein Pferd – oder ein Mensch, der sich deutlich vor dem grauen Himmel abhob.

Nun gut. Ich warf einen Blick ins Frühstückszimmer, und dort saß Nicky und las. Er kehrte mir zwar den Rücken zu, doch ich erkannte ihn unzweifelhaft an seinem schmalen Kopf und dem lebhaft karierten Jackett. Seine Jacketts waren immer ein bisschen übertrieben, groß kariert oder mit Schottenkaros und von einer erstaunlichen Farbvielfalt – an diesem Tag dominierten wieder Braun und Kastanie, glaube ich. Doch wenn ich ihn auch nicht leiden konnte, so war es ganz bestimmt nicht Nicky gewesen, der auf Kaninchen oder auf mich gezielt hatte. Sonst sah ich niemanden, und da ich mich nach meinem Abenteuer noch ein wenig schwach auf den Beinen fühlte, ging ich auf mein Zimmer und legte den Umhang ab. Dann überdachte ich noch einmal die wenigen Dinge, die ich über den Mord an Conrad Brent wusste. Doch schon nach kurzer Zeit musste ich aufgeben; wenn diese Schüsse darauf angelegt waren, mich und damit irgendein Beweisstück in meinem Besitz unschädlich zu machen, so wusste ich leider nicht, woraus dieses Beweisstück bestehen sollte. Der einzig mögliche Schluss lautete daher in einem Wort: Kaninchen.

Und weil ich auch das nicht glauben konnte, war es nur natürlich, dass ich ein wenig beunruhigt war. Oder vielleicht wäre wachsam das bessere Wort. Aber wie dem auch sei; auf der Wiese zu jagen war ein guter Vorwand, denn das taten viele, wie Anna berichtet hatte. Also lag es auch im Bereich des Möglichen, dass ein entschlossener Mörder auf diese Tatsache gezählt hatte.

Ich ging nicht zu Drue hinüber, sondern dachte, vielleicht ein wenig verspätet, an meinen Patienten, der vermutlich die ganze Zeit allein gewesen war, während Dr. Chivery auf Landstraßen herumkurvte und Anna vor schießwütigen Jägern auf der Wiese floh. Doch auf dem Weg zu Craigs Zimmer hielt ich noch einmal an und erzählte dem Polizisten, der im Korridor Wache hielt, was sich draußen ereignet hatte. Ich denke nicht, dass er mir glaubte; vielleicht zog er ja die Kaninchen-Theorie vor, denn er grinste mich nur mitleidig und nachsichtig an, versprach jedoch, Nugent davon zu unterrichten, sobald er ihn sähe.

Dann ging ich weiter zu Craigs Zimmer, wo ich Peter Huber vorfand. Die beiden redeten gerade über Chivery. »Wer soll es denn nach Chiverys Meinung getan haben?«, fragte Peter gerade, als ich eintrat. Craig blickte mich an, sagte: »Hallo, Miss Keate«, und antwortete Peter. »Das weiß er eben nicht, sagt er. Er meint, es müsse jemand sein, der über Digitalis Bescheid weiß, wie viel man auf welche Weise verabreichen muss. Er sagt, die Dosis müsse ausreichend sein, um einen sofortigen Herzstillstand hervorzurufen. Wenn man nämlich zu wenig gibt, würden alle möglichen Vergiftungssymptome auftreten – Übelkeit und Schüttelkrämpfe und so –, aber das ist hier ja nicht passiert.« Er atmete rasch ein und sprach eilig weiter, als wollte er den Schmerz in seinen Augen verbergen – ja, und auch die Trauer, denn was auch in den letzten Jahren zwischen Conrad Brent und Craig passiert sein mochte, sie waren doch immer noch Vater und Sohn gewesen. »Claud hat das in seinen Fachbüchern nachgeschlagen«, sagte er hastig und runzelte die Stirn. »Er sagt, er weiß einfach nicht, wer's war. Aber ...«

»Aber was, Craig?«

»Ach, nichts.« Wieder schwieg er, blickte finster ins Leere und meinte dann: »Wenn ich doch bloß aufstehen und herumlaufen könnte! Wenn ich doch nur herauskriegen könnte, wer mir dieses Ding hier verpasst hat.« Seine Finger berührten kurz den Verband an der Schläfe. »Ich habe niemanden gesehen – nicht mal etwas gehört ... Hör mal, Peter, sieh dich mal ein bisschen um, ja? Versuch herauszufinden, wer genau um Mitternacht noch auf war und das Haus unsicher gemacht hat. Finde raus, ob beim Dinner irgendetwas passiert ist ...«

»Beim Dinner ist gar nichts passiert«, erwiderte Peter. »Ich war doch dabei!«

Ein Hauch der Verzweiflung glitt über Craigs Gesicht. »Ich meine ja auch nicht, ob sie sich mit irgendetwas bewarfen oder einander bedroht haben. Bloß – ach, was sie halt so gesagt haben, und wie sie aussahen und – ach, verdammt!« Er machte eine ungeduldige Bewegung mit dem Arm, und ich hielt das leichte Federbett fest, das herunterzurutschen drohte.

»Sie sollten jetzt lieber gehen, Mr. Huber«, sagte ich und beobachtete besorgt, wie rot Craigs eingefallene Wangen geworden waren.

»Warten Sie, Schwester, noch nicht«, befahl der Kranke schnell. »Hör zu, Pete, halte die Augen offen und erzähl mir alles, was deiner Meinung nach nicht in Ordnung ist. Und – und noch etwas.« Craig zögerte, warf mir einen verstohlenen Blick zu und fuhr fort: »Such nach einem Paar gelber Handschuhe. Große und weite Dinger. Lass es niemanden merken, und wenn du sie gefunden hast, bring sie mir.«

Peter nickte. »Okay.« Dann schickte ich ihn weg. Craig sagte nun nichts mehr über die geheimnisvollen Handschuhe, und weil ich mich wegen der fieberhaften Röte seiner Wangen und dem verräterischen Glanz in seinen Augen sorgte, stellte ich keine weiteren Fragen.

Das Essen für uns beide wurde auf einem Tablett heraufgeschickt. Sonst kam niemand, außer dem Kater. Er gab ein raues Maunzen von sich und sprang, als ich ihn hereinließ, sofort auf das Fußende von Craigs Bett. Dort schnurrte er laut, wollte jedoch weder von mir noch von Craig gestreichelt werden und rollte sich zum Schlafen zusammen. Nur ab und zu öffneten sich seine Augen zu grünlich glitzernden Schlitzen und starrten auf die Tür zum Korridor. Dies war jedoch sein normaler Blick, typisch für einen pessimistischen Charakter wie Delphine, und in nichts zu vergleichen mit dem angespannten Horchen und Starren der letzten Nacht.

Endlich faltete auch ich mich wie ein Akkordeon auf dem Sofa zusammen und dachte dabei sehnsüchtig an das Bett in meinem Zimmer, das so gemütlich ausgesehen hatte.

In dieser Nacht ereignete sich nichts mehr. Alexia und Maud verschwanden sofort nach dem Dinner. Peter und Nicky begaben sich auf einen langen Abendspaziergang – ich sah es, weil ich zufällig an der Treppe vorbeikam und einen flüchtigen Blick auf Nickys dunkles Haar und Peters breite Schultern in der Lederjacke erhaschen konnte, als sie durch die Haustür gingen. Später hörte ich sie auch zurückkommen, weil es im Haus so still war. Vielmehr, es war Peter, den ich hörte; Nicky war offenbar schon vorher müde geworden und eher zurückgekehrt. Ich sah ihn an Craigs Zimmer vorbeigehen, denn die Tür stand einen Spalt breit offen. Anscheinend ging er zu Alexia, und kurze Zeit später sah ich ihn erneut vorbeigehen. Beide Male warf er einen kurzen Blick ins Krankenzimmer und lächelte flüchtig, wobei er haargenau wie ein wunderschöner, neugieriger junger Leopard auf Beutezug aussah. Viel, viel später erst hörte ich Peter zurückkommen – und zu diesem Zeitpunkt hatte ich die Tür auch schon zugemacht.

Ich hatte keine Möglichkeit, mit Drue zu sprechen. Ein- oder zweimal während dieser Nacht warf ich einen prüfenden Blick in den Korridor, doch Mr. Wilkins oder ein Doppelgänger von ihm saß regungslos vor der Tür zu ihrem Zimmer.

Auch der folgende Morgen verlief ohne nennenswerte Ereignisse. Polizisten streiften überall auf dem Anwesen umher, wie ich vom Fenster aus sah, und später befragte mich Nugent über mein Erlebnis auf der Wiese; der Polizist hatte also Wort gehalten und seinem Vorgesetzten von der Schießerei berichtet. Der Lieutenant wiederholte auch seine Frage, wen oder was ich unmittelbar nach jenem ominösen Schlag gegen die Tür im Korridor gesehen hatte. Doch dann lieferte er mir zu meinem nicht geringen Erschrecken ein mögliches Motiv für die Schüsse auf der Wiese.

»Vielleicht glaubte jemand, dass Sie mehr gesehen haben, als Sie bei der Vernehmung zugeben wollten. Ich hatte auch diesen Eindruck – so, wie Sie plötzlich mitten im Satz verstummt sind.«

»Aber ich habe doch gar nichts gesehen! Außerdem konnte niemand wissen, dass ich gestern Nacht dort sein würde, oben an der Wiese.«

»Na schön. Fällt Ihnen denn ein anderer Grund ein?«

Natürlich fiel mir nichts ein. »Kaninchen«, sagte ich lahm.

»Oh, zweifellos,« meinte Nugent. »Aber an Ihrer Stelle würde ich nicht mehr allein spazieren gehen.«

Dann ging er und ließ mich mit widerstreitenden Gefühlen zurück. Am besten hätte ich mir wohl ein Schild an den Rücken hängen sollen, mit der Aufschrift: »Ich weiß gar nichts«, nur kam mir das ziemlich lächerlich vor.

Alexia rief an diesem Morgen bei Bergdorf's an, um sich eine komplette Trauergarnitur zu bestellen, und Maud half, wie ich glaube, der Polizei, die Papiere in Conrads Schreibtisch und im Safe durchzugehen. Es war auch der Morgen, an dem die ersten Reporter anrückten; Chivery und Nicky hatten sie gesehen. Später erschien in einer Zeitung ein Bild von Dr. Chivery, den sie offenbar erwischt hatten, als er vor seinem weißen Gartenzaun in den Wagen stieg. Sein Gesicht hatte einen seltsamen Ausdruck – er blickte gehetzt, gequält, als er so überraschend fotografiert wurde. Vielleicht lag es aber auch nur an der Kamera.

Es gab auch ein Foto von Drue; jemand hatte eine Aufnahme von ihrem Examen ausgegraben. Sie sah sehr jung und hübsch aus, und ihre Augen blickten fest und kompromisslos über den strengen Bischofskragen, den Krankenschwestern zu festlichen und offiziellen Anlässen tragen müssen. Einige Zeitungen bauschten ihre kurze Ehe mit Craig ungeheuer auf. »Geheime Romanze einer Krankenschwester«, hieß es in einer Gazette. Fakten und Beweise hingegen waren dünn gesät, daher schloss ich, dass Nugent sich nicht in die Karten schauen ließ, wie einer meiner Patienten, ein passionierter Pokerspieler, immer zu sagen pflegte.

Keine der Zeitungen jedoch erreichte uns vor dem Frühzug am nächsten Tag, und das war nur gut so. Bald waren auch die Reporter wieder verschwunden.

Natürlich fühlte ich mich den ganzen Tag über wie ein Jagdhund an der kurzen Leine, weil ich an die Spritze dachte und zur Untätigkeit verdammt war, solange die Polizei im Hause war – gar nicht zu reden von Maud, Alexia, Nicky und den Dienstmädchen, die die Zimmer sauber machten.

Craigs Zustand war, was die Wunde anbetraf, gut, doch um Mund und Augen hatte er einen nervösen, ein wenig verkrampften Zug. Er sagte fast nichts, lag nur still da und blickte auf seine Zimmertür.

Drue wurde an diesem Morgen nicht wieder verhört; das erzählte sie mir, als ich sie ungefähr um elf Uhr in ihrem Zimmer aufsuchte. Sie war sehr blass, und unter ihren Augen lagen leichte bläuliche Schatten. Doch sie hatte wie zum Trotz einen frischen weißen Kittel angezogen, Lippenstift aufgetragen und die weichen, glänzenden Locken in einer einfachen, kindlichen Welle von den Schläfen zurückgebürstet. Den sorgenvollen Ausdruck ihrer grauen Augen konnte sie dennoch nicht verbergen. Wir redeten miteinander, bis ich zu Craig zurück musste, kamen jedoch zu keinem wirklichen oder hilfreichen Ergebnis.

Sie fragte nach Craigs Befinden, und die Schatten unter ihren Augen schienen ein wenig zu verblassen, als ich ihr sagte, dass es ihm besser ginge. Doch sie trug mir keine Nachricht für ihn auf.

Ungefähr um halb eins erschien Soper, um Craig mitzuteilen, dass für den Nachmittag eine gerichtliche Untersuchung der Todesursache angesetzt sei, und um ihn zu fragen, ob er einen gewissen Frederic Miller kenne.

»Eine *Untersuchung*!«, rief Craig. »Hören Sie, Miss Cable sollte einen Anwalt hinzuziehen, bevor sie ...«

»Es ist doch nur eine Formalität«, meinte Soper verdrießlich. »Sie braucht noch keine offizielle Aussage zu machen. Der einzige Zeuge, den wir im Moment brauchen, ist der Arzt. Und Nugent. Von Ihnen aber hätte ich nun gern gewusst, wer Frederic Miller ist. Ihr Vater hat diesem Mann in den letzten zwei Jahren Schecks zukommen lassen, die sich auf insgesamt fünfzehntausend Dollar belaufen. Sie müssen doch wissen, wer ...«

»Aber ich weiß es nicht! Es gibt niemanden ... Hören Sie, ich verstehe das nicht!«

»Noch nie gehört, den Namen?« Die Augen des Staatsanwalts waren wieder ganz klein und argwöhnisch geworden.

»Nie! Und ich glaube auch nicht, dass mein Vater jemanden dieses Namens kannte!« Craig sah ehrlich verblüfft aus. »Haben Sie Alexia – Mrs. Brent – gefragt?«

»Selbstredend. Sie wusste auch nichts davon. Haben Sie eine Ahnung, wer Sie in jener Nacht niedergeschlagen haben könnte?« Sein Blick ruhte auf dem Verband an Craigs Schläfe.

»Nein.«

»Sind Sie sicher, dass es überhaupt ein Mensch war? Sie könnten ja auch hingefallen sein.«

»Bin ich nicht«, widersprach Craig. »Ich war im Korridor. Jemand hat mich niedergeschlagen, mich in die Wäschekammer geschleift. Es muss also ein Mann gewesen sein.«

»Aber keineswegs; auch eine Frau hätte das leicht bewerkstelligen können. Guten Morgen«, wünschte der Bezirksstaatsanwalt und entfernte sich, wobei er aussah wie ein aufgeblasener Frosch.

Dann kam Nicky ins Zimmer. Ich blieb auf meinem Posten, auch wenn er meine Anwesenheit offenbar für überflüssig hielt. Nicky humpelte immer noch leicht.

»Hast du dir den Fuß verstaucht, Nick?«, fragte Craig sogleich, und der antwortete: »Jemand hat eine Taschenlampe drauffallen lassen, in der Nacht, als der große Krawall war. Aus Versehen, wie ich hoffe.« Dabei warf er mir einen Blick zu und senkte die seidigen Wimpern, sodass ich nur noch vage ein böses Glitzern dahinter erkennen konnte. Ich sah ihn an, als hätte ich noch nie etwas von einer Taschenlampe gehört, und Nicky fuhr fort: »Craig, hör mal, sollten wir nicht irgendwas tun?«

»Etwas tun?«

»Ich meine – nun ja, Mord bleibt Mord. Entweder gibt es ein Motiv oder es kann sich nur um einen – einen mordgierigen Verrückten handeln. Ich habe gründlich darüber nachgedacht und bin zu diesem Schluss gekommen.«

»Die Untersuchung liegt in den Händen der Polizei«, sagte Craig. »Die tut, was sie kann.«

»Aber Craig«, sagte Nicky und beugte sich vor, sodass sein gut geschnittenes Gesicht plötzlich in den Lichtkegel der Lampe geriet, »weißt du denn, wer es getan hat?«

»Nein«, erwiderte Craig. Und fügte ebenso direkt hinzu: »Du etwa?«

»Nein«, brachte Nicky zögernd heraus. »Ich meine – die Polizei glaubt natürlich, dass es Drue war.«

»Dank deiner belastenden Aussage.«

»Ich habe der Polizei nicht alles gesagt, was ich hätte sagen können«, gab Nicky betont langsam zurück.

»Was willst du damit sagen?«

»Oh, ihre Unterhaltung zum Beispiel. Ich meine die zwischen Conrad und Drue, kurz bevor er starb.«

Craigs Augen wurden schmal. »Was soll das heißen? Ich nehme an, du hast gelauscht?«

Nicky zuckte die Achseln, wieder sehr zögernd, als stimme er nur halbherzig zu.

»Na schön«, meinte Craig. »Und was hast du gehört?«

Falls die Tür zur Bibliothek geschlossen gewesen war, so konnte er eigentlich gar nichts gehört haben, denn sie war außerordentlich dick und solide. Doch vielleicht war sie nicht ganz zu gewesen. Auf jeden Fall sah Nicky äußerst unaufrichtig, fast schon naiv drein.

So naiv wie eine Klapperschlange, fuhr es mir durch den Kopf. Und ich hörte aufmerksam zu.

Nicky zögerte zunächst, dann zuckte er wieder die Schultern, die in einem eleganten Maßanzug steckten. »Denk drüber nach, Craig«, sagte er.

»Du hast gar nichts gehört«, meinte Craig. »Und wenn, dann soll es mir egal sein.«

»Drue ist dir egal?«, fragte Nicky leise.

»Du hast mich schon verstanden.«

Nickys ausdrucksloses Gesicht veränderte sich ein wenig, er schob seine grausam wirkende Unterlippe vor. Er stand auf. »Ich sehe schon, es hat keinen Zweck, mit dir zu reden, Craig. Ach übrigens, deine Scheidung ist doch immer noch rechtskräftig?«

Craigs dunkle Brauen bildeten eine gerade Linie. »Was willst du damit sagen?«

»Ach, nichts«, meinte Nicky leichthin. »Nur, dass Drue wieder auf dem Markt ist. Und hübscher denn je. Das hatte ich ganz vergessen« – er hielt inne, stieß ein kurzes Lachen aus und fuhr fort – »nun ja, nicht wirklich vergessen. Immerhin hat sie dich einmal verlassen, und ich wage zu behaupten, dass du weißt, warum. Und wenn sie jetzt frei ist …«

»Drue ist frei«, erwiderte Craig knapp. »Wie du sehr wohl weißt, Nicky. Und jetzt raus!«

Als Nicky, ein wenig hastig, verschwunden war, lag Craig eine ganze Weile mit grimmiger Miene da und starrte ins Leere.

Später am Nachmittag betrat Alexia das Zimmer. Sie sah sehr schön aus, überhaupt nicht wie eine trauernde Witwe, in einem hübschen smaragdgrünen Kleid mit Schleppe. Es kam mir vor, als ob Craig bei ihrem Anblick die Zähne zusammenbiss. Zu meiner Enttäuschung schickte er mich unverzüglich aus dem Zimmer.

Drue saß am Sekretär, als ich in ihr Zimmer kam, schrieb jedoch nicht. Wie ein kleiner brauner Muff lag Sir Francis auf der Schreibplatte und hatte den Kopf auf ihren Arm gelegt.

»Setz dich, Sarah. Was ist passiert? Hat Dr. Chivery dich wieder weggeschickt?«

»Dieses Mal war es Alexia«, sagte ich ein wenig grimmig.

»Ach so, Alexia.« Sie senkte die Augen und streichelte den Kopf des Hündchens. Und plötzlich sagte sie, ohne den Blick zu heben, mit klarer Stimme und vollkommen ausdruckslos: »Er ist verliebt in sie, weißt du. Ich nehme an, dass sie jetzt bald – nachdem eine angemessene Zeitspanne verstrichen ist – heiraten werden.«

Nun, wenn Alexia in dieser Hinsicht irgendetwas zu bestimmen hatte, würde es sich wohl eher um eine unangemessen kurze Zeitspanne handeln. Ich unterdrückte den garstigen Impuls, meine Meinung hierzu verlauten zu lassen. »Ich habe mich in allem geirrt«, fuhr Drue fort. »Ich dachte, wenn ich Craig wiedersähe – aber das war falsch gedacht.«

»Unsinn!«, widersprach ich, auch auf die Gefahr hin, dass sie es falsch verstand.

»Nein, das ist kein Unsinn. Ich weiß doch Bescheid. Er ist immer noch in sie verliebt, Sarah. Nicky sagt das jedenfalls. Außerdem – weiß ich, dass …« Sie nahm einen Stift und malte zerstreut kleine Kreise auf ein Blatt. »Ich sollte es dir lieber gleich sagen, Sarah. Ich glaube, damit hat alles angefangen. Mit Alexia und Craig, meine ich. Verstehst du – Alexia war mit Craig im Garten, kurz bevor auf ihn geschossen wurde. Nicky hat mir das erzählt. Und ich glaube« – nun flüsterte sie wegen des Polizisten vor der Tür – »ich glaube, dass Conrad auf ihn geschossen hat.«

»Auf *Craig!*«

»Schhh! Er kann dich hören.«

»Aber – willst du damit sagen, dass Conrad eifersüchtig war?«

»Conrad hat sich viel darauf zugute gehalten, altmodisch zu sein«, antwortete sie langsam. »Und er liebte Alexia über alles.«

»Wenn sein Vater der Schütze war und Craig das wusste, dann würde er es nicht sagen – das stimmt.« Plötzlich fiel mir etwas ein. »Hast du deshalb Conrad erzählt, dass du seinen Revolver im Garten gefunden hast?«

»Ja. Ich wusste, dass es sein Revolver war – oder zumindest, dass er einen besaß. Und ich kannte ihn doch. Ich weiß nicht, was passiert ist – weiß es im Grunde immer noch nicht. Aber ich dachte – weißt du, ich hatte einfach Angst. Um Craig. Wenn sein Vater in einem Anfall von Eifersucht auf ihn geschossen hatte, dann wollte ich, dass er einsah, wie schrecklich das, was er getan hatte, war. Jeder andere – Craig selbst oder Claud oder wer auch immer die Wahrheit kannte oder erriet – würde versucht haben, sie zu verbergen. Aber Conrad hat mir widersprochen, er sagte, ich könne den Revolver gar nicht dort im Garten gefunden haben. Er hat gesagt, ich wolle nur versuchen, ihn zu erpressen, damit ich bleiben könnte. Aber darum ging es doch gar nicht, Sarah, wirklich nicht! An so etwas hätte ich nie gedacht.«

Das wusste ich auch. Und Conrads Widerrede roch nach einem stillschweigenden Eingeständnis von Schuld, als hätte er schon längst über den Revolver Bescheid gewusst; sonst hätte seine Reaktion doch darin bestanden, unverzüglich eine Untersuchung in die Wege zu leiten.

Und doch konnte ich es nicht glauben.

»Nein, Drue, das ist unmöglich! Ich kann nicht glauben, dass Conrads Eifersucht ihn so blind gemacht hätte. Glaub diesem Nicky kein Wort! Der ist doch selber in dich verliebt ...«

»Nicky in mich verliebt!« Sie stieß ein kurzes Lachen aus.

»Aber warum sollte er sonst – Drue, er hat Craig gefragt, ob du wirklich frei wärest. Von Craig, meinte er.«

»Das hat er Craig gefragt?«

»Ja.«

Sie sah mich nicht an. »Und was hat Craig dazu gesagt?«

»Nichts«, beeilte ich mich zu versichern und erkannte die Untiefen zu spät.

»Was hat er gesagt?«, wiederholte sie.

»Er hat nur gesagt, dass eure Scheidung endgültig sei«, antwortete ich widerwillig. »Aber, Liebes …«

Drue hatte die Lippen fest zusammengepresst. »Damit hat er auch völlig Recht. Und Nicky übrigens auch.«

»Du kannst doch nicht im Ernst daran denken, Nicky zu heiraten!«

»Er hat mich noch nicht gefragt. Aber wenn er's tut – warum nicht?« Wieder begann sie, Kreise zu malen, immer schneller, stieß mit dem Stift auf die Schreibunterlage.

»Aber …«

Immer noch presste sie die Lippen fest zusammen, und auf ihren Wangen erschienen zwei rote Flecken. Ich hielt inne, schlug einen neuen Kurs ein.

»Drue, du wolltest doch herausfinden, was wirklich geschehen ist. Ich meine, damals, als Craig zurückkam und du dieses Haus verlassen musstest und nach New York zurückgingst. Und als Conrad sagte, Craig wollte die Scheidung. Wolltest du sie auch?«

»Jetzt ist es ohnehin zu spät.«

Ich wollte gerade den banalen und nicht besonders wahrheitsgemäßen Ausspruch von mir geben, dass es niemals zu spät sei, als sie den Stift hinwarf. »Es ist zu spät, Sarah! Ich war dumm, es zu versuchen. Ich …«

Ihre heftige Handbewegung hatte ein kleines blaues Glas mit Kieselsteinen umgeworfen, in dem der Stift zu stecken pflegte, der nun über den Schreibtisch rollte. Und wir sahen zu, wie in einem Hagel bunter Steinchen ein kleiner Karton auf den Tisch fiel. Es war eine Pillenschachtel; darauf vermerkt standen die Verschreibung und Conrads sowie Dr. Chiverys Name und der Inhalt: Digitalis. Nur, dass sie jetzt leer war, wie ich feststellte, nachdem ich sie geöffnet hatte.

13

Drue versuchte halbherzig, mir mit einer schnellen Bewegung die Schachtel aus der Hand zu reißen, doch ich hielt sie eisern fest.

»Drue …«

Es war schrecklich, zu sehen, wie die Farbe aus ihren Wangen wich, bis sie fast aussah wie ein Geist.

»Ich hab sie gefunden«, flüsterte sie. »Sarah, ich kann dir nicht sagen, wo. Ich kann dir nicht mehr sagen. Ich habe schon zu viel gesagt. Frag mich nicht …« Sie hielt inne, legte den Kopf auf ihre Arme und den kleinen Hund und brach in Tränen aus – trockene, stoßweise Schluchzer, als bräche jeder gegen ihren Willen hervor. Ich erinnere mich, glaube ich, ihr die Hand auf die Schulter gelegt zu haben. Erstickt sagte sie: »Geh, Sarah. Es ist schon in Ordnung. Geh einfach. *Bitte.«*

Drue weinte sonst nie; das war nicht ihre Art, mit Schwierigkeiten umzugehen.

Einen Augenblick später verließ ich ihr Zimmer und nahm die Medizinschachtel mit; ich musste es tun. Und ich musste versuchen nachzudenken – nicht, dass ich damit bis dahin sehr weit gekommen war. Zunächst jedoch wickelte ich die flache Schachtel in ein Taschentuch und steckte sie mit einer starken Sicherheitsnadel in meiner Bluse fest.

Mir wurde ganz kalt, wenn ich an die Gefahr dachte, in der Drue sich befunden hatte. Doch es gab nur eine einzige Erklärung dafür, dass sich die Schachtel in ihrem Besitz befunden hatte, für ihre Tränen und für ihr Schweigen: Sie wollte jemanden schützen. Und die Logik sagte mir, dass diese Person Craig war.

Nur, warum hatte sie die Schachtel dann nicht vernichtet? Und hatte sie Grund anzunehmen, dass Craig seinen Vater getötet hatte? Wie Soper schon gesagt hatte, gibt es im Falle eines Giftmordes keine wirklichen Alibis. Craig konnte den Mord verübt haben, indem er klugerweise (wie, wusste ich nicht) seines Vater eigene Medizin benutzt und es irgendwie so eingerichtet hatte, dass Conrad sie an diesem Abend einnehmen musste, und sich gleichzeitig (indem er in der Nacht zuvor einen Unfall vortäuschte, sich jedoch in Wirklichkeit selbst anschoss) ein hieb- und stichfestes Alibi verschaffte. Ein Alibi, das 24 Stunden anhielt (und leicht noch länger ausgedehnt werden konnte) und ihm so einen großzügigen Zeitrahmen verschaffte. Wenn er also zum Beispiel Gift in den Brandy getan hatte – oder in etwas anderes, das sein Vater zu trinken pflegte –, war es ohne Belang, *wann* Conrad das Zeug zu sich nahm, denn sein Sohn hatte immer noch ein Alibi.

Die einzige Schwachstelle in dieser Theorie war Craigs Verwundung: Kein Mensch, der noch alle seine Sinne beisammen hat, würde sich beinahe selbst umbringen, wenn er sich doch (mit genau der gleichen Wirkung) eine ungefährlichere und weniger schmerzhafte Verletzung beibringen kann. Und ich konnte immer noch nicht glauben, dass Craig seinen Vater umgebracht haben sollte – *aber Drue befürchtete es, weil sie glaubte, Craig habe ein Motiv.* Jetzt endlich verstand ich; sie glaubte, Conrad habe Craig angeschossen, und Craigs Motiv sei vielleicht Notwehr gewesen, oder aber es handelte sich um eine lange eifersüchtige Feindschaft der beiden wegen der jungen, schönen Alexia!

Als ich mit meinen Überlegungen bis zu diesem Punkt gediehen war, stand ich auf und warf mein Cape über. Ich musste an die frische Luft. Ich musste zu einem vernünftigen Schluss über diese Pillenschachtel und Drue und Craig kommen.

Als ich durch die Halle eilte, traf ich Anna. Sie hatte ein blaues Auge, einen riesigen Fleck in Schwarz und Grün und Purpur. Ich starrte sie nur an. Sie beeilte sich zu sagen: »Ich bin gegen eine Tür gelaufen, Miss.«

»Also wirklich, Anna. Das ist ja furchtbar!«

»Ja, Miss.«

Natürlich läuft man schon einmal gegen eine Tür. Doch das gibt keinen runden Abdruck, und außerdem hinterläßt die Türkante fast immer eine deutlich rote Spur auf der Braue. »Sind Sie sicher, dass Sie letzte Nacht auf der Wiese niemanden gesehen haben?«, fragte ich sie.

»Ja, Miss. Ich meine – nein. Ich habe niemand gesehen außer Ihnen.«

Mit Sicherheit hatte ich ihr kein blaues Auge verpasst. Doch mir wollte auch niemand sonst einfallen, der es getan haben könnte – außer Delphine, der vielleicht gemein genug war, jedoch eher kratzen würde. Und doch blieb ich hartnäckig. »Ich dachte, Sie könnten vielleicht jemanden gesehen haben – jemand, von dessen Anwesenheit Sie der Polizei lieber nichts erzählen wollten, weil Sie Angst hatten.«

Doch Anna wurde nicht rot und verzog keine Miene; sie stand nur da, ordentlich und korrekt in ihrer schwarzen Tracht nebst weißer Schürze und Häubchen. »Nein, Miss«, sagte sie stur.

Nugent jedoch musste von meinem Bericht über die Schüsse hinreichend beeindruckt gewesen sein, um Anna zu befragen, denn völlig unerwartet sagte sie noch: »Der Lieutenant meint, es müsse ein Jäger gewesen sein – gestern Nacht auf der Wiese. Vielleicht jemand aus dem Ort. Er hat das Haus durchsucht und sagt, die einzigen Waffen, die es hier gibt, gehörten Mr. Brent. Nämlich der Revolver, den die Polizei gestern in Miss Drues Zimmer gefunden hat, und ein Gewehr, das schon lange nicht mehr abgefeuert worden ist. Das konnten die Polizisten mit Gewissheit sagen. Sie sehen also, Miss, ich – ich hatte Recht.«

»Ja, Anna, ich verstehe.« Ihr Auge sah aus, als müsse es furchtbar wehtun. »Machen Sie abwechselnd heiße und kalte Umschläge«, riet ich ihr, dann machte ich mich auf den Weg.

Ich war schon fast den ganzen Fahrweg zur Landstraße hinabgeschritten, ohne eine Menschenseele zu treffen, tief in Gedanken versunken über Drue und die kleine Pillenschachtel, als mir plötzlich bewusst wurde, dass ich, nachdem ich bereits gestern das mögliche Opfer eines Anschlags gewesen war, es durchaus wieder werden könnte. Und dieses Mal könnte das Ergebnis in den Augen des Attentäters weitaus befriedigender ausfallen. Wieder senkte sich die Dämmerung herab. Die karge Februar-Landschaft sah still und friedlich aus, doch es gab genug kleine Hecken und Gehölze zu beiden Seiten des Weges, in denen sich ein Mensch verbergen konnte, gar nicht zu reden von den Möglichkeiten, die die niedrige Mauer längs der Landstraße bot. Also kehrte ich um, doch ehe ich auch nur ein Dutzend Schritte getan hatte, rauschte Peter Huber in einem langen, sehr schönen Coupé heran und hielt. Er war bei der gerichtlichen Untersuchung gewesen, sagte er, als er sich barhäuptig aus dem Wagen lehnte. »Im Haus alles in Ordnung?«

Ich bejahte die Frage und sagte, Alexia sei bei Craig, während ich mich ein wenig erholte.

»Sehr schön«, meinte er fröhlich. »Wie wär's mit einer kleinen Spritztour? Ich sag Ihnen was: Wir fahren in den Ort und trinken eins. Springen Sie rein!«

Das passte mir hervorragend ins Konzept, denn ich wollte etwas über die Untersuchung erfahren. Also setzte ich mich neben ihn und betrachtete verblüfft und bewundernd das unglaublich luxuriös ausgestattete Auto. Es gab zwar keine Platingriffe und keine ins Lenkrad eingelassenen Diamanten, sonst jedoch war alles vorhanden. Peter sah, wie ich das Interieur seines Wagens begutachtete.

»Eine Schönheit, was?« Schnell und geschickt setzte er zurück und wendete, sodass die lange graue Motorhaube in Richtung Städtchen zeigte. »Meine Mittel würden es mir allerdings nicht erlauben, so einen Wagen zu unterhalten. Er gehört Alexia.«

Er sprach ihren Namen keineswegs mit der Zärtlichkeit eines Liebhabers aus, doch warum sollte er auch – selbst wenn er, wie Craig angedeutet hatte, in sie vernarrt war. Craig hatte nicht gesagt, woher er das wusste, doch letztlich weiß man diese Dinge über Menschen, mit denen man zusammenlebt, man erkennt es an Blicken oder es liegt einfach in der Luft. Doch mir schien, dass Peter, wenn er warten wollte, bis er seinen Antrag schicklicherweise vorbringen konnte, seine Rechnung ohne Alexias einzigartige Dreistigkeit gemacht hatte.

Wie dem auch sei, ob an Craigs Worten etwas Wahres war oder nicht – Peter Huber und ich, eigentlich nur zufällige Gäste im Hause Brent, waren nun unerbittlich und untrennbar mit dem Geschick dieser Familie verwoben.

Bei diesem Gedanken musste ich seufzen, und er warf mir einen Blick zu.

»Müde? Die haben Sie aber auch ganz schön auf Trab gehalten. Ich glaube, Sie haben sich überhaupt nicht ausruhen können, seit Conrad gestorben ist. Na ja, eigentlich auch schon davor, wenn ich's recht bedenke, mit Craigs Verwundung und all dem Durcheinander schon vor Conrads Tod.«

»Es gab doch gar kein ... ach so. Sie meinen den Knall gegen die Tür, und dass ich Nicky gesehen habe?«

»Sie haben ...« Das Auto geriet in der Kurve gefährlich nahe an die Steinmauer, dann steuerte er es mit einem Ruck wieder in die Mitte der Straße. »Was wollen Sie damit sagen?«, fragte er. »Haben Sie Nicky im Korridor gesehen, als Sie die Tür aufgemacht haben?«

»Nein, nein. Da habe ich niemanden gesehen. Ich habe die Tür ja erst aufgemacht, nachdem dieser – nun ja, Knall ertönt war. Aber auch nicht sofort. Und da war dieser Mensch, der der Himmel weiß was mit sich geschleppt hat, schon längst verschwunden. Nicky hab ich viel früher gesehen. Und er hat auch nichts Verdächtiges getan, kam bloß aus einem der Zimmer.«

»Oh«, machte Peter. »Nach dem, was Sie gesagt hatten, nahm ich an, Sie hätten ihn auf dem Korridor gesehen.«

»Nein, nein! Da eben nicht.« Nicky! Wenn er sich gestern Nacht beeilt und die Abkürzung über die Wiese genommen hatte, konnte er sehr wohl vor mir im Haus gewesen sein. Auf jeden Fall aber musste ich dies Missverständnis aufklären. »Ich habe Nicky nicht zu der Zeit im Korridor gesehen, sondern vorher.« Plötzlich kam mir Conrads weiße gestärkte Hemdbrust und die schwarze Fliege wieder in den Sinn. »Nicky muss sich nach dem Dinner noch einmal umgezogen haben. Falls er sich überhaupt zum Dinner zurechtgemacht hat. Können Sie sich erinnern, was er anhatte?«

»Ob ich – ach so, ich verstehe, was Sie meinen.« Er runzelte die Stirn, schien angestrengt nachzudenken und sagte dann: »Aber ja, natürlich! Er trug ein Dinnerjackett. So wie Conrad, der immer eines trug. Ich habe mich auch umgezogen. Aber ich glaube – ja. Sie haben Recht. Es muss mein Zimmer gewesen sein, aus dem Sie Nicky haben herauskommen sehen; er war gekommen, um sich ein Buch zu holen, das ich gerade las. Und jetzt erinnere ich mich auch, dass er sich wieder umgezogen hatte – ein Tweedjackett, glaube ich, jedenfalls war es braun und kariert. Aber ich ...« Er fuhr einen Augenblick schweigend und starrte auf die Straße. »Ich habe mir nichts weiter dabei gedacht. Und ich wüsste auch nicht, dass es etwas zu bedeuten hätte.«

»Tja«, sagte ich, »ich auch nicht.«

Wir hatten schon die Anhöhe passiert, auf der ich letzte Nacht gestanden hatte, und schwenkten in die Hauptstraße ein. Vor uns konnten wir das Städtchen sehen – es wirkte sehr behaglich und friedlich und in der Dämmerung weiter entfernt, als es den Anschein hatte. Dann, ganz unvermittelt, ohne dass wir noch ein weiteres Wort gesprochen hatten, waren wir da. Vor uns erstreckte sich die Dorfstraße, die weißen Häuser ragten plötzlich über uns auf. Wir bogen ab und parkten in einer Gasse zwischen kleinen Häusern mit niedrigen Dächern genau vor einem kleinen Herrenausstatter. Ein Verkäufer, der in der Tür lehnte, erkannte Peter und sprach ihn an: »'n Abend, Mr. Huber.«

»Hallo.«

»Hab gehört, heut' Nachmittag hätt's 'ne Untersuchung gegeben.« Die Augen des Mannes waren voller Neugier.

»Ja«, antwortete Peter kurz und half mir aus dem Wagen.

»Hmm«, machte der Verkäufer, doch als Peter keine weiteren Erklärungen abgab, sondern mit mir auf einen Gasthof zusteuerte (ein lang gestrecktes, weißes Gebäude mit einem Schild mit der Aufschrift »Coach Inn«, 1782), rief er uns hinterher: »Sie seh'n gut aus, Mr. Huber. Schön, dass die Sachen passen.«

»Oh, danke«, sagte Peter. »Ja, es war die richtige Größe.«

»Ich werd ja nie vergessen, wie Sie ausgesehen haben, als Sie an dem Morgen in den Laden kamen«, fügte der Mann mit einem Kichern hinzu, das deutlich in der Stille der Gasse zu hören war.

Peter grinste zu dem geschwätzigen (und neugierigen) Verkäufer zurück, dann überquerten wir die schmale weiße Veranda des Gasthofs.

Es war eine gemütliche, gut geheizte alte Wirtschaft. Wir gingen durch einen dunklen und dermaßen engen Gang, dass mein Cape die Wände streifte, und betraten den Schankraum, dessen alte Holzbalken vom Rauch geschwärzt waren. Mit knapper Not vermied ich es, mir eine Beule an einem niedrigen Balken zu holen, und erreichte glücklich einen Tisch. Dann sah ich mich um. Außer dem Barmann war niemand da, zumindest konnte ich niemanden sehen. Allerdings versperrten mir die hohen Lehnen der Sitzbänke zu beiden Seiten die Sicht auf eine Ecke des Raumes.

Neben der Theke stand einer jener genialen Apparate, in die man Fünfcentmünzen einwerfen kann (oder auch Zehn- oder Fünfundzwanzigcentmünzen, wenn man von ganzem Herzen Spieler ist), und dann nimmt, was kommt, falls überhaupt etwas herauskommt. Dieser Automat war von der Art, die mit Fünfern gefüttert werden mussten. Es war sehr ruhig im Schankraum: Ich hatte irgendwie erwartet, dass es eine Art Nachspiel wegen der gerichtlichen Untersuchung geben werde, doch falls die Polizei oder Soper immer noch im Ort waren, so sah und hörte man nichts von ihnen.

Auch der Barmann war mit Peter bekannt. Er kam zu uns und trocknete sich geschäftig die Hände an einem Handtuch ab.

»Hallo, Mr. Huber!«

»Hallo, John. Ich glaube, wir nehmen – was möchten Sie, Miss Keate?«

Ich bestellte ein Ginger Ale, Peter einen Whisky mit Soda. Und plötzlich stieß der Barmann ein Kichern aus, wie es auch der Verkäufer im Herrenmodengeschäft getan hatte. »Sie sehen jetzt wirklich ganz anders aus, Mr. Huber«, bemerkte er. »Haben Sie Ihr Gepäck schon wiedergefunden?«

»Nein«, antwortete Peter. »Schätze, das ist für immer weg.«

»Was für ein Pech. Sie haben ausgesehen wie ein Schiffbrüchiger«, lachte der Barmann.

»Ich habe mich auch so gefühlt«, meinte Peter. Er knöpfte seine kurze Lederjacke auf, nahm den weißen Schal ab und fragte: »Ist irgendjemand von der Untersuchung hier gewesen, John?«

Der Barmann wurde plötzlich ernst. »Das ist 'ne böse Geschichte, Mr. Huber. Der erste Mord in Balifold seit – also, ich kann mich nicht erinnern, dass so was hier schon mal passiert wäre, und ich bin schon ziemlich lange hier. Ginger Ale für Sie, Miss? Und ein Whisky mit Soda.« Er schlenderte davon.

Trübsinnig stützte Peter das Kinn in die Hände. »Ich hab mein Gepäck verloren«, sagte er zerknirscht. »Und kam hier in einer Aufmachung an, die man nur als verrückt bezeichnen konnte. Die Leute hier vergessen das nicht. Sie lachen sich immer halb tot, wenn sie mich sehen.«

Wenn er mich mit seiner Geschichte ablenken wollte, so hatte er keinen Erfolg.

»Sie waren also bei der Untersuchung dabei«, stellte ich fest. »Und was ist dort geschehen?«

»Im Grunde gar nichts«, erwiderte er, starrte auf die Tischplatte und biss auf seinen Fingerknöcheln herum. »Sie wollten auch gar nicht, dass etwas geschieht, glaube ich. Es war nur eine Formalität. Dr. Chivery war da, und er und der Polizeiarzt haben ihre Aussagen über das gemacht, was sie herausgefunden hatten. Auch die Polizei – das heißt, Nugent und einer seiner

Polizisten – musste aussagen. Dann hat der Rechtsanwalt, der Brents Testament aufgesetzt hat, einiges über den Inhalt gesagt. Ich nehme an, sie wollten damit nur zeigen, dass Brent ein reicher Mann war und dass darin das Motiv für den Mord liegen könnte.«

»War das alles?«

»Ja, alles. Oder so ziemlich. Danach haben sie sich vertagt.«

»Und es wurde nichts über – Drue gesagt?«

Er schüttelte den Kopf, fuhr sich mit den Händen durch das dichte, lockige blonde Haar, dann legte er sie flach auf den Tisch. »Kein Wort. Und Soper kann keine Anklageerhebung durch ein Großes Geschworenengericht verlangen, bevor das Untersuchungsgericht nicht noch einmal zusammengetreten ist und ein abschließendes Urteil gefällt hat. So hat man es mir jedenfalls gesagt. Bis dahin ist Drue also sicher. Sie mussten die Voruntersuchung abhalten, um der Polizei eine Art Freifahrtschein für weitere Ermittlungen zu geben. Soper kann jetzt in seine Kreisstadt zurückkehren oder wo immer sonst sein Büro ist. Und Nugent bleibt hier, stellt weitere Ermittlungen an und ruft Soper zu Hilfe, wenn er ihn braucht. Die Voruntersuchung kann nicht abgeschlossen werden, wenn ich das richtig verstanden habe, bevor nicht mehr Beweismaterial vorliegt. Ein Urteil konnte es noch nicht geben, aber sie haben sich nicht gescheut, es Mord zu nennen.«

Der Barmann schlenderte wieder zu uns herüber und stellte unsere Drinks auf den Tisch. Peter legte mit einem erleichterten Seufzer die Hände um sein Glas. »Alexia wollte, dass ich hingehe, also bin ich hingefahren. Sie selbst wollte nicht dabei sein.« Er nahm einen tiefen Schluck, stellte das Glas hin und sagte aus heiterem Himmel: »Er hatte tatsächlich viel Geld. Conrad, meine ich. Und Drue bekommt es ganz gestimmt nicht. Das sollte für Ihre kleine Freundin ein entlastendes Moment sein – ich meine, Geld kann bei ihr nicht das Motiv gewesen sein.«

Er sah äußerst trübselig drein. Ebenfalls ein wenig trübe gestimmt sagte ich: »Außer wenn die Polizei annimmt, Drue würde Craig ein zweites Mal heiraten und so an das Geld herankommen. Ich meine, *falls* Craig erbt.«

»O ja, er ist der Erbe. Conrad hätte ihn niemals enterbt, er war sehr familienbezogen, wissen Sie, hat das fast schon übertrieben. Hatte immer so hoch fliegende Vorstellungen.«

»Ja, ich weiß«, bemerkte ich trocken, weil ich daran dachte, was Conrad über Drue gesagt hatte: »Eine gute Frau, gewiss. Aber nicht für *meinen* Sohn.« Ich fuhr fort: »Er scheint das Gefühl gehabt zu haben, dass Alexia besonders gut in diese Familie passte.«

Peter warf mir einen raschen Blick zu, und ich fühlte mich wie eine Frau, die etwas gesagt hat, das sich schlimmer anhört, als sie es gemeint hat; und nun wirft der Mann ihr einen sprechenden Blick zu, der besagt: »Also ist es doch wahr, was man über Frauen und Katzen sagt.« Laut sagte er: »Vielleicht hat er Alexia geheiratet, weil Craig sie schließlich irgendwie sitzen gelassen hatte. Wegen der Familienehre – diesem ganzen Zeug.«

»Unsinn«, gab ich zurück. »Er war in Alexia verliebt, er ...«, ich überlegte, »... vielleicht war er ja schon lange in sie verliebt gewesen, ohne es zu wissen. Aber das hat eigentlich nichts damit zu tun, und mir ist es auch völlig gleich.«

»Mir auch«, stimmte Peter zu und fuhr nachdenklich fort: »Aber da ist noch Mrs. Chivery. Eine außerordentlich schöne und intelligente Frau. Ich könnte mir denken, dass eine Frau wie – nun ja, Mrs. Chivery Conrad angezogen haben könnte.«

»Mrs. Chivery!«

»Oh, ich will damit nichts gesagt haben«, beeilte er sich zu versichern. »Es ist nur, sie ist sehr – na ja, attraktiv, finden Sie nicht?«

Ich starrte ihn nur an. Er hatte ein angenehmes Gesicht; die ruhigen blauen Augen standen im richtigen Abstand über den etwas kantigen Wangen, und das stumpfe Kinn, der breite Mund und die dichten blonden Brauen zeugten von einer gewissen unbeugsamen Kraft. Er war natürlich kein Adonis, sah jedoch auch nicht schlecht aus. Und da überfiel mich eine mehr oder weniger fantastische Idee: Vielleicht war es Maud, in die er sich verliebt hatte, und nicht Alexia. Demnach hatte Craig Peters gefühlsmäßiges Fieber schon richtig erkannt, es jedoch der falschen Ursache zugeschrieben. Sicher, Maud war mindestens 20 Jahre älter als Peter, aber heutzutage, wo sich selbst Stückeschreiber und Wissenschaftler nicht sonderlich um den Zeitbegriff scheren, macht das vielleicht gar nicht mehr so viel aus. Die Zeit selbst mag lediglich eine Frage der Realität sein – und wenn ich nicht aufpasse, werde ich eines schönen Tages wieder mit dem Springseil hüpfen ... Dieser Gedanke ließ mir geradezu das Blut in den Adern gefrieren und brachte mich ganz schnell auf den Boden der Tatsachen zurück.

»Chivery wusste über Conrads Testament Bescheid«, sagte Peter jetzt, »wir saßen beisammen, und noch bevor die Voruntersuchung anfing, hat er mir davon erzählt. Dr. Chivery erbt glatt fünfzigtausend.«

»Fünfzig ... Meine Güte!«

»Sie waren gute alte Freunde. Und Mrs. Chivery hat Conrad jahrelang den Haushalt geführt – bis er Alexia heiratete. Darüber hinaus gab es noch ein paar Vermächtnisse an die Dienstboten, ungefähr fünftausend für den Butler und einige kleinere Summen für andere. Der Teppich in der Bibliothek soll einem Museum vermacht werden. Das ist im Grunde ein Segen; er hätte niemals auf dem Boden liegen dürfen. Ein oder zwei kleinere Beträge gehen an Wohlfahrtsorganisationen. Und der Rest wird zwischen Craig und Alexia aufgeteilt.«

Hier war also Alexias Motiv. Doch wenn Geld als Motiv für einen Mord zählte, so war es weit verbreitet, denn jeder im Hause Brent war davon betroffen. Jeder, außer – plötzlich fiel mir Nicky wieder ein.

»Und Nicky Senour bekommt nichts?«

»Nein. Aber Nicky hat seinen Anteil schon gehabt.«

»Nicky! Aber er ist doch nur Alexias Bruder. Er ...«

»Die Polizei hat sich schon damit befasst«, erwiderte Peter sachlich. »Ungefähr zwei Jahre lang hat Conrad Nicky Senour ganz ansehnliche Sümmchen gezahlt. In unregelmäßigen Abständen. Per Scheck.«

Wenn das stimmte, hatte Nicky Senour allen Grund gehabt, Conrad am Leben zu lassen. Peter fuhr ruhig fort: »Aber ich glaube nicht, dass es Erpressung war. Es ...« Sein Kopf fuhr plötzlich herum, und er richtete den Blick auf etwas, das hinter mir war. Ich hatte nichts gehört, nicht einmal ein Rascheln, doch Peter stand blitzschnell auf. Und ich drehte mich eben um, als Maud Chivery aus der Ecke, die ich vorher nicht hatte sehen können, zu uns an den Tisch trat.

Sie trug einen langen schwarzen Umhang und keinen Hut auf ihrem hohen schwarzen Dutt. Völlig geräuschlos glitt sie auf uns zu; über dem schwarzen Umhang schwebte das kleine weiße Gesicht, aus dem uns zwei glänzende, neugierige Augen anschauten.

Auch der Barmann erschien wie aus dem Nichts, aber geräuschvoller. »Hier ist die Rechnung für die drei Brandys, Mrs. Chivery«, sagte er, worauf Peter sogleich in seinen Taschen zu wühlen begann. »Ich dachte, Claud würde nach der Untersuchung hier vorbeischauen«, sagte Maud zu ihm. »Ich wollte doch erfahren, was dort verhandelt wurde.« (Insgeheim dachte ich, dass sie genau das erfahren und wohl auch noch andere Dinge mitangehört haben musste.) »Haben Sie ihn gesehen?«, fügte sie rasch hinzu.

»Er hat die Voruntersuchung verlassen, ein paar Minuten, bevor das Gericht sich vertagte«, antwortete Peter. »Ungefähr eine Viertelstunde vorher, schätze ich. Ich weiß nicht, wohin er dann gegangen ist.«

»Oh«, meinte Maud. »Nun, dann werde ich mit Ihnen nach Hause fahren, wenn Sie nichts dagegen haben.« Sie zog den Umhang um die Schultern, fixierte Peter mit ihren dunklen, glänzenden Augen und fragte: »Sind Sie sicher, was das Geld betrifft? Ich meine Conrads Geld. Geht davon nicht auch etwas an mich?«

»Dr. Chivery hat mir erzählt, das Geld gehe an ihn«, sagte Peter. »Aber Conrad muss es wohl so gemeint haben, dass es an Sie beide geht.«

Maud presste die Lippen fest zusammen. »Ja. Ja«, sagte sie mit seltsamer Entschiedenheit, als gäbe sie ihre Stimme ab oder leistete einen Eid. Sie zog den Umhang enger um sich und ließ Peter ihre Drinks bezahlen. Ich stand nun auch auf und machte mich zum Gehen bereit. Ich zog nicht gleich den Schluss, dass Maud Chivery eine Trinkerin sei, weil sie sich in Balifolds Wirtschaft verkroch, um dem Brandy zuzusprechen. Doch trotz ihrer deutlichen Aussprache kamen mir ihre Augen ein wenig glasig vor. Und ich fand auch, dass es allmählich Zeit für mich wurde, wieder zum Haus der Brents zurückzukehren.

Auf dem Weg nach draußen blieb ich vor dem Spielautomaten stehen.

Peter und Maud waren schon vorausgegangen, als ich ganz unerwartet in der Tiefe meiner Manteltasche ein Fünfcentstück fand. Ich steckte es in den Einwurfschlitz und zog, als die Anweisung kam, gehorsam an einer Art Kurbel. Ich kann schon verstehen, warum diese Automaten eine solche Anziehungskraft ausüben, denn kaum hatte ich den Hebel gezogen, prasselte auch schon ein wahrer Münzenregen unten in den Ausgabeschacht. Weil ich nicht darauf vorbereitet war, konnte ich nicht alle Münzen auffangen, und eine Menge fiel klirrend zu Boden, wo sie fröhlich umherrollten. Peter und Maud kamen ganz verblüfft zurück und halfen mir die Münzen einzusammeln. Peter zumindest half; obwohl ich nicht ganz sicher war, dass Maud trotz ihrer zur Schau getragenen Unnahbarkeit nicht die eine oder andere Münze aufhob. Wenn es so war, hat sie sie mir ganz bestimmt nicht zurückgegeben.

Doch es war wegen der vielen Münzen (und vielleicht auch wegen der drei Brandys, die sie während des Wartens auf Claud Chivery getrunken hatte), dass Maud Chivery nun Folgendes von sich gab.

Peter hatte ein paar der widerspenstigen, tanzenden Geldstücke hinter der Theke eingefangen und unterhielt sich nun mit dem Barmann. Maud jedoch beugte sich zu mir herüber, berührte die Münzen in meiner hohlen Hand mit liebevollen Fingern und sagte plötzlich mit gedämpfter Stimme und glühendem Gesicht: »Geld – Gold, Silber, Juwelen. Ich werde schon bald Unmengen Geld haben. Sobald sie die Juwelen kriegen können. Einen Haufen Juwelen. Hinter der Kirche.«

»K-Kirche!«, keuchte ich atemlos, während ich mich bemühte, die kleinen Münzen festzuhalten.

Und Maud nickte lebhaft und heiter, wobei ihre Augen einen harten Glanz annahmen.

»Wagenladungen von Juwelen. Spanische Juwelen – damit ich meine Luftschlösser bauen kann ...«, sagte sie flüsternd. Ihre Stimme klang belegt. Dann kam Peter mit dem letzten geretteten Fünfer zu uns herüber.

Ich hatte damals keine Zeit, die Münzen zu zählen, denn wir gingen sofort hinaus zum Wagen. Peter lachte leise, doch Maud war plötzlich so still und schweigsam wie ein kleiner schwarzer Schatten. Sollte sie doch, dachte ich ein wenig mürrisch, wenn der Brandy solch eine Wirkung auf sie hatte. Luftschlösser und Wagenladungen voller Juwelen, also wirklich! Im Wagen vermischte sich der Geruch von Brandy mit Mauds Veilchenparfüm zu einem schweren Duftgemisch.

Kurz darauf jedoch stellte sich heraus, dass Maud etwas zu Hause erledigen musste, und Peter bot ihr an, sie zu ihrem Haus zu fahren und später wieder mitzunehmen. »Alexia besteht darauf, dass ich bei ihr bleibe«, sagte Maud.

Sie setzten mich deshalb an der Ecke ab, wo die Straße zum Brent'schen Haus von der Hauptstraße nach Balifold abzweigte. »Sind Sie sicher, dass es Ihnen nichts ausmacht?«, fragte Peter höflich, und als ich dies verneinte, schaltete sich Maud plötzlich ein: »Sie können ja die Abkürzung über die Wiese nehmen, den Pfad sehen Sie gleich, wenn Sie hinter der Mauer sind.«

Ich stieg also aus, blieb mit meiner schweren Tasche voller Münzen auf der Straße stehen und schaute den Rücklichtern des Wagens nach, der in südöstlicher Richtung zum Cottage der

Chiverys fuhr. Es passte mir allerdings gar nicht, mich so leichtfertig auf einen weiteren Spaziergang eingelassen zu haben, nur weil ich ihnen meine Abneigung dagegen nicht erklären wollte. Mein Weg führte nach Westen, schlängelte sich an der nördlichen Abgrenzungsmauer der Wiese entlang und bog dann nach Süden ab, bis er endlich den Besitz der Brents erreichte. Der Weg quer über die Wiese entsprach ungefähr einer Hypotenuse dieses Dreiecks und war natürlich viel kürzer.

Doch die Wiese und die dunklen Flecken aus kleinen Gehölzen und Büschen gefielen mir überhaupt nicht, besonders die dichte Baum- und Buschreihe, die sich am Bach entlangzog. Außerdem wurde es immer dunkler. Der Jäger von gestern Nacht haftete mir noch zu deutlich im Gedächtnis, denn ich war überzeugt, dass er nicht auf Kaninchenjagd gewesen war.

Aber schließlich konnte ich auch nicht in der eisigen Einsamkeit der hereinbrechenden Nacht hier stehen bleiben. Und die Straße war bestimmt zwei Mal so lang wie der Weg über die Wiese.

Also kletterte ich doch über die Mauer und nahm den Fußweg. Ich schätzte, dass er irgendwo zwischen der Garage und dem Küchenflügel der Brents enden würde.

Erst als ich ein schon ordentliches Stück weit gelaufen war, wurde mir bewusst, wie dunkel es inzwischen war. Ich beschleunigte meine Schritte, und die unrechtmäßig erworbenen Reichtümer klirrten und rasselten in meinen Taschen. Die Wiese war voller Steine, und der Pfad wand sich zwischen moosüberwachsenen Felsbrocken hindurch und über kleine Hügel. Überdies war sie nicht rechteckig – das hatte ich von der Straße aus leider nicht erkennen können. Nun näherte ich mich den Bäumen und dem dunklen Band dahinter, das mir der Bach zu sein schien.

Wovor war Anna letzte Nacht wirklich davongelaufen?

Die Wiese, die Baumreihe und das Dickicht unten am Bach waren nun vollends in Schweigen und in die Dämmerung gehüllt. Der Himmel war dunkelblau und sternenlos, und nur fern im Westen glomm noch ein purpurner Schimmer des scheidenden Tages.

Einmal kam es mir auch so vor, als hörte ich in einiger Entfernung ein Rascheln und zerbrechende Zweige, doch als ich anhielt und horchte, war nichts mehr zu hören.

Der Weg durchschnitt die Baumreihe und wand sich abwärts zum Bach. Ein Zweig verfing sich in meinem Cape, und ich riss mich so hastig los, als wäre es eine Hand, die im Dunkeln nach mir griff. Und dann stolperte ich.

Mitten auf dem Weg lag etwas – wie ein Sack. Ich fiel auf ein Knie und streckte automatisch die Hände aus, um den Sturz abzufangen. Meine Hand traf auf den Sack. Aber es war kein Sack. Denn als ich die Hände wieder zurückzog, fühlten sie sich irgendwie feucht und klebrig an.

Ich wusste sofort, was es war. Beugte mich vor, wobei ich trachtete, ihn nicht noch einmal zu berühren. Das Licht war spärlich und doch konnte ich die Züge von Dr. Chivery erkennen, das ängstliche Gesicht und die hervorquellenden Augen, die jetzt nur noch ins Leere starrten. Dem Mann war die Kehle durchgeschnitten worden.

Dann hörte ich wieder ein Rascheln und knackende Zweige. Dieses Mal laut und deutlich. Und nun wusste ich auch, was es war.

Jemand schlich ganz leise am anderen Ufer des Flüsschens durchs Dickicht, auf dem Abhang zwischen mir und dem Brent'schen Haus.

Während ich auf das Geräusch horchte, verstummte es. Nun gab es nur noch die Stille der anbrechenden Nacht und das blutige Bündel zu meinen Füßen.

14

Mit jedem Augenblick wurde es dunkler. Ich weiß nicht, wie lange ich so stehen blieb und lauschte, doch plötzlich schien mir, als sei es mit einem Schlag schwärzeste Nacht geworden. Aus den Büschen vom Abhang gegenüber war nichts mehr zu hören. Und ich musste unbedingt zum Haus gelangen!

Ungeschickt kam ich auf die Beine, trat auf mein Cape, verlor meine Münzen. Es gab nichts, was ich oder sonst jemand noch für Dr. Chivery tun konnte. Ich hatte große Angst.

Auf einmal begann ich zu rennen – zurück, den Weg, den ich gekommen war. Ich konnte einfach nicht durch dieses dunkle Dickicht gehen, wo sich etwas bewegt hatte. Ich rannte, wie Anna gerannt war, keuchend und horchend, ob mir nicht doch etwas auf den Fersen war.

Endlich, nach einer wahren Ewigkeit, erreichte ich die Mauer, ohne dass mir etwas von der schwarzen unheimlichen Wiese her gefolgt wäre. Dann war ich auf der Straße, musste jedoch immer noch einen großen Bogen um die Wiese schlagen, bis ich zum Haus gelangen konnte.

Und doch – nun schien nichts mehr wichtig außer dieser festgetretenen, kurvigen Straße, dem lauten Geräusch meiner Schritte, den dunklen Hecken und Bäumen zu beiden Seiten, der Stille des nächtlichen Himmels. Es war, als sei ich in einer fremden und bedrohlichen Welt ausgesetzt worden, abgeschnitten von allem, was ich je gekannt hatte, und als ob ich mir jetzt nur noch dieser Straße bewusst sei – und dieses schauderhaften Dings im Dickicht am Bach, das man weggeworfen hatte wie einen leeren Sack.

Nun, endlich stand ich vor den Torpfosten, die in der Dämmerung plötzlich turmhoch vor mir aufragten. Und dann sah ich die Lichter des Hauses friedlich durch die Bäume schimmern.

Meine Kehle brannte, und ich spürte ein Stechen in den Lungen, aber ich blieb wachsam und spähte argwöhnisch in die Schatten und Gehölze entlang des Fahrweges. Dann sah ich das Licht in der großen Halle; das Buntglasfenster über mir leuchtete in seinen kräftigen Farben. Die Tür war unverschlossen, ich konnte sie einfach aufstoßen. Und dann fiel ich buchstäblich Beevens in die Arme.

Er fing mich auf. Sofort schienen seine Züge härter zu werden, die Falten vertieften sich, und sein Gesicht nahm die Farbe von Magermilch an. Ich war mir bewusst, dass ich redete, ihm von dem Vorfall zu berichten suchte.

»Dr. Chivery – Dr. Chivery …«, rief er aus.

Eine andere Stimme fragte schrill: *»Wo? Wo?«*, dann blitzte etwas Farbiges auf, und dort kam Alexia in ihrem langen grünen Gewand aus der Bibliothek gestürzt. Auch Nicky geriet nun in mein Blickfeld; er schien Alexia gefolgt zu sein. Dann kam auch Anna von irgendwoher, und es war Anna, die zu schreien begann.

Sie schrie so durchdringend, dass Beevens zu ihr herumfuhr und sie anherrschte: »Gehen Sie zurück in die Küche. Und seien Sie ruhig!«

Irgendwer – Nicky wahrscheinlich – half mir auf einen Stuhl. Beevens rannte zum Telefon hinter der Treppe, wo Alexia ihn instruierte, was er zu sagen habe. Ihr zartes Gesicht war zu einer entschlossenen weißen Maske geworden.

Und dann kam der Polizist, der im Augenblick Drues Zimmertür bewachte (es war nicht Wilkins), heruntergerannt und riss Beevens den Hörer aus der Hand. »Ich habe Sie gehört! Alles! Sind Sie sicher, dass er tot ist? Was genau ist passiert? Vermittlung, Vermittlung …«

Er schlug wie verrückt auf die Gabel ein, während ich ihm zu antworten versuchte, und bekam endlich eine Verbindung mit der Polizei. Alexia kam hinzu.

»Wo ist Peter?«, rief sie. »Wo steckt er?«

»Ich weiß es nicht. Ach so, doch. Er hat sie nach Hause gefahren.«

»Wen?«

»Maud Chivery. Mit dem Wagen. Sie haben mich an der Weggabelung abgesetzt. Jemand war auf der Wiese – verstehen Sie nicht? –, da war jemand! Sagen Sie das Ihrem Chef!«

Der Polizist war ohnehin dabei, den neuesten Fall (»Wieder ein Mord! Dr. Chivery! Auf der Nordweide, am Bach ...«) in ein fernes Ohr zu schreien – vermutlich Nugents Ohr. Wir lauschten gespannt. »Sie weiß nicht, wer es getan hat. Sagt sie jedenfalls. Gerade eben, vor fünf Minuten. Nein, die kleine Cable ist immer noch auf ihrem Zimmer ...«

Alexia blickte Nicky an, und der erwiderte ihren Blick; es war ein verstohlener, äußerst beredter Blick, der eine Art stummer Frage und Antwort enthielt. Es war verblüffend, denn ich konnte die Elemente dieses Austausches spüren, aber nicht interpretieren. Dann sagte der Polizist: »Okay-okay-okay«, und kam wieder zu uns in die Halle. »Sie werden sofort herkommen. Also dann ...« Ich hatte vorher noch nie gemerkt, was für große und außerordentlich schwere Revolver die Beamten der Landespolizei an ihren Koppeln tragen, bis ich diesen Revolver sah, den der Mann nun in der Hand hielt. »Keiner von Ihnen verlässt das Haus!«, befahl er und rannte die Treppe hinauf, blieb jedoch auf dem Absatz stehen, anstatt zu Drues Tür zurückzukehren. Dies war offenbar eine Order von Nugent; von diesem strategischen Punkt aus konnte er sowohl die große Halle unten als auch den Korridor oben im Auge behalten.

Alexia blickte auf mich herab. »Wissen Sie, wer es getan hat?«

»Nein. Nein ...«

Fast verträumt sagte Nicky: »Claud – tja, er muss wohl jemandem in die Quere gekommen sein.«

»Selbstmord«, meinte Alexia unerwartet. »Es muss Selbstmord gewesen sein!« Nicky beugte sich zu mir herüber. »Was hat die Schwester denn da an den Händen?«, fragte er scharf.

»Ich bin hingefallen, das habe ich Ihnen doch erzählt. Er lag mitten auf dem Fußweg ...«, begann ich mit zitternder Stimme. Alexia und Nicky rückten ein wenig näher zusammen und schauten mich an. Ihre einander so ähnlichen Gesichter und die leuchtenden Augen hinter den seidigen Wimpern kamen mir fast wie ein einziges Antlitz vor, das mich ausdruckslos und kalt musterte.

Beevens jedoch trat vor, kluckte missbilligend wie ein Huhn, als er meine schmutzigen Hände sah, und sagte: »Hier entlang, Schwester. Sie müssen sich die Hände waschen.« Ich folgte Beevens durch die Bibliothek in den kleinen Waschraum. Dort lag Seife am Becken, und ich schrubbte meine Hände. Dann bemerkte ich einen kleinen Fleck auf meinem Rocksaum, behandelte auch den mit kaltem Wasser, schüttelte mich einmal und fühlte mich schon besser. Obwohl ich irgendwo mein Häubchen verloren haben musste. Wahrscheinlich unter den Bäumen. Die Polizei würde es bestimmt finden und dann behaupten, dass ich die Mörderin war.

Und in diesem Augenblick fiel mir Craig wieder ein. Alexia war nicht bei ihm, sondern in der Bibliothek gewesen. Und er war allein.

Als ich aus dem Waschraum trat, war Beevens verschwunden. Alexia und Nicky unterhielten sich.

»Beevens sagte, dass Maud ungefähr um halb vier in den Ort gegangen ist. Sie meinte, sie wolle dort auf Claud warten, bis die Voruntersuchung zu Ende wäre, und dann mit ihm zurückkommen. Sie fand ja im Hotel statt«, sagte Alexia.

»Aber sie muss ihn verpasst haben«, erwiderte Nicky. »Sonst wäre sie ja mit Claud zusammen gekommen.« Er wandte sich an mich. »Sie sagten doch, dass Peter Sie nach Hause gefahren hat?«

»Ja.« Ich ging zur Couch, wo mein Cape lag. »Ich bin mit Mr. Huber in den Ort gefahren. Dort sind wir in die Wirtschaft gegangen, wo auch Mrs. Chivery war.«

»Maud?«, rief Alexia aus.

»Claud muss zu Fuß gegangen sein«, meinte Nicky. »Das tat

er oft. Und er wollte wahrscheinlich hierher – jeder von uns nimmt doch die Abkürzung über die Wiese.«

»Jemand muss es Maud sagen«, bestimmte Alexia. »Ich rufe sie an.« Recht kühl und ungerührt wollte sie zum Telefon eilen.

»Das wird aber ein Schock für sie sein«, wandte ich ein und betrachtete Alexias langes, schleppendes Gewand – nicht gerade die passende Kleidung, um durch eine Wiese zu marschieren. Doch Chivery war schon einige Zeit tot gewesen, als ich ihn gefunden hatte, sodass sie oder jemand anderes genügend Zeit gehabt hätte, nach Hause zu gehen und sich umzuziehen. Und in diesem Moment begann ich alles und jeden in diesem Hause zu verdächtigen, sogar Anna, Beevens und Craig.

Doch Drue hatte ein Alibi; sie hatte unter polizeilicher Bewachung gestanden. *Und nun würden sie sie freilassen, denn die neueste Entwicklung bewies doch, dass sie Conrad nicht ermordet haben konnte!* Denn, wie Craig auf der Grundlage simpler Logik bewiesen hatte, es konnte kaum zwei Mörder geben, die auf geheimnisvolle Weise in unserer Mitte zusammengetroffen waren.

Beim Gedanken daran tat ich einen tiefen, dankbaren Atemzug.

Alexia war schon an der Tür, als Nicky einwandte: »Du solltest das lieber mir überlassen. Ich werde Peter bitten, dass er sie herbringt …«

Als Alexia stutzte, ging ich rasch an den beiden vorbei zur Treppe. Der Polizist ließ mich wortlos passieren und versuchte nicht, mich aufzuhalten; seine bloße Gegenwart dort auf dem Treppenabsatz (uniformiert, bewaffnet, wachsam wie ein Jagdhund, nur seine vor Aufregung leuchtenden Augen verrieten ihn) verhieß die drohende Ankunft der Staatsmacht. Ermittlungen, Beweise, Anklagen. Ein Mordversuch: Craig. Ein Giftmord: schwer zu beweisen. Ein Mord durch Erstechen: kaltblütig, schrecklich, grausam. Wölfisch.

Drues Tür war unbewacht, und ich wollte unbedingt zu ihr, doch das musste warten. Ich eilte zuerst zu Craig. Seine Tür stand offen, und er saß kerzengerade auf dem Lehnstuhl neben dem Kamin, in einen Morgenmantel gehüllt. Er funkelte mich an, das Gesicht starr und bleich. Schon auf den ersten Blick erkannte ich, dass er es wusste. »Schließen Sie die Tür«, bat er.

Das tat ich. »Warum sind Sie nicht im Bett? Wer hat Ihnen geholfen ...?«

»Kommen Sie her. Legen Sie das Cape hin. Setzen Sie sich – nein, bitte hierhin, auf die Couch. Erzählen Sie mir das mit Claud. Ich habe den Polizisten am Telefon gehört, und Sie, als Sie ins Haus kamen. Ich weiß, dass Claud ermordet wurde.«

»Aber wer hat Ihnen ...?«

»Hören Sie!«, fuhr er mich an. »Ich bin allein aufgestanden, und es war gar nicht so schlimm. Niemand hat es mir gestattet. Es war meine Idee. Und sobald Sie mir alles von Claud erzählt haben, gehe ich wieder ins Bett – aber nicht eher.«

Nun, es hatte keinen Sinn, mit ihm zu streiten. Ich war immer noch durcheinander, meine Knie zitterten. So saß ich einfach nur da und wünschte, ich könnte ihm eine Ohrfeige geben; außerdem war mir das alles plötzlich nicht mehr so wichtig. Ich war so müde. Er schien es zu merken, denn plötzlich fuhr er in sanfterem Ton fort: »Sie sollten sich lieber einen Augenblick hinlegen, Miss Keate. Wie wär's mit einem Brandy?«

Die Erwähnung von Brandy brachte mich auf Maud und ihr Veilchenparfüm und auf das, was danach geschehen war, und ich lehnte schaudernd ab. Doch dann erzählte ich, wie ich Claud Chivery gefunden hatte. Die ganze Geschichte. Der bittere Zug um seinen Mund verstärkte sich.

»Und jetzt«, schloss ich müde, »gehen Sie besser wieder ins Bett. Ich dachte, Mrs. Brent wollte bei Ihnen bleiben – ich hätte Sie nicht so lange allein gelassen.«

Er starrte mit zusammengekniffenen Augen auf den Teppich, ohne ihn zu sehen. »Ich dachte, Sie könnten vielleicht ein wenig Ruhe gebrauchen. Deshalb habe ich nicht nach Ihnen geläutet. Alexia ist gegangen, kurz nachdem Sie verschwunden waren. Miss Keate ...«, hier schaute er mich an, »haben Sie keine Ahnung, wer es getan haben könnte? Sagen Sie mir doch, was Sie gesehen haben. Alles. Ich sitze hier fest. Ich muss mich auf Peter verlassen. Und auf Sie. Wenn ich doch nur aus dem Zimmer herauskönnte ...« Ungeduldig richtete er sich auf, wurde jedoch sofort bläulich weiß im Gesicht. Ich sprang auf, als er sich schon wieder auf den Stuhl sinken ließ und mit den Händen verzweifelt die Armlehnen umfasste.

»Tja, das können Sie aber nicht«, sagte ich.

»Ich muss aber. Ich weiß, dass ich etwas tun könnte.«

»Und was?«, fragte ich scharf.

»Ich weiß es nicht genau«, gab er zu. »Aber irgendwas. Es muss doch Hinweise geben. Etwas, das die Polizei vielleicht übersehen hat. Es muss doch – nun ja, irgendeinen Verdächtigen geben. Jemand, über den wir nichts wissen ...«

Nun, das war keine besonders schöne Vorstellung: Sie beschwor eine lauernde, mordlustige Gestalt herauf, die irgendwo in einem verborgenen Zimmer oder in einem Schuppen herumlungerte und nur darauf wartete zuzuschlagen. Etwas schien meinen Nacken hochzukriechen, und ich warf einen recht nervösen Blick zur Tür, die aber geschlossen war, und in jede dunkle Ecke des großen Zimmers. *»Und wen?«*, fragte ich dann noch etwas schärfer.

Er starrte ins Feuer. »Niemand«, sagte er schließlich. »Es ist nur, dass Mord so – unerklärlich ist. So – furchtbar willkürlich. Man kann ihn mit keinem Menschen, den man kennt, in Verbindung bringen.«

Wieder schwiegen wir. Insgeheim stimmte ich ihm zu. »Aber wenn Sie herumlaufen könnten«, fragte ich, »was würden Sie dann tun? Wo würden Sie nach Hinweisen suchen?«

»Ich weiß es nicht«, gab er zögernd zu, während sein Blick düster und trübe auf den Flammen im Kamin ruhte. »Ich weiß es einfach nicht. Pete tut schon, was er kann. Aber – aber wenn ich nur sicher sein könnte, dass Drue nichts geschieht!«, platzte er auf einmal heraus und schaute mich plötzlich Hilfe suchend an, mit einem jungenhaften Blick, der voller Verzweiflung war.

»Ihr wird nichts geschehen«, beruhigte ich ihn rasch. »Das ist ein Vorteil, wenn man unter Bewachung steht.«

Wieder umwölkte sich sein Blick. »Ja«, gab er zu, »aber das ist auch eine weitere Gefahr. Wenn die Polizei sie verhaftet – hören Sie, Miss Keate, ich kann mich nicht von der Stelle rühren. Ich würde es nicht einmal bis zur Tür schaffen, ohne zusammenzubrechen. Sehen Sie nicht ein, dass Sie mir helfen *müssen?* Seien Sie mein *Auge,* seien Sie mein – mein *Ohr.* Wenn ich doch nur hier rauskönnte!« Er schlug mit den Fäusten auf die Lehnen und stöhnte. »Sagen Sie mir alles, was Sie gehört oder gesehen haben. Alles. Sie können mir vertrauen.«

Doch genau diese Worte ließen mich daran zweifeln, ohne dass ich einen Grund dafür hätte angeben können. Und in der Tat: Wenn man Claud Chivery so gefunden hatte wie ich, konnte man schon Vorbehalte haben, seinem eigenen Spiegelbild zu trauen.

Und doch war Craig der Einzige (außer Drue), der Chivery nicht getötet haben konnte. Er mochte ja in der Lage sein, sein Bett zu verlassen und sich bis zum Stuhl zu schleppen; er mochte sogar – in der Nacht, als sein Vater starb – bis zur Wäschekammer gekommen und dort zusammengebrochen sein. Doch er konnte keinesfalls (zumindest glaubte *ich* das) Chivery am Bach aufgelauert haben, und er konnte nicht den Abhang zum Haus hinauf (den ich nicht zu betreten gewagt hatte) bewältigt, das Haus vor mir erreicht haben und unbemerkt in sein Zimmer zurückgelangt sein.

Natürlich konnte jemand anderes das geschafft haben, und bei dem Gedanken daran wurde mir beklommen zu Mute. Der Fußweg war eine Abkürzung, es blieb also Zeit genug. Und die Person, die dort im Gebüsch gewesen war, hatte eben diese Abkürzung benutzt.

Aber ich wusste nicht, wer es war oder warum er sich noch so lange dort aufgehalten hatte, nachdem Chivery schon tot war. Ich hatte wirklich keine Ahnung, und während ich Craig von meiner Vermutung erzählte, ertappte ich mich fast bei einem scheußlichen »Es«, als sei das Ding auf der Wiese irgendein grässliches Wesen und kein Mensch gewesen … Was in gewisser Weise leider auch stimmte.

Nun, ich kam Craigs Bitte so gut als möglich nach, indem ich sorgfältig alle Ereignisse aufzählte, seit ich ihn am Spätnachmittag mit Alexia allein gelassen hatte. Besser gesagt, ganz allein, denn Alexia war ja nur kurz geblieben. Er hörte gespannt zu, stellte jedoch keine Fragen. Und schließlich konnte ich ihn zurück ins Bett bringen. Er leistete keinen Widerstand, schien mich kaum noch wahrzunehmen. Doch er sprach über Drue und dachte das Gleiche wie ich: »Jetzt können sie ihr nichts mehr nachweisen«, sagte er mit einem raschen Seitenblick. »Sie stand ja zu dem Zeitpunkt, als Claud ermordet wurde, unter Bewachung.«

»Dem Himmel sei Dank«, stimmte ich inbrünstig zu. Und genau in diesem Augenblick, typisch für die ironischen Zufälle, die das Leben uns beschert, öffnete die Frau, von der wir gerade sprachen, die Tür und trat ins Zimmer.

Vielmehr – sie stürzte herein und warf die Tür ins Schloss. Sie atmete hastig, auf ihren Wangen waren rote Flecken, und ihre Augen glänzten. Sie trug ihr langes Cape, hatte die Kapuze aufgesetzt. Nun schlug sie sie zurück und das Licht schien auf ihre Locken, warf goldene Reflexe; das Haar war völlig zerwühlt, als sei sie gelaufen. Sie kam rasch zum Bett, und Craig rief: *»Drue! Um Himmels willen, wo bist du gewesen?«*

»Ist das wahr?«, fragte sie atemlos. »Das mit Claud Chivery? Ich hab es aus dem Dienstbotenzimmer gehört. Ich bin über die Hintertreppe reingekommen. Was ist denn passiert?«

Ich konnte ihr nicht antworten, wirklich nicht. Die Enttäuschung steckte mir wie ein Kloß im Hals, so sehr hatte ich auf ihr Alibi gezählt. Craig sagte langsam: »Oh, es stimmt wirklich. Er wurde ermordet, auf der Wiese, nördlich vom Haus, bei dem kleinen Bach. Drue …« Sie stand ganz nahe bei ihm, und Craig ergriff ihre Hand und zog sie hinunter aufs Bett, sodass er ihr ins Gesicht schauen konnte. »Drue, wo bist du gewesen?«

»Ich war draußen, Craig. Ich musste mal raus ...«

»Wie hast du das geschafft? Der Polizist hat doch deine Tür bewacht.«

»Es war ganz leicht – er hat gedacht, ich sei Sarah. Ach, das ist doch jetzt egal ...«

»Es ist keinesfalls egal. Sag mir genau, was du getan hast. Schnell ...« Sein Tonfall war heftig und fordernd, wie der Griff seiner Hand. Drue fuhr fort: »Wilkins wurde abgelöst. Ich habe gehört, wie er zu dem anderen Polizisten sagte, es gäbe zwei Krankenschwestern, und er solle die andere passieren lassen – er sagte ihm auch, welche Zimmertür deine ist, Sarah. Aus der Art, wie er das gesagt hat, habe ich mit ziemlicher Sicherheit geschlossen, dass er uns beide in unseren Zimmern vermutete. Und ich musste einfach mal an die frische Luft. Ich war wie gelähmt und hatte das Grübeln satt, und mich selber auch, und – ach, ich musste einfach mal raus aus diesem schrecklichen Haus. Es hat mir nichts als Ungl...« Hier brach sie ab und sah Craig gerade in die Augen. Es gab einen winzigen Augenblick, in dem eine kleine Flamme zwischen ihnen aufzuspringen schien. Sie verharrte und wartete auf den nötigen Sauerstoff, um fortzubrennen.

Dann wandte Drue den Blick ab. Verlegen fuhr sie fort: »Also hab ich ihn ausgetrickst. Es war ganz einfach. Ich habe mich in mein Cape gewickelt und die Kapuze aufgesetzt, dann bin ich aus Sarahs Tür und den Korridor entlanggegangen. Er hat mich gesehen, aber nicht mein Gesicht – vielleicht hat er ja Sarah oder mich vorher noch nicht einmal gesehen – und hat mich passieren lassen.«

Die kleine Flamme war erloschen. Drue blickte auf ihre Hände hinab. Craigs Blick war verschleiert. Ebenso verlegen wie Drue, jedoch gleichzeitig drängend begann er: »Wohin bist du gegangen, Drue? Hat dich jemand gesehen?«

»Ich bin den Pfad zum Cottage der Chiverys entlanggegangen. Ich glaube nicht, dass mich jemand gesehen hat. Ich ...« Plötzlich brach ihre Stimme und sie rief verzweifelt: »Craig,

Craig, was ist das nur? Wer ist es? Was für schreckliche Dinge geschehen in diesem Haus?«

Die Verlegenheit, die sich wie eine Wand zwischen den beiden aufgebaut hatte, brach mit diesen Worten zusammen. Und doch schien es keiner von ihnen zu merken. Drue beugte sich einfach vor, Craig legte den Arm um sie und zog sie zu sich hinab, bis ihre Gesichter einander berührten. Dann rief er leise und zitternd: »O mein Liebling, hab keine Angst ...!«

Und dann, in einem eigenartig leisen Moment, als sei die Welt zum Stillstand gekommen und habe nur auf eben diesen Augenblick gewartet, wandte Drue ihm das Gesicht zu; ihre Lippen trafen sich, und Craig hielt sie fest im Arm.

Was mir eine außerordentlich gute Idee zu sein schien!

Aber da ich in meinen milde gestimmten Momenten (die zum Glück selten sind) ein wenig sentimental werde, spürte ich ein Ziehen in der Kehle; ich stand leise auf, ging zum Fenster und blickte in die winterliche Dämmerung hinaus.

Einen Augenblick später begann ich mich zu fragen, wie es eigentlich um Craigs Verletzung bestellt war. Doch immerhin hatte er ja noch einen gesunden Arm. Und die Hauptsache war, dass die beiden wieder zueinander gefunden hatten und der wahren Liebe nun nichts mehr im Wege stand. Es konnte sich jetzt nur noch um ein paar Worte und vielleicht auch um ein paar Küsse handeln, da war ich mir sicher.

Doch einen Moment später war ich mir schon nicht mehr so sicher. Denn wieder wurde die Tür aufgestoßen. Ich fuhr herum und sah Alexia mit eiligen Schritten ins Zimmer kommen. Drue musste sie auch gehört haben, denn sie setzte sich hastig auf. Ihr Gesicht strahlte und ihre Augen glänzten, bis sie Alexia dort stehen sah.

»Komm herein, Alexia«, sagte Craig. »Was gibt's?«

Drue erhob sich mit einer einzigen fließenden Bewegung vom Bett. Mit hoch erhobenem Kopf sah sie Alexia ins Gesicht.

Alexias schönes Antlitz sah nun schärfer und spitzer aus; sie schob die harte Unterlippe vor, und ihre Augen unter den langen Wimpern blitzten gefährlich. Sie zögerte nur einen Moment, dann eilte sie an Craigs Seite. Ihre weiße Kehle war ebenso blass wie ihre Perlen. Sie stellte sich so nahe wie möglich neben Craig, als könne sie allein durch ihre körperliche Anwesenheit einen Keil zwischen ihn und Drue treiben. »Drue, du solltest lieber gleich die Wahrheit erfahren«, verkündete sie. »Craig liebt mich – nicht dich. Er gehört zu mir, so wie ich zu ihm. So ist es schon immer gewesen. Du hast dich einmal zwischen uns gestellt, aber selbst damals hat er dich nicht geliebt.«

Drues Augen flammten auf. »Ich war seine Frau!«, rief sie. »Wir haben uns geliebt!«

Doch Alexias heisere, nachdrückliche Stimme übertönte sie. »Nein, er hat dich nie geliebt. Ich wusste es damals schon. Er hat dich geheiratet, das stimmt. Wir hatten Streit gehabt, er hat es getan, um mir wehzutun. So wie ich später Conrad geheiratet habe, um mich an Craig zu rächen. Aber Craig hat dich nie geliebt!«

»Ich war seine Frau ...«

Wieder lachte Alexia auf. »Er hat dich nie geliebt. Das hat er mir gesagt. Er hat mich und seinen Vater gebeten, ihm bei der Scheidung zu helfen.«

Craig war so weiß wie sein Kissen; er hatte die Augen geschlossen, sein Mund war zu einer dünnen weißen Linie zusammengepresst. Und er sagte kein Wort.

Er sagte nicht, dass Alexia log, er verteidigte Drue nicht, er sah die beiden nicht einmal an.

Ich lege meine Hand auf Drues Arm. »Geh auf dein Zimmer, Drue. Ich komme später nach. Beeil dich!«

»Ich bin jetzt frei«, sagte Alexia. »Und Craig ist frei und ...« In diesem Augenblick heftete sich ihr Blick auf Drues Cape, sie schaute sie erst zweifelnd und schließlich triumphierend an. »Also warst du gar nicht in deinem Zimmer, als Claud ermordet wurde! Du warst draußen! Du hast kein Alibi! Das wird die Polizei aber interessieren ...«

Da öffnete Craig die Augen. »Drue«, sagte er mit einer so kalten Stimme, als sei sie eine Fremde, »es tut mir Leid. Alexia hat Recht. Du solltest jetzt lieber auf dein Zimmer gehen.«

Drue blieb einen Augenblick regungslos stehen, so still und aufrecht, dass man ihr goldbraunes Haar über dem blauen Cape leuchten sah und das Futter der Kapuze wie ein purpurrotes Banner über ihren Schultern lag. Craigs Blick traf den ihren über eine Barriere hinweg, die nun (so glaubte ich) niemals mehr niedergerissen werden konnte. Dann sagte Drue mit klarer Stimme: »Ich gehe, Craig. Und ich komme nie mehr zurück.«

15

Sie wandte sich so schnell zur Tür, dass ich laufen musste, um mit ihr Schritt zu halten.

Im Korridor war niemand. Drue fegte den Flur hinunter wie eine Königin; das blaue Cape flatterte, und das rote Futter leuchtete wie die Insignien einer Herrscherin. Ich sagte nichts, warf nur einen kurzen Blick auf das zornige weiße Gesicht, das kleine, hoch erhobene Kinn und den stolzen Kopf auf dem schlanken Hals. Vor der Treppe hastete ich an ihr vorbei, um einen Blick auf den Treppenabsatz zu werfen. Ich wollte Drue aufhalten, damit der Polizist sie nicht sah – genauso gut hätte ich natürlich versuchen können, einen Wirbelwind aufzuhalten. Aber der Polizist stand, zum Glück für Drue, nicht mehr auf seinem Posten. Drue rauschte ohne einen Blick an der Treppe vorbei und eilte den Korridor entlang zu ihrem Zimmer. Ich folgte ihr und bat: »Drue – Drue ...«

»Sarah, lass mich!«

Der kleine Hund war in ihrem Zimmer und sprang mit wild wedelndem Schwanz auf sie zu. Sie nahm ihn in die Arme und drückte ihr bleiches Gesicht in das vor Freude zitternde braune Knäuel.

Ich schloss die Tür hinter ihr. Es ist schon eigenartig, wie selten man jemandem wirklich beistehen kann, so sehr man es auch versucht. Dies ist die ewige Einsamkeit unserer Existenz. Wir werden allein geboren, wir sterben allein, wir gehen allein unseren schweren Weg mit seinen Höhen und Tiefen. Nur in der Liebe wird wirklich geteilt, und deshalb ist sie wohl so wichtig.

Nun denn. Ich ging zurück ins Krankenzimmer. Alexia saß missmutig und schweigend neben dem Bett, und Craig lag da und starrte ins Leere. Keiner der beiden sagte ein Wort, als ich ins Zimmer kam, nur Alexia schaute mich kurz an, abschätzig und prüfend, wie ich fand. Vielleicht stellte sie sich insgeheim Fragen, schmiedete finstere Pläne. Nach einer Weile stand sie auf und verließ das Zimmer. Nun kam Beevens an die Tür; er sah immer noch elend aus, und sein Gesicht hatte eine bläulich graue Tönung. Dennoch sagte er in seiner peinlich korrekten Art: »Die Polizei ist jetzt auf der Nordweide, Sir. Ich dachte, Sie wollten von ihrer Ankunft unterrichtet werden.«

Die Polizei war auf der Wiese!

Doch es dauerte noch mindestens zwei Stunden, bis sie endlich zu uns ins Krankenzimmer kamen und ein paar unerwartete Funde mitbrachten.

Es waren zwei seltsame Stunden, an die ich mich nur noch in Bruchstücken erinnern kann. Craig erwähnte Drue oder Alexia mit keinem Wort. Und natürlich sprach auch ich nicht über die beiden und beschränkte unser Gespräch auf ein paar knappe, trockene Bemerkungen. Er merkte das durchaus, denn einmal ertappte ich ihn, wie er mich mit einem eigenartigen Blick betrachtete, der Verständnis und sogar eine gewisse Sympathie ausdrückte – und das hatte ich nun wahrhaftig nicht erwartet. Wenn es Sympathie war, so fühlte ich mich außer Stande, dieses Gefühl zu erwidern; im Gegenteil, meiner Meinung nach hatte er Drue geradezu abscheulich behandelt. Ich hegte eine ganze Menge Gedanken dieser Art und keiner war besonders freundlich. Kalt blickte ich ihn an und fragte, was er zum Abendessen haben wolle. Mein Vorschlag wäre in dieser Stimmung ein kleiner Spritzer Zyankali gewesen, doch es entspricht nicht gerade der Ethik einer Krankenschwester, den ihr anvertrauten Patienten zu vergiften, selbst wenn er es verdient. Dieser heftige, absurde Gedanke brachte mich rasch in die unliebsame Realität zurück. Nun war in diesem Haus tatsächlich ein Mord geschehen!

Auf einer dunklen, stillen Wiese.

Es muss wohl um diese Zeit oder etwas früher gewesen sein, dass Peter Huber Maud ins Haus zurückbrachte. Alexia half ihr in ihr Zimmer hinauf, und ich verabreichte ihr später ein Beruhigungsmittel. In Tablettenform; nichts hätte mich dazu bewegen können, ihr eine Spritze zu geben. Maud sagte fast nichts und doch schien sie seltsamerweise alles mitzubekommen, was um sie herum geschah; man sah es am leuchtenden, wissenden Blick ihrer Augen in dem kleinen teigigen Gesicht. Es mochte der Schock, der Brandy oder das Beruhigungsmittel, oder eine Kombination aus allen dreien gewesen sein – was immer es auch war, sie ging folgsam zu Bett und schlief bald darauf ein. Alexia blieb eine Weile bei ihr, und als sie ging, nahm, so glaube ich, Nicky ihren Platz ein.

Wir alle hatten dieses sonderbare Gefühl von Hast, das mit einer Tragödie einherzugehen pflegt; es ist, als ob man eine Menge Dinge zu erledigen hätte (Beeil dich, kümmere dich darum!), und doch gibt es im Grunde nichts, was man tun kann.

Von Zeit zu Zeit kam jemand mit Neuigkeiten von der Arbeit der Polizei auf der Nordweide, und einmal wagten sich Peter, Nicky und Beevens aus der Hintertür und gingen auf die Wiese hinaus, bis sie auf einen Polizisten stießen, der sie umgehend zurückschickte. Inzwischen war eine gewaltige Schar von Polizisten und Streifenwagen vor Ort; wir sahen Lichter (weit reichende Strahlen von den Scheinwerfern der Streifenwagen und von Suchscheinwerfern und die kleineren, eifrig tanzenden Lichtpunkte der Taschenlampen), die uns wie die Lampen von Platzanweisern in einem verdunkelten, unheimlichen Theater vorkamen. Irgendjemand unterrichtete uns davon, dass man endlich Chiverys Leiche geborgen hatte.

Wieder stand ein Polizist vor Drues Tür, und als ich versuchte, über mein eigenes Zimmer in ihres zu gelangen, hielt er mich auf. »Befehl, Miss«, gab er mir knapp zu verstehen. Und als ich erwiderte: »Was kümmern mich Ihre Befehle, ich will in mein Zimmer«, setzte er seine nicht unbeträchtliche Kraft ein und entfernte meine Hand vom Türknauf. Hierauf legte er seine eigene Hand auf seinen Revolver. Ich musste aufgeben. Ich glaubte zwar nicht, dass er auf mich schießen würde, musste aber eine bessere Gelegenheit abwarten.

Beevens servierte uns eine Art Abendessen von dem Buffet im großen eleganten Esszimmer. Dieser Raum prunkte mit Kristall-Leuchtern und steifen Brokatvorhängen in Grün und Silber; er war viel zu feierlich und viel zu kalt. Anna half Beevens nicht beim Servieren, sie lag völlig aufgelöst im Bett. Ich ließ ihr eine Ammoniaklösung bringen.

Doch vor dem Dinner kam Peter in Craigs Zimmer; ich war und blieb dort und bekam so jedes Wort ihrer Unterhaltung mit. Peter erzählte von der Voruntersuchung und von unserer Fahrt nach Balifold, wo wir Maud getroffen hatten, und wo und wann er mich auf der Landstraße abgesetzt hatte.

»Es tut mir so furchtbar Leid, Miss Keate«, sagte er. »Das muss ja ein grässlicher Schock gewesen sein, ihn so zu finden. Ich hätte Sie bis vors Haus fahren sollen. Craig, was meinst du zu der ganzen Geschichte? Warum, glaubst du, wurde er ermordet? Wusste er vielleicht etwas, das dem Mörder deines Vaters gefährlich werden konnte – und wenn ja, was?«

Dies war auch das einzige Mordmotiv, das bis jetzt jedem von uns eingefallen war – ich nehme an, weil es das offenkundigste Motiv war. Doch Craig zögerte, wie mir schien, auch wenn man es kaum merkte. »Schwer zu sagen«, meinte er schließlich. »Claud war immer so verschlossen. Pete, was ist mit diesen Schecks, die auf Nicky ausgestellt waren? Das sieht ja wirklich nach Erpressung aus, aber leider gab es nichts, womit man meinen Vater hätte erpressen können. *Gar nichts!*«

Peter zuckte die Achseln. »Die Polizei hat die annullierten Schecks gefunden. Mehr weiß ich auch nicht.«

»Ich wusste natürlich über das Testament Bescheid«, sagte Craig unerwartet. »Jetzt wird Maud Claud beerben.«

Und zwar runde 50.000 Dollar, das hatte ich ganz vergessen. Ich entsann mich, wie Maud in der Wirtschaft gesessen und getrunken hatte, während wir uns unterhielten. Und dann tauchte ein äußerst hässliches Bild vor meinen Augen auf: Maud in ihrem dunklen Umhang, wie sie auf der Wiese auf Claud wartete – und dann später nach Balifold ging, um sich ein wenn auch wackeliges Alibi zu verschaffen, wie sie trank, weil sie nicht anders konnte, um sich für die Entdeckung der Leiche zu wappnen. Sie hatte mir geraten, die Abkürzung quer über die Wiese zu nehmen, was unweigerlich zur Entdeckung der Leiche führen musste – hatte sie auch das getan, um sich wenigstens den Anschein eines Alibis zu verschaffen? Oder wäre Claud früher oder später ohnehin gefunden worden? Jeder kannte und benutzte doch diesen Weg.

Und was war mit der Zeit? Claud hatte die Voruntersuchung 15 Minuten vor Schluss verlassen und hatte dadurch gerade genügend Zeit gehabt, die Wiese zu erreichen. Was hatte Maud währenddessen getan? Wie lange war sie tatsächlich im Dorfgasthof gewesen? Wie lange war Chivery schon tot gewesen? Alles hing davon ab, und ich glaubte nicht, dass irgendjemand den Zeitpunkt seines Todes auf die Minute genau bestimmen konnte.

Craig und Peter folgten wohl den gleichen Gedankengängen, denn nach einer Weile des Schweigens sagte Peter plötzlich: »Ich glaube nicht, dass sie es war, Craig. Eine Frau ...«

In diesem Augenblick trat Nicky ins Zimmer, um uns zu sagen, dass im Esszimmer eine Art Dinner serviert werde. Und zu meiner Überraschung begann Craig sofort, ihn wegen der Schecks auszufragen.

»Wofür waren diese Schecks, Nicky? Doch wohl kein Unterhalt. Mein Vater hätte weder dir noch mir noch irgendjemand sonst Unterhalt gezahlt.«

Nicky antwortete sofort mit breitem Lächeln: »Und ob er das getan hätte, wenn Alexia ihn darum gebeten hätte! Für *mich* hat sie's getan.«

Eine leichte Röte stieg Craig ins Gesicht, doch seine Stimme klang weiterhin ruhig. »Kennst du einen Frederic Miller?«

Diesmal antwortete Nicky nicht gleich; er schien erst nachdenken zu müssen, war auf der Hut. »Nein«, sagte er schließlich. »Was ist mit ihm? Habt ihr auch Schecks gefunden, die auf ihn ausgestellt waren?« Der eifrige Ausdruck seiner Augen verblüffte mich; es war, als wolle er die Antwort darauf wirklich wissen. Doch Craig schüttelte nur den Kopf und schickte uns zum Dinner hinunter. Gertrude, dem kleinen Dienstmädchen, fielen vor Beflissenheit fast die Augen aus dem Kopf; sie blieb bei Craig, während ich ein hastiges Mahl zu mir nahm.

Als die Polizei endlich kam, war ich wieder allein mit Craig. Lieutenant Nugent betrat mit zwei anderen Beamten das Zimmer und bat mich, ein Handtuch aus dem Bad zu holen.

Als ich es auf dem Fußende ausbreitete, damit auch Craig etwas sehen konnte, legten sie zwei Gegenstände darauf, von denen keiner sonderlich hübsch anzusehen war. Im Gegenteil. Der eine war ein kleines Messer, ein ganz gewöhnliches Schälmesser, dessen Klinge allerdings rasiermesserscharf geschliffen und blank war – abgesehen von ein paar Flecken, besonders auf dem Holzgriff: eine dunkle angetrocknete Substanz, die sich inzwischen bräunlich verfärbt hatte.

Der andere war ein gelber Lederhandschuh, ebenfalls mit großen rötlich braunen Flecken bedeckt. Die getrocknete Flüssigkeit machte den Handschuh steif.

Beide Gegenstände hatte man in der Nähe von Claud Chiverys Leiche gefunden, jedoch nicht nahe genug, dass er sie selbst benutzt haben könnte. Somit schied Selbstmord aus.

Andere Hinweise gab es nicht, außer meiner weißen Haube und ein paar Fünfcentmünzen, die man mir nun mit einer gewissen Feierlichkeit wieder aushändigte. Peter hatte bereits erklärt, wie ich zu dem plötzlichen Reichtum gekommen war.

Sie ließen mich im Zimmer bleiben, ja, sie baten mich sogar darum, denn sie wollten noch einmal meine Version der Ereignisse hören. Ich erfuhr jedoch nichts Neues – außer dass die Polizei noch keinen Zeugen gefunden hatte, der Claud Chivery nach Verlassen der Voruntersuchung noch gesehen hatte.

Nur was die Alibis betraf, wurde ich auf den neuesten Kenntnisstand gebracht. Denn schon in diesem frühen Stadium der Ermittlungen stellte sich heraus, dass für den möglichen Zeitraum – ungefähr eine Stunde – ein Besorgnis erregender Mangel an Alibis bestand. Die Gerichtsmedizin hatte die genaue Todeszeit bis jetzt noch nicht bestimmen können. Ich erinnere mich, dass sie mich über die Totenstarre befragten, und wie warm der Körper zum Zeitpunkt der Entdeckung gewesen sei. Leider konnte ich ihnen gar nichts darüber sagen. Meinem Eindruck nach war er schon eine Zeit lang tot gewesen, als ich ihn fand, aber genauer konnte ich es natürlich nicht sagen.

Sie erkundigten sich auch nach dem Rascheln, das ich in den Büschen gehört hatte. Ich glaubte jedoch nicht, dass sie mir das Wenige glaubten, das ich ihnen berichten konnte; es war einfach zu dünn und zu dürftig.

Nugent berichtete Craig dann kurz von der Voruntersuchung, nur erwähnte er die Schecks nicht, die Conrad Brent Nicky gegeben hatte. Hauptsächlich fragten sie Craig über Dr. Chivery aus: Wann hatte er ihn zuletzt gesehen, was hatte Chivery gesagt, und könne er – Craig – ein Motiv für den Mord nennen?

»Wusste er etwas – über den Tod Ihres Vaters, hatte er einen Hinweis oder einen Beweis?«

»Claud hat nicht immer alles erzählt, was er wusste«, wich Craig aus.

Nugent kniff die grünen Augen zusammen. »Warum, glauben Sie, wurde er getötet?«

»Ich weiß es nicht. Aber ich würde mich an das Messer halten, wenn ich Sie wäre – als Hinweis, meine ich. Der Handschuh …«

»Was ist mit dem Handschuh?«

»Ach, nichts. Er scheint nichts zu bedeuten.«

»Sie sind nicht sehr offen zu uns, Brent.«

»Ich kann Ihnen auch nicht sonderlich viel helfen, wenn ich hier im Bett herumliege.«

Nugent sagte ganz langsam: »Ich sollte Ihnen lieber gleich sagen, dass es Ihnen helfen würde, wenn Sie für heute Nachmittag ein Alibi hätten.«

»Ich?« Craig richtete sich abrupt auf dem Ellenbogen auf,

zuckte vor Schmerz zusammen und legte sich vorsichtig wieder zurück.

»Ein Alibi ist immer nützlich«, meinte Nugent. »Aber die Sache ist so, die Leute sagen ... Also hören Sie, Brent, es ist so: Jeder weiß doch, dass Sie und Mrs. Brent praktisch das ganze Vermögen Ihres Vaters erben. Und jeder weiß auch, dass Sie und Mrs. Brent ...«

Langsam kroch Röte über Craigs Gesicht; er kniff die Augen zusammen. »Und? Sagen Sie's schon!«

»Sie wissen genauso gut wie ich, was ich meine«, erwiderte Nugent. »Vor einem Jahr hat jeder geglaubt, Sie und Mrs. Brent würden heiraten, dann aber haben Sie diese kleine Krankenschwester geheiratet, und Alexia Senour Ihren Vater. Jetzt heißt es ...«

»Hören Sie! Ich haben meinen Vater nicht umgebracht! Begreifen Sie das endlich! Ich habe auch Claud nicht umgebracht«, sagte Craig freudlos. »Und ich habe kein Alibi für diesen Nachmittag – es sei denn, Sie akzeptieren es als Alibi, wenn man nicht herumspazieren kann, ohne dass einem schwindlig wird.«

Nugent beugte sich vor. »Sind Sie sich da auch sicher, Brent?«, erkundigte er sich ruhig.

Wieder stieg Craig die Zornesröte ins Gesicht. »Mein Gott, glauben Sie, ich würde hier das Bett hüten, wenn ich anders könnte?«, rief er aus. »Glauben Sie nicht, dass ich dann hinausgehen und irgendwas *tun* würde? Meinen Sie ...«

»Was würden Sie denn tun?«, unterbrach Nugent leise.

Craig schwieg abrupt. »Ich weiß es nicht«, gab er nach mürrischem Schweigen zu. Er klang müde. »Ich weiß es nicht.«

Mehr um meiner Pflicht zu genügen, als um Craig zu verteidigen, schaltete ich mich nun ein. »Er kann Dr. Chivery nicht ermordet haben. Er hätte gar nicht so weit laufen können, da bin ich mir sicher, Lieutenant.«

Nugents graugrüne Augen fixierten die meinen. »Ach ja, Miss Keate?«

»Ja. Und wo wir gerade davon reden: Mr. Brent hatte ein Alibi in der Nacht, in der Mr. Brent – also sein Vater – starb. Ich war bei ihm.«

»Das weiß ich«, sagte Nugent, ohne eine Miene zu verziehen. »Und doch hat man schon von Kranken gehört, die unglaubliche Entfernungen zurückgelegt haben. Und im Falle eines Giftmordes gibt es keine wirklichen Alibis.«

Craig machte eine hastige Bewegung, als wolle er protestieren. Rasch griff ich ein: »Ich kann nicht zulassen, dass Sie meinen Patienten zu lange vernehmen, Lieutenant.« Und fühlte Craig den Puls. Auch dieses Mal nicht, um ihn zu verteidigen, sondern nur, weil es meine Pflicht war. Sein Puls schien jedoch ganz ruhig zu schlagen. Nugent fuhr fort: »Na schön. Nur noch ein paar Fragen. In der Nacht, als Ihr Vater starb, hat man Sie in der Wäschekammer gefunden, Brent. Wie sind Sie dort hingekommen?«

»Ich habe Ihnen doch schon alles gesagt, was ich darüber weiß.«

»Sie sagten, jemand habe Sie niedergeschlagen. Wer?«

»Ich weiß es nicht, das hab ich Ihnen doch schon gesagt. Ich wusste nicht, dass jemand in der Nähe war.«

»Sie sagten, Sie waren auf dem Korridor und wollten eben die Treppe hinuntergehen, mit dem Rücken zum Flur. Wie sind Sie in die Wäschekammer gelangt, wo Ihre Frau – wo Miss Cable Sie dann gefunden hat?«

»Ich weiß es wirklich nicht. Das ist die Wahrheit. Sie können mich doch nicht verdächtigen.«

Nugent sah ihn forschend an. »Habe auch nicht gesagt, dass ich das tue. Aber wo ein Mord geschieht, gibt es auch ein Motiv. Und jeder weiß doch, dass Sie und Mrs. Brent …«

»Können wir Mrs. Brent nicht da raus lassen?«

»Das dürfte kaum gehen«, meinte Nugent. Doch nach einem Moment des Nachdenkens erwähnte er Alexia nicht mehr, sondern kam stattdessen auf Conrad Brents Testament zu sprechen und fragte Craig, ob er die wesentlichen Verfügungen darin kenne. Craig bejahte dies. »Mein Vater hat sie mir genannt.«

»Wie hat er sein Vermögen gemacht?«

Craig sah den Lieutenant ein wenig überrascht an. »Das ist kein Geheimnis. Er hatte von seinem Vater eine ganz hübsche Summe geerbt – ich weiß nicht, wie viel genau. Das Geld hat er angelegt – schon vor sehr langer Zeit. Bevor ich geboren wurde. Und alles, was er berührte, verwandelte sich in Gold. Im Sommer 1929 hat er dann verkauft, als die Kurse fast auf dem Höchststand waren. Seitdem hat er kaum noch mit Aktien gehandelt.«

»Er war ein sehr wohlhabender Mann.«

»Ja«, sagte Craig, »das war er. Ich meine, er hatte nicht übermäßig viel. Aber mehr als genug.«

Nugent, hart und sehnig in seiner adretten Uniform, beugte sich über das Fußende des Bettes. Das Licht fiel auf seine hohen, hageren Wangenknochen und spiegelte sich in den graugrünen Augen. »Brent, im Testament Ihres Vaters gab es einen seltsamen Nachtrag. Ich meine, immerhin hat er ja sein ganzes Leben lang in Amerika gelebt ...«

»Ach das«, fiel ihm Craig ins Wort. »Sie meinen die Bestimmung, dass er in Deutschland begraben werden wollte. In Stuttgart. Ja, das weiß ich. Das war so eine verquere Idee von ihm, und als sie ihm vor Jahren in den Sinn kam, hat er sie in sein Testament aufnehmen lassen. Dann, nach seiner letzten Eheschließung, als das neue Testament verfasst wurde, wurde dieser Nachtrag einfach übernommen, schätze ich. Ich bin mir sicher, dass er inzwischen anders darüber dachte.«

»Warum wollte er das überhaupt?«

»Sie hätten meinen Vater kennen und verstehen müssen, um diese Frage zu beantworten«, antwortete Craig langsam. »Ich werde versuchen, es Ihnen zu erklären. Er hatte früher einmal die Ahnenforschung zu seinem Hobby gemacht, durchleuchtete seine gesamte Ahnenreihe, vor – es muss furchtbar lange her sein. Damals hat er eine einzige direkte Abstammungsliste ausgegraben und verbissen an ihr festgehalten. Beschaffte sich das Wappen und alle Aufzeichnungen, derer er habhaft werden konnte. Er war deutscher Abstammung, obwohl ich glaube, dass sein Vater bereits vor dem Bürgerkrieg nach Amerika ausgewandert ist und sein Vermögen angehäuft hat. Mein Vater liebte es, die Zeit in den Händen zu halten; das Studium der Genealogie faszinierte ihn sehr.«

»Ein Hobby«, meinte Nugent. »Ich verstehe. Er hat es nicht allzu ernst genommen, oder?«

»Was meinen Sie damit?«

»Hat er vielleicht erwogen, nach Deutschland zu gehen, um dort zu leben?«

»Um Gottes willen, nein«, sagte Craig. »Er war nur wild auf Familie, das ist alles. Er hielt große Stücke auf reines nordisches Blut ...«

»Er hieß also mit anderen Worten einige von Hitlers Ideen gut?«

»Nein! Es war nur zu Beginn des Hitlerregimes, dass er von einem Teil dieser Ideologie wie geblendet war: dass man das alte teutonische Familienleben retten, die Rasse verbessern, das Blut alter Familien rein halten müsse, und so weiter. Aber er ist schnell wieder darüber weggekommen. Es gab niemanden, der loyaler zu Amerika gestanden hätte als mein Vater, da bin ich mir sicher. Er bedauerte sogar sehr, dass er für kurze Zeit von Hitlers Ideen so angetan gewesen war.«

»Ich verstehe«, sagte Nugent wieder. »Entschuldigen Sie, Brent, aber er missbilligte doch Ihre Heirat, nicht wahr?«

»Er fand nur, wir würden einander noch nicht lange genug kennen. Das war alles.«

»Oh«, machte Nugent. »Ich hatte es so verstanden, dass Sie vielmehr mit ihm darüber gestritten haben. Ich meine, als Sie ein Mädchen geheiratet haben, von dem er glaubte, dass sie für seine Familie nicht gut genug sei.«

»Das«, sagte Craig gefährlich leise, »reicht jetzt. Im Übrigen war Miss Cable viel zu gut für mich und die ganze Familie Brent. Wenn das jetzt alles wäre, Lieutenant ...«

»Nein, das wäre noch nicht alles«, entgegnete Nugent. »Folgendes, Brent: Soper glaubt, das Mädchen – Ihre frühere Frau – habe es getan. Ich bin mir da nicht so sicher. Bevor nicht ein wirklich schlagender Beweis auftaucht, würde ich gerne noch mit der Verhaftung warten. Und ich habe versucht, ihr eine faire Chance zu geben. Aber sie hält irgendetwas zurück.«

»Ach ja?«, meinte Craig, immer noch gefährlich leise.

»Zum einen leugnet sie, die Pillenschachtel genommen zu haben. Und trotzdem befanden sich ihre Fingerabdrücke auf der Schublade, in der die Medizin aufbewahrt wurde, auf dem hölzernen Griff und der Holzverkleidung. Sie weigert sich zu erklären, wie die Abdrücke dorthin gekommen waren.«

Mein Herz sank schwer nach unten in meine Oxford-Schuhe – aber was hätte ich anderes erwarten können? Craig sagte gelassen: »Das beweist gar nichts.«

»Zweitens ist sie am späten Nachmittag an meinem Wachmann vorbeigekommen und nach draußen gegangen. Er …« Nugent brach ab und überließ es unserer Fantasie, wie es dem wachhabenden Polizisten als Folge seiner Nachlässigkeit ergangen sein mochte. »Das wird nicht wieder vorkommen«, fuhr Nugent fort. »Aber sie war um die Zeit draußen, als Chivery ermordet wurde.«

»Eine Frau hätte ihn doch nicht umbringen können! Nicht so«, protestierte Craig.

»Mrs. Brent hat uns jedenfalls erzählt, dass Drue Cable zur fraglichen Zeit nicht im Haus war«, sagte Nugent betont langsam und betrachtete dabei die hässlichen Gegenstände auf dem Handtuch – das glänzende, scharf geschliffene Küchenmesser, den gelben Handschuh.

Ganz unvermittelt, nach ein paar weiteren Fragen über Claud Chivery, brachen die Polizisten auf. Als sie zur Tür gingen, fragte Craig noch:

»Ach übrigens, Nugent …«

Der Lieutenant wandte sich um. »Ja …?«

»Haben Sie nur einen Handschuh gefunden?«

Einen Augenblick lang flackerte das intensive Leuchten erneut in Nugents graugrünen Augen auf. »Nur einen«, betonte er. »Wir sehen uns dann morgen früh, Brent. Vielleicht ist auch der Staatsanwalt mit dabei. Und ich lasse heute Nacht einen Mann als Wache im Haus.«

Dann gingen sie, rollten jedoch zuerst das Handtuch zusammen und nahmen es mitsamt den darin enthaltenen Gegenständen mit.

Craig lag nach ihrem Abgang schweigend und mit geschlossen Augen da. Auch ich fühlte mich, wie ich zugeben muss, nicht gerade munter und zum Reden aufgelegt.

Bald kam Beevens. Er sagte, ich solle mich ausruhen, während er bei Mr. Brent blieb. »Und der Lieutenant hat mit dem Wachhabenden auf dem Korridor gesprochen, Miss. Er soll Sie in Ihr Zimmer und wieder heraus lassen, wann immer Sie es wünschen.«

»Miss Cable steht also immer noch unter Bewachung«, schloss Craig.

»Ja, Sir. Ich fürchte, ja. Haben Sie irgendwelche Anordnungen bezüglich Mr. Brents Medizin, Miss?«

Ich sagte ihm, es gebe keine und verließ eilig das Zimmer. Es gab ein paar Dinge, die ich zu tun hatte, denn nun hatte sich die Lage völlig verändert.

Eine hässliche Veränderung zudem: Es lag etwas in der Luft, lauerte verborgen in der Stille des Hauses, in den dunklen Winkeln, unter der Treppe. Es spiegelte sich in unser aller Augen, wenn zwei Blicke sich trafen.

Diesmal war kein Ausweichen mehr möglich, kein Selbstbetrug, kein Beschönigen der grimmigen, furchtbaren Wahrheit. Mord war ins Haus gekommen, Mord hatte auf der dunklen, einsamen Wiese zugeschlagen. Ein Phantom, das mitten aus dem Nichts blitzschnell zuschlug – und jederzeit wieder zuschlagen konnte.

Eine offen stehende Tür, ein dunkler Raum dahinter waren nun zu einer Bedrohung geworden.

Nun, ich eilte den Korridor entlang. Der Polizist – derselbe, der mich vor einigen Stunden noch angehalten hatte – ließ mich nun ungehindert mein Zimmer betreten. Dieses Mal jedoch ging ich nicht sofort weiter in Drues Zimmer, denn ich musste zuerst einen Brief schreiben, und zwar an die Polizei.

Ich glaubte zwar nicht, die Ermittlungen behindert zu haben, indem ich die Spritze versteckte; dennoch fühlte ich mich verantwortlich, weil ich die Pillenschachtel hatte. Sie wog leicht in meiner Hand, als ich sie drehte und betrachtete, lastete jedoch umso schwerer auf meinem Gewissen. Vielleicht würde mir Drue jetzt, da Claud Chivery tot war, sagen, was sie darüber wusste.

Aber jetzt musste ich erst einmal den Brief schreiben.

Seit der Schießerei auf der Weide hatte ich, vielleicht nicht ohne Grund, ein zunehmendes Gefühl persönlicher Bedrohung verspürt. Ich hatte Claud Chivery mit durchschnittener Kehle gesehen, zusammengefallen wie ein leerer Sack. Das einzige Motiv für diesen Mord war, dass er etwas gewusst hatte, das dem Mörder von Conrad Brent gefährlich werden konnte oder sich auf den Anschlag auf Craig bezog. Und ich mit meiner verflixten Spürnase und einer Auffassungsgabe, die jeden Psychiater verblüffen und erfreuen würde, war nun mit Hindernissen geradezu überhäuft. Ich hatte mich von meinen Gefühlen auf Irrwege leiten lassen – und nun konnte ich mich des Gedankens nicht erwehren, dass ich eine Menge Glück hätte, wenn ich nicht so endete wie Claud Chivery.

Zugegeben, mit all den Hinweisen – wenn es sich denn um solche handelte – war ich auch nicht klüger als zuvor, denn ich wusste immer noch nicht, wer Conrad oder Claud ermordet hatte. Doch ich hatte wirklich einige Hinweise, und falls mir etwas passieren sollte … Nicht, dass ich es darauf anlegte, doch ich wollte ein reines – oder immerhin ein möglichst reines Gewissen haben. Nur für den Fall …

Außerdem konnte mein Brief vielleicht später Drue oder einem anderen Unschuldigen helfen, sodass es nicht zu einer vorschnellen Verurteilung kam.

Also machte ich mich rasch ans Werk, schrieb die nackten Tatsachen über die Spritze auf – *nicht über die Pillenschachtel*, das war immer noch Drues Geheimnis – und steckte das Schreiben in einen Umschlag. Weil ich nicht wusste, wohin damit, stopfte ich ihn ebenfalls unter meine Schwesterntracht, steckte ihn unter einer Tasche fest, damit man ihn nicht sah, und strich ihn glatt. Wobei, nebenbei bemerkt, meine Figur nicht gerade so beschaffen ist, dass eine zusätzliche Wölbung besonders auffällt.

Auch dann ging ich noch nicht zu Drue hinüber. Ich hatte ihr nichts zu berichten, das ihr ein Trost sein konnte. Das Einzige, was ich ihr geben konnte, war meine Zuneigung, und die hatte sie ohnehin.

Außerdem hätte ich sie dann erneut fragen müssen, wie sie an die Pillenschachtel gekommen war.

Allmählich war ich sogar dankbar für den Polizisten, der vor ihrer Tür Wache hielt. Welche Absichten auch dahinter stecken mochten, das Ergebnis bedeutete für Drue eine Art Sicherheit. Nach den unheimlichen Vorfällen auf der Wiese schwebte überall im Haus, über dem dunklen Fahrweg und im Garten, ja über jedem verborgenen Winkel eine scheußliche Atmosphäre der Unsicherheit. Selbst die umliegenden, schwarzen Hügel schienen das zu wissen: Es war, als belauerten sie die Bewohner des Hauses.

Nun ging ich auf die Suche nach Annas Zimmer. Der kleine Korridor, der in der Nähe der Treppe vom Hauptflur abging, führte in den hinteren Teil des Hauses. Ich folgte ihm, kam an einer ziemlich steilen Hintertreppe vorbei, bog um eine weitere Ecke und fand mich in einem Flügel, der offensichtlich den Dienstboten vorbehalten war. Ich kam an einer oder zwei offenen Türen vorbei, die nicht zu Annas Zimmer führten, und dann stand ich vor einer geschlossenen Tür.

Und in dem Augenblick, als ich klopfte, hörte ich jemanden im Zimmer reden. Es war eher ein Murmeln, das durch mein lautes Klopfen übertönt wurde, doch es klang wie eine Männerstimme. Und verstummte abrupt.

Doch es war Annas Zimmer, denn als ich nach einer Weile wieder klopfte, hörte ich Anna mit zitternder Stimme sagen: »Bist du das, Gertrude? Ich – ich schlafe.«

»Ich bin es – Miss Keate. Ich will mit Ihnen reden.«

Wieder Schweigen hinter der Tür. Diesmal jedoch kam es mir vor wie ein betretenes Schweigen. Anna war nicht der Typ Frau, der zu Liebeleien neigte – mir kam nicht einmal der Gedanke daran. Doch das betretene Schweigen hatte ich mir keineswegs nur eingebildet; Annas Stimme drückte es nur zu klar aus, als sie plötzlich zu hören war, schon fast am Schlüsselloch. Und atemlos. »Es – es geht mir schon wieder besser. Ich habe mich wieder beruhigt.«

Und als ich auf meinem Vorhaben beharrte, wiederholte sie ebenso hartnäckig ihre lahmen Ausreden. »Es geht mir gut. Danke, Schwester. Es ist alles in Ordnung – alles in Ordnung ...« Ihre Stimme klang mit jedem Wort leiser und verängstigter. Es war, als stünde dort jemand neben ihr – wohl derjenige, der zuvor geredet hatte und der nun Anna bedrohte.

Doch erst am nächsten Morgen fanden sie den zweiten gelben Handschuh, befleckt und steif von geronnenem Blut, unter der Matratze von Annas Bett. Und zu diesem Zeitpunkt war es unmöglich, sie irgendetwas zu fragen.

16

Nun, in gewisser Weise war es ein Glück, dass ich davon noch nichts wusste. Und ich konnte weder mit Gewalt in Annas Zimmer einbrechen noch war ich fähig, durch dickes Kiefernholz hindurchzusehen.

»Machen Sie auf, Anna!«, drängte ich. »Beevens sagte, Sie seien krank. Ich wollte fragen, ob Sie vielleicht Medikamente brauchen.«

»Vielen Dank, Miss Keate. Ich brauche nichts, mir geht's gut.« Nach kurzem Schweigen fügte sie hinzu: »Ich brauche keine Medizin, danke. Ich brauche gar nichts.«

Also blieb mir nichts anderes übrig, als mich lauten Schrittes zu entfernen, um dann auf Zehenspitzen zu der offenen Tür zurückzuschleichen, die Annas Zimmer gegenüberlag. Aber nach fünf Minuten war immer noch nichts passiert, und ich hörte auch keine Männerstimme hinter der Tür, auf der mein Blick haftete. Ich betrachtete gedankenverloren das Schlüsselloch und war in der Tat schon, ohne es zu merken, näher herangeschlichen und hatte mich darüber gebeugt (eigentlich nur, um zu sehen, ob der Schlüssel steckte, und so war es auch), als ich Schritte hinter mir hörte. Ich fuhr erschrocken auf und sah mich Beevens gegenüber.

Der gab jedoch nur ein leises Hüsteln von sich und mir damit Gelegenheit, mich zu sammeln. Das hatte ich jedoch gar nicht nötig. Und so sagte ich: »Ja, Beevens?«, in einem Ton, als gehöre es zu meinen ganz normalen, alltäglichen Gepflogenheiten, durchs Schlüsselloch zu spähen.

»Oje, oje, oje«, äußerte der Butler und hüstelte wieder. Dann würgte es ihn, und er hustete so heftig, dass mir etwas klar wurde: Er regte sich über etwas ganz anderes auf und hatte gar nicht begriffen, dass ich an der Tür gelauscht hatte. Die Augen quollen ihm fast aus dem Kopf, und sein Adamsapfel über den steifen weißen Kragenflügeln bebte wie die Kiemen eines Fisches.

Craig wollte mich sprechen – sofort, brachte er heraus.

Kein Wort oder Blick über meine Anwesenheit an diesem Ort, wo ich nichts verloren hatte. In Annas Zimmer war alles still. Ich folgte also Beevens in Craigs Zimmer, wo der Kranke schon ungeduldig auf mich wartete. Er starrte auf die Tür und zupfte nervös an der Bettdecke.

»Da sind Sie ja endlich!«, sagte er. »Kommen Sie herein. Das wäre alles, Beevens. Schließen Sie die Tür.«

Doch Beevens zögerte. »Wenn ich bitten darf, Mr. Craig ...« Er schaute unbehaglich, doch entschlossen drein – so entschlossen, dass Craig seine Ungeduld bezähmte.

»Was gibt es denn, Beevens?«

Der Butler räusperte sich und trat aufs Bett zu. »Zwei Dinge im Grunde, Mr. Craig. Ich war ein bisschen im Zweifel, aber ich – wenn Sie sich in der Lage fühlen ...« Er blickte mich besorgt an, als bitte er um meine Erlaubnis, und Craig sagte schnell: »Ja, sicher. Was ist denn?« Beevens schluckte schwer. »Aus dem Korridor ist eine große blaue Vase verschwunden.«

Craig runzelte die Stirn; verblüfft starrte er Beevens an. »Niemand kann sich erklären, wohin sie verschwunden ist«, fuhr der fort.

»Was noch?«, fragte Craig nach kurzem Schweigen.

Beevens zweite Nachricht war noch alarmierender. »Es geht um Alibis, Sir. Mr. Nicky sagte der Polizei, er habe gestern Nachmittag zwei Stunden im Frühstückszimmer verbracht, und er behauptete, das Zimmer während der ganzen Zeit nicht verlassen zu haben – das war um die Zeit, als Dr. Chivery ermordet wurde. Und Gertrude – das Hausmädchen – hat ihn auch zwei Mal dort gesehen.«

»Schön, fahren Sie fort.«

»Aber er ist doch aus dem Zimmer gegangen, Sir. Ich habe ihn gesehen.«

Craig setzte sich kerzengerade auf. »Sie haben ihn gesehen? Wann? Wo?«

Beevens warf einen raschen Blick über seine Schulter und senkte die Stimme. »Er ging zur Seitentür hinaus, Sir. In Richtung Garage. Natürlich dachte ich mir nichts dabei. Bis die Polizei …«

»Wann war das?«

Beevens schluckte schwer. »Kaum mehr als eine halbe Stunde, bevor die Schwester Dr. Chivery entdeckte und uns die Nachricht brachte. Nicht mal eine halbe Stunde, genauer gesagt.«

Wieder entstand eine Pause. Beevens kluge blaue Augen ruhten auf Craig, er sparte sich einen Kommentar. Und ich überlegte, ob es vielleicht Nicky gewesen war, dort unten auf der Wiese? Doch Claud Chivery war schon eine Zeit lang tot gewesen, als ich ihn fand. Worauf hatte Nicky (falls er es war) dann noch gewartet? Oder war er aus einem bestimmten Grund zurückgekommen? Um den Handschuh zu holen? Das Messer?

»Sind Sie sicher, dass es Nicky war?«, wollte Craig wissen.

Beevens gestattete sich ein leichtes Achselzucken. »Ich habe ihn in Richtung Garage und folglich zur Weide gehen sehen. Außerdem konnte ich ihn wegen seines karierten Jacketts gar nicht verwechseln; ich schaute in diesem Augenblick aus der Speisekammer. Aber wie er zurückkam, habe ich nicht gesehen, denn später hatte ich im Speisesaal zu tun. Er könnte durch die Tür hereingekommen sein, die der Hintertreppe gegenüberliegt, nach oben gegangen und dann über die Haupttreppe wieder heruntergekommen sein. Es steht außer Zweifel, dass er schon wieder hier war, als Schwester Keate das Haus erreichte.« Er dachte nach. »Soll ich der Polizei meine Beobachtungen mitteilen, Sir? Ich hörte, wie Mr. Nicky vernommen wurde, und er hat bestimmt nicht gesagt, dass er das Haus verlassen hat.«

»Ja …«, begann Craig zögernd, dann besann er sich anders. »Nein! Nein – ich werde es der Polizei sagen. Ist das alles, Beevens?«

Das war offenbar alles. Doch nachdem Beevens gegangen war

und behutsam die Tür hinter sich geschlossen hatte, lag Craig einen Moment nachdenklich und still da; er sah verblüfft aus – aber in seinen Augen war etwas anderes zu sehen, als habe ihm Beevens Geschichte eine neue Idee eingegeben: Nun – Nicky war schon lange einer meiner Lieblingsverdächtigen. Und zweifellos verbarg sich hinter seiner Anmut und Leichtigkeit etwas seltsam Wildes, fast Unmenschliches, als hause hinter der Fassade des hübschen Gesichtes ein Tier des Dschungels.

Schließlich schüttelte Craig ungeduldig und verwirrt den Kopf und sah mich an. »Wissen Sie, Miss Keate, ich habe nachgedacht. Sie mögen Miss Drue doch, stimmt's? Sie brauchen mir gar nicht zu antworten. Ich sehe das. Nun, also ...« Er hielt inne, während er mir eindringlich in die Augen blickte, als wolle er mich einschätzen. »Hören Sie«, fuhr er fort. »Ich muss Ihnen einfach vertrauen. Sie sind doch sehr diskret – oder nicht?«

Ich hob die Brauen und sah ihn nur ironisch an. »Ja, ich weiß«, gab er zu, »aber schließlich geht es um Mord ...«

»Mein lieber junger Mann«, sagte ich bestimmt, »ich war schon Krankenschwester, als Sie noch im Spielhöschen herumgetollt sind. Die Anforderungen meines Berufs haben mich nicht davon abgehalten, ein- oder zweimal ein Scharmützel mit dem Gesetz auszufechten.«

»Oh«, sagte er nur und sah mich einen Moment lang zweifelnd an. Ich hielt es jedoch nicht für angebracht, nähere Erläuterungen abzugeben, denn zum einen waren meine Erinnerungen ein wenig zermürbend, besonders hier, in diesem von Mord heimgesuchten Haus. Und zum anderen sollte man die Vergangenheit ruhen lassen, das bekommt ihr am besten. Ich wartete also in aller Ruhe ab. Er legte die Stirn in Falten und sagte: »Das weiß ich ja. Aber es geht hier nicht darum, dass Sie oder ich in Gefahr wären. Es geht um Drue.«

Und da tat ich etwas, was ich in meiner ganzen Zeit als Krankenschwester noch nie getan habe: Ich setzte mich auf das Bett meines Patienten! *»Was meinen Sie damit? Gibt es neue ...?«*

»Oh, keine neuen ... Ich schätze, ich muss es Ihnen erklären.

Sie sind doch ihre Freundin. Es geht um – also, ich möchte, dass Sie einen kleinen Gegenstand für mich finden.«

Ich verdaute das erst mal. »Was genau möchten Sie denn gestohlen haben?«

Sein Blick war sehr intensiv. Er legte seine Hand auf meine und drückte sie, als wolle er mich zum Verständnis zwingen. »Es ist sehr wichtig, Miss Keate. Für Drue hängt alles davon ab. Wenn die Polizei belastende Beweise gegen sie findet ...«

»Na schön. Erzählen Sie's mir.«

Er wusste immer noch nicht recht, ob er sich mir anvertrauen sollte. »Wenn ich es doch nur selber tun könnte! Morgen werde ich aufstehen. Es *muss* sein. Ich hab versucht aufzustehen, als Sie gerade nicht im Zimmer waren, mit Beevens Hilfe. Es hat nicht geklappt.«

»Seien Sie doch kein Dummkopf!«, sagte ich böse. »Wollen Sie wieder Fieber bekommen?«

»Ich bin ungefähr so stark wie ein Kätzchen«, sagte er wütend. »Es geht um eine Spritze, Miss Keate. Sie gehört Drue.«

»Oh ...«, sagte ich schwach.

»Verstehen Sie, Alexia hat die Spritze. Sie ist sicher, dass sie Drue gehört. Sie hat das Ding irgendwo gefunden ...«

»Lassen Sie – ich weiß schon, wo ...«

»Sie wissen es!«

»Ich hatte sie dort versteckt. Unter dem Farn.«

Er setzte sich blitzschnell auf und griff sich mit der gesunden Hand an die verletzte Schulter. »Sie waren das? Mein Gott! Warum denn?«

»Das ist jetzt nicht wichtig – ich habe geglaubt, das Richtige zu tun. Wo bewahrt Alexia die Spritze auf?«

Er starrte mich ungläubig an. »Sie hat mir nicht gesagt, dass Sie die Spritze dorthin getan haben«, sagte er und murmelte etwas, das stark nach einem gotteslästerlichen Fluch klang. Dann fasste er sich wieder. »Wussten Sie, was passiert war? Warum haben Sie das Ding versteckt? Hat Drue meinem Vater wirklich eine Spritze gegeben?«

»Ja, das hat sie«, erwiderte ich seufzend und ziemlich ärgerlich. »Aber sie hat ihn damit nicht getötet. Ich sage Ihnen alles, was ich weiß – aber später. Ich glaube, außer Maud sind jetzt alle unten. Wenn ich also Alexias Zimmer durchsuchen soll, dann sollte ich mich besser beeilen.«

Er war immer noch besorgt, stimmte mir jedoch sofort zu. »Ja, Sie müssen sich beeilen. Suchen Sie in Alexias Ankleidezimmer und im Badezimmerschrank. Es gibt dort auch noch eine Art Wandschrank neben dem Bett. Sie werden ihn schon finden. Sie sagt immer, dass sie dort ihren Schmuck und andere Sachen hineinlegt, wenn sie zu faul ist, sie in den Safe zu tun. Schauen Sie dort nach. Und ...« Er warf sich ruhelos im Bett herum. »Wenn ich doch nur selbst gehen könnte! Ich glaube nämlich, dass Sie nichts finden werden. Man kann unmöglich voraussagen, wo sie das Ding hingetan hat, und es ist ja so winzig ...«

Ich war bereits auf den Beinen. »Wann hat Alexia Ihnen das erzählt? Wie lange wissen Sie es schon?«

In seinem Gesicht ging eine fast unmerkliche Veränderung vor; er presste die Lippen aufeinander, spannte den Kiefer an, schaute mit leerem Blick an mir vorbei. »Noch nicht sehr lange«, antwortete er dann. »Sie wollte mir nicht sagen, wo sie die Spritze versteckt hat. Gehen Sie lieber gleich! Durch den Flur, die zweite Tür links. Es tut mir so Leid, dass ich Sie darum bitten muss ...«

Ich sagte ihm nicht, dass ich nur auf diese Gelegenheit gewartet hatte, und begab mich unverzüglich zu Alexias Zimmer. Der wachhabende Polizist war die einzige Menschenseele in dem langen, breiten Korridor, und er stand weit entfernt vor Drues Tür, hatte mir den Rücken zugedreht und sah mich nicht.

Ich fand die Spritze nicht. Alexias Zimmer schon, das war kein Problem; ich durchsuchte es und ihr kleines, feudales Ankleidezimmer so rasch wie möglich, und wenn ich für solch ein Unternehmen auch nicht die Übung gewisser Herrschaften der Unterwelt habe, so besitze ich doch eine angeborene Gründlichkeit. Während ich kühl und ungerührt die Schätze des Zimmers durchstöberte, dachte ich wie schon manches Mal zuvor in meinem gesetzestreuen Leben, dass ich in der falschen Epoche mit dem falschen Geschlecht zur Welt gekommen war: Ich meine, ich hätte zwar keine erfolgreiche Kurtisane abgegeben, aber vielleicht eine tapfere Piratin.

Dieses Gefühl wurde stärker, als ich die Suche im Ankleidezimmer aufgab, ins Schlafzimmer zurückging, das ganz in Beige und Rosa gehalten und mit dicken Teppichen, leopardenfellbezogenen Kniekissen und riesigen Wandspiegeln ausgestattet war, und dort ohne Mühe neben dem Bücherregal den fraglichen Wandschrank fand. Dort entdeckte ich zwar nicht die Spritze, dafür aber etwas anderes, und zwar ein kleines Bündel Schecks, allesamt auf Frederic Miller ausgestellt.

Drei Schecks über 5000 Dollar, unterzeichnet von Conrad Brent, datiert Juli, September und Oktober 1938. Sie waren in einer zierlichen, geschwungenen Handschrift mit »Frederic Miller« entwertet und indossiert und mit einer kleinen stählernen Klammer zusammengeheftet. Sie lagen unter einer Wildlederschatulle, wie man sie benutzt, um auf Reisen Schmuck aufzubewahren.

Die zahlreichen Krankenschwestern, die von den vielen Spiegeln zurückgeworfen wurden (alle in Weiß gekleidet, zur Fülle neigend, mit roten Haarschöpfen und weißen Häubchen, jedes ein bisschen schief aufgesetzt), fuhren gleichzeitig und ein wenig theatralisch zusammen.

Es lauerte zwar kein schattenhafter Piratenvorfahr hinter ihnen, doch es hätte gut sein können. Denn nach ein paar Sekunden, in denen ich mich wieder sammelte, nahm ich die Schecks und fügte sie meinem nicht unbeträchtlichen Vorrat an Hinweisen hinzu. Ich musste Nugent davon berichten – doch erst würde ich es Craig erzählen.

Ich hatte nicht vor, Nugent in aller Ausführlichkeit zu erklären, wie ich an die Schecks gekommen war. Und fünf Minuten später musste ich aufgeben: Mein Aufenthalt in diesem Zimmer schien schon länger als eine Stunde zu währen, da ich einerseits die Tür im Auge behalten und andererseits nach der Spritze suchen musste – gar nicht zu reden von der Anstrengung, ständig lauschen zu müssen, ob jemand sich näherte.

Als ich in der Ferne gedämpfte Stimmen hörte, hielt ich es für besser aufzugeben. Ich schlich aus Alexias Zimmer hinüber in das Krankenzimmer – und genau in diesem Augenblick tauchte Alexia am Kopf der Treppe auf, dicht gefolgt von Peter Huber.

Craig schaute schon gespannt nach mir aus, war aber doch ein wenig verblüfft über mein hastiges Eintreten. »Ist jemand hinter Ihnen her?«, fragte er.

Ich schob mein Häubchen zurecht und holte tief Luft. Mein Patient stützte sich auf den Ellbogen. »Haben Sie die Spritze gefunden?«

»Nein.« Es tat mir Leid, dies sagen zu müssen, besonders, als ich die Enttäuschung in seinen Augen sah.

Er ließ sich in die Kissen zurückfallen. »Oh. Na schön, Miss Keate. Sie brauchen nicht so schuldbewusst dreinzuschauen. Sie haben Ihr Bestes getan. Alexia hat das Ding also schon der Polizei übergeben. Hat sie ja auch angekündigt. Sie hasst Drue. Wegen ...« Hier stoppte er abrupt. In seiner Miene spiegelten sich Wut, Unbehagen und, seltsam genug, auch Trauer. Er schämte sich ihrer nicht, wirkte aber doch verlegen. »Ihretwegen, nehme ich an«, sagte ich forsch. »Alexia hat das ja deutlich genug ausgedrückt.«

Er bewegte seine Füße unter der Decke und schaute sie finster an, doch in seiner Miene stand immer noch jene ernste, erwachsene Trauer.

»Ich habe einmal Alexias Stolz verletzt. Ich war mir dessen nicht bewusst, denn ich war damals in Drue verliebt, verstehen Sie? Ich war so verliebt, dass ...« – er hielt inne und fuhr dann ohne Pathos fort – »so verliebt, dass es für mich keine andere Frau auf der Welt gab. Niemanden außer Drue.« Wieder hielt er kurz inne. »Alexia existierte einfach nicht mehr für mich. Es gab im Grunde nichts mehr auf der Welt außer Drue.«

Wieder entstand eine Pause. Ich wünschte nur, Drue könnte ihn hören, und beschloss, ihr alles zu erzählen. Ich fand auch, dass dies der geeignete Zeitpunkt sei, um ein oder zwei Worte zu sagen, die eine Versöhnung zwischen den beiden ermöglichen würden. Ich meine, auch wenn ich mich nicht gern in die Angelegenheiten anderer Leute einmische und keineswegs sentimental bin, so schien es mir doch, dass an diesem Punkt eine Einmischung gestattet sei.

Doch während ich noch über ein paar wohl gesetzte Worte nachdachte, machte er eine ungeduldige Bewegung und fuhr in völlig verändertem Ton fort: »Ich habe versucht, Alexia alles recht zu machen. Sie hatte nun mal die Oberhand. Und mein Vater hat sie geliebt – wirklich. Sie wurde seine Frau, und er hat sie über alles geliebt.«

»Regen Sie sich nicht auf!«, mahnte ich und zog die Bettdecke glatt, die er zerwühlt hatte. »Sie werden wieder Fieber ...«

»Oh, um Himmels willen, halten Sie den Mund!«, schrie Craig mich plötzlich an und warf mit einer unbeherrschten Bewegung die Daunendecke zu Boden.

»Reden Sie nicht so mit mir, junger Mann!« Ich hob das Deckbett auf und legte es quer übers Fußende.

»Ich muss nachdenken! Ich muss etwas tun ...«

»Nun, Schreien hat noch nie geholfen.«

Er starrte mich wütend an, und ich starrte ebenso wütend zurück. Mir juckten die Finger, ihm eine Kopfnuss zu verpassen, aber eine solche Geste schien meine pflegerischen Pflichten doch ein wenig zu überschreiten. Und während wir einander noch anfunkelten wie zwei Katzen auf dem Sprung, fing er plötzlich an zu grinsen. Der Zorn verschwand aus seinem Blick, und er schaute mich seltsam belustigt und, was ich bemerkenswert fand, fast liebevoll an. Ich konnte nicht umhin, seinen Blick so zu deuten. »Es tut mir Leid, Miss Keate«, entschuldigte er sich. »Es macht mich nur verrückt, so hilflos zu sein.«

»Sie haben großes Glück, dass Sie noch leben«, bemerkte ich trocken.

Wieder verdüsterte sich seine Miene. »Ja, aber es geht um Drue. Sie ist in Gefahr. Wenn sie ihm Digitalis gespritzt hat …«

»Sie wollte ihm das Leben retten. Sie hat ihm nicht so viel Digitalis gegeben, dass es ihn umgebracht hätte. Obwohl man die gute Absicht«, stellte ich grimmig fest, »leider nicht nachweisen kann. Das ist unser Problem. Sind Sie sicher, dass Alexia die Spritze der Polizei gegeben hat? Vielleicht sollte das nur eine Drohung sein.«

»Ich glaube schon, dass sie es ernst meinte. Ich war ja so dumm! Sie weiß, dass ich Drue immer noch liebe, auch wenn ich versuchte, sie das nicht merken zu lassen. Ich hatte Angst davor, was sie Drue antun würde. Hört sich schon verrückt an, wenn man sagt, dass man – Angst vor jemandem hat. Aber Alexia ist eben nicht wie andere Menschen.« Er schwieg und begann dann ganz in Gedanken versunken zu sprechen, als ob er es mir und sich erklären wollte. »Wir kennen uns seit unserer Kindheit, müssen Sie wissen: Nicky und Alexia und ich. Als ihre Mutter noch lebte, pflegten sie den Sommer hier zu verbringen, dann heiratete die Mutter wieder und sie gingen ins Ausland. Nicky und Alexia sind ganz schön herumgeschubst worden, sie waren in Schulen in Frankreich und Italien, in Ferienlagern in der Schweiz und in unzähligen Hotels. Nach dem Tod der Mutter kamen sie mit dem Schiff nach Amerika zurück. Es ging ihnen nicht gerade gut, besonders in finanzieller Hinsicht. Mein Vater hat Alexia schon immer gemocht.«

»Ihr Vater war in sie verliebt.«

»Ja, das kam später. Vielleicht war er auch schon die ganze Zeit verliebt, ohne sich dessen bewusst zu sein. Jedenfalls hat Alexia ihn geheiratet. Sie ist irgendwie rücksichtslos, wissen Sie – sie weiß nicht, was Schmerz bedeutet. Wenn er nicht sie berührt, gibt es ihn nicht. Sie – ich kann es nicht genau beschreiben. Mit Tieren geht sie genauso um. Es ist wie eine Art Blindheit.«

»Sie könnte also auch jemanden umbringen.«

Er warf mir einen raschen Blick zu. Schwieg. Dann fuhr er langsam fort: »Erst, wenn sie so wütend ist, dass sie nicht mehr nachdenkt. Aber deshalb mache ich mir ja solche Sorgen, was sie Drue antun könnte.«

Seine Stimme klang so ehrlich und ernsthaft, dass mein Mut sank. Doch ich beschloss, erst einmal zu glauben, dass Craig Brent seinen Vater nicht ermordet hatte. Ich musste unbedingt mit Drue sprechen und ihr dies – und anderes – erzählen. Vielleicht würde sie dann damit herausrücken, wo sie die Pillenschachtel gefunden hatte – das hieß, wenn ihr hartnäckiges Schweigen darüber wirklich darauf abzielte, Craig zu schützen. Was offenbar bedeutete, dass sich die Schachtel irgendwann einmal in Craigs Besitz befunden hatte, und Drue davon wusste. Und diese Überlegung rundete das Bild insoweit ab, dass ich mich widerwillig fragte, ob Craigs ständige Klagen über seine Bettlägerigkeit wirklich so ehrlich und verzweifelt waren, wie er sie klingen ließ!

Ich grübelte ziemlich bedrückt darüber nach, als Craig unvermittelt fragte: »Erinnern Sie sich an die Schüsse auf der Wiese vor zwei Nächten?«

»Wie könnte ich das je vergessen?«, fragte ich ihn ernst.

»Nugent glaubt, es war ein ganz spontaner Anschlag auf Sie.«

»Von jemand, der gerade nichts Besseres zu tun hatte, zweifellos«, sagte ich bitter. »Nun, mir hat es trotzdem nicht gefallen.«

»Anna war sicher, dass es bloß ein Jäger gewesen sei. Es ist hier in der Gegend üblich, auf den Wiesen zu jagen, wissen Sie.«

»Und außerdem verschafft es dem Täter ein hübsches Alibi!«

»Ja – das auch. Aber sind Sie sicher, dass er auf Sie geschossen hat?«

»Ich bin sicher, dass zwei Kugeln genau über meinen Kopf gepfiffen sind. Natürlich kann auch Anna das Ziel gewesen sein. Oder es war nur ein kleiner Schelm, der seinen Spaß haben und uns beide zu Tode erschrecken wollte.« Ich sagte das sarkastisch, aber Craig blickte mich ernst an.

»Vielleicht.« Er überlegte. »Anna ist ehrlich und loyal.« Und bevor ich berichten konnte, wie seltsam es war, dass Anna, außer sich vor Angst und mit ihrem geheimnisvollen blauen Auge hinter jeder Ecke zu stecken schien (gar nicht zu reden von der gedämpften Männerstimme, die ich durchs Schlüsselloch gehört hatte), fuhr Craig schon fort: »Ich nehme an, man wird Spuren von Digitalis in dem kleinen – wie nennt man das? – Zylinder der Spritze finden?«

»Ja. Falls der nicht gesäubert wurde. Hat Alexia gesehen, wie ich die Spritze versteckt habe?«

»Das hat sie nicht gesagt.«

Ich dachte an die überstürzten Ereignisse nach Conrads Tod. »Sie ist in der Bibliothek auf und ab gegangen, genau hinter dem großen Schreibtisch. Sie muss gesehen haben, wie ich die Spritze unter den Farn geschoben habe. Beevens ging ja dicht vor mir die Treppe hinunter. Als ich mich umdrehte, habe ich niemanden gesehen. Aber – natürlich, der Treppenabsatz ist ja von der Bibliothek aus zu sehen! Sie muss in dem Augenblick, als ich mich umdrehte, von der Tür weggetreten sein. Danach, nehme ich an, hat sie die Spritze genommen – als sie aus der Bibliothek gekommen ist und nach oben ging.«

»Miss Keate, *wer* hat bloß die Polizei angerufen?« Das war natürlich die wichtigste Frage überhaupt, von Anfang an. Doch wir wussten immer noch keine Antwort.

»Ich weiß es nicht. Ich weiß es einfach nicht.«

»Wenn wir nur herausfinden könnten, wer das getan hat und warum. Wenn ich doch nur etwas tun könnte – irgendwas ...«

Ich schaute ihn an, beschloss mich jetzt einzumischen, holte tief Luft und begann. »Hören Sie, Sie lieben Ihre Frau doch immer noch.«

»Sie ist nicht mehr meine Frau. Vergessen Sie das lieber!«

»Unsinn! Es gibt kein Gesetz, das es verbietet, wieder zu heiraten. Wenn Nicky ...«

»Was ist mit Nicky?« Die Frage kam wie ein harter Schlag.

»Ich würde es nicht ertragen, wenn sie ihn heiratet.«

»Sie würden es nicht ertragen ...« Er hielt inne. »Hören Sie gut zu, Miss Keate, es gibt da etwas, das Sie nicht wissen. Deswegen hat Drue mich verlassen. Wegen Nicky.«

17

Mir blieb glatt die Luft weg; ich konnte kein Wort herausbringen.

»O ja, das ist nur zu wahr«, sagte Craig ruhig. »Sie hat ihn geliebt, eine andere Erklärung gibt es nicht. Ich konnte ihr daraus keinen Vorwurf machen. Wie denn auch? Man kann doch nichts dagegen tun – gegen die Liebe, meine ich. Ich kenne Drue. Sie hätte sich nie durch einen bloßen Flirt verleiten lassen. Es war wirklich die große Liebe.«

»Aber *Nicky*!« Ungläubig schnappte ich nach Luft.

Er lächelte schwach. »Auch das gehört zur Liebe – man kann nicht wählen. Wenn man verliebt ist und es ist der Falsche, kann man trotzdem nichts dagegen tun.«

»U-Unsinn!« Allmählich gewann ich meine Fassung zurück. »Natürlich kann man etwas dagegen tun! Man kann es schon im Keim ersticken! Man kann – also, das ist doch wirklich eine unmoralische Behauptung!«

Er schüttelte leicht den Kopf. »Sie sind zusammen fortgegangen. Kurz nachdem sie meine Frau geworden war. Sie hatte ihn immer schon geliebt, aber er wollte sie nicht heiraten, weil er mittellos war. Mein Vater war Nicky sehr dankbar, dass er unsere – dass er die Ehe zerstört hat ...« Nun sprach er sehr rasch, fast überstürzt. »Er hat Nicky in regelmäßigen Abständen Geld überwiesen. Und das ist auch die Erklärung für die Schecks, nehme ich an. Aber mein Vater hätte Nicky keinen einzigen Cent gegeben, wenn er Drue geheiratet hätte.«

Am liebsten hätte ich ihn geschüttelt. So ein dummer, blinder junger Kerl! »Sie liebt Sie«, sagte ich. »Daran hat sich nichts geändert. Sie ...«

»Es hat keinen Sinn, darüber zu reden, Miss Keate«, unterbrach er mich heftig. »Sie ist mit Nicky fortgegangen, während ich in Washington war. Das war kurz nach unserer Hochzeit. Sie hat einen Anwalt beauftragt, die Scheidung einzureichen. Sie hat nie versucht, mit mir persönlich zu reden.«

»Aber sie hat Ihnen doch geschrieben!«

»Nein.«

»Doch. Sie hat es mir gesagt.«

»Sie ...« Er sah mich zweifelnd an. »Den Brief habe ich nie erhalten. Sind Sie sicher? Mein Vater hätte doch nie ...«

»Ihr Vater hätte Briefe vom Heiligen Petrus abgefangen, wenn es ihm in den Kram gepasst hätte. Aber dazu ist es jetzt zu spät. Was ist dann passiert?«

»Aber ich kann es einfach nicht glauben ... Tja, danach fuhr ich zum Pilotentraining. Sie war mit Nicky fortgegangen und zwar nicht so, dass sie unser Haus verließ und ihn dann irgendwo getroffen hätte – nein, die beiden gingen zusammen fort. Das hat mein Vater mir erzählt. Sie hat mir nicht einmal einen Brief geschrieben ...«

»Hören Sie mal!« Ich war bald am Ende meiner Geduld. »Wenn Sie nur fünf Minuten mit Drue reden würden, würde sich alles aufklären.«

»Nein«, erwiderte er trotzig. »Das alles ist jetzt aus und vorbei. Drue wollte die Scheidung ...«

»*Sie* wollten die Scheidung!«

»Nein, Drue war es ...«

»Unsinn. Sie wollte die Scheidung, damit Sie zu diesem Pilotenlehrgang fahren konnten.«

»Sie ...« Er brach ab und warf mir einen langen, fragenden Blick zu. »Was genau wollen Sie damit sagen?«

»Wollen Sie mir etwa einreden, dass Sie nichts davon wussten?«

»Ich hab nicht die leiseste Ahnung, worauf Sie hinauswollen. Was also soll das bedeuten?«

»Sehen Sie mich mal an«, begann ich ungläubig, doch nach einem Blick auf sein Gesicht gab ich seinem Drängen nach. »Oh, na schön! Drue hat mir erzählt, Ihr Vater habe ihr erklärt, warum Sie wollten, dass Drue die Scheidung einreichte.«

»Aber ich habe doch gar nicht ...« Wieder riss er sich zusammen und fuhr fort: »Um Himmels willen, weiter! Warum sollte *ich* die Scheidung wollen?«

»Um die Pilotenausbildung machen zu können, warum denn sonst! Ihr Vater sagte Drue, sie würden dort keine verheirateten Männer nehmen.«

»Das taten sie auch nicht – damals nicht. Aber ich hätte doch zu einem anderen Lehrgang gehen ...« Wieder unterbrach er sich, um mir eine Frage zu stellen. »Hat mein Vater das genau so zu Drue gesagt?«

»Ja. Er meinte, dieses Training sei das, was Ihnen am meisten am Herzen liege – oder zumindest stellte er es vor Drue so dar. Er war so überzeugend, dass sie einwilligte, die Scheidung einzureichen – weil sie glaubte, Sie selbst scheuten davor zurück, es zu tun. Und wenn der Lehrgang vorbei wäre, würden Sie zurückkommen und Drue ein zweites Mal heiraten. Er erzählte ihr«, sagte ich, aus dem Gedächtnis zitierend, »es wäre nichts weiter als eine verlängerte Verlobungszeit.«

Craigs Augen waren sehr groß und leuchteten – und sie waren traurig. Er blickte mich lange an, als überdenke er alles, was ich gesagt hatte, ganz genau und vergliche es mit der Version, an die er vorher geglaubt hatte. »So«, meinte er schließlich, »das hat er also gesagt. Und als sie mir dann geschrieben hat, hat er ...«

»Genau«, stimmte ich zu, weil ich sah, wie sehr es ihm widerstrebte, die Wahrheit auszusprechen. »Ganz offensichtlich hat Ihr Vater die Briefe abgefangen. Und ein Mädchen wie Drue schreibt nicht Brief um Brief, wenn es niemals eine Antwort bekommt.«

»Nein.« Er starrte auf den Hügel, den seine Füße unter dem Deckbett formten. »Nein, sie würde es irgendwann aufgeben, wenn sie keine Antwort bekommt.«

»Ich gehe jetzt zu Drue«, sagte ich entschlossen. »Ich glaube, ich könnte sie an ihrem Bewacher vorbeilotsen. Vielleicht gelingt es mir auch nicht, aber …«

»Warten Sie einen Moment!«, befahl er jäh. Starrte stirnrunzelnd auf seine Füße. »Nein!«

»Aber …«

»Nein, tun Sie's nicht. Sie haben das mit Nicky vergessen.«

»*Nicky*!«, rief ich aus. »Drue ist nicht in Nicky verliebt, ist es nie gewesen! Sie sind genauso stur wie Ihr Vater!«

»Er musste beenden, was er angefangen hatte. Er konnte nicht anders, das war nun einmal seine Natur.«

»Oh, Gott im Himmel! Sehen Sie denn nicht, dass Drue Sie liebt? Deshalb ist sie doch hergekommen. Sie wollte herausfinden, was geschehen war; warum Sie die Scheidung verlangten, ohne sie noch einmal gesehen zu haben. Die drei – Ihr Vater und Alexia und Nicky – haben sie aus dem Haus getrieben. Ihr Vater hatte das Ganze geplant. Er hat Nicky sogar für seine Hilfe bezahlt.«

Er bremste meinen Blindflug in wilde Spekulationen – und doch, wenn man Drue kannte und etwas über Nicky wusste, so schienen es mir durchaus vernünftige Vermutungen zu sein. Doch Craig sagte: »Und am Ende ist sie mit Nicky fortgegangen. Freiwillig.«

»Aber sie – es muss doch eine Erklärung dafür geben. Geben Sie ihr und sich selbst eine Chance. Das – das erklärt übrigens auch, warum Ihr Vater Drue wegschicken wollte. In der Nacht, als er starb. Sie hatte es ihm gesagt, das habe ich gehört. Sie hat ihn gewarnt: Sie sagte, sie werde die Wahrheit über diese Scheidung herausfinden.«

Nach einer Weile des Schweigens schüttelte er langsam und entschlossen den Kopf. Und ich verlor die Geduld. »Na schön! Glauben Sie doch, was Sie wollen. Ihr Pech! Sie können sich jetzt selbst die Kissen aufschütteln und die Wunde verbinden, denn ich bin fertig mit Ihnen. Wenn Sie doch wenigstens mit der Wahrheit herausrücken würden, das könnte schon helfen. Sie wissen doch, wer auf Sie geschossen hat, nicht wahr? Sie haben vorausgesagt, dass es einen Mord geben würde. Und Sie wissen, was es mit dem gelben Handschuh auf sich hat, der neben Claud Chivery gefunden wurde. Und ich glaube sogar, Sie wissen, warum er ermordet wurde.«

»Wenn ich irgendetwas wüsste, das die Polizei interessiert, würde ich es sagen. Aber sehen Sie, Miss Keate, genau da liegt das Problem: Wenn ich sagen würde, wer auf mich geschossen hat, würde es alles für Drue nur noch schlimmer machen. Es war nicht die gleiche Person – die auf mich geschossen hat, meine ich, war nicht die gleiche Person, die meinen Vater ermordet hat, oder Claud Chivery. Und wenn ich das der Polizei sage, werden die glauben, dass Drue meinen Vater getötet hat.«

Ich überlegte. Fragte dann mit Nachdruck: »War es demnach Ihr Vater? Und warum? Haben Sie gestritten – war er eifersüchtig wegen Alexia?«

Ich konnte den Ausdruck seiner Augen nicht deuten. »Vergessen Sie's, Miss Keate«, sagte er mürrisch. »Wir müssen jetzt nur darauf bestehen, dass Drue für die Nacht, in der ich angeschossen wurde, ein Alibi hatte.«

»Sie sagten: ›Es wird einen Mord geben‹. Das haben Sie an dem Nachmittag gesagt, bevor Ihr Vater ermordet wurde.«

»Ich kann mich nur schwach erinnern. Ich war mir nicht sicher – ich weiß immer noch nicht genau, warum ich angeschossen wurde. Aber irgendwie meinte ich, Claud unbedingt mitteilen zu müssen, dass es ein Mordanschlag war.«

»Aber das waren doch gar nicht Ihre Worte! Sie haben nicht gesagt: ›Es war ein Mordanschlag‹. Sie sprachen von der Zukunft: ›Es wird einen Mord ...‹«

»Ich weiß. Verstehen Sie, ich konnte noch klar genug denken, um zu wissen, dass, wenn der erste Anschlag fehlgegangen war, es möglicherweise einen zweiten Versuch geben würde.«

»Wollen Sie damit sagen, dass Sie beschützt werden wollten?«

»Irgendwie schon. Ich wollte, dass jemand Bescheid wusste. Ich war nicht ganz klar im Kopf. Ich habe nur Gefahr gewittert – überall.«

»Warum?«, wollte ich wissen.

»Darum«, gab er zurück.

Das war nicht gerade erhellend. »Und warum Claud?«, beharrte ich. Eine fruchtlose Frage.

»Weil Claud eben Claud war. Er war immer ein sehr friedfertiger Mensch. Und doch wusste er – er wusste alles über uns; er hat die scharfen Gegensätze ausgeglichen, konnte immer gut mit meinem Vater umgehen, und er war ihm sehr treu ergeben. Ich glaube«, fuhr Craig langsam fort, »er tat es zum Teil wegen Maud: Sie fand immer, es gebe keinen Menschen, der meinem Vater gleichkäme. Maud besitzt in vielerlei Hinsicht einen sehr viel stärkeren Charakter als Claud. Er hat ihr stets in allen Dingen nachgegeben, außer in finanziellen Angelegenheiten. Maud ist ein bisschen zu sehr aufs Geld aus und wäre schon öfters auf irgendwelche Betrügereien hereingefallen, die schnellen Reichtum versprachen, wenn Claud das nicht verhindert hätte.

Oh, das soll nicht bedeuten, dass sie Claud wegen des Testaments umgebracht hätte«, fügte er rasch hinzu. »Sie haben kürzlich noch über Geld gestritten, Claud hat es mir erzählt. Aber es ging nur um eine Investition, die sie getätigt hatten, so ungefähr zwanzigtausend Mark; Maud wollte das Geld flüssig machen, um es in ein anderes Unternehmen zu stecken. Claud wusste nicht, in welches – oder wenigstens hat er es mir nicht gesagt.«

»Ich nehme an«, bemerkte ich äußerst scharfsinnig, »dass Claud wusste, wer auf Sie geschossen hat. Und die Kugel entfernte, damit man nicht herausfinden konnte, aus welcher Waffe sie abgefeuert worden war.« (Allein schon wegen Conrad, wegen der Familienehre, hätte Claud das getan.)

Doch Craig blickte mich nur verständnislos und ernst an. »Ach ja?«, meinte er tonlos. Mein Vorstoß hatte also kein Ergebnis gebracht. Und als ich meinen Arm hob, um auf die Uhr zu sehen, raschelte etwas in meiner Tasche. Da erinnerte ich mich wieder an die Schecks mit dem Namen »Frederic Miller«, die ich ganz vergessen hatte. Ich händigte sie Craig sofort aus. »Die waren in Alexias Zimmer, in dem Wandschrank …«

Er riss sie mir aus der Hand, schaute sie prüfend an und stellte mir Fragen. Dann legte er sich wieder zurück und starrte lange auf die dunkle Tapete mit den vergoldeten Ornamenten. In seinen Augen schien ein seltsames Licht, seine Finger trommelten nervös auf die Schecks, und seine Miene vermochte ich nicht zu deuten. Ich versuchte es wieder mit einer Frage.

»Wissen Sie, wer Frederic Miller ist?«

»Nein – nein – ich meine, ja, vielleicht. Ich bin mir nicht sicher. Lassen Sie mich überlegen ...«

Doch er wollte gar nicht länger nachdenken, denn fast sofort drehte er mir den Kopf zu und fragte aufgeregt: »Hören Sie, Miss Keate, meinen Sie, ich kann morgen hinaus?«

»Sie können vielleicht aufstehen und ein bisschen im Zimmer umherlaufen – das ist aber schon alles«, sagte ich zögernd. »Im Übrigen erholen Sie sich bemerkenswert gut.«

»Kann ich bis zum Cottage der Chiverys gehen?«

»Nein.«

»Aber ich muss dorthin.«

»Na schön. Sie sind unabhängig und volljährig. Wenn Sie sich unbedingt umbringen wollen ...«

»Ich behalte diese Schecks.«

»Wollen Sie sie der Polizei übergeben?«

Er zögerte. »Ich weiß noch nicht. Ich muss erst darüber nachdenken. Wenn sie Drue verhaften, würde ich alles tun – alles ...«

Ich lachte so höhnisch, wie ich nur vermochte – und es gelang mir so gut, dass es sogar mich selbst erschreckte. Craig fuhr zusammen und starrte mich entsetzt an. »Alles, jaja!«, sagte ich wütend. »Nur nicht ihr sagen, dass Sie sie lieben. Und in Bezug auf Nicky Ihren gesunden Menschenverstand einschalten!«

»Wenn sie mich nur liebt«, sagte er langsam, »ist das schon genug.«

»Ich hole sie her!«, rief ich – eifrig, könnte man sagen. »Ich werde den Polizisten schon los – wie, weiß ich noch nicht. Aber ich hole sie ...«

»Nein«, sagte er wieder. Und es klang endgültig. »Sie werden Alexia holen. Sofort. Würden Sie so freundlich sein, Miss Keate?«

»Alexia? Warum sie, um alles in der Welt?«

Wieder diese grübelnde Miene. Und dann sagte er ganz kühl, wobei er auf bemerkenswerte Weise seinem Vater ähnelte, wenn dieser seine Anfälle von Snobismus hatte: »Weil ich sie fragen werde, ob sie mich heiraten will.«

»Alexia! Aber, meine Güte …« Ich brach ab. »Wenn Sie glauben, sie dadurch davon abzuhalten, der Polizei die Spritze zu geben …«

»Bitte holen Sie Alexia, Miss Keate!«

»Aber ich …«

Er stemmte sich auf dem Ellenbogen durch. Seine Augen blitzten, und sein Kinn und seine Nase wurden noch falkenartiger – wenn Sie verstehen, was ich meine. Wie ein Ausbilder beim Militär fuhr er mich an: »Tun Sie, was ich Ihnen sage! Holen Sie sie, sofort!«

Nun, ich tat wie befohlen. Ich war noch nie einem Mann begegnet, der es fertig gebracht hatte, dass ich meine Meinung änderte, und ich gehorchte ihm, weil – ach, was soll's, ich tat es halt. Außerdem war ich fuchsteufelswild. Ich erhaschte einen Blick auf mein Spiegelbild, als ich das Zimmer verließ: Mein rotes Haar flammte, und auf meinen Wangen brannten rote Flecken des Zorns. Doch ich holte Alexia. Sie war auf ihrem Zimmer und zog sich gerade aus. Ich musste zusehen, wie sie ein durchsichtiges cremefarbenes Spitzengewand wählte, das mich noch wütender machte – und zwar nicht deswegen, weil man sich damit eine Lungenentzündung oder jede Form von Rheumatismus einhandeln kann! Während ich der schlanken Gestalt über den Flur folgte und sah, wie verführerisch diese von den weichen Falten aus Spitze und Chiffon umspielt wurde, hoffte ich nur, sie würde sich eine dieser Krankheiten holen und so schnell wie möglich daran zu Grunde gehen. Möglichst noch, bevor sie bei Craig ankam.

Es war eine vergebliche Hoffnung. Der Polizist am Ende des Korridors sah uns, und selbst aus der Entfernung konnte ich erkennen, wie er plötzlich wach wurde, als sein Blick auf Alexia fiel. Wir betraten Craigs Zimmer, wo sie sofort aufs Bett zuschwebte. »Alexia«, fragte Craig, »hast du der Polizei die Spritze gegeben?«

»Nun, ich …« Sie setzte sich aufs Bett, rückte ganz nahe an ihn heran. Das dunkle kurze Haar fiel wie eine Wolke über ihr schönes, fein geschnittenes Gesicht. »Ja, Craig, ich habe es getan«, sagte sie leise. Warf einen abschätzigen Blick auf mich. »Ich dachte, ich müsste es tun – es war doch meine Pflicht. Ich habe sie Nugent heute Abend gegeben. Er lässt sie jetzt auf Fingerabdrücke untersuchen. Und den Zylinder auf Reste von Digitalis. Es tut mir Leid, Craig, aber ich musste es tun.«

»Ja«, sagte Craig bedächtig. »Ich schätze, das musstest du. Nun, jedenfalls ist es jetzt geschehen. Alexia – es gibt etwas, das ich dich fragen möchte.«

»Ja, Craig.«

»Willst du mich heiraten?«

Ich biss vor Wut die Zähne zusammen, so fest, dass ich mir auf die Zunge biss und eine halb erstickte Verwünschung ausstieß, die, wie ich zu meinem Schrecken feststellte, äußerst unfein war. Alexia jedoch hatte nichts gehört – ich wäre darüber auch nicht sonderlich begeistert gewesen. Doch sie beugte sich über Craig, als könne sie ihren Ohren nicht trauen. *»Warum, Craig?«*, rief sie aus.

»Willst du?«, drängte er und suchte sie mit seinem Blick zu bannen. Sein Profil gemahnte in diesem Moment mehr denn je an einen räuberischen jungen Falken.

»Aber ich – ach, Craig, Liebling.« Alexia zögerte. Dann hatte sie sich anscheinend wieder gefasst und beugte sich über ihn, bis er fast unter Spitze und Chiffon erstickte. »Oh, mein Liebling«, hauchte sie. »Endlich …«

Er schob sie etwas unsanft von sich, sodass ich schon hoffte, sie werde vom Bett herunterfallen, doch das geschah leider nicht. »Ich meine nicht irgendwann«, erklärte Craig. »Ich meine jetzt. Sofort. Morgen.«

»Aber dein Vater – Conrad –, was werden die Leute sagen?«

»Das macht nichts. Sie werden es nicht erfahren – ich kümmere mich schon darum. Alexia, willst du?«

Da konnte ich es nicht mehr ertragen. Ich rauschte zur Tür hinaus und warf sie mit einem Knall zu, sodass der Polizist am Ende des Korridors vor Schreck einen Luftsprung machte und mit gezogenem Revolver auf mich zustürmte.

Wir trafen an der Treppe aufeinander.

»Passen Sie bloß auf, dass der nicht losgeht«, sagte ich giftig. »Es war nur eine Tür.« Dann setzte ich mich auf die oberste Stufe, um über das Gehörte nachzugrübeln. Eine äußerst unkluge Entscheidung, denn je mehr ich grübelte, desto mutloser wurde ich. Der Polizist seinerseits wurde immer misstrauischer und warf mir von seinem Posten vor Drues verriegelter Zimmertür her argwöhnische Blicke zu.

Aber ich musste nicht lange warten: Schon nach einer überraschend kurzen Zeit kam Alexia wieder aus Craigs Zimmer herausgewirbelt, warf mir einen Blick zu und verschwand in Richtung ihres Zimmers. Ich konnte lediglich einen flüchtigen Blick auf ihr Gesicht erhaschen, weil ich sie nur aus der Entfernung und im schwachen Licht sah, doch mir kam es so vor, als habe sie überrascht ausgesehen und gar nicht so zielbewusst und überheblich wie sonst.

Ich versagte es mir allerdings, zu Drue hineinzugehen. Ich wollte nicht diejenige sein, die ihr alles erzählen musste. Sie würde es leider am nächsten Morgen noch früh genug erfahren.

Ich ging also ins Krankenzimmer zurück, weil das meine Pflicht als Krankenschwester war. Weder Craig noch ich sprachen in jener Nacht noch ein Wort. Ich schüttelte seine Kissen auf, gab ihm eine der Tabletten, die der arme, tote Claud Chivery ihm verschrieben hatte, und knipste die Lampe neben seinem Bett aus. Er beobachtete mich die ganze Zeit mit jenem rätselhaften, nachdenklichen Ausdruck in den Augen. Er gab mir die

Schecks nicht zurück, und ich fragte auch nicht danach. Ich hatte genug Hinweise im Kopf – oder vielmehr, in meine Bluse geheftet – mit denen ich ohnehin nicht allzu viel anfangen konnte.

Wieder faltete ich mich wie ein Akkordeon auf der Couch zusammen, konnte aber lange nicht einschlafen. Auch Craig schlief nicht; ich hörte es daran, wie er sich hin und her wälzte. Doch nicht einmal für die Kronjuwelen hätte ich ihm jetzt eine erfrischende Abreibung mit Alkohol verpasst.

Ungefähr um drei Uhr erschien Delphine, maunzte vor der Tür und wollte hereingelassen werden. Er brachte eine unwillkommene Abwechslung, denn das, was er da im Maul trug, war noch als kürzlich verstorbene Maus zu erkennen. Ehe ich mich dazu durchringen konnte, das Tierchen zu entsorgen, kam Delphine mir mit blutrünstigem Eifer zuvor. Danach saß er seelenruhig da, leckte sich die Lippen und die enormen Schnurrhaare, während Craig aus seinen Kissen grinste und plötzlich wieder jungenhaft und liebenswert aussah. Was mich seltsamerweise noch wütender machte als vorher.

Ich verzog mich wieder auf die Couch und schlief bald darauf endlich ein. Der Schlaf meines Patienten war mir völlig gleich – ich hoffte nur, er möge viele schlechte Träume haben.

Und früh am nächsten Morgen, kurz nachdem Beevens uns die Frühstückstabletts gebracht hatte, rückte die Polizei an.

Es war, wie ich befürchtet hatte: Sie kamen unverzüglich in Craigs Zimmer und erstatteten Bericht. Auf der Spritze befanden sich Drues und meine Fingerabdrücke. Im Zylinder war nur noch ein kleiner Rest Digitalis gewesen, doch er hatte zur Bestimmung des Giftes gereicht. Die Polizei hatte den Bezirksstaatsanwalt informiert und ihm berichtet, dass Drues Fingerabdrücke auch auf der Schreibtischschublade gewesen waren, in der Conrad die verschwundene Pillenschachtel aufzubewahren pflegte (die Pillenschachtel, die für mich alles andere als verschwunden war, so sehr ich es mir auch wünschte). Soper hatte telefonisch eine sofortige Verhaftung wegen Mordverdachts gefordert. Doch das war noch nicht alles: Als sie den Polizisten losschickten, um Drue zum Verhör ins Zimmer zu bringen (Craig, der furchtbar weiß und verhärmt aussah, bestand darauf, dass sie in seinem Beisein vernommen würde), stellte sich heraus, dass Drue verschwunden war.

Sie musste in der Nacht verschwunden sein; niemand wusste, wann oder wie. Sie hatte ihr Cape mitgenommen, ihre Schuhe jedoch nicht.

Ich wusste das, weil ich ihre schmalen Pumps und robusten Oxford-Schuhe nachzählte. Sie hatte vier Paar Schuhe mitgebracht, darunter auch rote, etwas ausgetretene Pantoffeln. Da standen sie, alle in einer Reihe.

Man geht nicht absichtlich nachts ohne Schuhe hinaus.

18

Als man den Bewacher befragte, schien er wie benommen, bestand jedoch mit ängstlichem Blick darauf, dass Drue unmöglich an ihm vorbeigekommen sein könne. Es gab keine anderen Ausgänge aus dem Zimmer, es sei denn, sie wäre aus dem Fenster geflüchtet. Das aber war ein Sprung von mehr als sieben Metern in die Tiefe, und am Boden war kein Gebüsch, das den Aufprall hätte dämpfen können.

Am Mittag hatten sie sie immer noch nicht gefunden; der ganze Haushalt war in Aufruhr, wie in einem Albtraum; Beevens hatte rote Augen und Craig benahm sich wie ein Verrückter, dessen Augen aus einem weißen, zu einer Maske erstarrten Gesicht flammten. Irgendwie schlossen wir Frieden, Craig und ich, ohne uns dessen bewusst zu sein. Wir dachten nur an Drue und dass sie ohne Schuhe unterwegs war. Ungeachtet der Verdächtigungen der Polizei wusste ich, dass dies keine Flucht war. Craig dachte dasselbe.

Nugent jedoch gab seine Befehle, die eine groß angelegte, eilige Suche per Telefon, Radiomeldungen und Streifenwagen auslösten. Sogar die benachbarten Bundesstaaten wurden alarmiert, und hastig verstärkte Polizeieinheiten suchten die umliegenden Hügel ab. Das Hauptquartier der Ermittlungen befand sich sozusagen in Craigs Zimmer; er bestand auf Nugents Anwesenheit, um alles mitzubekommen. Soper hing am Telefon und verfolgte mindestens zwölf verschiedene Theorien und Richtungen. Er glaubte, Drue sei geflüchtet, und zwar auf sehr geschickte Weise. Wie, wusste er hingegen nicht; in der Garage standen noch sämtliche Autos, die die Familie besaß. Doch er vermutete, dass sie unterwegs ein Auto angehalten hatte. Und er gab Nugent die Schuld an ihrem Verschwinden.

Ich lauschte und beobachtete und zerbrach mir den Kopf, ob Drue nicht irgendetwas gesagt hatte, das auf eine Fluchtabsicht schließen ließ, ob es nicht irgendeinen Hinweis darauf gab, dass sie aus freien Stücken gegangen war. Aber mir fiel absolut nichts ein. Und doch musste sie unbemerkt an ihrem Bewacher vorbeigekommen sein.

Ich ging auch immer wieder in ihr Zimmer, schaute mich um und fand nichts – außer dem kleinen Hund Sir Francis, der immer noch dort war. Er war schon dort gewesen, als die Polizei an die Tür geklopft, sie schließlich geöffnet und entdeckt hatte, dass Drue verschwunden war. Der kleine Hund wollte das Zimmer nicht verlassen, sondern saß mit traurigen, wachsamen Augen auf dem Fußende des Bettes. Um die Mittagszeit nahm ich ihn mit nach draußen und versuchte, ihm etwas zu fressen zu geben und ihn zu streicheln, doch er wehrte sich gegen meine Hände und nahm wieder seinen Posten in Drues Zimmer ein, wo er aufmerksam die Tür beobachtete. Ich dachte, Drue hätte ihn bestimmt mitgenommen, wenn sie freiwillig von hier verschwunden war. Und sie hätte es mir gesagt.

Es war ein schrecklicher Tag, ein wahrer Albtraum. Und doch gab es auch Fortschritte, zum Beispiel bei den Ermittlungen. Nugent stellte mir viele Fragen, als ich ihm den Brief gab, den ich wegen der Spritze geschrieben hatte. Ich war nun froh, dass ich alle Fakten darüber niedergelegt hatte, denn so wurden Drues Fingerabdrücke auf der Schublade am Schreibtisch erklärt. In meinem Brief stand, dass Conrad Drue um seine Medizin gebeten hatte. Sie hatte daraufhin in der Schublade nachgesehen, doch die Medizin war nicht mehr da gewesen. Dann fiel ihr ein, dass sie selbst Digitalis in ihrem Köfferchen aufbewahrte; sie ging nach oben, zog eine Spritze auf und verabreichte ihm die Injektion. Was ich in meinem Brief allerdings verschwiegen hatte, war die Pillenschachtel – ich wollte nicht, dass die Polizei erfuhr, dass Drue sie doch in der Hand gehabt hatte.

Nugent setzte alle ihm zur Verfügung stehenden Mittel ein; eine Hundestaffel hatte er zwar noch nicht ausgeschickt, doch ich befürchtete, dass es nicht mehr lange dauern würde. Und ich war im Zimmer, als Craig ihm erzählte, dass Beevens Nicky gesehen hatte, wie er in der Mordnacht in Richtung Wiese (oder zumindest in Richtung Garage) gegangen war.

Als man Nicky befragte, leugnete er es rundweg.

Auch bei dieser Vernehmung war ich Zeuge, weil der Lieutenant Nicky auf Craigs Zimmer kommen ließ. Und besonders seltsam erschien mir die Kühnheit, mit der Nicky leugnete. Es klang so ehrlich: Nicky blickte zwar äußerst fragend drein, war aber keineswegs eingeschüchtert, selbst als der ebenfalls herbeizitierte Beevens aussagte, er könne sich nicht geirrt haben und einen zwar nervösen, jedoch unerschütterlichen Eindruck machte. Nugent musste schließlich beide gehen lassen.

Irgendwann im Laufe des Morgens (als ich darüber nachdachte, was ich über den Anschlag auf Craig wusste, und was ich nur erriet) kam mir Folgendes in den Sinn: Wenn die Person, die den Anschlag auf Craig verübt hatte, nicht mit dem Mörder von Craigs Vater identisch war, dann war ein Alibi für dieses Attentat nicht automatisch ein Alibi für den Zeitpunkt, als Conrad Brent oder Claud Chivery ermordet wurden. Und als ich wieder mit Craig allein war, fragte ich ihn noch einmal nach der Begegnung mit Alexia im Garten, kurz bevor er angeschossen wurde. Er dachte kurz nach, dann sagte er: »Wir hatten uns nicht verabredet. Sie ging zufällig auch im Garten spazieren, war schon da, als ich die Stufen hinunterging. Wir sind eine Zeit lang auf den Wegen auf und ab gegangen, dann ging sie wieder ins Haus.«

»War es nicht doch Ihr Vater, der Sie angeschossen hat?«, fragte ich nun geradeheraus. Und wieder wollte er mir darauf keine Antwort geben.

Nugent kam wieder, schüttelte nur den Kopf, als er die besorgte Frage in Craigs Blick las, und schickte nach Maud. Als sie kam, mit furchtbar dunklen Ringen unter den Augen und wächserner Gesichtsfarbe, stellte er ihr Fragen zu der Brandykaraffe, die gewöhnlich auf Conrads Schreibtisch stand. Denn, wie sich herausstellte, waren sowohl ihre als auch meine Fingerabdrücke darauf.

Ich beeilte mich zu erklären. Ich hatte die Karaffe berührt. Ich hatte unter Schock gestanden, einen Drink nehmen wollen, es dann aber doch nicht getan. Und Maud erklärte mit erstickter Stimme, genau so sei es bei ihr gewesen. »Es war ein Schock für mich – Conrad, wie er da lag. Der Brandy stand auf dem Tablett und ...«

»Auf dem Schreibtisch«, berichtigte ich.

»Nein«, beharrte Maud, »auf dem Tablett. Ich war doch direkt daneben. Ich hätte es gemerkt, wenn die Karaffe auf dem Schreibtisch gestanden hätte. Sie tropft nämlich, und Alkohol ruiniert das Holz, deshalb habe ich seinerzeit selbst ein Tablett für die Karaffe besorgt.«

»Wie viel Brandy war denn noch in der Karaffe, Schwester Keate?«

»Ich weiß nicht, ob ich mich noch genau erinnern kann – viel war es nicht mehr – vielleicht noch zwei Finger breit über dem Boden.«

»Da irren Sie sich wieder, Schwester«, entgegnete Maud. »Sie war mehr als halb voll ...«

»Vielleicht haben Sie beide Recht«, beruhigte uns Nugent. »Falls Gift in dem Brandy war ...«

»Haben Sie Gift darin gefunden?«, rief ich. »Digitalis vielleicht?«

»Nein. Nicht in der Brandykaraffe, und nicht an dem Abend, als wir hierher gerufen wurden. Aber wir können uns keine andere Art vorstellen, wie Conrad Brent das Gift eingenommen haben könnte, ohne es zu merken. Er pflegte zu ungewöhnlichen Zeiten einen Drink zu nehmen, deshalb stand die Karaffe auch immer auf seinem Schreibtisch. Man hätte vergifteten Brandy in die Karaffe gießen können, während er seinen Abendspaziergang machte. Falls es so war, nahm er nach seiner Rückkehr einen Drink und starb. In der Zeit, als niemand im Zimmer war, wurde der vergiftete Brandy weggeschüttet – schließlich ist hinter der Holzvertäfelung ein Waschraum; dort hätte man den Brandy leicht wegschütten und die Karaffe ausspülen können – und durch reinen Brandy ersetzt. So *hätte* es gemacht werden können. Übrigens sehr vernünftig, dass Sie nichts davon getrunken haben, Miss Keate«, bemerkte er trocken.

Das dachte ich in diesem Augenblick allerdings auch. Er fuhr fort: »Conrad musste jedenfalls das Gift irgendwie einnehmen. Und dies ist die einzige Möglichkeit, die wir meines Wissens noch nicht ausgeschlossen haben. Alles, was man zu dieser Methode benötigte, waren drei Dinge: das Gift, genaue Kenntnis des Haushalts und wo der Brandyvorrat zu finden ist, und schließlich die Gelegenheit, den neutralen Brandy wieder aufzufüllen, nachdem Conrad tot war.« Er sah mich ernst an; ich glaube, ich tat ihm Leid. Ich wusste, dass er wegen Drues Verschwinden fast genauso verzweifelt war wie Craig oder ich, nur hatte er sich besser unter Kontrolle und versuchte seine Arbeit zu machen.

Alle paar Minuten schaute jemand herein und berichtete über den Erfolg der Suche. Es waren zumeist hoch gewachsene, kräftige Männer, sehr militärisch aussehend in ihren dunklen, schmucken Uniformen und in der Art, wie sie ins Zimmer traten, Haltung annahmen, neue Befehle erwarteten und zackig wieder hinausmarschierten. Doch die Zeit verstrich und wir hörten nichts Neues.

Einmal unterbrach Nugent die Vernehmung und lauschte gespannt einem Bericht über ein Mädchen, das man in der Nähe von Northampton gefunden hatte. Doch es war nicht Drue, sondern ein viel größeres Mädchen mit schwarzem Haar und einem Lammfellmantel. (Später stellte sich heraus, dass es eine Studentin vom Smith College war, die nur einen Spaziergang hatte machen wollen und über das Verhalten der Polizei äußerst erzürnt war.)

Dann wandte sich Nugent wieder an Maud. »Mrs. Chivery, ich muss Sie noch einmal fragen. Wenn Sie es wissen, *müssen* Sie es mir sagen. Warum wurde Ihr Mann ermordet?«

Maud schrak zusammen; ihre eingesunkenen Augen blickten ängstlich; das schwarze Kleid hing schwer wie die Trauer selbst an ihr. »Ich sage Ihnen doch, ich weiß es nicht. Wie oft muss ich das noch wiederholen!«

Da beugte sich Craig vor, der angespannt zugehört hatte. »Maud – Claud sagte, ihr hättet euch gestritten. Vor kurzem noch. Über Geld. Um was ging es da?«

Sie fuhr zu ihm herum. »Ich habe Claud nicht ermordet!«

»Worüber habt ihr euch gestritten?«

Sie sah ihm einen Moment tief in die Augen, während eine tiefe Röte ihr Gesicht überzog. Dann rückte sie mit der Sprache heraus. »Es ging um – um eine Investition, die ich tätigen wollte. Er fand, es sei eine schlechte Geldanlage und lehnte es ab, ein paar unserer gemeinsamen Wertpapiere zu verkaufen. Das ist alles.«

»Was für eine Investition?«

Das wollte sie jedoch nicht erläutern. »Es ist ein Geheimnis. Hat mit dieser Geschichte gar nichts zu tun.«

Da sagte ich – ziemlich gedankenverloren, denn ich glaubte nicht, dass Maud oder irgendwer, der noch bei klarem Verstand war, jetzt beabsichtigte, die von ihr erwähnten Luftschlösser zu kaufen: »Lastwagenladungen voller Juwelen.«

Maud fuhr wie angestochen zu mir herum. Lautlos, wie es ihre Art war, gleichwohl stand die Angst in ihren Augen. »Ich weiß nicht, was Sie meinen!«, herrschte sie mich an.

Ich wusste es auch nicht, wiederholte ihr aber Wort für Wort, was sie beim Anblick der vielen Nickel gesagt hatte, die ich dem Spielautomaten entlockt hatte.

»Unsinn«, meinte Maud schlankweg. »So etwas habe ich nie gesagt – oder wenn doch, so hatte es nichts zu bedeuten.«

Daraufhin schwiegen wir alle, und wieder trat der konzentrierte Ausdruck in Craigs Augen. Ein Polizist kam ins Zimmer und sagte, das Messer, mit dem Chivery ermordet wurde, stamme aus der Küche der Brents, Beevens könne das beschwören. Aber niemand wusste, wann genau es verschwunden war.

All dies wurde zu Protokoll genommen.

Maud verschwand lautlos, und ich glaube, es war kurz danach, als Beevens uns eine Eröffnung machte, die die Ermittlungen in nicht unbeträchtlicher Weise vorantrieb.

»Es geht um die Vase, Sir«, sagte er zu Nugent und blickte besorgt aus blauen Augen. »Oder vielmehr geht es um den Lärm – als etwas herunterfiel, wie Sie sich vielleicht erinnern, in der Nacht, als Mr. Brent – starb.«

»Was wollen Sie damit sagen?«, fragte Nugent. Craig stützte sich auf den Ellenbogen, um besser zuhören zu können. Ich stand in meinem weißen gestärkten Kittel am Fußende des Bettes. Ich war viel zu unruhig, um mich zu setzen, doch es hatte auch nicht viel Sinn, die Korridore auf und ab zu schleichen und immer wieder in Drues Zimmer zu gehen.

»Ich glaube zu wissen, was es war, Sir«, begann Beevens seine sonderbare kleine Geschichte. Er habe schon die ganze Zeit das Gefühl gehabt, und Mr. Craig ebenfalls (ein rascher Seitenblick zu Craig), dass dieser Lärm, was immer es auch war, nicht von einem Eindringling stammte und daher eine besondere Bedeutung haben musste. Mit anderen Worten, es war kein Zufall gewesen.

»Also habe ich mich umgesehen«, fuhr Beevens fort. »Und heute Morgen habe ich sie gefunden.«

»Wen gefunden?«

»Die Vase, Sir. Sie war in fünfzehn oder zwanzig Stücke zerbrochen, und man hatte alle säuberlich aufgehoben, in Packpapier gewickelt und tief unten in einen der Mülleimer gesteckt. Die Mülleimer«, erläuterte Beevens mit strenger Miene, »werden einmal wöchentlich von einem Wagen aus dem Ort abgeholt. Außerdem fand ich in dem Eimer noch einen langen, starken Bindfaden – mindestens sechs Meter lang – und ein Ende war unten um die Vase gebunden. Die Sorte Bindfaden, die ich in der Speisekammer aufbewahre, um Pakete damit zu verschnüren; jeder hätte ihn nehmen können.«

Er vertiefte sich nun in Einzelheiten und entwickelte eine

Theorie: Es war eine große Vase, sagte er, fast einen Meter hoch und sehr schwer. Ihr angestammter Platz war auf einem Tisch im Korridor im ersten Stock. Er habe sie nicht vermisst, weil im Haushalt alles so drunter und drüber gegangen sei, dass er nicht dazu kam, einen Rundgang durch den oberen Korridor zu machen, wie er es gewöhnlich zu tun pflegte, sondern dies dem Hausmädchen überließ. Und sie hatte wohl angenommen, dass er die Vase entfernt habe. Doch als er die Vase vermisste, hatte er nachgeschaut und war zu dem Ergebnis gekommen, dass sie möglicherweise auf die oberste Stufe der Hintertreppe gestellt worden war.

»Und das andere Ende des Bindfadens hing am Fuß der Treppe – vielleicht«, setzte er hinzu und schwieg viel sagend.

Nugents grüne Augen waren schmal geworden. »Sie meinen«, sagte Craig, »jemand hat die Vase dort hingestellt und den Bindfaden über die Treppe nach unten gelegt, sodass er nur im passenden Augenblick daran ziehen musste?«

»Nach meinem Dafürhalten«, antwortete Beevens, »wäre die Vase dann mit einer Reihe dumpfer Aufschläge die Stufen hinuntergefallen, und das dürfte nachts äußerst laut gewesen sein. Danach zerbrach sie, wahrscheinlich am Fuß der Dienstbotentreppe, was auch den Krach erklären würde, den Schwester Keate – und ich selbst – gehört haben. Jedoch müssen daraufhin die Teile der Vase sofort aufgehoben und beiseite geräumt worden sein.« Er schaute ein wenig trübselig drein. »Ich weiß nicht, wer das getan haben könnte. Aber es war in der Tat eine sehr schwere Vase.«

Craig wandte sich an Nugent. »Warum? Warum sollte jemand ...«

»Um Miss Cable – oder Miss Keate oder alle beide so schnell wie möglich aus der Bibliothek zu locken, natürlich.« Nugents grüne Augen blickten durchdringend. »Damit derjenige, wer auch immer es war, so rasch wie möglich den vergifteten Brandy wegschütten konnte. Aber wer hat die Scherben aufheben und verstecken können, ehe wir dorthin kamen? Da lag nämlich mehr herum, und die Person, die den Brandy wegschütten und wieder auffüllen wollte, musste unglaublich schnell sein. Niemand kann an zwei verschiedenen Orten zugleich sein.«

»Ja, Sir«, sagte Beevens voll trotzigen Respekts. »Sie könnten die Scherben der Vase auf Fingerabdrücke untersuchen, Sir.«

»Ja, natürlich«, sagte Nugent. »Auch das Packpapier. Obwohl ich bezweifele, dass ... Wo stand übrigens die Vase normalerweise?«

»Auf einem Tisch am südlichen Ende des Korridors, Sir.«

»Südliches Ende. Also musste derjenige, der sie zur Hintertreppe trug, an dieser Tür vorbeikommen. Hmmm – Vorder- und Hintertreppe sind nicht weit voneinander entfernt, beide gehen von der Mitte des Hauses ab. Nun«, Nugent, schaute mich an. »Sie hörten einen Schlag gegen die Tür, kurz bevor Drue Cable schrie. Und das war vermutlich zu dem Zeitpunkt, als der Mörder begriff, dass er ein todsicheres Mittel anwenden musste, um sie aus der Bibliothek herauszulocken, bevor noch jemand anders hereinkam – weil er Zeit gewinnen musste, um die Brandyflasche aufzufüllen. War das wohl die Vase?«

»Das könnte sie gewesen sein. Ja. Aber es war wohl eher aus Versehen ...«

»Natürlich. Und als Sie die Tür öffneten, sahen Sie wirklich niemanden?«

»Das habe ich Ihnen doch schon gesagt. Auf dem Korridor war kein Mensch.«

»Sind Sie sofort zur Tür gegangen?«

»Ja«, sagte ich. »Das heißt, nein. Ich meine, ich war ein wenig überrascht. Ich habe ein paar Sekunden gewartet, und dann bin ich ...«

»Sie haben also lange genug gewartet, sodass die Person, wer immer es auch war, Zeit genug hatte zu verschwinden?«

»Ja. Ich schätze schon.«

Er sagte zwar nicht »Sie sind mir ja eine große Hilfe«, sah jedoch ganz danach aus. »Keine Kaninchenjagden mehr erlebt?«

»Nein«, erwiderte ich. Dachte aber dennoch an das ungewisse Gefühl der Furcht, das in jeden Winkel und jeden leeren Raum dieses vom Schicksal geschlagenen Hauses gekrochen war wie ein lebendiges Tier, wie ein Wolf, der auf Jagd ist und im Dunkeln auf seine Beute lauert.

Nun denn. Nugent schickte nach Nicky und Peter. Peter kam zuerst, und als er von der Hypothese über die zerbrochene Vase hörte, meinte er, das könne er sich gut vorstellen. Ich beobachtete ihn genau, denn inzwischen verdächtigte ich jeden, doch sein jungenhaftes, stumpfes Gesicht drückte nur Sorge und Mitleid und Verblüffung aus.

»Aber ich habe niemanden gesehen«, fuhr er fort. »Ich habe auch einen Blick auf die Hintertreppe und in alle Korridore im hinteren Teil des Hauses geworfen. Nach dem Geräusch zu urteilen, glaubte ich, dass ein Fenster zu Bruch gegangen sei.«

»Haben Sie irgendwo Scherben dieser Vase gesehen?«, fragte Nugent.

»Nein. Aber danach habe ich ja auch nicht gesucht. Ich habe Ausschau nach einem Einbrecher gehalten.«

»Pete«, schaltete sich Craig plötzlich ein, »hast du Nicky irgendwo gesehen? Ich meine, auf dem Korridor oder auf einer der Treppen?«

»Nein. Aber ich dachte ja immer noch, es müsse sich um einen Dieb oder Eindringling handeln. Ich habe ein paar Fenster aufgerissen und mich weit hinausgebeugt, habe aber niemanden gesehen. Es war schließlich stockfinster und der Himmel zudem bewölkt. Schließlich hab ich Stimmen gehört und bin wieder nach unten gerannt. Alle waren furchtbar aufgeregt. Maud weinte am Telefon. Nicky war in der Bibliothek, als ich wieder herunterkam.«

Als Nicky befragt wurde, stritt er wiederum ab, irgendetwas über Vase, Treppe oder Bindfaden zu wissen. »Warum sollte ich so etwas tun?«, fragte er seelenruhig. »Ich hab Conrad nicht ermordet. Ich weiß gar nichts darüber. Und ich habe ganz bestimmt nicht einen derartigen Rummel veranstaltet, nur um Drue und Miss Keate aus der Bibliothek zu bekommen. Warum sollte ich auch? Ich bin aus dem Tiefschlaf aufgewacht, als diese Vase, wie Sie sagten, heruntergefallen und in tausend Stücke zerschellt ist. Haben Sie irgendwas von Drue gehört?«

Natürlich nicht.

Ich stand auf und unternahm eine weitere sinnlose Wanderung durch das Haus: zu Drues Zimmer, treppauf, treppab und in die Bibliothek. Ich wusste nicht genau, was ich tat. Als ich zurückkehrte, waren Peter und Nicky gegangen, und Craig hatte Nugent die Schecks ausgehändigt, die auf Frederic Miller ausgestellt waren. Ich weiß nicht, warum er sie ihm nicht früher gegeben hatte – es sei denn, es lag daran, dass Craig schon den ganzen Tag über einen seltsamen Kampf mit sich selbst ausgefochten hatte. Er war wie ein Mann, der in der Dunkelheit tastet und nach einem formlosen Ding greift, das er nie gesehen, dessen Existenz er nur erahnen kann. Und die, selbst wenn er sie beweisen kann, immer noch nicht als Beweis für einen Mord ausreicht.

Doch er sagte Nugent alles, was er auszusagen wagte.

»Ich wusste bis gestern Nacht nichts von diesen Papieren«, sagte er, während sie die Köpfe über die indossierten, auf Frederic Miller ausgestellten Schecks beugten. »Aber ich glaube, ich weiß, wofür sie sind. Und ich glaube, sie könnten etwas mit dem Tod meines Vaters zu tun haben.«

Nugents Augen sprühten grünes Feuer. Müde fuhr Craig fort: »Ich habe sie zuerst nicht mit seinem Tod in Verbindung gebracht, und es fällt mir auch jetzt noch schwer ... Es ist nur, sie hätten sich an einem anderen Ort befinden müssen.«

»Und wo?«

»Im Schreibtisch natürlich«, erwiderte Craig. »Mein Vater bewahrte alle indossierten Schecks, nach Monat und Jahr geordnet, fünf Jahre lang auf, in einer der großen Schubladen. Offenbar hat jemand sie dort herausgenommen. Vielleicht er selbst. Oder Alexia. Sicherlich wusste sie, wo sie sich befanden, unter der Schmuckschatulle.«

Nugent schaute mich an. »Wie und wo genau haben Sie sie

gefunden?«, fragte er noch einmal, obwohl Craig ihm schon die genauen Umstände mitgeteilt hatte. Ich erzählte es also noch einmal in aller Ausführlichkeit. Als ich geendet hatte, starrte er die Schecks eine Zeit lang schweigend an.

»Kennen Sie die Handschrift?«, fragte er Craig.

»Nein. So weit ich weiß, habe ich sie nie zuvor gesehen. Natürlich kann man sich nie so genau an Handschriften erinnern. Aber daran hatte ich auch schon gedacht.«

»Wir können es herausfinden – und das werden wir auch tun.« Nugent drehte die Schecks um und studierte den Einlösungsvermerk. »Sie wurden bei verschiedenen Banken eingelöst.«

»Ja, das ist mir auch aufgefallen«, sagte Craig. »Zwei in New York und einer in Newark. Vermutlich war dieser Frederic Miller in beiden Geldinstituten so gut bekannt, dass er dort Schecks einlösen konnte. Offenbar hatte er entweder Konten dort oder eine andere Form der Legitimation.«

»Mhmm«, machte Nugent, was nicht gerade erhellend war. Ich konnte nur daran denken, dass Eile geboten war, in der Situation, in der Drue sich befand. Ich sagte daher zu Nugent: »Bis Sie ermittelt haben, was genau es mit diesen Schecks auf sich hat und – wenn Sie Glück haben – diesen Frederic Miller identifiziert und gefunden haben, könnte es längst zu spät sein. Sie können das doch nicht in *einem* Tag erledigen.«

»Nein«, sagte Nugent zögernd. »Aber fast. Das FBI ist in solchen Fällen stets sehr hilfsbereit und besitzt ein großes Archiv, das uns immer zur Verfügung steht.«

»Was haben Sie vor, Nugent?«, fragte Craig.

»Ich bin nicht sicher, ob wir etwas finden«, antwortete dieser. Seine Worte klangen ehrlich, aber seine Augen wichen uns aus.

»Glauben Sie denn, dass dieser Miller früher einmal mit dem Gesetz in Konflikt gekommen ist?«, fragte Craig.

»Das wäre immerhin möglich.«

»Aber …«, setzte Craig an und schwieg abrupt.

»Was wollten Sie sagen, Brent?«

»Also, es ist – es ist eigentlich gar nichts. Nur, dass ich die ganze Nacht Zeit hatte, über diese Schecks nachzudenken und mich zu fragen, warum sie aus dem Schreibtisch genommen, aber nicht vernichtet worden sind. Und warum man sie ausgerechnet in Alexias Zimmer gefunden hat. Falls Alexia es weiß, kann es sein, dass sie es uns sagt, es kann aber auch sein, dass sie eisern schweigt. Ich kann mir nicht vorstellen, dass sie nichts von den Schecks unter ihren Schatulle wusste; vielleicht hat sie sie sogar selber dorthin gelegt. Aber warum bloß?«

»Ganz genau: Warum? Ich werde noch mit ihr sprechen. Aber vorher – Brent, da ist etwas, das Sie mir sagen wollen. Stimmt's? Besser raus damit!«

»Na schön«, meinte Craig zögernd. »Es ist nicht sehr erfreulich. Aber es war ja auch nur – ein Vorurteil, das er hegte. Und es hat nicht lange gedauert. Es ist verständlich. Und ich weiß auch, dass er seine Meinung nach Kriegsausbruch abrupt geändert hat. Er wollte immer noch nicht – also, er wollte ohnehin nicht, dass ich in die Air Force eintrete, das heißt, er hat meinen Wunsch als Druckmittel für etwas anderes benutzt, das er mit mir vorhatte ...« Craig warf mir einen raschen Blick zu. Nugent schwieg. Craig fuhr fort: »Aber Tatsache ist, dass er für – ach, es waren schon Jahre – oder vielmehr *war* er – also ...«

»Den Deutschen zugetan«, vollendete Nugent ruhig den Satz.

»Ja«, sagte Craig ebenso ruhig. »Woher wissen Sie das?«

»Es war offensichtlich«, sagte Nugent. »Das Wappen in seinem Arbeitszimmer ist ein altdeutsches Wappen, ich habe es in einem Buch über Wappenkunde gefunden. Außerdem hatte er viele Bücher über Ahnenforschung im Arbeitszimmer. Dann habe ich die Dienstboten gründlich befragt. Er war sehr stolz auf seine Familie und seine Abstammung.«

»Ja«, gab Craig zu, »aber das hatte in Wirklichkeit gar nicht so viel zu bedeuten. Es war nur so eine Art Hobby. Er las viel über deutsche Geschichte, müssen Sie wissen. Es gefiel ihm, wenn ein mittelalterlicher Raubritter und in späteren Jahrhunderten ein Staatsmann oder sogar ein Adliger mit seiner Familie verbunden waren. So war er schon immer. Als dann aber der Erste Weltkrieg ausbrach, änderte er seine Meinung; er stellte sich auf die Seite der Alliierten und gegen Deutschland. Ich wusste, dass er das Gleiche tun würde, als dieser Krieg ausbrach – und er hat es auch getan.«

»Und in der Zeit zwischen den Kriegen?«, fragte Nugent.

»In der Zwischenzeit«, erwiderte Craig, »schlug er sich wieder auf die Seite der Deutschen. Es war aber reine Theorie. Nicht mehr als ein Hobby. Er war eben so stolz auf seine Abstammung, verstehen Sie? Und er hatte, wie ich schon sagte, aus der deutschen Geschichte eine Art Studium gemacht. Als Hitler seinen Aufstieg zur Macht begann, war mein Vater sehr angetan von der Idee der Jugendbewegung und von alten deutschen Familientraditionen, die wieder zum Leben erweckt werden sollten. Von seiner Seite aus war das jedoch pure Theorie; er hatte nicht die leiseste Ahnung von der Brutalität und Skrupellosigkeit, die hinter den schönen Reden der Nationalsozialisten lauerten. Er wollte es auch lange Zeit nicht wahrhaben, selbst als es für den Rest der Welt immer deutlicher wurde. So war er nun einmal, wissen Sie. Wenn er sich auf eine Seite geschlagen hatte, blieb er dabei. Völlig unbelehrbar.«

Nugent sagte nichts dazu. Ich dachte an meinen ersten Eindruck von Conrad Brent: Der Starrsinn, den ich an ihm wahrzunehmen glaubte, rührte von einer inneren Schwäche her, die ihn beschämt hatte. Craig fuhr fort: »Er hat sich verändert, glauben Sie mir, Nugent. Sobald der Krieg begann, wusste er, wo seine wahren Sympathien lagen. Das andere war nur eine fixe Idee, nichts, was ihm wirklich etwas bedeutet hätte. Er war ein Patriot und grundehrlich. Es kam ihn nur hart an, öffentlich dem Standpunkt zu entsagen, den er so lange vertreten hatte.«

»Wollen Sie damit sagen«, meinte Nugent, »dass diese Schecks etwas mit Sabotage oder Ähnlichem zu tun hatten?«

»Mein Gott, nein!«, rief Craig. »So etwas hätte er nie getan.«

»Was dann?«

»Ich sage Ihnen ja, ich weiß es nicht. Aber in der Nacht – der Nacht seines Todes ... Sie erinnern sich doch an den Zeitungsausschnitt?«

»Der in seinem Schreibtisch lag und den Mrs. Brent während der Bridge-Partie für ihn holen musste? Natürlich.« Nugents Augen leuchteten nun hinter den halb geschlossenen Lidern. »Darin stand etwas über die Verhaftung einiger Mitglieder des ›Bundes‹.«

»Genau.« Craig sah allmählich sehr müde aus. »Alexia könnte wissen, wo dieser Artikel jetzt ist. Ich meine – was damit passiert ist.«

»Sie glauben also, kurz gesagt, Ihr Vater könnte vor Ausbruch des Krieges Geld gespendet haben, und zwar einer Ortsgruppe des ›Bundes‹ hier in den Staaten.«

»Ich bin mir nicht sicher«, erwiderte Craig. »Aber es wäre typisch für ihn gewesen. Er hatte Geld, und er war eigenartig idealistisch und blind gegenüber Ideologien, bis etwas passierte, das – nun ja, das ihn mit einem Schlag wieder in die Wirklichkeit zurückbrachte. Und die Wahrheit erkennen ließ. Ich weiß nicht, ob es wirklich so war. Aber ich kenne niemanden mit Namen Frederic Miller. Und ich kann mir keinen Grund vorstellen, warum mein Vater irgendeinem Menschen solche Summen übergeben haben soll. Mir scheint nur, dass es nichts Geschäftliches gewesen sein kann.«

»Sie müssen doch einen Grund haben, um diese Schecks mit dem ›Bund‹ in Verbindung zu bringen.«

»Nein, das habe ich nicht«, antwortete Craig. »Ich wusste nichts über diese Organisation. Kann mich auch nicht erinnern, dass er je über den ›Bund‹ gesprochen hätte – auf eine besondere Weise, meine ich. Jeder hat doch irgendwann einmal etwas Abfälliges über diese Leute geäußert. Nein – es waren nur dieser Zeitungsausschnitt und die geheimnisvollen Schecks, die mich zum Nachdenken gebracht haben. Ich habe sie in Verbindung mit den früheren – und in jüngster Zeit völlig veränderten – Ansichten meines Vaters gebracht. Auch die Daten auf den Schecks stimmen eventuell mit der Zeit überein, als mein Vater theoretisch ein Anhänger der Pläne der Deutschen war. Das war im Jahr vor Ausbruch des Krieges – er hat nie daran geglaubt, dass es wirklich Krieg geben würde. Damals hat er alles geschluckt, was die Deutschen versprachen, so falsch diese Versprechungen auch waren. Erst als der Krieg ausbrach, änderte er plötzlich seine Ansichten und zeigte, wie er wirklich dachte. Er war ein ehrlicher Patriot; seine verschwommene Sympathie für die Deutschen erwies sich als unwahr und nicht haltbar. Als es zur Krise kam, erkannte er, was er in Wirklichkeit fühlte.«

»Aber Sie glauben, dass er diese Schecks vor dem Krieg an den ›Bund‹ geschickt hat, und dass Frederic Miller Mitglied dieser Organisation war?«

»Ich weiß es nicht«, sagte Craig wieder. »Ich habe nur nach einer Erklärung für die Schecks gesucht. Vielleicht lautet sie auch ganz anders, und ich liege völlig falsch. Aber dieser Zeitungsausschnitt war ihm irgendwie sehr wichtig, sonst hätte er ihn nicht aufbewahrt. Und irgendjemand – Pete, glaube ich – sagte mir, dass darin etwas über die Verhaftung einiger Mitglieder des ›Bundes‹ gestanden habe.«

»Mehr wissen Sie nicht?«, fragte Nugent.

»Ich weiß gar nichts«, betonte Craig. »Es ist nur eine Vermutung.«

»Eine Vermutung, die ich leicht nachprüfen kann«, meinte Nugent. »Ich werde mich sofort ans Telefon hängen. Auch diese Schecks werde ich sofort zur Untersuchung wegschicken. Und da mit ziemlicher Sicherheit ein Mitglied Ihres Haushalts die Schecks aus dem Schreibtisch entwendet hat, werden wir unsere Fragen zunächst auf diesen Umstand richten. Wenn Sie mit Ihrer Theorie richtig liegen, Brent ...«

»Es ist keine Theorie«, protestierte Craig. »Nur die einzige Erklärung, die mir für das Vorhandensein dieser Schecks einfallen wollte!«

»Das sagten Sie schon. Und wenn Sie Recht haben, dann wusste jemand im Haus über die Schecks Bescheid. Und das führt uns automatisch zu Erpressung. Könnte Ihr Vater auf diese Art erpresst worden sein?«

»Ich bin mir nicht sicher ... aber, ja, ich glaube, da ist was dran. Die meisten Menschen wären nach so einem Irrtum nicht sonderlich von Gewissensbissen gequält worden. Ich meine, sie hätten sich zwar geschämt und nicht gewollt, dass so ein Fehler bekannt wird. Aber sie hätten nicht zugelassen, dass man sie deswegen erpresst; sie hätten alles eingestanden und später versucht, Wiedergutmachung zu leisten. Aber nicht mein Vater. Er war sehr stolz. Ja«, sagte Craig langsam, »ich kann mir vorstellen, dass er sich erpressen ließ. Natürlich nur bis zu einem gewissen Punkt.«

»Aber nicht bis zu einem Mord?«, fragte Nugent.

»Gewiss nicht«, sagte Craig. »Aber mein Vater war derjenige, der ermordet wurde. Insofern verträgt sich das nicht mit der Erpressungstheorie. Ich meine, er hatte doch keinen Wert für den Erpresser, wenn er tot war. Das ist die brutale Wahrheit.«

»Mhmm«, machte Nugent noch nachdenklicher. Und in diesem Augenblick hörte ich draußen auf dem Korridor schnelle, schwere Schritte. Ich wusste, dass wieder jemand zum Rapport kam, und wie immer an jenem schrecklichen Tag schlug mir, wenn jemand das Zimmer betrat, das Herz bis zum Halse. Craig ging es wohl ähnlich, denn jedes Mal drehte er den Kopf hastig zur Tür. Doch wieder war es nur einer der Polizisten, der berichtete, sie würden im Augenblick die Nordweide absuchen und hätten nichts gefunden außer einem Gewehr.

»Ein Gewehr?«

»Ja, Sir.« Es sei ein altes Gewehr, das dem Faktotum des Hauses gehörte. Er habe damit ab und zu Ratten und Kaninchen geschossen, es aber seit einem Jahr nicht mehr benutzt, hatte der Mann bei der Befragung ausgesagt. Er habe es, da sei er sicher, auf dem alten Speicher über der Garage gelassen. Das Gewehr war in einem Gebüsch auf der Wiese gefunden worden; vielleicht hat jemand es dorthin geworfen. Patronen enthielt es keine, doch die Beamten glaubten, dass kürzlich erst damit geschossen worden war.

Nugent gab ein paar knappe Befehle bezüglich des Gewehrs (sie sollten es auf Fingerabdrücke untersuchen; er werde selbst mit dem Faktotum sprechen), dann schaute er mich an. »Da haben Sie Ihren Jäger«, sagte er.

Und dann schickte der Lieutenant nach Alexia, und sie kam wie alle anderen Zeugen auch und setzte sich. Sie wirkte ruhig und gefasst, war jedoch so spitz um die Nase und hatte einen so harten Ausdruck in den Augen, dass sie fast krank und überhaupt nicht mehr schön aussah. Und sie erklärte unmissverständlich (so wie Nicky geleugnet hatte, etwas über die Vase zu wissen), dass sie nicht von diesen Schecks wisse. Sagte es prompt und geradeheraus und wirkte, als würde sie auf der Stelle tot umfallen. Das fiel mir besonders auf; es war das erste Mal, dass Alexia auf mich den Eindruck machte, als würde diese ganze Geschichte ihr doch zusetzen.

Nugent war hartnäckig. »Haben Sie diese Schecks jemals zuvor gesehen?«

»Nein.«

»Wissen Sie, für wen oder was sie bestimmt waren?«

»Nein.«

»Fünfzehntausend Dollar sind eine beträchtliche Menge Geld.«

»Ja. Aber ich wusste nichts über Conrads Geschäfte. Außerdem sehen Sie doch, dass die Schecks 1938 ausgestellt wurden. Das war vor meiner Heirat mit Conrad.«

»Mrs. Brent, können Sie beschwören, dass Sie diese Schecks nicht aus dem Schreibtisch Ihres Gatten genommen und in Ihr Zimmer gebracht haben?«

»Natürlich«, beeilte sich Alexia zu sagen.

»Wann haben Sie den Wandschrank das letzte Mal geöffnet?«

Hier entstand eine kurze Pause. Dann sagte Alexia mit gesenktem Blick, sie wisse es nicht. »Vor ein paar Tagen vielleicht. Ich kann mich wirklich nicht genau erinnern. Aber wenn die

Schecks dort gewesen wären, als ich ihn das letzte Mal aufmachte, dann hätte ich sie bestimmt gesehen.«

»Kennen Sie Frederic Miller?«, fragte Nugent unumwunden.

»Nein«, erwiderte Alexia.

19

Und mehr war aus ihr nicht herauszubekommen. Jeder im Haus, sagte Alexia, hätte von dem kleinen Wandschrank wissen können. Als Nugent ihr sagte, dass ich die Schecks gefunden hatte, warf sie mir einen langen, argwöhnischen Blick zu, sodass es mir kalt über den Rücken lief. Jeder hätte die Schecks dort hinlegen können und genauso – wieder ein blitzender Blick zu mir – hätte jeder sie wegnehmen können, denn Conrads Schreibtisch war nie verschlossen gewesen. Und als Nugent nach Conrads früheren Sympathien für die Deutschen fragte, sagte sie, dass natürlich jeder davon gewusst habe.

»Hat er jemals Interesse an der ›Bund‹-Organisation gezeigt?«, erkundigte sich Nugent.

»Ich weiß es nicht.«

»Erinnern Sie sich noch an den Zeitungsausschnitt, den Sie für ihn aus dem Schreibtisch geholt haben? Zu diesem Zeitpunkt, so haben Sie ausgesagt, hätten Sie die Pillenschachtel noch gesehen.«

»Ja. Sicher.«

»Haben Sie den Artikel gelesen?«

»Ja, ich habe ihn laut vorgelesen. Conrad hat mich darum gebeten.«

»Können Sie sich noch erinnern, worum es in dem Artikel ging?«

»Das habe ich Ihnen doch schon gesagt: Es ging um die Verhaftung einiger Mitglieder des ›Bundes‹.«

»Sie wurden namentlich genannt, nehme ich an.«

Alexia zögerte, jedoch nur kurz. »Nein, das glaube ich nicht. Ich kann mich wirklich nicht genau erinnern. In der Zwischenzeit ist so viel passiert. Und es war auch nicht wichtig.«

»Was haben Sie mit dem Ausschnitt gemacht?«

»Also – das weiß ich wirklich nicht mehr. Mein Mann bat mich, ihn vorzulesen, und das habe ich getan. Ich glaube, danach habe ich ihm den Artikel gegeben. Oder ihn vielleicht auch auf den Tisch gelegt. Wir haben den Kaffee in der Bibliothek getrunken. Ich weiß es nicht mehr genau. Warum fragen Sie danach?«

»Wer war zu der Zeit in der Bibliothek?«

Sie zog die dünnen schwarzen Brauen zusammen. »Auch das weiß ich nicht mehr genau. Mein Mann und ich natürlich. Es war kurz nach dem Dinner. Mrs. Chivery war dabei. Und ich nehme an, mein Bruder und Peter Huber.«

»Können Sie sich nicht etwas genauer erinnern?«

Sie hob leicht die Schultern. »Das ist alles, woran ich mich erinnere. Ich glaube nicht einmal, dass ich auf die Anwesenheit der anderen schwören könnte, nur bei meinem Mann bin ich ganz sicher. Aber ich meine, die anderen drei waren auch dabei, ja.«

»Mrs. Brent, versuchen Sie sich die Szene ins Gedächtnis zu rufen: Hatten Sie den Eindruck, dass irgendeiner der Anwesenden besonderes Interesse am Inhalt des Artikels zeigte?«

Ihr schönes, zartes Gesicht blieb unbewegt. Doch sie antwortete rasch. »Niemand außer meinem Mann. Und ich habe keine Ahnung, warum der Artikel ihn so sehr interessierte.« Sie blickte Nugent schlau und ein wenig trotzig an.

Das gefiel ihm natürlich gar nicht. Er wartete einen Augenblick ab und fragte dann ohne Umschweife: »Und was ist mit Ihrem Bruder?«

»Meinem Bruder?«, wiederholte Alexia.

»Es wäre besser, Mrs. Brent, wenn Sie mir so ausführlich und ehrlich wie möglich antworten würden. Das wäre für alle Beteiligten besser, glauben Sie mir!«

»Also wirklich ...« Alexias Stimme klang kühl und höflich, ihre Augenbrauen hoben sich fragend. »Also wirklich, Lieutenant, mein Bruder hatte nichts mit den Verhaftungen irgendwelcher ›Bund‹-Mitglieder zu tun. Er hat nie Sympathien für Deutschland gehegt. Er ist überhaupt nicht an Politik interessiert.«

»Wie alt ist Ihr Bruder?«

Immer noch blieb ihre Stimme kühl und höflich. »So alt wie ich natürlich. Fünfundzwanzig.«

»Ist er einberufen worden?«

»Natürlich. Ich habe aber den Rekrutenjahrgang vergessen. Er kann Ihnen da Näheres sagen.«

»Sie und Ihr Bruder haben längere Zeit im Ausland gelebt, nicht wahr?«

»Als Kinder, ja. Ich verstehe Ihre Frage nicht, Lieutenant.«

Ich hatte den undeutlichen und hoffentlich falschen Eindruck, dass der Lieutenant selbst nicht genau wusste, worauf er hinauswollte; wahrscheinlich stocherte er nur herum in der Hoffnung, letztlich doch noch etwas auszugraben. »Was ist mit Peter Huber?«, fragte er schließlich.

Craig öffnete den Mund, doch Alexia war schneller. »Sie wissen genauso viel über ihn wie ich, Lieutenant. Er ist seit mehr als einem Monat bei uns. Wartet darauf, dass er eingezogen wird.«

»Wir müssen da Ordnung hineinbringen – er sagt, dass er in Kalifornien zur Schule gegangen ist.«

»Ich glaube schon«, sagte Alexia. »Haben Sie denn seine Aussage nicht überprüft? Ich dachte, das gehört zu Ihrem Job.«

»Da haben Sie Recht«, erwiderte Nugent unbeeindruckt. »Ich fürchte nur, dass ich seine Heimatadresse vergessen habe. Ich meine den Namen der Stadt. Wie hieß sie noch mal, Brent?«

»Peters Adresse?«, sagte Craig nachdenklich. »Die kenne ich nicht. Ich weiß nur, wo er zur Schule gegangen ist. Und da hat er auch gewohnt, glaube ich, irgendwo in der Nähe von Monterey. Bin aber nicht ganz sicher. Spielt das eine Rolle?«

»Können Sie sich an seine letzte Adresse erinnern?«, fragte Nugent.

»Nun ja, irgendwo muss er ja zuletzt gewohnt haben«, meinte Craig. »Ich glaube, er hat etwas von Hollywood gesagt. Er hat nämlich versucht, einen Job beim Film zu bekommen, daran kann ich mich erinnern. Und ich schätze, in diesem Fall ist es nur logisch, dass er in Hollywood gewohnt hat. Außerdem hat er da Bill Sheridan kennen gelernt.«

»Bill Sheridan!«, wiederholte Nugent. »Wer ist denn das?«

»Ein Bekannter von Pete – und von mir. Ging mit Pete zur Schule, ich meine, auf die Universität. Er – Bill, meine ich – war mit mir in einer Klasse in der Privatschule. Ja, ich bin sicher, dass Pete von Hollywood hierher kam.«

»War das auch Ihr Eindruck, Mrs. Brent?«

»Also wirklich«, sagte Alexia wieder. »Wenn Sie es vergessen haben, schlage ich vor, dass Sie ihn einfach danach fragen. Ich kenne Peter überhaupt nicht, verstehen Sie? Ich habe ihn zum ersten Mal in meinem Leben gesehen, als Conrad ihn in der Wirtschaft im Dorf traf und dann hierher brachte.«

»Das war vor ungefähr einem Monat.«

»Ja«, sagte Alexia. »Lieutenant, warum fragen Sie *mich* nach Peter? Ich würde doch annehmen, dass Sie ihn bei Ihren Ermittlungen nicht unbedingt übergangen haben? *Ich* kann Ihnen gar nichts über ihn bestätigen, wenn es das ist, was Sie wollen.«

Nugent zog ein kleines schwarzes Notizbuch hervor und blätterte ein paar Seiten um. »Ach ja«, sagte er. »Ja, Sie hatten beide Recht. Er hat uns eine Adresse in Hollywood angegeben.« Ich war mir trotz seiner ruhigen Stimme sicher, dass er das die ganze Zeit gewusst hatte und Craig und Alexia nur hatte prüfen wollen – aber worauf (außer um Informationen über Peter und Nicky zu erhalten), wusste ich nicht. Nugent fuhr fort: »Ja, natürlich, wie konnte ich das vergessen! Und Nicky« – er schlug eine neue Seite auf – »Nicholas Senour, Schwager des Verstorbenen, Hm-hm-hm. Apartment in der 56th Street East in New York. Lebt hauptsächlich im Hause Brent. Als Kind weit in Europa herumgereist; letzte Reise ging nach ...« Er starrte mit zusammengekniffenen Augen auf die Buchstaben, die selbst von meinem Standort aus lesbar erschienen, und sagte dann scheinbar enttäuscht: »Ich kann das nicht entziffern. Wann ist er zum letzten Mal ins Ausland gereist, Mrs. Brent und wohin ging die Reise?«

»Das war 1937«, erwiderte Alexia, »und er fuhr nach Italien.«

»Mir scheint, er hat auch keine Angaben über einen Beruf gemacht. Womit verdient er seinen Lebensunterhalt?«

Alexia biss sich auf die volle Unterlippe. »Er arbeitet nicht«, gab sie zu.

»Oh – Sie haben geerbt, nehme ich an. Sie und Ihr Bruder.«

Alexia zögerte, dann sagte sie: »Ein bisschen. Es war nicht viel.«

»Ich verstehe.« Unvermittelt klappte er das Büchlein zu und beugte sich vor. »Mrs. Brent, was ist mit diesen Schecks, die auf Ihren Bruder ausgestellt waren? Sollten damit spezielle Dienste bezahlt werden? Antworten Sie bitte!«

Alexia wartete ein paar Sekunden; ihre Augen wurden wieder von den dunklen Wimpern überschattet, dann blickte sie auf. »Lieutenant, das hat nicht das Geringste mit dem Tod meines Gatten oder dem Mord an Dr. Chivery zu tun. Nicky brauchte natürlich Geld, er ist jung und hat kein Einkommen. Mein Mann wusste, dass er mir eine Freude machen würde, wenn er Nicky ein wenig unterstützte. Das ist alles.«

»Und Nicky wohnt hauptsächlich hier, im Haus?«

»Ja – zumindest seit meiner Heirat. Vorher haben wir zusammen in seiner Wohnung in New York gewohnt.«

»Also kennen Sie die meisten seiner Freunde?«

»Warum – ja, ich glaube schon«, sagte Alexia.

»Kannte er Peter Huber?«

»Nein, natürlich nicht. Keiner von uns kannte Peter Huber.«

»War vielleicht irgendeiner Ihrer Freunde an Politik interessiert?«

»Also, das weiß ich nicht – ich kann mich wirklich nicht erinnern.« In ihrer Stimme schwang ein Hauch von Unsicherheit mit, der aber anscheinend nichts zu bedeuten hatte. Wahrscheinlich rührte er daher, dass sie die Absicht, die hinter Nugents Fragen steckte, nicht zu erkennen vermochte.

Wenn dem so war, ließ die Aufklärung nicht lange auf sich warten. Denn Nugent beugte sich plötzlich vor, wobei sein mageres Gesicht scharf wurde wie eine Axt. »Wer ist Frederic Miller?«, sauste seine Frage wie ein Beilhieb herab.

Doch er bekam wieder die gleiche Antwort. »Ich weiß es nicht«, sagte Alexia. »Ich habe nicht den leisesten Schimmer.«

Und wieder sah sie blass und angespannt aus.

Nugent blieb am Ende nichts anderes übrig, als ihr stetes Leugnen zu akzeptieren. »Versuchen Sie zurückzudenken«, sagte er, »versuchen Sie sich zu erinnern.« Dann wandte er sich einem anderen Thema zu: »Sie sagten, Sie hätten Drue Cable seit gestern Abend, als sie aus diesem Zimmer in ihr eigenes hinüberging, nicht mehr gesehen. Sind Sie sicher, sie später nicht mehr gesehen zu haben?«

»Absolut sicher«, sagte Alexia.

»Sie wissen nicht, wo sie sich aufhalten könnte?«

»Natürlich nicht. Sie hätte sich vor ihrer Flucht auch nicht unbedingt *mir* anvertraut, das kann ich Ihnen versichern.«

»Haben Sie ihr eine Nachricht geschickt?«

»Nein«, betonte Alexia und erhob sich. »Wenn das alles wäre, Lieutenant ...«

Nugent nickte. »Schicken Sie Mrs. Chivery herein, wären Sie so nett?«

Alexia rauschte eilig hinaus. Sie wirkte, fand ich, ein wenig mitgenommen, jedoch keinesfalls so, als ob sie zusammenbrechen und alles gestehen würde. *Falls* sie etwas zu gestehen hatte. Es war immerhin gut möglich, dass ihr notorisch geheimnisvoller Blick nur eine seltsame Angewohnheit war und nichts weiter. Und doch schien es mir, dass sie etwas über die an Frederic Miller gerichteten Schecks wissen müsse, denn immerhin waren sie im Wandschrank ihres Zimmers gefunden worden. Doch das war, wie ich jetzt begriff, keineswegs ein Beweis.

Maud musste im Korridor gewartet haben, denn kaum war Alexia verschwunden, stand sie auch schon auf der Schwelle und trat nach einem Wink von Nugent leise ins Zimmer. Ein Duft von Veilchen umschwebte sie, der Taft-Petticoat raschelte vernehmlich, und um ihre kleinen dunklen Augen zeichneten sich dunkle Ringe ab.

»Darf ich Ihnen noch ein paar Fragen stellen, Mrs. Chivery?«, begann Nugent. Als sie kurz und hastig nickte, wie ein Vogel, fragte er sie geradeheraus, wie schon Alexia zuvor, ob sie jemanden namens Frederic Miller kenne. Nach einem Augenblick, in dem sie nachgedacht, ihre traurigen Augen auf ihn geheftet und den hohen schwarzen Dutt fragend zur Seite geneigt hatte, beantwortete sie die Frage mit Nein. Nugent erzählte ihr daraufhin von den Schecks und hielt sie ihr zur Ansicht hin.

Maud betrachtete sie eine ganze Zeit lang; die Daten, die Indossaments, die Annullierungen. Es dauerte in der Tat so lange, während sie mit nachdenklichem Ausdruck auf dem weiß gepuderten Gesicht die Schecks studierte, dass ich mich dabei ertappte, wie gebannt auf ihre Antwort zu warten. Nugent und Craig erging es nicht anders. Ich warf ihnen einen Blick zu und stellte fest, dass sie Maud ebenso angespannt betrachteten wie diese die Schecks. Doch als sie wieder aufblickte, sagte sie ganz einfach: »Nein, ich weiß nichts darüber.«

»Mrs. Chivery«, begann Nugent langsam, »gibt es nicht etwas, woran diese Schecks Sie erinnern, oder etwas, das Sie damit verbinden? Jetzt, wo Sie sie zum ersten Mal sehen.«

»N-nein«, brachte sie heraus und reichte ihm die Schecks.

»Sind Sie sicher?«

»Ja. Das heißt ...« Sie zögerte, um dann plötzlich hastig zu ergänzen: »Das heißt, für einen Moment dachte ich – aber da habe ich mich wohl geirrt.«

»Was haben Sie gedacht?«, fragte Nugent behutsam.

»Ich habe mich geirrt«, sagte Maud. »Die Daten stimmen nicht überein.«

»Inwiefern?«

»Weil sie – nun ja«, brachte Maud stoßweise heraus, »weil sie nicht zu der Investition passen, die er vielleicht tätigen wollte.«

Nugent lehnte sich in seinem Sessel zurück. »Sie sollten mir lieber ganz genau sagen, was Sie wissen, Mrs. Chivery.«

»Aber das – das hat überhaupt nichts mit dem Mord zu tun. Ich kann es Ihnen nicht sagen. Ich …«

»Was für eine Investition?«, wollte Nugent wissen. Da fielen mir Mauds verschwommene Sätze über Spanien und Juwelen ein, und ich hörte mich zu meiner Überraschung herausplatzen: »Spanische Juwelen?«

Sie warf mir einen finsteren, warnenden Blick zu und sagte schlicht: »Ja.«

Was mich noch mehr überraschte.

Und bevor jemand weitere Fragen stellen konnte, erhob sie sich. »Ich kann Ihnen nicht die ganze Geschichte erzählen«, sagte sie. »Ich kann nur sagen, mir wurde eine Geldanlage angeboten und Conrad, wie ich glaube, vielleicht auch. Aber die Daten hier stimmen nicht überein. Die spanischen Juwelen – nun ja, machen Sie sich keine Gedanken …«

Auch Nugent stand auf. Craig sah gespannt aus, aber seine Miene drückte nichts aus. »Sie müssen uns erklären, was Sie damit meinen, Mrs. Chivery«, mahnte Nugent. »Und zwar sofort!«

»Nein«, entgegnete Maud. »Das muss ich nicht. Es reicht. Ich weiß nichts über irgendwelche Schecks an Frederic Miller. Haben Sie etwas von dem Mädchen gehört?«

»Miss Cable? Nein«, sagte Nugent. Und, nach einem raschen Blick auf Craig: »Das heißt, bis jetzt noch nicht.«

»Hören Sie, Lieutenant«, nahm Maud nun wieder das Wort. »Ich habe nachgedacht. Ich weiß nicht, ob ich bisher auf der richtigen Seite dieser – dieser unerfreulichen Angelegenheit gestanden habe. Von Anfang an habe ich geglaubt, dass dieses Mädchen, Drue Cable, Conrad ermordet hat. Aber irgendwie glaube ich – nicht, dass sie Claud getötet hat. Ich weiß nicht, was ich jetzt glauben soll, ich meine, ich weiß nichts, das mir irgendeinen Hinweis liefern könnte. Ich weiß nicht, wer Conrad oder wer Claud ermordet hat. Das Einzige, über das ich etwas weiß – und Ihnen noch nicht sagen kann – ist diese Investition. Aber ich habe sie nicht getätigt, und offensichtlich hatten diese Schecks auch nichts damit zu tun. Ich werde Ihnen alles sagen, was ich darüber weiß. Morgen. Aber nicht …«

»Warum erst morgen?«

»Einfach so«, erwiderte Maud nach kurzem Zögern. »Ich – ohne besonderen Grund. Sie werden mir schon glauben müssen, denn ich«, – wieder dachte sie kurz nach, – »denn ich möchte es eben lieber so halten. Und es hat wirklich nichts mit dem Mord an Conrad oder dem Mord an Claud zu tun. Auch nichts mit Drues Verschwinden.« Daraufhin presste sie entschlossen die Lippen zusammen.

Und Nugent konnte es nicht aus ihr herausbringen. Sie schüttelte nur den Kopf mit dem hoch aufgetürmten schwarzen Haar und weigerte sich, noch etwas darüber zu sagen, selbst als er ihr mit der Macht des Gesetzes drohte.

»Du kannst doch keine Informationen zurückhalten, Maud«, warf Craig müde ein.

»Ach nein?«, erwiderte sie. Und schwieg beharrlich.

Um Zeit zu sparen, nehme ich an, ließ Nugent die Sache schließlich auf sich beruhen und fragte stattdessen, was Maud über Drues Verschwinden wisse. Maud erwiderte, sie wisse gar nichts darüber und habe Drue während der letzten 24 Stunden weder gesehen noch gesprochen.

Endlich ließen sie sie gehen. Nugent sah verblüfft aus, Craig wütend.

»Die mittelalterliche Folter«, bemerkte Nugent, »hatte schon ihre Vorteile.«

»Aber Maud ist eine ehrliche Haut«, wandte Craig zögernd ein. »Und ich glaube, Clauds Tod hat ihre Sicht der Dinge gewandelt. Ich glaube, sie versuchte uns zu sagen, dass sie nun auf der Seite von – von …«

»… Recht und Gesetz steht«, vollendete Nugent.

»Ja. Irgendwie schon.«

»Nun, sie verhält sich nicht gerade kooperativ. Was sind das für spanische Juwelen? Und wo sollen sie sich befinden?«

»Wahrscheinlich in Spanien«, vermutete Craig. »Maud ist dazu geboren, sich übers Ohr hauen zu lassen. Es geht doch jetzt vor allem darum, Drue zu finden. Alles andere kann doch warten, oder?«

»Es sei denn, alle anderen Dinge würden auf Drue hinweisen«, erwiderte Nugent. »Ich werde sehen, dass ich mit diesen Schecks vorankomme.«

»Aber beeilen Sie sich, um Himmels willen«, sagte Craig mit leisem Stöhnen.

Ich glaube, in genau diesem Augenblick kam der junge Polizist, der in der letzten Nacht im Korridor Wache gestanden hatte. Ich bemerkte erst jetzt, als ich ihn im grauen Tageslicht betrachtete, wie jung er war. Fast noch ein Junge, knochig und hoch gewachsen, mit einem dünnen, eckigen Gesicht, auf dem ein Ausdruck von Verzweiflung stand. Aber er hatte den Mut, Nugent die Wahrheit zu berichten – und dann stand er da und biss sich auf die Lippen. Doch seine jungen Augen blickten den Lieutenant unverwandt an und erwarteten das Urteil. Ich weiß nicht, wie Nugent ihn für seine Nachlässigkeit bestrafte, doch er tat mir jetzt schon Leid. Wie sich nun herausstellte, war Anna ungefähr um elf Uhr in Drues Zimmer gegangen (um das Bett aufzuschlagen, wie sie dem Jungen erzählt hatte, und er hatte ihr geglaubt) und eine Weile dort geblieben; sie hatte mit Drue gesprochen. Dann war sie gegangen, war jedoch später – viel später, vermutlich gegen zwei Uhr – zurückgekommen und hatte ihm einen Kaffee gebracht. Natürlich hatte er den Kaffee getrunken und erinnerte sich noch daran, wie er auf einem Stuhl im Korridor gesessen und Drues Tür im Auge behalten hatte.

Und das war alles, woran er sich erinnern konnte, bis er um sechs Uhr morgens mit einem schlechten Geschmack im Mund wieder aufgewacht war.

Niemand wusste, was Anna ihm in den Kaffee getan hatte, bis ich auf mein Zimmer ging, in meiner Tasche nachschaute und sah, dass ein Schlafmittel – an und für sich harmlos – fehlte.

Und als man nach Anna schickte, war sie ebenfalls verschwunden.

Dann fand die Polizei – es muss kurz nach Mittag gewesen sein – einen blutbefleckten, gelben Lederhandschuh, das Gegenstück des Handschuhs, der neben Claud Chiverys Leiche gelegen hatte. Sie fanden ihn unter Annas dünner, schmaler Matratze.

Anna selbst fanden sie jedoch nicht.

Seltsamerweise hatte sie auch niemand vermisst – obwohl das andererseits nur zu verständlich war. Gestern noch war sie krank vor Angst und völlig hysterisch gewesen; Beevens hatte ihr gesagt, sie solle sich in ihrem Zimmer ausruhen. Gertrude musste Annas Aufgaben übernehmen. Während sie nach Drue suchten, hatten sie Annas Zimmer (weil sie nach Gertrudes Aussage krank war) überhaupt nicht betreten. Man hatte es einfach vergessen, und das zeigt wieder einmal, wie ganz triviale Dinge, die in jedem Haushalt passieren können, eine polizeiliche Ermittlung behindern.

Nugent war fuchsteufelswild, genauso wie die Polizisten, die für diese Unterlassung verantwortlich waren – besonders, als sie den Handschuh fanden, der mit Sicherheit etwas beweisen sollte, aber was? Es führte nur dazu, das Anna auf Grund handfester Indizien eines Verbrechen verdächtigt wurde, das meine bisherigen seltsamen Begegnungen mit dem Dienstmädchen nicht im Geringsten angedeutet hatten.

Natürlich trug Annas Verschwinden dazu bei, dass wir nun völlig entmutigt waren.

»Sie sind zusammen fortgegangen«, meinte Craig. »Es muss einfach so gewesen sein. Also ist Drue – nicht allein ...« Und eine leise Hoffnung glomm in seinen Augen auf.

Ich aber war außer mir vor Sorge. Daher erzählte ich Nugent in allen Einzelheiten, was ich über Anna wusste – dass sie abends über die Wiese gerannt war – dass sie ein blaues Auge hatte – und dass meiner Meinung nach jemand bei ihr im Zimmer gewesen war und sie vor Angst weder aus noch ein wusste.

Es war allerdings eine viel zu dünne und zu blasse Geschichte.

Nugent blätterte wieder in seinem kleinen schwarzen Notizbuch. »Wir haben die Dienstboten immer wieder verhört«, sagte er. »Anna war nervös, schien aber nichts zu wissen ...« Er hielt stirnrunzelnd inne, dann las er laut vor: »William Fanshawe Beevens, Brite, vierundfünfzig; Gertrude Schieffel, Amerikanerin. Mrs. Lydia Deithaler – das ist die Köchin; ach, da haben wir sie ja: Anna Haub, Deutsche, sechsunddreißig, kam vor vierzehn Jahren aus Bayern in die USA, seit 1929 bei Conrad Brent im Dienst, keine Vorstrafen. Das war's.« Der Ausdruck seines dunklen, schmalen Gesichts war so konzentriert, dass ich wieder an eine scharfe Axt mit grünen Augen denken musste – eine Vorstellung, die, wie ich zugeben muss, nur meinen überspannten Sinnen entsprang. »Keine Vorstrafen. Keine Verdachtsmomente. Sie lebt ein ruhiges, zurückgezogenes Leben und arbeitet hart für die Familie Brent, der sie anscheinend treu ergeben ist. Treu ergeben ...«, sagte er nachdenklich und blickte Craig an, der nur den Kopf schüttelte.

»Ich glaube nicht, dass sie auch nur ein entferntes Interesse an Deutschland oder diesem ›Bund‹ hatte. Wahrscheinlich hat sie Verwandte in Deutschland zurückgelassen – aber wenn dem so ist, so kann ich mich nicht erinnern, jemals von ihnen gehört zu haben. Nein, ich glaube nicht, dass Anna irgendetwas über die Frederic-Miller-Schecks wissen könnte. Auch wenn unsere Vermutung sich als richtig erweisen sollte und Frederic Miller tatsächlich jemand war, der mit dem ›Bund‹ in Verbindung stand. Aber Anna – sie war nicht klug genug für so etwas. Sie war zwar geschickt, aber nicht – gerissen. Überhaupt nicht clever.«

»Was, glauben Sie, ist mit ihr passiert?«

»Das weiß Gott allein«, meinte Craig. »Wenn sie aber zusammen sind, Anna und Drue, dann gibt es vielleicht Hoffnung ...«

Ich erlaubte ihm aufzustehen und in einem Sessel Platz zu nehmen, warm eingehüllt in einen langen Morgenrock aus Kamelhaar. In einer Geste der Verzweiflung legte er das Gesicht in die Hände.

Nachdem er den Bericht über Anna gehört hatte, verdoppelte er seine Anstrengungen, etwas zu tun, das seiner Meinung nach nur er tun konnte.

Schon zwei Mal an diesem Tag (wenn ich nicht im Zimmer war) hatte er versucht aufzustehen und zu gehen – einmal war er wieder bis zur Wäschekammer gekommen und beim zweiten Mal die halbe Treppe hinunter; dort fand ihn dann einer der Polizisten, wie er sich benommen ans Geländer klammerte, und brachte ihn ins Zimmer zurück.

Beim dritten Mal, am Spätnachmittag, als wir immer noch nichts Neues wussten, schickte er mich unter einem Vorwand in die Küche und schaffte es diesmal – in Hose und Pullover – bis zur Bank vor dem Kamin in der großen Halle. Dort fand ich ihn, wie er sich mit aller Macht aufrecht hielt und mit geschlossenen Augen an der Bank festklammerte. Wahrscheinlich war ihm schwindelig geworden.

Peter half mir, ihn wieder auf sein Zimmer zu schaffen. Und dann hatten wir dieses lange und erhellende, zugleich aber auch verblüffende Gespräch. Es war lang, auf den Inhalt bezogen, nicht auf die Zeit. Jeder von uns, das weiß ich noch, war sich nur allzu deutlich der verstreichenden Zeit bewusst. Im Zimmer wurde es allmählich dämmerig, obwohl draußen noch das klare, kalte Licht des winterlichen Spätnachmittags herrschte. Und noch immer gab es keine Erklärung für Drues Verschwinden.

Peter drückte Craig sanft auf den Sessel nieder, blieb dann eine Zeit lang vor ihm stehen und betrachtete ihn fast zerknirscht.

»Sie sollten lieber wieder ins Bett gehen«, riet ich, doch Craig schüttelte trotzig den Kopf.

»Also schön«, meinte Peter, »dann lass mich dein Laufbursche sein. Sag mir, was ich für dich tun soll, und ich mach's. Wenn ich kann.«

»Du sollst natürlich Drue finden«, sagte Craig, dessen blasses Gesicht jetzt an der gepolsterten Lehne ruhte. Ich holte rasch das Fläschchen mit Ammoniak und hielt es ihm in meiner Aufregung so dicht unter die Nase, dass er hochfuhr und zu keuchen begann. Peter fuhr ganz ruhig fort: »Ich wünschte, ich könnte es. Ich habe schon nach ihr gesucht, weißt du. Sie ist nicht im Haus. Sie ist weder in einer der Scheunen noch im Gewächshaus. Ich habe nachgeschaut, und die Polizei natürlich auch. Meiner Meinung nach ist sie aus freien Stücken gegangen, Craig. Es muss so gewesen sein – andernfalls hätte man im Haus doch etwas gehört. Selbst wenn ihr Wächter betäubt war, so wäre er doch wohl aufgewacht, wenn er sie schreien oder sich wehren gehört hätte. *Ich* hätte das auch gehört. Jeder von uns hätte es gehört. Sie ist freiwillig gegangen – da bin ich ganz sicher.«

»Aber was ist danach passiert?«, fragte Craig. »Warum ist sie auf diese Weise verschwunden? Und warum ist Anna mit ihr gegangen?«

»Weißt du denn so genau, dass Anna mir ihr gegangen ist?«, fragte Peter. »Oder denken wir uns, sie müssten zusammen sein, weil sie zur gleichen Zeit verschwunden sind?«

»Ich weiß überhaupt nichts mehr«, murrte Craig und schob das Fläschchen mit dem Ammoniak beiseite. »Um Himmels willen, nehmen Sie das Zeug weg! Wenn Chivery ermordet wurde, weil er zu viel über den Tod meines Vaters wusste, vielleicht war es dann bei Drue dasselbe! Vielleicht ist sie ...« Er hielt inne, brachte es anscheinend nicht über die Lippen. »Craig«, sagte Peter rasch, »wenn ihr etwas zugestoßen wäre, dann hätte man – dann hätten sie sie inzwischen gefunden.«

»Und warum ruft sie nicht an? Warum gibt sie mir nicht Bescheid, wo sie sich aufhält? Warum kann sie nicht ...?« Wieder brach Craig ab und legte die Hand über die Augen.

»Warum haben Sie ihr nicht gesagt, was Sie für sie empfinden?«, schaltete ich mich nun ein. »Dann wäre sie nicht weggegangen, ohne Ihnen etwas zu sagen.«

»Sie liebt mich doch nicht«, murmelte Craig hinter der Hand, die seine Augen bedeckte. »Es war Nicky, in den sie verliebt war. Jetzt tue ich ihr natürlich Leid, und sie hält es für ihre Pflicht, mich zu umsorgen.«

Ich wollte schon protestieren, ließ es dann jedoch bleiben. Was für einen Nutzen sollte das haben? Je verzweifelter ich darum kämpfte, diese beiden jungen Dummköpfe zusammenzubringen, desto eifriger strebten sie auseinander. Alles hatte sich anscheinend dazu verschworen, sie auseinander zu bringen. Obwohl sie nun endlich im gleichen Haus waren, hatte man Drue in ihrem Zimmer gefangen gehalten, und Craig konnte keine zehn Schritte tun, ohne dass er zusammenbrach. Und nun waren sie wahrhaftig getrennt, und niemand konnte sagen, wo Drue war, oder warum (falls Peter Recht hatte und sie aus eigenem Antrieb verschwunden war) sie fortgegangen war. Und doch dachte ich dasselbe wie Craig: Wenn sie mich hätte anrufen können, dann hätte sie es auf jeden Fall getan.

Dieser Gedanke munterte mich nicht gerade auf. Giftig sagte ich zu Craig: »Sie hätten ihr sagen sollen, dass Sie Wert auf ihr Bleiben legten. Stattdessen haben Sie Alexia gebeten, Ihre Frau zu werden.«

Peter zog die Augenbrauen hoch. »Ich dachte, du magst Drue«, wandte er ein.

»Alexia hat mir einen Korb gegeben«, meinte Craig nach einer kurzen Pause.

»Ach!«, meinte Peter.

»Wollen Sie Alexia zur Frau?«, fragte ich unverblümt, und nach einer weiteren kurzen Pause antwortete Craig: »Nein.«

»Meine Güte«, sagte Peter. »Was sollte dann das Ganze?«

»Ich wollte einfach nur sehen, ob sie Ja sagen würde«, meinte Craig.

Jetzt begriff ich überhaupt nichts mehr! Ich saß einfach da und starrte Craig an, am Ende meiner Geduld. Peter starrte ihn auch nur verständnislos an, und Craig saß im Sessel und hielt immer noch die Hand vor die Augen. Da klopfte es und Nugent kam ins Zimmer.

»Ich habe hier den Bericht über die Schecks an Frederic Miller«, sagte er ohne Umschweife. »Wollen Sie ihn hören?«

Ob wir ihn hören wollen! Peters ohnehin schon große Ohren

wurden noch um eine Winzigkeit größer, und Craig drängte: »Nun machen Sie schon. Was haben Sie herausgefunden?«

»Frederic Miller«, sagte Nugent, »war Mitglied im ›Bund‹ von New Jersey. Einige Zeit hat er offenbar in Newark gelebt. Auch in New York – ein paar Jahre. Irgendwann im Herbst 1938 ist er untergetaucht. Hat vielleicht Wind davon bekommen, dass die Aktivitäten der ›Bund‹-Mitglieder vom FBI beobachtet wurden. Auf jeden Fall verschwand er und schaffte es, seine Spuren ziemlich gründlich zu verwischen. Die Schecks aber wurden auf sein Konto bei der Newark Bank gutgeschrieben – die Bank, deren Stempel sich auf der Rückseite eines der Schecks befindet. Er hat das Konto aufgelöst, bevor er das Land verlassen hat, zumindest glaubt die Polizei, dass er das getan hat. Das war alles, was man mir auf die Schnelle mitteilen konnte. Die Ermittlungen dauern noch an.«

»Gab es irgendwelche Fotos von Miller?«, fragte Craig schnell.

»Danach habe ich auch gefragt«, antwortete Nugent. »Nein, es gab keine. Aber sie sagten, sie könnten jemanden finden, der ihn identifizieren kann.«

»Dann hat Mr. Brent also den ›Bund‹ unterstützt«, vermutete Peter.

»Offenbar. Es sei denn, Miller hat das Geld für sich selbst gebraucht. Wie dem auch sei, die ganze Geschichte fällt in den Zuständigkeitsbereich des FBI. Die werden das aufklären, besser als jemand anders es kann. Aber auf jeden Fall sind sie sehr an diesen Schecks interessiert, und ich kann Ihnen nur sagen, wir werden dadurch weiterkommen. Das einzige Problem dabei ist, dass es Zeit in Anspruch nehmen wird.«

»Aber wussten die denn sonst nichts über Frederic Miller?«, fragte Craig.

»Nein«, erwiderte Nugent. »Nichts, außer dass er zum ›Bund‹ gehörte; alle Anführer standen unter ziemlich scharfer Beobachtung. Sie wussten nur durch die Berichte über ihn Bescheid, aber nicht, ob er nun jung war oder alt, Deutscher oder Amerikaner; sie wussten eigentlich gar nichts außer dem, was ich Ihnen eben erzählt habe. Und Miller könnte sogar ein falscher Name sein.«

»Frederic Miller«, grübelte Craig. »Ein weiteres Problem ist, dass es hier niemanden gibt, der Frederic Miller sein könnte.«

»Und wenn«, führte Peter fort, »welchen Grund hätte er dann, Mr. Brent umzubringen? Oder Dr. Chivery?«

»Die Schecks sind die Verbindung«, stellte Nugent klar. »Wenn ich nur wüsste, wie das zusammenhängt, dann könnte ich den Fall gleich hier und jetzt abschließen. Und doch«, fügte er nachdenklich hinzu, »könnte es auch wieder ganz anders sein. Aber wenn es ein angenommener Name ist, könnte es jeder sein. Sie zum Beispiel, Brent. Oder Sie, Huber. Oder Nicky. Oder sogar eine Frau ...«

»Ich bin es nicht«, betonte Craig. Peter sagte nur voller Abscheu: »Mein Gott!«

»Sogar Sie, Miss Keate«, ging Nugent einen Schritt weiter.

»Also, ich bin's ganz bestimmt nicht«, fuhr ich ihn an. »Sie können ja meinen Lebenslauf überprüfen, wenn Sie wollen.«

»Vielen Dank«, meinte Nugent kühl. »Das hab ich schon getan.«

»Aber es kann doch keine Frau sein!«, rief Peter und sah dabei völlig verblüfft aus.

»Bedenken Sie doch«, mahnte Nugent, »wir haben nur den Namen und die Schecks als Basis. Es hat schon Frauen gegeben, die einen Männernamen angenommen haben. Und da wir gerade davon reden – mir ist schon öfters aufgefallen, dass Mrs. Brent und ihr Bruder leicht verwechselt werden könnten. Besonders, wenn Sie bedenken, wie sie ihr Haar trägt.«

Wieder entstand ein Schweigen, das Peter mit einem weiteren verblüfften »Mein Gott!« unterbrach und Nugent anstarrte, als habe der eine Klapperschlange aus dem Hut gezogen. Und Craig sagte müde: »Aber was ist mit Drue, Lieutenant? Diese ganze Sache dauert doch so lange. Sie können auf der richtigen Spur sein, aber Sie können sich auch irren. Es ist doch sicherlich kein Mensch hier im Haus, dessen komplette Vergangenheit Ihnen nicht bekannt ist.«

»Ich habe alle überprüft, so gut ich konnte«, sagte Nugent. »Aber Frederic Miller könnte unter diesem Namen ein sehr zurückgezogenes und unauffälliges Leben geführt haben. Im Übrigen ist jetzt auch noch etwas anderes herausgekommen, das nichts mit diesen Schecks zu tun hat. Es geht um die Handschuhe, die wir gefunden haben, den einen neben Chiverys Leiche und den anderen in Annas Zimmer. Sie wurden Ihrem Vater verkauft, Brent. Er hat sie in einem Geschäft im Dorf gekauft – an dem Tag, als der Anschlug auf Sie verübt wurde.«

»Oh«, meinte Craig. Und schaute Nugent an. Dann sagte er unerwartet: »Ich nehme an, Sie wollen jetzt, dass ich Ihnen erzähle, warum er auf mich geschossen hat.«

20

Peter fuhr herum und rief: »*Er* hat auf dich geschossen?«

»Sie wussten es also«, sagte ich. »Die ganze Zeit über wussten Sie, wer auf Sie geschossen hat.«

Und Nugent sagte ganz ruhig: »Ja. Warum hat er auf Sie geschossen?«

Craig holte tief Luft. »Es hört sich nicht gerade nett an, das stimmt. Aber ich weiß, dass er es nicht wollte. Ich habe seine Hand gesehen, wissen Sie, mit dem Handschuh. Ich schätze, er – er hat sich die Handschuhe gekauft, damit er keine Fingerabdrücke auf dem Gewehr hinterlassen würde. Aber ich glaube nicht, dass er mich töten wollte – ich glaube, er hat gedacht, ich sei jemand anderes.«

»Wer?«, fragte Nugent.

»Das weiß ich eben nicht«, sagte Craig langsam. »Ich hab darüber gegrübelt und gegrübelt, und ich weiß nicht, wen er gemeint haben könnte. Es war ja schon dämmerig, verstehen Sie, und mein Vater konnte nicht mehr so gut sehen wie früher, obwohl er das nie zugegeben hätte. Ich habe mit Alexia geredet, wie ich Ihnen ja schon sagte, dann ging sie ins Haus zurück, und ich bin noch ein wenig im Garten auf und ab spaziert. Und dann sah ich diese Hand mit dem Handschuh hinter einer Hecke und war ziemlich sicher, dass es mein Vater war. Irgendwas an ihm – Sie wissen ja, wie das ist – ein Gesicht oder eine Gestalt kommt einem bekannt vor, selbst wenn man es nicht genau erkennen kann. Und genau in diesem Augenblick fiel der Schuss. Natürlich habe ich es dann – am nächsten Tag – nicht gesagt; ich wusste, selbst als ich unter den Beruhigungsmitteln stand, die Claud mir gegeben hat, dass ich es nicht sagen durfte. Mein Vater hatte keinen Grund, mich anzuschießen, da war ich ganz sicher.

Also musste er mich verwechselt haben. An dem Tag war ich zu benommen und zu betäubt, um klar denken zu können. Aber immerhin habe ich Claud einen Hinweis gegeben, der ihn aufmerksam gemacht hat, er war meinem Vater ja treu ergeben, und wenn der irgendwem von der Geschichte erzählen würde, dann Claud. Ich glaube auch, dass Claud es meinem Vater gesagt hat – und der hat wiederum ihm gesagt, warum er geschossen hat. Deshalb, nehme ich an, hat Claud es geschafft, die Kugel, die er mir herausoperiert hat, zu ›verlieren‹. Es könnte sein, dass Claud deswegen ums Leben gekommen ist: Er wusste zu viel. Das war mir die ganze Zeit über klar.«

»Warum, glauben Sie, hat Ihr Vater auf Sie geschossen?«, fragte Nugent.

»Ich sage Ihnen doch, es war ein Versehen. Er hat mich für jemand anderes gehalten.«

»Für wen?«, wiederholte Nugent seine frühere Frage.

Und wieder antwortete Craig: »Ich weiß es nicht. Ich trug einen hellen Regenmantel, den ich aus dem Wandschrank in der Halle genommen hatte. Ich dachte, er gehöre meinem Vater, aber einen hellen Regenmantel besitzt heutzutage fast jeder, und so konnte er mich leicht für jemand anderen halten. Außerdem sind wir alle fast gleich groß – ich meine, Sie und Peter und Nicky und selbst Claud Chivery. Wir sind alle fast gleich groß, und in der Dämmerung könnte mein Vater leicht den einen mit dem anderen verwechselt haben.«

»Aber um Gottes willen«, sagte Peter nun. »Warum sollte er denn auf mich schießen? Ich kannte ihn doch kaum.«

»Warum sollte er überhaupt auf jemanden schießen?«, fragte Nugent. »Falls er nicht zuerst zuschlagen musste, damit ihn dieses Schicksal nicht selbst ereilte.«

»Ja«, stimmte Craig bei, »das habe ich später auch gedacht, als mein Vater getötet wurde.«

»Du meinst«, sagte Peter, »dass derjenige, auf den er geschossen hat, hinter deinem Vater her war, und dass er das wusste?«

»Ja. Besser gesagt, ich glaube, es war Notwehr. Jemand war

hinter ihm her, und er wusste das und wollte ihn zuerst erwischen. Aber stattdessen hat er mich erwischt – und konnte niemandem außer Claud erzählen, was passiert war und warum. Und dann begriff der Unbekannte, dass er nun sofort handeln musste. Ich meine, es war nun einmal – nun ja, eine Frage von ›töte oder du wirst getötet‹.«

Nugent schwieg. Doch Peter sagte: »Meine Güte, warum haben Sie nicht die Polizei eingeschaltet? Ich meine, dein Vater hätte doch nur um Polizeischutz bitten brauchen. Und der, auf den er es eigentlich abgesehen hatte …«

»Genau darum geht es ja«, meinte Craig. »Worum auch immer dieser Streit oder diese Auseinandersetzung ging – es war etwas, das weder mein Vater noch der Mörder der Polizei mitteilen wollten. Deshalb glaube ich ja immer noch, dass diese Schecks etwas damit zu tun haben. Ich meine – also, ich glaube eigentlich nicht, dass dieser Miller irgendwo da draußen sitzt und uns belauert –, aber ich bin fest davon überzeugt, dass diese Schecks dazu benutzt worden sind, meinen Vater zu erpressen. Vielleicht um ihn daran zu hindern, die Polizei einzuschalten. Und mein Vater hätte es nicht zugelassen, dass seine Spenden für den ›Bund‹ ans Tageslicht kommen. Er hätte alles getan, um das zu verhindern: So ein Mensch war er.«

»Ein Mord«, warf Nugent nun leise ein, »wird für gewöhnlich entweder in blinder Wut oder aus sehr starken und persönlichen Motiven begangen.«

Und plötzlich hörte ich mich sagen: »Alexia hatte die Schecks. Alexia war im Garten, kurz bevor Ihr Vater auf Sie geschossen hat.«

»Und Alexia«, sagte Nugent, »sieht Nicky sehr ähnlich. Was hatte sie an jenem Abend an, Brent? Ich meine, sie trug nicht zufällig Hosen, oder? Es gibt doch Frauen, die oft Hosen tragen.«

»Sie wollen damit sagen, mein Vater hätte gesehen, wie Alexia in den Garten ging, aber nicht, wie sie ins Haus zurückkehrte – und dann hätte er *mich* für Alexia gehalten?«, fragte Craig stirnrunzelnd.

»Hmmm, so ungefähr«, meinte Nugent. »Sind *Sie* sicher, dass Sie wirklich mit Alexia gesprochen haben?«

»Ja. Und sie trug keine Hosen. Sie hatte ein schwarzes Abendkleid an, daran kann ich mich genau erinnern. Und einen langen Mantel.«

Wieder entstand eine Pause, und ich dachte ein wenig verwirrt an die verschiedenen Gelegenheiten, bei denen ich Nicky, und an die, bei denen ich Alexia gesehen hatte: Alexia in kariertem Jackett und Hosen, oder doch Nicky? Ich konnte mir Alexia durchaus in Nickys Kleidern vorstellen, und sie war ihm aus der Entfernung, ja sogar aus einer relativ kurzen Entfernung, so ähnlich, dass man sie leicht mit ihrem Bruder verwechseln konnte. Nicky hingegen konnte ich mir kaum in Alexias wallenden Gewändern vorstellen. Und nun verstand ich auf einmal, was Nugent von Anfang an gedacht hatte: dass nämlich die Frage der Alibis überhaupt nicht geklärt war, zumindest, was die Alibis der Zwillinge betraf. War es Nicky, den Beevens gestern Nachmittag zur Wiese hatte gehen sehen, oder Alexia? »Also, das hieße ja«, platzte ich heraus, »dass es gestern Abend auf der Wiese auch Alexia gewesen sein könnte! Es kann sogar …«

»Genau«, meinte Nugent. »Und natürlich könnte es noch einen anderen Grund geben, warum Ihr Vater Sie für einen anderen Mann gehalten hat. Er liegt auf der Hand. Wenn er eifersüchtig war und Grund hatte zu glauben, dass sie einen anderen liebte und an jenem Abend zu einem Stelldichein in den Garten gegangen war …«

Peter hatte die Wangen ein wenig aufgebläht und lief immer mehr rot an. »Hören Sie, Nugent!«, rief er. »Wenn Sie etwa meinen, dass ich – das stimmt nicht. Ich meine, ich hätte nie – ach, ich kann ja gleich alles gestehen. Ich – also, ich finde, sie ist sehr anziehend, wer würde das Gegenteil behaupten? Aber ich – ich habe –« Er brach ab, und Nugent fragte: »Sie haben was?«

»Also, ich habe – ach Gott, ich habe Mr. Brent nicht umgebracht. Und ich – es gibt da etwas, in das ich hineingeraten bin und das ich beenden wollte, aber – ich konnte es nicht und habe mich geschämt, davon zu erzählen ...« Wieder versagte seine Stimme, und er wurde rot bis zu den Haarwurzeln.

»Wenn es um Alexia geht«, fing Craig an, »dann sag es doch ...«

»Aber es geht ja gar nicht um Alexia!«, rief Peter. »Sondern um Mrs. Chivery.«

»Maud?« Craig setzte sich kerzengerade auf. »Meine Güte, du hast dich doch nicht etwa in Maud verliebt?«

»Maud – ach, hör doch auf! Das ist es nicht. Mrs. Chivery – ach, du meine Güte ...«

»Was wollten Sie sagen?«, insistierte Nugent. »Wenn Sie etwas zu sagen haben, dann raus damit.«

»Na gut«, meinte Peter und schluckte schwer. »Aber es ist nicht gerade leicht. Es – ich wollte es eigentlich nicht. Verstehen Sie, es geht um – na ja, spanische Juwelen.«

Wieder diese spanischen Juwelen! Und Maud hatte von einer Geldanlage gesprochen. Peter blieb schon wieder stecken, und ich sagte forsch: »Sie wollten, dass sie ihr Geld in spanischen Juwelen anlegt.«

»Spanische ...«, begann Craig ungläubig, doch Peter unterbrach ihn.

»Ja«, sagte er trotzig, aber auch ziemlich bedrückt, »spanische Juwelen. Das kam so: Ich habe zu viel gequatscht – Sie wissen ja, wie das ist, wenn man sich nicht mehr bremsen kann. Jedenfalls habe ich von diesem Bekannten erzählt, der im spanischen Bürgerkrieg war und der mir sagte, er habe einen Lastwagen voller Edelsteine – oh, ich weiß, dass das absolut lächerlich klingt, aber genau das hat er gesagt, und ich hab es Mrs. Chivery weitererzählt – er sagte, er habe einen Lastwagen voller Juwelen und Silber, die von ein paar konservativen Monarchisten gespendet worden waren, von einem Ort zum anderen gefahren, als der Krieg vorbei war. Tja, und dabei wurde er erwischt. Er wusste nicht, wohin mit der Wagenladung und hat das Zeug hinter einer alten Kirche versteckt. Kannte den genauen Ort und meinte, er würde einiges an Geld benötigen, um – na ja, ein paar

Hände zu schmieren und so – aber er war sicher, dass er eines Tages wieder dorthin fahren und die Juwelen holen würde. Ich glaube nicht, dass er es wirklich ernst gemeint hat; die Chancen standen auf jeden Fall gegen ihn – falls das Zeug nicht schon vor Monaten gefunden worden ist. Aber Mrs. Chivery – nun, sie hat mir keine Ruhe gelassen, sie sagte, sie habe das Geld und ob ich nicht den Mann, der mir die Geschichte erzählt hatte, kontaktieren wolle und so fort. Sie sagte, ihr Mann würde ihr eine derartige Geldanlage verbieten und auch Mr. Brent werde dagegen sein, also sollte ich den beiden nichts davon sagen. Ich konnte nicht glauben, dass sie das ernst meinte, und dann, als es mir allmählich klar wurde – mein Gott, da tat ich alles, um sie davon abzubringen. Ich habe ihr gesagt, dass die ganze Geschichte einfach zu absurd sei. Aber sie war gar nicht dieser Meinung; und ich glaube auch, solche Dinge sind tatsächlich passiert. Ich meine, ich kann mich an Artikel über alte Anhänger der Monarchie erinnern, die alles an Schmuck hergegeben haben, was sie in die Finger kriegen konnten. Ich nehme an, dass einige solcher Wagenladungen zum Zeitpunkt der Übergabe aufgeflogen sind, wenn man so sagen will, als der Bürgerkrieg zu Ende ging. Aber als Geldanlage waren sie der reinste Quatsch«, schloss Peter. »Und das habe ich ihr auch gesagt. Aber je mehr ich dagegen redete, desto versessener war sie darauf.«

»Ja«, sagte Craig. »Das ist typisch Maud. Aber du hättest dich doch nur zu weigern brauchen, ihr Geld anzunehmen!«

»Nun, das hab ich natürlich getan«, antwortete Peter. »Aber sie war unglaublich stur. Es tat mir schon Leid, dass ich die Geschichte überhaupt vor ihr erwähnt hatte. Und es war so – Gott, es war so absurd, dass es mir fast peinlich wurde. Wünschte nur, ich hätte es nicht so packend erzählt.«

»Ist das alles?«, fragte Nugent.

»Ja. Nur hat sie's immer noch im Kopf.«

»Na ja, du musst dich halt weiter weigern, von ihr Geld anzunehmen«, sagte Craig müde, dann blickte er auf die Uhr und sah schließlich Nugent an. In seinen Augen stand eine wortlose und verzweifelte Bitte. Nugent erhob sich. »Wir sollten bald von Miss Cable hören«, meinte er. »Ich bin überzeugt, dass sie das Haus aus freien Stücken verlassen hat. Versuchen Sie Geduld zu haben, Brent.« Seine Worte waren freundlich – zu freundlich. Ich dachte an alle Dinge, die passieren könnten, und versuchte dann, wie so oft an diesem Tag, nicht weiterzudenken.

Und heute kann ich sagen, dass ich darin auch viel Erfolg hatte – nur leider in der falschen Richtung. Ich wollte nicht darüber nachdenken, warum Drue verschwunden war oder warum sie fortblieb, ohne anzurufen oder uns eine Nachricht über ihren Verbleib zukommen zu lassen, doch dadurch entging ein kleines, aber furchtbar wichtiges Detail meiner Aufmerksamkeit, so, als hätte ich es gar nicht gehört. Das bedeutete, die Rolle des Vogels Strauß ein wenig zu übertreiben. Nugent ging auf die Tür zu, doch Craig hielt ihn zurück.

»Haben Sie nun die Einzelheiten über den – Tod meines Vaters genau ermitteln können?«, fragte er.

»In den Grundzügen ja«, erwiderte Nugent. »Es gibt zwei Alternativen. Die erste ist, dass der Mörder den Brandy mit Digitalis aus der Pillenschachtel versetzt hat und diese dann – weggeworfen hat, nehme ich an. Denn wir haben ja gründlich gesucht und sie nicht gefunden. Ich hatte gehofft, auf diese Weise an ein paar Fingerabdrücke zu kommen.«

Meine Hand zuckte unwillkürlich zu meiner Tasche. Doch ich wartete – ein wenig nervös, könnte ich noch hinzufügen. Nugent fuhr fort: »In diesem Fall könnte Ihr Vater den vergifteten Brandy kurz vor seinem Gespräch mit Miss Cable zu sich genommen haben ...«

»Dann glauben Sie also auch nicht, dass Drue ihn ermordet hat!«, rief Craig und seine Augen leuchteten.

»Das habe ich nicht gesagt«, betonte Nugent, immer noch mit dieser freundlichen, meiner Ansicht nach überfreundlichen Stimme, als ob er hinter der Maske des Beamten Mitleid für den jungen Mann empfände. Das heißt, dass auch Nugent sich Sorgen um Drue machte. Und wenn er sich Sorgen machte, dann hatte er wohl begonnen, sie nicht mehr als die Schuldige anzusehen. Damit schloss sich ein fataler und schrecklicher Kreis kriminalistischer Logik.

Nugent fuhr fort: »Ich sagte, es gibt zwei Möglichkeiten. Die andere wäre natürlich die, dass Miss Cable Ihrem Vater vorsätzlich eine Überdosis Digitalis mit der Spritze verabreichte. Aber lassen Sie mich zunächst meine erste Hypothese zu Ende bringen. Wenn Ihr Vater den vergifteten Brandy trank und daraufhin zusammenbrach, während er mit Miss Cable sprach, dann könnte sie – ich sage *könnte* – den Eindruck gehabt haben, er habe einen Herzanfall. Oder er könnte sie gebeten haben, ihm zu helfen, wie sie es uns erzählte. Deshalb hat sie ihm die medizinisch richtige Dosis Digitalis verabreicht, er aber starb an der Wirkung der Überdosis in der Karaffe.«

»In der Karaffe war kein vergifteter Brandy«, sagte Craig.

»Ganz genau. Der Lärm der zerschellenden Vase hat, wie vermutlich beabsichtigt, die Aufmerksamkeit lange genug vom Arbeitszimmer abgelenkt, sodass der Mörder das Zimmer ein zweites Mal betreten, den vergifteten Brandy in das Waschbecken im angrenzenden Badezimmer schütten, die Karaffe rasch mit Brandy aus dem Speisezimmer auffüllen, beide Karaffen an ihre angestammten Plätze zurückstellen und den Raum wiederum unbemerkt verlassen konnte. Ich sage, so *könnte* es gewesen sein. Aber es fehlt immer noch jemand, der die Scherben der Vase aufhebt und sie im Ascheimer versteckt. Das weist also auf einen Mitverschwörer hin. Aber es ist schwer zu glauben, dass ein Mörder einen anderen Menschen in einer so gefährlichen Angelegenheit ins Vertrauen gezogen haben könnte! Und da ist noch eine andere Sache, die das Ganze vernebelt, und zwar dieser mysteriöse Anruf bei der Polizei: Wer hat von Mord geredet, ehe irgendwer im Haus auch nur daran dachte – außer dem Mörder selbst? Welche Frau ist zum Telefon gegangen und hat die Polizei angerufen? Wenn ich das wüsste«, sagte er nachdenklich, »und wenn ich wüsste, warum Drue Cable das Haus ohne Schuhe verlassen hat …«

Das Leuchten in Craigs Gesicht erlosch. Wieder blickte er auf die Uhr, und die Zeiger waren in ihrem unbeirrbaren Lauf erst um ein paar Minuten weitergerückt. Aber jetzt zählte jede Minute – und das wussten wir.

Ganz besonders Craig. Nugent verließ nach seinen letzten Worten sofort das Zimmer. Danach starrte Craig wieder auf die Uhr und berichtete Peter und mir, was Claud ihm erzählt hatte.

Und das war, so glaubte er fest, das Motiv für die Ermordung des Arztes. Leider hatte er nicht gewagt, es der Polizei zu erzählen, weil er fürchtete, es könnte einen Bumerang-Effekt auslösen. Claud hatte von einer »Sie« gesprochen; keinen Namen, er hatte nur das Pronomen benutzt – und das war gefährlich, denn er hätte auch Drue meinen können.

Craig bat mich, die Tür zu schließen, bevor er anfing.

»Ich weiß nicht genau, was es zu bedeuten hat; es ist nur, was Claud mir erzählt hat. Und was für ein Gesicht er dabei machte. Er wollte es nicht der Polizei sagen und hat mir das Versprechen abgenommen, es ebenfalls nicht zu tun. Nachdem er ermordet wurde, hätte ich es ja sagen können – aber ich weiß einfach nicht, was das für ein Zettel war, den er gefunden hatte. Verstehen Sie?«

»Nein, ganz und gar nicht«, sagte ich.

»Weiter«, drängte Peter. »Vielleicht können wir diesen Zettel noch finden. Was willst du uns sagen?«

»Ich will sagen, dass ich nicht weiß, was auf dem Zettel stand, und ich weiß auch nicht, wen Claud auf Grund dieses Zettels verdächtigt hat, aber ich weiß, dass es eine Frau war. Denn er sagte ›sie‹.«

»Oh! Also wenn es Drue sein sollte ...«

»Ja«, meinte Craig düster. »Wir müssen sichergehen, dass es nicht Drue ist, bevor wir es der Polizei sagen.«

Dann endlich berichtetet er, worum es ging. Claud Chivery hatte ihm erzählt, dass jemand an seinen medizinischen Nachschlagewerken gewesen sei und den Eintrag über Digitalis gelesen habe. Das Buch war an den falschen Platz im Regal zurückgestellt worden, und Claud, ein überaus gründlicher Pedant, hatte es sofort gemerkt. Dann habe er den Zettel gefunden, der an der Stelle im Buch steckte, wo der Absatz über Digitalis begann.

Und als Craig fragte, was für ein Zettel das gewesen sei, und ob Claud sagen könne, wer an dieser bestimmten Stelle im Buch nachgeschlagen habe, war Claud geradezu erstarrt, hatte besorgt und furchtbar ängstlich dreingeschaut, die Person (ohne sich dessen bewusst zu sein, glaubte Craig) als »sie« bezeichnet und gesagt, er müsse noch einmal alles gründlich überdenken und zu einem Ergebnis kommen, bevor er oder Craig der Polizei etwas sagen könnten. Er hatte Angst, sie auf die Fährte der falschen Person zu hetzen.

»Und so, wie er es erzählte und wie er dabei ausgesehen hat, bekam ich es ebenfalls mit der Angst zu tun«, berichtete Craig. »Aber jetzt, wo Drue – wo wollen Sie denn hin, Miss Keate?«

»In mein Zimmer«, antwortete ich. »Bin sofort zurück.« Ich beschleunigte meine Schritte, nachdem ich das Zimmer verlassen hatte. Ich wollte nicht, dass er oder Peter mich aufhielten. Denn ich musste etwas tun – irgendetwas. Die Nacht brach schnell herein, es war schon dämmerig, und immer noch hatten wir keine Nachricht von Drue. Ich dachte immer wieder an all die kleinen baumbestandenen Täler und die Hecken und Sträucher zwischen den niedrigen Hügeln.

Ich nahm mein Cape. Im Korridor war niemand, die Tür zu Craigs Zimmer war immer noch geschlossen, so wie ich sie zurückgelassen hatte, als ich die Männer allein ließ. Ich schlich leise die Treppe hinunter.

Doch in der großen Halle war Beevens.

Und er hielt etwas in der Hand.

Es war schon seltsam, wie schnell nun das Kaleidoskop in sich zusammenfiel, sodass die verrückt umherwirbelnden Teile – manche groß und in ihrer Verbindung eine gewaltige Brücke, andere klein und unbedeutend und doch wichtige Teile im Spiel – nun allmählich ein ganzes zusammenhängendes Bild formten. Und nun lieferte Beevens seinen Beitrag, denn er hatte nichts Geringeres als den lang vermissten, geheimnisvollen Zeitungsausschnitt gefunden.

Er hielt ihn in seiner großen Hand und reichte ihn mir.

»Ich hatte ihn am Abend weggeräumt, Miss, als ich die Aschenbecher ausgewischt habe. An dem Abend, als Mr. Brent ermordet wurde, meine ich. Jemand hatte diesen Ausschnitt zusammengeknüllt und in einen Aschenbecher geworfen. Ich habe sie ausgeleert, wie ich es immer tue, wenn ich das Kaffeegeschirr abräume. Dieses Stück Papier war im Mülleimer. Ich habe es ein wenig gebügelt und – nun, hier ist es. Ich dachte, ich gebe es am besten Ihnen.«

Ich fragte nicht, warum; vielleicht, weil Beevens und ich von Anfang an auf seltsame, unausgesprochene Weise wie Verbündete gewesen waren. In der Tat war er der Einzige (außer Drue), den ich nicht das eine oder andere Mal des Mordes verdächtigt hatte, und ich glaube, er dachte das Gleiche von mir. Jedenfalls vertraute er mir den Zeitungsausschnitt an, damit ich damit in der Weise verfahren konnte, die ich für die beste hielt. Ich stopfte das Ding rasch in die Tasche und ging zur Haustür hinaus.

Beevens fragte natürlich nicht, wohin ich wollte; er verzog nicht eine Miene, als er mir zuvorkommend die Tür aufhielt.

Doch nur Beevens sah mich gehen.

Auf dem Weg in den Garten und zu dem Pfad, der dort begann und sich an niedrigen Mauern entlangschlängelte, durch einen Streifen Waldland führte und schließlich durch tief gelegene, dunkle Wiesen zum Cottage der Chiverys führte, warf ich einen Blick auf den Zeitungsausschnitt. Da stand nur ein kurzer Artikel über die Verhaftung einiger ›Bund‹-Mitglieder vor ungefähr fünf Wochen; nichts, zu meiner Enttäuschung, über einen gewissen Frederic Miller. Überhaupt wurden gar keine Namen erwähnt. Während ich durch den Garten auf den Pfad zueilte, drehte ich das Papier um, doch die andere Seite bot ebenso wenige Hinweise; dort war nur der Bericht über ein U-Boot, das vor der Küste Neuenglands gesunken war, und eine Reklame für Handspritzen, die man gegen Brandbomben einsetzen sollte. Ich steckte das Blatt enttäuscht in die Tasche und wünschte mir, ich hätte es Craig gegeben.

Nebenbei bemerkt: Die Pillenschachtel war eines der unbedeutenderen Teile des Bildes, ein Teil zwar, aber nicht sonderlich wichtig. Also war es auch nicht sonderlich wichtig, dass sie in meiner geräumigen Tasche blieb. Ich ging durch den Garten, wo Craig angeschossen worden war (irrtümlich, wie er sagte, von seinem Vater), und betrat den gewundenen Pfad. Es war schon spät geworden, zwar immer noch hell genug, dass ich den Weg erkennen konnte, jedoch schon dunkel genug, um mich an die vorige Nacht und die Leiche Claud Chiverys unter den Bäumen zu erinnern. Ich schritt rascher aus. Und merkte plötzlich, dass ich alle meine Sinne anstrengte, um hinter den Hecken und Sträuchern entlang des Weges etwas zu erkennen, und dass ich ständig auf verdächtige Geräusche hinter mir horchte. Und doch war es eine Erleichterung, endlich etwas zu tun, auch wenn das bedeutete, das ich einen unebenen Pfad entlanghuschte und wünschte, mein langes blaues Cape und die gestärkte Tracht würden nicht so laut rascheln und vielleicht andere Geräusche überdecken.

Natürlich schaute ich mich auch von Zeit zu Zeit um. Doch hinter mir war nichts, und die Polizei war an dem kleinen See in den Hügeln hinter der Nordweide beschäftigt.

Endlich erreichte ich das Cottage der Chiverys. Ich hätte es gar nicht verfehlen können, denn der Fußpfad endete direkt auf der Straße, die aus dem Dorf herführte (und die östlich der Wiese verlief, auf der Claud Chivery gestorben war). Ich überquerte die Straße und sah den weißen Gartenzaun und das Tor, wo Claud Chivery beim Einsteigen in seinen Wagen fotografiert worden war, während auf seinem besorgten Gesicht jener seltsame Ausdruck (einer Vorahnung?) gestanden hatte.

Das Cottage sah verlassen aus und war es auch. Das einzige Dienstmädchen, das Maud hatte, wohnte nicht hier und kam auch nicht, wenn Maud nicht im Hause war. Ein typisches

Beispiel für Mauds Geiz – doch das sollte ich erst später erfahren.

Die Stufen waren nicht gefegt, und die Weinreben, die sich um das Spalier der kleinen Veranda rankten, sahen welk und vernachlässigt aus. Die Tür jedoch war nicht verriegelt. An dergleichen hatte ich gar nicht gedacht, bevor ich herkam – nun schien es mir ein Glückstreffer zu sein.

Ich öffnete also die Tür und ging hinein. Auch die Diele wirkte freudlos – und zugleich überfüllt mit vielen Möbeln aus Mahagoni, einer Unmenge Chintzbezügen und einem glänzenden Spiegel mit schwerem Rahmen, der ein dunkles, schattenhaftes Bild von mir zurückwarf. Das Erste, was ich sah, war jedoch das Messer: ein einfaches Tranchiermesser mit Horngriff, das auf einem Tischchen neben einer Silberschale für Visitenkarten und einer Vase mit verwelkten Chrysanthemen lag. Ich muss zugeben, das ich jäh stehen blieb, angespannt horchte und das Messer anstarrte.

Doch es war nur ein Messer, ein sauberes, unschuldiges Messer, und ich hörte keinen Laut, nur das trockene Laub auf der Veranda raschelte im Spalier. Das Cottage war staubig und roch muffig; die Möbel hatten sozusagen die Macht ergriffen, wie sie es nun einmal in einem leeren Haus tun.

Das überzeugte mich wohl mehr als alles andere davon, dass wirklich niemand im Hause war. Trotzdem schaute ich im ganzen Erdgeschoss nach, wobei ich ganz vorsichtig voranschritt und mein Cape eng um mich wickelte, damit es nicht irgendetwas streifte. Ab und zu hielt ich an und horchte, wie eine Katze auf fremdem Territorium. Aber ich hörte nichts.

Rechts war ein Wohnzimmer, sehr akkurat eingerichtet, jedoch düster, mit zugezogenen Vorhängen und einer weiteren Vase mit verwelkten Blumen auf dem Tisch. Dahinter lag ein kleines Esszimmer, das so ordentlich und doch so wenig einladend wirkte, dass man sich nicht vorstellen konnte, dass auf dem blitzsauberen Tisch mit dem silbernen Schmuck-Kakadu und den Kerzenhaltern Essen serviert wurde. Hinter dem Esszimmer lag die Küche, und von da aus ging es durch eine Art Flur zu einer engen Hintertreppe, die nach oben führte. Ein oder zwei Wandschränke, und dann eine Tür (die ich sehr vorsichtig öffnete) zu einem Zimmer, das ohne Zweifel Dr. Chiverys Sprechzimmer war; alles war in weißer Emaille gehalten, und blitzende Instrumentenschränke standen an den Wänden. Von dort aus ging ich in sein Arbeitszimmer – oder vielleicht war es auch das Wartezimmer –, von dem aus wiederum eine Tür zur Diele führte. So hatte ich eine vollständige Runde im Erdgeschoss gemacht. Nichts hatte sich bewegt, nirgendwo hatte etwas geatmet, und alle Stühle und Bücherregale schauten mich mit kalten, fremden Augen an. Als ich wieder in der winzigen Diele stand, blickte ich die vordere Treppe hinauf, die schmal und mit einem Teppich belegt war, mit einem Absatz auf halber Höhe.

Dann schaute ich wieder das Messer an.

Es war nichts als ein Messer. Irgendjemand hatte es dort liegen lassen, dachte ich schließlich, weil er etwas anderes zu tun hatte, und es dann vergessen. Vielleicht hatte er damit einen Brief geöffnet oder die Kordel an einem Paket durchgeschnitten.

Und doch verspürte ich eine starke Abneigung dagegen, dieses Messer zu berühren – nachdem ich gestern erst Claud Chivery tot gesehen hatte. Also verlegte ich mich wieder aufs Lauschen und ging, als sich in dem kleinen, stillen Haus wirklich nichts rührte, zurück ins Arbeitszimmer des Arztes.

Seine Bücher waren fein säuberlich in den Regalen aufgereiht. Ich machte kein Licht. Es war immer noch hell genug, um alles deutlich erkennen zu können, und ich begab mich auf die Suche nach dem Buch – einem Buch über Toxikologie, wie Craig gesagt hatte. Falls Chivery eine große Bibliothek besaß, konnte ich mich auf eine ausgedehnte Suche gefasst machen.

Wie sich herausstellte, war dem nicht so. Ich suchte hastig die Regale ab, zerrte vier oder fünf Bücher heraus, die meiner Meinung nach Früchte tragen mochten, schüttelte sie kräftig über dem Schreibtisch, sodass sie aufblätterten, und eines trug – völlig überraschend – tatsächlich Früchte. Und eine seltsame Frucht noch dazu! Denn ein Zettel flatterte heraus, und ich fing ihn noch in der Luft auf – bass erstaunt darüber, dass ich jetzt vielleicht doch etwas in der Hand hielt, das einen handfesten Beweis ergab. Es war ein Bogen dünnes weißes Briefpapier, wie ich schon einige auf den Tischen im Hause Brent hatte herumliegen sehen, und jemand hatte darauf eilige Notizen mit Bleistift gemacht.

Rasch ging ich ans Westfenster, das in einen kleinen Erker hineingebaut war. Ich schob die schweren Vorhänge beiseite und hielt den Bogen hoch, damit ich im schwindenden Tageslicht noch etwas erkennen konnte.

Nun verstand ich, warum Claud es für notwendig befunden hatte, diese Notizen geheim zu halten. Denn diese flüchtige Bleistiftschrift gab schreckliche Dinge preis.

»Giftigkeit von Digitalis Schwankungen unterworfen – jede Partie vor Verkauf geprüft – Symptome mannigfaltig – möglich Übelkeit, Zuckungen, beschleunigter Puls – einzige starke Dosis kann sofortigen Herzblock hervorrufen – beide Kammern versuchen gleichzeitig zu schlagen, verursachen dadurch Stillstand – tödliche Dosis von – Körnchen bis – löslich in Alkohol.«

All dies war eilig mit Bleistift hingekritzelt, und darunter stand eine in ihrer Unbeschwertheit grausige Feststellung: »Ganze Schachtel sollte reichen.«

Mehr nicht. Die Handschrift war mir unbekannt. Doch wer immer das geschrieben hatte, war Conrads Mörder.

Und Claud Chivery hatte es gewusst! Er konnte es nur nicht preisgeben – weil er geglaubt haben musste, Maud hätte es geschrieben. Einen anderen Grund gab es nicht. »Sie« hatte er unbewusst gesagt, als er Craig davon erzählt hatte. Ja, er musste einen Grund gehabt haben zu glauben, dass diese Aufzeichnungen von Maud stammten. Falls er nicht ihre Handschrift erkannt hatte, musste es etwas anderes an diesem Blatt Papier geben, das ihn auf Maud brachte. So viel war klar. Und es erklärte seine

Angst, seinen gehetzten Blick. Es erklärte, falls Craig Recht hatte, seinen Tod.

Aber war es Maud, die ihn umgebracht hatte? Maud mit den rauschenden Röcken und dem Veilchenparfüm?

In diesem Augenblick wurde die Tür des Cottages leise geöffnet. Ein Luftzug von draußen raschelte in den verwelkten Chrysanthemen. Jemand kam ins Haus.

21

Flink wie ein Tier zog ich mich in den Schutz der schweren Vorhänge zurück, wobei ich darauf achtete, dass mein langes blaues Cape nicht zu sehen war. Ich verhielt mich ganz still und hielt den Zettel fest in der Hand.

Vom Fenster aus konnte ich nicht viel von der Diele sehen, nur einen Streifen Teppich am Fuß der Treppe, ein Stück Wand und die Hälfte eines Ölgemäldes. Aber ich konnte alles hören. Obwohl ich mich um nichts in der Welt gerührt hätte, selbst wenn die Trompete des Erzengels Gabriel erschallt wäre.

Nach einer langen Pause hörte ich eine leise, aber deutliche Stimme. Das allein war schon eine Überraschung, doch völlig verblüfft war ich erst, als auch eine Antwort erfolgte.

Also waren zwei Menschen in der Diele, und sie waren still und heimlich hereingekommen.

»Du bist mir gefolgt«, sagte die eine Stimme, und die andere erwiderte: »Natürlich. So ist das also.«

»Raus mit dir! Geh zurück! Geh nach Hause!«

»Ich habe doch schon so etwas geahnt. Als Claud ermordet wurde … Warum bist du hergekommen?«

»Weil ich glaube, dass die Polizei hier noch nicht gesucht hat. Sie konnten ja nicht wissen, dass das Haus leer steht.«

»Du bist hergekommen, um Drue zu suchen. Aber sie ist nicht hier, oder etwa doch?«

Die Stimmen gehörten Nicky und Alexia. Sie waren einander seltsam ähnlich: leise, drängend und doch gedämpft. Plötzlich klangen sie lauter, und mir wurde klar, dass die beiden schon fast vor der Tür des Arbeitszimmers standen, sonst hätte ich sie nicht so deutlich gehört. Ich zog mich noch tiefer in den Schutz der Vorhänge zurück … zumindest gebot mir das mein Instinkt, denn eigentlich war ich völlig paralysiert und wusste nicht einmal, ob ich überhaupt noch atmete.

»Das ist egal«, sagte Alexia. »Du hast mir nachspioniert.«

»Meine liebe Schwester, ich musste doch die Wahrheit wissen. Ich will einen Teil von deinem Geld, Liebes. Du musst auch für mich sorgen, weißt du.«

»Du hättest nicht versuchen sollen, mich zu erpressen. Ich habe keine Angst vor dir, Nicky.«

»Nein? Aber du hast Angst vor der Polizei, Liebling.«

»Du würdest doch nicht ...«

»Oh, und wie ich würde! Ich will die Hälfte von Conrads Erbe.«

»Die Hälfte!«, stieß sie verächtlich hervor.

»Na schön«, meinte Nicky. »Wenn du nicht mitspielen willst, dann musst du eben nehmen, was kommt.«

»Ich habe keine Angst vor dir«, sagte sie wieder. »Du hast Conrad reingelegt. Er hat dir das ganze Jahr über Geld gegeben, weil du ihn glauben gemacht hast, du hättest Drue dazu überredet, mit dir wegzugehen.«

»Und warum auch nicht?«, meinte Nicky in sanftem, gutmütigem Ton. »Conrad wollte Drue los sein, und so ist es auch gekommen. Ich stehe immer gerne zu Diensten.«

»Wie hast du das überhaupt angestellt? Ich hab dich ja nie gefragt – es schien mir besser, nicht so genau Bescheid zu wissen. Aber Drue hat dich gehasst; ich hab gesehen, wie du versucht hast, sie mit deinem Charme wegzulocken, mein lieber Nicky ... Und ich habe auch gesehen, wie du damit gescheitert bist.«

Nun klang Nickys Stimme nicht mehr so freundlich. »Ach ja? Ich habe nur versucht, mit ihr zu flirten, weil ich Conrad und dir damit einen Gefallen tun wollte. Es war nicht ernst gemeint. Ja, sie hat mir einen Korb gegeben, und sie war furchtbar wütend, aber das hat mir nichts ausgemacht. Ich« – ein selbstgefälliger Unterton schwang in seiner sanften Stimme mit – »ich bin also umgeschwenkt und habe es auf andere Weise probiert, tat so, als sei ich ihr Freund, der Mitleid mit ihr hatte, der sie ohne

Hoffnung liebte und alles für sie tun würde. Als sie das Haus verließ, habe ich sie zum Zug gebracht und bin mit ihr nach New York gefahren. Und das hat funktioniert, jedenfalls überzeugte es Conrad, dass er allen Grund hatte, mir dankbar zu sein. Er konnte Craig ehrlich sagen, das Drue mit mir fortgegangen sei. Das war alles, was er wollte. Drue stieg an der Grand Central Station in ein Taxi, und ich habe sie nicht wieder gesehen, bis sie vor ein paar Tagen hierher kam. Aber ich hatte Conrad einen Dienst erwiesen, das wusste er ganz genau. Dir werde ich auch zur Verfügung stehen, wenn du genug bezahlst.«

Auf einmal klang in Alexias Stimme leise Angst durch, die vorher nicht da gewesen war. »Was hast du vor, Nicky?«

»Gar nichts, es sei denn, ich werde dazu gezwungen.«

»Also Erpressung. Warum versuchst du's nicht bei Craig? Er erbt genauso viel wie ich.«

»Habe ich doch schon«, sagte Nicky fast einfältig. »Ich dachte – wir sind ja ehrlich zueinander –, ich könnte einen kleinen Beweis gegen Drue erfinden, ein Indiz für den Mord an Conrad. Denn er wurde *ermordet*, Alexia, und Menschen kommen dafür an den Galgen ...«

»Nicky –!«, zischte sie scharf. Nicky fuhr munter fort: »Ich wusste, dass Drue bei Conrad war, an dem Abend, als er ermordet wurde. Ich habe auch einen Teil ihres Streits gehört. Ich fand, ich könnte das, was ich gehört hatte, so wiedergeben, dass es in den Ohren der Polizei äußerst belastend klingen musste ...«

»Und deshalb hast du so geheimnisvoll getan und wolltest deine Aussage nicht beeiden?«

»Ja, natürlich. Ich wusste damals noch nicht genau, was ich beeiden konnte oder wollte. Drue hat kein Geld. Aber ich dachte, wenn Craig sie immer noch liebt, würde er sicher bezahlen, damit ich den Mund hielt.«

»Und – wollte er es tun?«

»Nein«, meinte Nicky reuevoll. »Er hat nicht mal mit der Wimper gezuckt. Sogar als ich darauf anspielte, dass ich jetzt bereit sei, sie zu meiner Frau zu machen.«

Da lachte Alexia plötzlich hell auf; es war ein seltsames Lachen, voller Freude, Stolz und Verständnis. Nicky stimmte in ihr Lachen ein, und einen Augenblick schien es, als gratulierten sie einander zu ihrer Klugheit und seien auf eine selbstgefällige Weise im Einklang.

Dann verstummte das melodische, hämische Gelächter. Ich konnte mir gut vorstellen, wie sie einander nun wieder belauerten, jeder auf der Hut, im Gesicht des andern die Spiegelung des eigenen erkennend. Nicky brach das Schweigen: »Also, mein Liebes. Ich muss meine Schäfchen ins Trockene bringen, das weißt du ja. Sobald ich wusste, dass Conrad tot und damit meine Versorgung abgeschnitten war, wurde mir klar, dass ich …«

»… rausfinden musste, wer ihn getötet hat, um denjenigen für den Rest seines Lebens bluten zu lassen!«, fiel Alexia ihm unerwartet heftig ins Wort.

»Oh, aber nein, Liebes! Nur, um mir einen Notgroschen zu verdienen. Und übrigens heißt es: *sie* bluten zu lassen. *Dich*, Schwesterlein.«

»Nicky, das würdest du nicht wagen! Deine eigene Schwester!«

Nicky lachte wieder leise, doch dieses Mal fiel Alexia nicht ein. »Sei doch nicht so schwierig«, mahnte er. »Du zwingst mich ja geradezu, die Daumenschrauben anzulegen.» In seiner sanften Stimme lag ein hässlicher Unterton. »Zuerst einmal haben wir Conrads Medizin, die vollständig, als tödliche Dosis, in den Brandy geschüttet wurde. Digitalis ist löslich in Alkohol.«

»Was du so alles weißt, Nicky!« Alexia klang ein wenig hämisch. »Zu viel, wenn du mich fragst. Sei vorsichtig, dass ich dir nicht die Polizei auf den Hals hetze!«

»Dann später, nachdem eine Vase eine Treppe heruntergezogen worden war und dabei zu Bruch ging …«

Wieder unterbrach ihn Alexia hämisch. »Du weißt wirklich zu viel, Nicky. Hast du ihn ermordet?«

»… wurde der Brandy ausgetauscht, der vergiftete weggeschüttet, reiner Brandy in die Karaffe nachgefüllt. Das hab ich alles durch Nachdenken herausgefunden. Was hast du mit der Pillenschachtel gemacht? Verbrannt?«

Alexia wirkte immer noch kühl und unerschrocken. »Sie könnte absichtlich dorthin gelegt worden sein«, sagte sie kalt. »Um den Verdacht in eine gewünschte Richtung zu lenken. Ich weiß mit Sicherheit gar nichts darüber.«

»Absichtlich hingelegt?«, fragte Nicky. »Von wem? Craig?«

»Vielleicht«, erwiderte Alexia mit leisem Auflachen.

»Und im Übrigen warst du das, unten auf der Weide, an dem Nachmittag, als Chivery ermordet wurde«, sagte Nicky.

»Beevens sagt, du wärst es gewesen«, gab Alexia, immer noch unerschütterlich, zurück. »Natürlich sehen wir uns ähnlich.«

Der hässliche Unterton in Nickys Stimme war nun deutlicher geworden. »Hör zu, Alexia, so kommst du nicht davon! Du hattest Zeit genug, ins Haus zurückzugehen und das lange grüne Kleid über die Sachen zu ziehen, die du anhattest. Meine Sachen! Und erzähl ja nicht der Polizei, ich hätte einen der beiden ermordet! Das wäre äußerst dumm von dir. Ich kenne dich zu gut.«

»Ich habe Conrad nicht getötet«, sagte Alexia etwas zögernd.

Nicky gab wieder ein leises Lachen von sich, sagte aber nichts. Nach einem Augenblick des Schweigens setzte Alexia hinzu: »Ich hatte gar kein Motiv.«

»Ach, du liebe Güte, nein, woher denn auch!«, höhnte Nicky. »Reiche, attraktive junge Witwe heiratet …«

»Nicky, du hast ihn ermordet. Du hattest ein Motiv, genauso sehr wie ich: Geld.«

»Das zieht nicht, Alexia. Ich sag dir ja, dass ich einige Dinge weiß.«

»Aber ich habe doch nicht …«

»Was ist mit diesen Schecks, ausgestellt auf Frederic Miller?«

Wieder schwiegen beide. Dann brachte Alexia etwas erstickt heraus: »Na gut. Aber wenn du auch nur einem Menschen ein Wort davon sagst …«

»Du hast sie selber aus seinem Schreibtisch genommen,

stimmt's? Also warst du von Anfang an in die Geschichte verwickelt.«

»Nicky, rätst du jetzt nur oder weißt du …«

»Ich weiß genug«, sagte Nicky. »Vieles habe ich mir zwar nur zusammengereimt, aber wie du siehst: Es hat Früchte getragen. Ich glaube, ich kenne jetzt die ganze Geschichte.«

»Das tust du nicht«, entgegnete Alexia. »Ist gar nicht möglich. Aber wenn du den Mund halten kannst …«

»Ich wusste doch, dass du zur Vernunft kommst.«

»Du kleiner selbstsüchtiger Mistkerl!«, sagte Alexia plötzlich gefährlich leise. »Alles, was du jemals wolltest, war Geld – nur Geld. Und zwar von jedem, den du glaubst erpressen zu können.«

»Erpressung«, meinte Nicky. »Du hast doch tatsächlich Erpressung gesagt, ja? Mach dir nichts draus – es ist einfach eine Abmachung. Und es ist schön, dass du mir glaubst und dass du so ein vernünftiges Mädchen bist …«

»Würdest du jetzt endlich gehen?«, fragte Alexia mit einer Stimme, die vor Wut zitterte.

»Klar«, meinte Nicky.

Wieder Stille, dann wurde die Haustür geöffnet und wieder geschlossen, und Schritte schlichen leise über die Veranda. Ich schaute aus dem Fenster, sah jedoch nur die Hecke und den weißen Gartenzaun, der im spärlichen Licht noch schwach schimmerte.

Nicky kannte also die »ganze Geschichte« oder tat jedenfalls so. Und was immer es war, es musste so vernichtend sein, dass Alexia fast alles versprechen würde, um ihn zum Schweigen zu bringen.

Doch wenn Maud Conrad ermordet hatte, und dann noch Claud Chivery, warum ließ Alexia sich dann auf diesen Handel mit Nicky ein? Und wusste Nicky wirklich so viel, wie er zu wissen vorgab?

Nachdem ich längere Zeit keinen Laut mehr im Haus gehört hatte und allmählich steif vom Stehen geworden war, wagte ich mich vorsichtig ein Stück hervor, um durch den kleinen Spalt zwischen Vorhang und Fensterrahmen zu spähen.

Und sofort wünschte ich, ich hätte nicht gespäht! Denn Nicky stand in der Tür. Er blickte sich langsam im ganzen Zimmer um und hielt das lange Tranchiermesser in der Hand.

Nur, dass es gar nicht Nicky war.

Ich schaute genauer hin, musterte die Person. Es war Alexia in Nickys Kleidern – Nickys kariertes Jackett, braune Hose, der braune Schal. Es musste Alexia sein; Nicky war doch gegangen. Und plötzlich verstand ich so einiges. Zunächst einmal stimmte Nugents Vermutung: Alexia hatte Nickys Kleidung angezogen, wann immer es ihr opportun erschienen war.

Doch da war noch etwas anderes – etwas furchtbar Wichtiges. O ja. »Ist Drue hier?«, hatte Nicky gefragt.

Falls Drue in diesem düsteren kleinen Cottage war, dann im oberen Stock, wo ich nicht nachgeschaut hatte. Wenn sie am Leben war, warum war sie dann nicht heruntergekommen, warum hatte sie dann nicht bei den Brents angerufen oder mir eine Nachricht geschickt?

Vielleicht, weil sie nicht konnte. Vielleicht hatte man sie in einem Zimmer in der oberen Etage eingeschlossen, und sie kam nicht ans Telefon. Ja, dachte ich, so muss es sein. Und Nicky – nein, *Alexia* war zum Cottage gekommen, obwohl auch sie nicht besonders sicher zu sein schien, dass Drue hier war. Nickys Frage hatte sie verneint und nur gesagt, dass die Polizei auch noch nicht an das Haus der Chiverys gedacht hatte. Ebenso wenig war es mir in den Sinn gekommen – und Craig auch nicht, denn es gab keinen Grund anzunehmen, dass Drue hier war.

Ich hatte allerdings kaum Zeit, darüber nachzudenken, warum und vor allem wie man Drue aus dem Haus der Brents hierher geschafft haben mochte (immerhin war sie eine kräftige und bewegliche junge Frau mit einer guten Lunge), denn ich beobachtete Alexia, hatte jedoch gleichzeitig Angst, es zu tun, weil ich befürchtete, sie könnte meinen Blick auf sich fühlen. Doch sie blickte starr auf die medizinischen Bücher, die ich auf dem

Tisch liegen gelassen hatte. Nein, das stimmte nicht: Sie starrte auf das Telefon.

Das Telefon! Daran hatte ich gar nicht gedacht. Ich konnte ja den Hörer abnehmen, sobald Alexia sich auf den Weg nach oben machte, um Drue zu suchen.

Nun, daraus wurde nichts. Bevor ich mich rühren konnte, war Alexia mit einem Schritt zum Telefon getreten und hatte mit einer blitzschnellen Handbewegung das Kabel mit dem Messer durchtrennt. Sie musste mehr Kraft in den schmalen weißen Händen haben, als es den Anschein hatte. Dann schaute sie sich rasch noch einmal im Arbeitszimmer um. Ich schloss die Augen, um ihre Blicke nicht auf mich zu lenken. Als ich sie einen Moment später wieder öffnete, war Alexia verschwunden. So leise wie eine Katze.

Da war doch eine Hintertreppe, fiel mir ein. Ich schlich hinter dem Vorhang hervor. Alexia kam nicht zurück. Der große Rollschreibtisch stand neben der Tür, durch die man in die kleine Diele und dadurch zur Hintertreppe gelangte. Als ich am Tisch vorbeiging, stutzte ich. Es war wahrscheinlich Instinkt oder Selbsterhaltungstrieb, denn plötzlich fiel mir ein, dass niemand so abgelegen auf dem Lande leben konnte, ohne einen Revolver zu besitzen. Ich tastete also nach der Schublade, zog sie vorsichtig auf, und tatsächlich, da lag ein Revolver auf den Papieren, eine große und doch handlich aussehende Waffe. Es kam mir nicht einmal seltsam vor; ich nahm ihn, als hätte ich nichts anderes erwartet, und ging eilends weiter durch das Sprechzimmer in die Diele.

Doch jetzt war es viel dunkler als vorher. In der Diele war fast nichts mehr zu erkennen; ich tastete mit der Hand nach dem Treppengeländer. Da hörte ich etwas rasselnd atmen – genau in dem Moment, als meine Hand auf Haar traf.

Menschenhaar!

Erschrocken wich ich zurück. Ich hätte auch den Revolver abgefeuert, wenn ich nur den Abzug gefunden hätte.

Dann, vielleicht zu unser beider Glück, wurde mir klar, dass ich einen Zopf berührt hatte. Das musste Anna sein – sie war noch am Leben.

Sie drückte sich gegen das Geländer, weg von mir. Zum Glück war sie vor Angst geradezu versteinert, und ich konnte ihr die Hand über den Mund legen, bevor sie auch nur ein Wimmern laut werden ließ. »Anna, ich bin's«, flüsterte ich streng. »Die Krankenschwester. Miss Keate ...«

»Ohh – ohh – ohh«, war alles, was sie herausbrachte. Ich packte fester zu und spürte entsetzt, wie sie sich heftig hin und her wand, und dass sie gleich entweder schreien oder in Tränen ausbrechen würde ... Da zog ich sie näher heran und presste meinen Mund auf die Stelle, wo ich ihr Ohr vermutete.

»*Anna*, so hören Sie doch! Ich bin's, Schwester Keate. Ich werde Ihnen nichts tun.«

Das hatte sie gehört. Sie zuckte heftig zusammen, und ich dachte schon, sie würde jetzt hysterisch werden oder wild um sich schlagen, doch sie blieb wider Erwarten ruhig.

Doch mit einem Mal riss sie sich los und schnappte nach Luft, während ich verzweifelt versuchte, ihr wieder den Mund zuzuhalten. Dann jedoch flüsterte sie – ich hörte es ganz deutlich: »Liefern Sie mich der Polizei aus. Es ist alles meine Schuld. Ich hab das Ganze angefangen. Ich wusste ja ... Ach, Schwester, werden die mich auch auf den elektrischen Stuhl bringen?«

»Nicht, wenn ich Sie vorher in die Finger kriege«, stieß ich zwischen den Zähnen hervor, wenngleich flüsternd. »Ist Miss Cable hier?«

»O ja, ja.« Es kam mir vor, als ob sie die Hände rang. »Ihr ist nichts geschehen. Sie ist oben, in einem der Schlafzimmer. Ich schwöre, dass ich ihr nichts getan habe. Ich sollte sie doch nur ruhig halten, sonst nichts. Ich hatte ja solche Angst! Ich wusste nicht, was ich tun sollte. Den ganzen Tag lang ... Ich wollte das doch alles nicht!«

Im Augenblick war keine Zeit, um ihr Gerede zu entwirren und den Sinn, der darin liegen mochte, aufzudecken. »Sie müssen sofort zur Polizei gehen! Schnell! Zur Hintertür hinaus!«

»Polizei?«

»Die werden Ihnen nichts tun. Ganz ruhig. Beeilen Sie sich!«

»Nein, nein! Ich hab die Polizei doch angelogen! Ich habe gesagt, ich hätte nicht telefoniert, in der Nacht, als Mr. Brent ermordet wurde. Aber das stimmte nicht. Ich wusste da schon, dass es Mord war. Ich hatte Angst, dass etwas Schreckliches passieren würde. Und so war es ja auch.«

»*Sie* haben die Polizei angerufen!«

»Ja. Ja. Ach, Schwester, ich hab so viel Schlimmes getan. Ich habe diese Vasenscherben aufgehoben. Ich musste es tun, ich wurde dazu gezwungen – aber ich wollte es nicht!«

»Anna, *Sie* haben das getan?«

»Ja, ja. Aber ich wollte es nicht. Also bin ich zum Telefon gelaufen. Ich habe der Polizei gesagt, dass es Mord war.«

»Aber um Himmels willen, Anna! Was reden Sie denn da? *Wer* hat Sie gezwungen, die Scherben aufzuheben? Woher wussten Sie, dass es Mord war? *Anna* …«

Aber ich war zu heftig. Ich hatte sie an den Schultern gepackt und drückte zu fest zu. Ich erreichte damit nur, dass sie sich in einen zitternden, schluchzenden Wackelpudding verwandelte, der kein verständliches Wort mehr herausbrachte. Und Drue war hier, und Alexia schlich irgendwo im Haus herum. Meine Geduld war zu Ende, und so drückte ich Anna schließlich den Revolver an den Hals, dass sie den kalten Stahl fühlen konnte. Ich hoffte nur, er werde nicht losgehen, doch es war mir schon fast egal. »Gehen Sie zur Hintertür hinaus«, drängte ich. »Durch die Küche. Und leise. Und wenn Sie nicht so schnell wie möglich in Begleitung der Polizei wieder erscheinen, werde ich Sie mit diesem Ding erschießen. Ich bin eine Meisterschützin«, fügte ich noch hinzu, dabei hielt ich zum ersten Mal in meinem Leben eine Waffe in der Hand.

Doch ich musste wohl Eindruck auf sie gemacht haben, denn etwas drang nun doch durch den Nebel aus Schrecken und Selbstanklage, der sie umgab. »Das werde ich – o ja, das tue ich – ich hab alles angefangen. Es ist allein meine Schuld. Aber schießen Sie nicht …«, stieß ihre bebende Stimme aus der Dunkelheit hervor.

Ich musste sie gehen lassen. Sie tastete sich um mich herum, und ich konnte noch eine Zeit lang ihre leisen Schritte vernehmen, während ich angespannt lauschend wartete.

Damals hatte ich keine Zeit, nicht einmal zum Denken, um Annas zusammenhanglose Flut von Sätzen der Selbstanklage zu entwirren, die ich soeben entfesselt hatte.

Ich hatte auch keine Zeit, über das Gespräch zwischen Alexia und Nicky nachzudenken. Nickys Anschuldigungen, Alexias Leugnen und halbe Geständnisse und schließlich ihr Nachgeben hatten mich doch sehr verblüfft. Und dann waren da noch diese hässlichen Notizen über Digitalis, die Claud Chivery anscheinend seiner Ehefrau zugeschrieben hatte.

Damals jedoch hatte ich keine Zeit, mir ein klares Bild von diesen ganzen Widersprüchen und halben Geständnissen zu machen. Und doch ist es seltsam, dass ich, wie ich jetzt weiß, schon damals das fehlende Glied in der Kette in meinen Händen hielt, ohne es auch nur zu sehen. Ich hatte nichts anderes im Kopf, als mich um Drue zu kümmern.

Aus dem oberen Stockwerk und von der Frontseite des Hauses hörte ich keinen Laut, aber schließlich vernahm ich das leise Öffnen und Schließen einer Tür und glaubte logischerweise, es müsse Anna gewesen sein. Leider war ich gar nicht so sicher, dass sie wirklich zur Polizei gehen würde.

Sonst war im Haus kein Laut zu hören. Ich fasste den Revolver fester und wünschte nur, ich verstünde mehr von Schusswaffen. Deshalb hielt ich ihn sorgfältig von mir weg, als ich die enge Treppe hinaufstieg. Ich kam zu einer Art Treppenabsatz, der durch ein Fenster nur schwach erhellt wurde. Dort blieb ich stehen und lauschte, spähte vorsichtig um die Ecke und erblickte einen kleinen Flur, der zur Vorderseite des Hauses führte, und von dem ein paar Türen abgingen.

Von Alexia war nichts zu hören, und ich sah auch keine Gestalt in dem schwachen grauen Licht, das durch die vorderen

Fenster fiel. Doch ich wusste auch nicht, wo Drue stecken mochte, also blieb mir nichts anderes übrig, als der Reihe nach in jedem Zimmer nachzuschauen. Behutsam schlich ich den Flur entlang – und fand Drue hinter der ersten Tür, die ich öffnete!

Das heißt, zuerst sah ich sie nicht, sie aber hatte mein Näherkommen gehört oder vielleicht auch gespürt und sich hinter der Tür versteckt. Als ich mich umdrehte, erkannte sie mein Gesicht. *»Sarah ...«*

Ich fing sie in meinen Armen auf. »Pssst.« Ich streckte die Hand aus und schob die Tür leise zu. Drues Gesicht war ein weißes Oval im trüben Licht der Dämmerung. Sie packte meinen Arm, als wollte sie ihn nie wieder loslassen. »Sarah ...«, flüsterte sie eindringlich.

»Nicht so laut! Alexia ist im Haus. Nicky auch, aber der ist, glaube ich, schon wieder weg. Drue, geht's dir gut? Haben sie dir weh...?«

»Nein, ach nein. Aber ich konnte nicht ans Telefon! Ich konnte überhaupt nichts tun. Sie wollte es nicht zulassen ...«

»Sie ...?«

»Anna. Sie ist eben runtergegangen und macht uns was zu essen. Ich hab angestrengt gehorcht, weil ich dachte, ich könnte vielleicht doch noch zum Telefon kommen, aber grade da kam jemand ins Haus. Vor ein paar Minuten. Ich dachte, ich hätte Nickys Stimme gehört.«

»Das stimmt auch.« Ich war nun sicher, dass es ihr gut ging, und diese Gewissheit, diese Erleichterung überkam mich wie ein Rausch: Ich fühlte mich stark wie ein Übermensch, zu allem bereit – nur wollte mir im Augenblick nicht einfallen, zu was. Ich wusste nur, das ich Drue unbedingt aus dem Haus bringen musste. Und die Aufzeichnungen über Digitalis der Polizei übergeben. Und die Polizei musste hören, was Anna und Alexia gesagt hatten!

Wie das zu bewerkstelligen wäre, war eine andere Frage. Ich hatte nicht wirklich Angst vor Alexia, nicht mit Drue an meiner

Seite, und außerdem hatte ich noch den Revolver. Weder Drue noch ich waren schwächlich zu nennen; zudem hatten wir als Krankenschwestern jede Menge Übung in der edlen Kunst – wenn man sie mal so nennen will – der Selbstverteidigung. Auch wenn Alexia ein Messer hatte, wie ich sehr wohl wusste, gab es Mittel und Wege: Man packt jemanden am Arm und dreht ihm den auf den Rücken – das gibt schlimmstenfalls einen kurzen Kampf.

Ja, ich glaubte, dass Drue und ich zusammen Alexia auch ohne Hilfe des Revolvers überwältigen konnten. Zwar gab die Waffe mir einen starken Rückhalt, doch ich wusste nicht, ob ich es wirklich fertig bringen würde, sie auf Alexia zu richten und zu schießen – außer natürlich, wenn mich die Umstände dazu zwangen.

Drue klammerte sich immer noch an mich. »Craig ...«, flüsterte sie. »Wie geht es ...?«

»Er ist fast verrückt vor Angst.« Ich horchte, ob ich Alexia hörte, versuchte nachzudenken und versagte kläglich. »Er ... hör mal, Drue, als du das Haus der Brents verlassen hast – ich meine, als du noch mit Craig verheiratet warst und er in Washington war – kam Nicky da mit dir?«

»Warum – ja, doch, er ist mitgekommen. Er hat mich zum Bahnhof gefahren. Dann stieg er auch in den Zug nach New York, weil er meinte, er habe in der Stadt etwas Geschäftliches zu erledigen. Warum fragst du?«

Dann war es also klar, dachte ich ingrimmig. Ich konnte nur hoffen, dass Drue und Craig in Zukunft einen Funken, bloß einen Funken mehr Verstand entwickeln würden. Und doch waren sie, wie mein Poker spielender Patient gesagt haben würde, beim Mischen der Karten betrogen worden; das war wirklich wahr und ich musste Drue ihre Vorbehalte zugestehen. Also sagte ich nur müde: »Das musst du Craig sagen.«

»Craig sagen! Aber mit Nicky – da war doch nichts!«

»Sch – schhh!«, mahnte ich rasch, weil ich sicher war, draußen etwas gehört zu haben, und ich wollte nicht, dass Alexia mich unvorbereitet erwischte. Drue sah, wie ich den Revolver entschlossen auf die Tür richtete, wurde augenblicklich starr und lauschte.

Doch die Tür blieb zu, und wir hörten keinen Laut mehr. Nach einem Augenblick des Schweigens flüstere ich: »Anna ist zur Polizei gegangen. Das heißt, ich habe sie geschickt. Bin mir aber nicht sicher, dass sie's wirklich tut.«

»Anna!« Drue zuckte zusammen, und ich sagte: »Sie hat dich hergebracht. Was hat sie dir denn erzählt?«

»Sie sagte, sie wüsste etwas. Gestern Nacht kam sie auf mein Zimmer …«

»Ich weiß. Dein Bewacher hat uns berichtet, was er wusste. Den Rest konnten wir uns selbst zusammenreimen.«

»Sie war völlig verrückt vor Angst und machte sich die heftigsten Vorwürfe. Wirklich, Sarah, sie hatte Angst vor allem und jedem. War fast nicht mehr bei Sinnen. Ich habe versucht, sie zum Reden zu bringen, und sie – also, am Ende hat sie mir versprochen, mir alles zu erzählen, wenn ich ihr nur helfen würde, aus dem Haus zu kommen. Sie hatte Angst, mir etwas zu sagen, solange wir noch dort waren. Sie war außer sich vor Angst. Als ob etwas aus den Wänden sie anspringen könnte. Ich konnte überhaupt nichts machen. Sie war geradezu hysterisch, wiederholte aber dauernd, dass sie etwas wisse.«

»Und dann seid ihr hergekommen?«

»In der Nacht noch. Ich wollte herausfinden, was sie wusste, Sarah. Sie sagte, dieses Haus stehe leer, und niemand würde hier nach uns suchen. Ich hatte zuerst gar keine Angst. Ich habe ihr ein leichtes Schlafmittel gegeben, das sie dem Jungen vor meiner Tür in den Kaffee geschüttet hat …«

»Das weiß ich schon.«

»Und sie hat mir Schuhe von sich gebracht, die ich anziehen konnte. Ich hatte nämlich doch Angst, den Wachmann zu wecken und habe deshalb meine Pantoffeln ausgezogen, als ich an ihm vorbei und den Korridor entlanggeschlichen bin, und ich habe ganz vergessen, ein Paar meiner Schuhe mitzunehmen.

Anna wartete schon, und als sie es sah, hat sie mir ein Paar Schuhe von sich geholt. Verstehst du, sie war sehr fürsorglich. Ich hatte keine Angst vor ihr. Aber als wir dann hierher kamen, wollte sie mir doch nichts sagen. Den ganzen Tag lang hab ich versucht, mit ihr darüber zu reden. Aber sie war immer noch halb verrückt vor Angst. Als ich schließlich drohte, ich würde zu den Brents zurückgehen, wenn sie mir nichts erzählte – da hat sie mich hier festgehalten. Offenbar hatte sie solche Angst, dass sie sogar fürchtete, ich würde vielleicht bei den Brents etwas über ihr angebliches Wissen sagen. Sie wollte mir nicht sagen, vor wem sie Angst hatte oder warum. Sie ist einfach völlig außer sich, hysterisch – ich glaube, sie weiß nicht mehr ganz genau, was sie tut. Sie hat zum Beispiel ein Messer aus der Küche geholt. Sie hätte mir zwar nie etwas getan, schaute mich aber so drohend und so – so entschlossen an ...«

Deshalb also das Messer in der Diele, in der Nähe der Tür und des Telefons: damit Anna es schnell nehmen und Drue mit dieser Waffe daran hindern konnte, das Haus zu verlassen. Und ich sann darüber nach, wie schlimm es gewesen sein musste, einen ganzen Tag lang mit einer vor Angst hysterischen Person eingesperrt zu sein, die ein Messer hatte.

»Ich glaube nicht, dass sie mir wirklich etwas getan hätte«, flüsterte Drue, ihr Ton jedoch strafte die Worte Lügen. »Aber sie hat mit allem Möglichen gedroht. Sogar mit Selbstmord. Ich habe nur gehofft, dass man uns irgendwann finden würde. Oder dass ich fliehen könnte ...«

Wieder unterbrach ich sie, indem ich sie am Handgelenk packte. Wir lauschten beide, und ich war mir sicher, im Erdgeschoss das leise Schließen einer Tür gehört zu haben. Die Haustür? Vielleicht war Alexia endlich gegangen.

Längere Zeit war gar nichts zu hören. Nach und nach kam ich zu der Überzeugung, dass Alexia wirklich gegangen war und Drue und ich nun allein im Haus waren. Auf jeden Fall mussten wir so schnell wie möglich hier verschwinden. Hastig flüsterte ich ihr zu: »Wo ist dein Cape?«

»Da drüben. Hängt über einem Stuhl. Gehen wir?«

»Hol es. Wir sollten besser die Hintertreppe nehmen und dann durch die Küche zur Hintertür rausgehen. Das ist sicherer. Ich glaube, Alexia ist weg – und wenn nicht, werden wir schon mit ihr fertig.«

»Alexia!«

»Sie trägt die Kleider ihres Bruders. Die beiden sind einander ja so ähnlich. Wir haben keine Zeit zum Reden! Später erkläre ich dir alles.«

Sie nahm ihr Cape und legte es sich um die Schultern.

»Also dann«, sagte ich, die Hand schon auf dem Türknauf.

Ich holte tief Luft und machte die Tür ganz leise auf. Nichts geschah. Nach kurzem Warten streckte ich den Kopf in den Flur und hielt den Revolver schussbereit. Es war jetzt noch dunkler, aber eine Gestalt hätte ich noch erkennen können. Als ich sicher war, dass niemand im Flur war, bedeutete ich Drue, mir zu folgen. Wir schlichen auf Zehenspitzen zur Hintertreppe. Außer dem Rascheln unserer Schwesternkittel war nichts zu hören.

Es war sicherer und vernünftiger, so schnell wie möglich aus dem Cottage zu fliehen und es der Polizei zu überlassen, sich mit all den Problemen herumzuschlagen, die mein Besuch hier aufgewühlt hatte. Die Polizei ... in diesem Augenblick merkte ich, dass ich den Zettel mit den verräterischen und vielleicht belastenden Notizen über Digitalis nicht mehr bei mir hatte. Dieses Papier hatte ich seit dem Augenblick völlig vergessen, als ich Alexia mit dem Messer in der Tür des Arbeitszimmers hatte stehen sehen.

Ich musste es finden. Alles, sogar Drues Leben, konnte von diesem kleinen Stück Papier abhängen. Ich war sicher – und Craig war ebenfalls der Ansicht gewesen –, dass dies der Grund für den Mord an Dr. Chivery gewesen war. Er hatte ja Craig unter dem Siegel der Verschwiegenheit davon erzählt. Doch jemand anders hatte es auch gewusst, hatte sich vielleicht wieder an den Zettel erinnert und an den flüchtigen Augenblick der

Nachlässigkeit, als er in dem Buch im Arbeitszimmer vergessen wurde. Und irgendwie hatte dieser Jemand entdeckt, dass Claud ihn gefunden hatte – natürlich, wenn er Zweifel über Conrads Tod hegte und sich in seine Bücher vergraben hatte, um sein Gedächtnis bezüglich Digitalis und seiner Wirkung aufzufrischen. Ich wusste nicht, wie Claud sich verraten hatte, doch so musste es gewesen sein. Und was konnte ich ohne diese Notizen schon beweisen? Wie sollte Drue ohne den Zettel von jedem Verdacht befreit werden?

Ich musste ihn im Arbeitszimmer fallen gelassen haben. Wieder blieb keine Zeit zum Nachdenken. »Ich muss etwas holen«, flüsterte ich Drue zu und ging rasch auf die Vordertreppe zu und ließ sie im oberen Flur allein.

Unten in der Diele war niemand; es war dunkel und unwirklich; alles war still. Ich hielt auf jeder Stufe an, schaute mich um und horchte und hoffte, das Holz möge nicht knarren. Als ich den halben Weg hinunter geschafft hatte, wünschte ich, ich hätte Drue den Revolver gegeben. Ich hatte ihn ganz vergessen.

Doch ich ging nicht wieder nach oben, weil ich glaubte, es werde nicht lange dauern, ins Zimmer zu schlüpfen, hinter dem Vorhang nachzuschauen, den Zettel dort aufzuheben, wo ich ihn vermutlich fallen gelassen hatte, und durch das Sprechzimmer zur Hintertreppe zu eilen, wo ich nach Drue rufen würde – wenn sie bis dahin noch nicht in der Küche war.

Das Schweigen im Haus verlieh mir Sicherheit.

Am Fuß der Treppe hielt ich erneut an, hörte jedoch wieder nichts. Ich ging ins Arbeitszimmer und blickte auf den letzten grauen Lichtstrahl, der zwischen den langen, schweren Leinenvorhängen hindurchschien.

Irgendwie war es zu still im Haus und in diesem kleinen Zimmer, eine Stille, als hielte das Haus den Atem an, als verharrte es in gespannter Erwartung. Als ob von irgendwoher Augen auf mich gerichtet wären. Und doch hatte sich im Zimmer nichts verändert; alles war so, wie ich es verlassen hatte, niemand saß an Dr. Chiverys einsamem Schreibtisch oder lauerte in der Fensternische, wo ich zuvor gestanden hatte. Und auf dem Boden lag ein Stück Papier.

Ich bückte mich und hob es auf. Dann zog ich scharf den Atem ein. Erst jetzt sah ich, dass auf die andere Seite des Blattes ein Brief – nun ja, eher eine kurze Mitteilung – geschrieben war. Sie war so kurz, dass ich sie sogleich las, das Blatt zum Fenster gedreht, damit das allerletzte Licht mir noch von Nutzen war. Die Handschrift war gestochen scharf wie Druckschrift. »Ich mag es nicht, wenn man mich so abfertigt. Ich weiß genau, was ich tue. Ich brauche niemandes Rat. Ich habe das Geld und bin bereit, es Ihnen zu geben, auf dass Sie damit nach Ihrem Gutdünken verfahren können. M. Chivery.«

Maud. Das bestätigte meine Ahnung, dass Dr. Chivery die Notizen über Digitalis Maud zugeschrieben und folglich verschwiegen hatte. Er hatte den Bogen Papier in das Buch über Toxikologie zurückgelegt, hatte Craig gegenüber etwas über seine Unentschlossenheit verlauten lassen, hatte Maud nur als »sie« bezeichnet, und Craig hatte geglaubt, er beziehe sich vielleicht auf Drue. »Ich muss erst sicher sein«, hatte Craig gesagt, »bevor ich mich an die Polizei wende.«

Wer hatte sonst noch davon gewusst? Und hatte Chivery getötet, um ihn zum Schweigen zu bringen? Ich drehte das Papier um: Auf der anderen Seite standen die Notizen über Digitalis.

Und plötzlich sprangen mir vier Dinge aus dem Durcheinander scheinbar unzusammenhängender Fakten und Vermutungen ins Bewusstsein. Sie fügten sich aneinander wie die Glieder einer Kette – oder vielleicht hätte man eher sagen sollen »wie Knoten in einem Henkersseil«.

So musste es sein! Denn plötzlich kam ein Fünftes hinzu, und das war das Motiv. Das Motiv, warum Conrad irrtümlich und aus Gründen der Selbsterhaltung auf Craig geschossen hatte. Ein Motiv für die Ermordung Conrads. Und daraus folgend ein Motiv für den Mord an Dr. Chivery, nämlich das Stück Papier, das ich in der Hand hielt.

In allen Einzelheiten war es mir noch nicht klar. Ehrlich gesagt war es eher wie ein Leuchtfeuer inmitten eines tobenden Meeres.

Und während ich dastand, fassungslos über die Zusammenhänge und die plötzliche Einsicht, fast nicht fähig, es zu glauben, aber auch unfähig, es nicht zu glauben, hörte ich plötzlich ein leises Lachen – ganz nah.

Ich fuhr herum. Ich zerknüllte das Papier in der Hand, schob es unter dem Cape in meine Tasche, zu Pillenschachtel und Zeitungsausschnitt. Alexia stand in der Tür des Sprechzimmers und schaute mich stumm an. Ihr Gesicht bildete ein blasses Dreieck in der Dunkelheit.

Ich hatte den Revolver. Und ich musste nur Drue zu Hilfe rufen. Dann sah ich, dass Alexia das Messer weggelegt hatte, ihre Hände waren leer. Trotzdem schlug mir das Herz bis zum Hals.

Plötzlich brach sie mit leiser, fast träger Stimme das Schweigen. »Sie sind es also. Mischen sich wieder überall ein.«

Ich musste unbedingt den Brief retten! Und Drue war sicher, solange ich Alexia im Auge behielt. Ich hielt den Revolver so, dass sie ihn sehen musste, auch wenn man in der Dämmerung schon fast nichts mehr erkennen konnte. In einem verzweifelten Versuch, der Sache vernünftig beizukommen, sagte ich: »Lassen Sie uns in aller Ruhe darüber reden, Mrs. Brent.«

Das war eine geradezu himmelschreiende Untertreibung. Ich redete einfach weiter, ein bisschen außer mir und immer noch keines klaren Gedankens fähig: »Ich bin froh, dass Sie das Messer weggelegt haben. Das hätte alles nur noch schlimmer gemacht.«

»Ach ja?«, fragte sie mit einem halben Lächeln. Eine Pause entstand. Und während dieser Pause hörte ich eine Treppenstufe knarren.

Das war nicht Drue. Ich glaube, Alexias Lächeln überzeugte mich, dass es nicht Drue sein konnte.

Jemand schlich die Treppe hinauf. Und Drue war oben allein, während ich irgendwie mit Alexia fertig werden musste …

Alexia? Plötzlich war ich mir gar nicht mehr so sicher. Das etwas spitze, lächelnde Gesicht war nur ein blasses Dreieck in der Dunkelheit. War es Alexia – oder Nicky? Wenn es Nicky war ... nun, Nicky hatte doch nie ein Messer gehabt! Sondern Alexia. Wenn dies also Nicky war, der mich angrinste, dann musste Alexia in diesem Augenblick leise die Treppe hinaufschleichen, das Messer in der Hand.

Es war aber nicht Alexia.

Denn plötzlich ertönte in dem kleinen Haus Drues Stimme jung und klar in der Dunkelheit. »Craig?«, fragte sie zweifelnd. »Oh, Peter! Peter Huber! Was tun Sie ...?« Unsicher brach sie ab. Ihre Stimme schien noch in der Luft zu schweben.

Dann schrie sie plötzlich auf.

22

Ihr Schrei klang hoch und schrill und furchtbar. Und dann brach er plötzlich ab, als sei er in einem Würgegriff erstickt worden.

Die Gestalt unter der Tür sprang in dem Moment auf mich zu, als ich Chiverys Revolver hob und blindlings in ihre Richtung feuerte. Doch da der Revolver Claud Chivery gehört hatte, war er natürlich nicht geladen und gab nur ein leeres Klicken von sich. Ich schleuderte ihn nach dem blassen, dreieckigen Gesicht, dessen Besitzer – Alexia, nicht Nicky – auf mich zukam. Zumindest war ich während dieses Bruchteils einer Sekunde sicher, dass es Alexia war. Sie machte einen Bogen und duckte sich, um der Waffe auszuweichen, und ich huschte an ihr vorbei. Sie packte mein Cape, doch es rutschte mir von den Schultern, und ich erreichte ungehindert die Tür zur Diele.

Die Haustür stand offen, jemand schickte sich an, die Treppe zu erklimmen – jemand, der hereingekommen sein musste, während ich Alexia ausgewichen war, denn er war erst auf der untersten Stufe, als ich ihn sah. Ein Mann in Hose und Pullover. Vom Korridor oben drang Lärm zu uns hinunter, und ich rannte hinter dem Mann her.

Irgendwie wusste ich, dass es Craig war. Irgendwie wusste ich, dass Alexia mich nicht verfolgte. Ich meine mich noch zu erinnern, dass ich flüchtig an Anna dachte und verzweifelt hoffte, dass sie zur Polizei gegangen war, wie ich ihr befohlen hatte. Dann verschwand der Mann vor mir – Craig – im Dämmerlicht des oberen Stocks, und ich streckte tastend – immer noch in vollem Lauf – meine Hand nach dem Geländer aus. Das Herz schlug mir bis zum Halse. Und dann stand auch ich im Flur im ersten Stock.

Es war so dunkel, dass ich nur undeutlich Bewegungen sah

und hört: Fußescharren, Keuchen, Faustschläge. Plötzlich knallte etwas gegen die Wand, jemand stöhnte, und dann vernahm ich Drues Stimme. »Craig …«, rief sie. »Craig – pass auf!«

Jedenfalls glaube ich, dass sie etwas Ähnliches rief. Alles ging so schnell, war völlig wirr und von Dunkelheit verborgen. Und dann stolperte ich über einen Stuhl und gewann gleichzeitig einen deutlicheren Blick auf die beiden kämpfenden Gestalten, die sich vor dem grauen Licht der Fenster abhoben.

Also hob ich den Stuhl hoch. Er war ziemlich leicht. Aber stabil.

Wenn man davon absah, dass ich mit einem Schlag auf die ineinander verschlungenen, verbissen kämpfenden Männer auch leicht Craig hätte treffen können, führte ich mein Manöver geradezu perfekt aus. Der Stuhl war, wie schon gesagt, äußerst stabil.

Er traf mit einem beruhigenden Krachen. Ich schlug noch einmal zu, um ganze Arbeit zu leisten, doch das wäre eigentlich nicht mehr nötig gewesen. Einer der beiden hörte auf zu kämpfen, schwankte ein wenig, glitt dann ohne einen Laut zu Boden und blieb liegen.

Das Beschämende an der Sache war natürlich, dass ich zuerst einen Blick auf den am Boden Liegenden warf, dann Craig anschaute, der heftig keuchend am Geländer lehnte und ebenfalls den Mann am Boden anstarrte, und zum Schluss erst Drue ansah, die zu Craig rannte. Dann stellte ich bedächtig den Stuhl hin. Und setzte mich genauso bedächtig darauf. Legte den Kopf zurück.

Nun ja, ich bin noch niemals in meinem Leben ohnmächtig geworden, außer damals, als ich zum ersten Mal bei einer Operation assistieren musste, und das ist länger her, als ich jetzt und hier erzählen möchte. Aus der Diele unten drangen Laute; Frauenstimmen, die schrill und abgerissen in meinen Ohren gellten. Vage war ich mir bewusst, dass eine davon Alexias Stimme war.

Doch auf das, was ich dann sehen sollte, war ich nicht vorbereitet, denn plötzlich wurde mir klar, dass ich aus irgendeinem

Grund die Augen geschlossen hatte. Aber nun war da ein Licht, das wie ein Puls gegen meine Lider pochte. Ich musste mich seltsamerweise sehr anstrengen, sie wieder zu öffnen.

Und ich war gar nicht mehr im oberen Flur! Ich lag lang ausgestreckt auf einem Tisch in Dr. Chiverys Untersuchungszimmer und etwas Kaltes und Feuchtes war über meine Stirn gelegt.

Ich weiß nicht, wie sie mich dahingeschafft haben. Drue beharrte später darauf, dass ich allein gelaufen sei, dass ich aber anscheinend nicht gewusst hatte, wohin ich ging, und gutwillig wie ein müdes Kind auf dem Tisch Platz genommen hatte, der mich wohl an eine gemütliche Couch erinnerte.

Darüber kann ich nichts sagen, aber ich weiß noch genau, dass ich durch den Türspalt in Dr. Chiverys Arbeitszimmer blickte und sofort wieder hellwach war. Ich setzte mich kerzengerade auf.

Auf dem Boden des Arbeitszimmers lag nämlich Alexia und hatte Nickys Hosen an. Sie trat wütend um sich, konnte jedoch nicht viel ausrichten, weil Anna wie ein Sack auf ihr saß und den Revolver in der Hand hielt, den ich vorher nach Alexia geworfen hatte. Jedes Mal, wenn Alexia eine wütende Drehung versuchte, hielt Anna ihr die Waffe unter die Nase. Und schluchzte.

Ich mühte mich auf die Beine. In diesem Augenblick kam Drue in mein Blickfeld, nahm Anna den Revolver ab und sagte: »Stehen Sie auf! Die Polizei ist hier.«

Als ich ins Arbeitszimmer trat, Anna aufstand, und Alexia, deren Augen in ihrem weißen Gesicht wie Dolche blitzten, geschmeidig auf die Füße sprang, kam Nugent schon über die Veranda und durch die Diele gerannt. Zwei Polizisten folgten ihm. »Nach oben. Rasch!«, sagte Drue zu ihnen.

Und in diesem Augenblick, als die schweren Schritte der Männer auf den Stufen polterten, gab Alexia auf. Sie horchte, die Hände zu Fäusten geballt. Auch Drue lauschte, das Gesicht so weiß wie ihr Kittel. Doch nach einer Weile wandte Alexia sich um und schaute Drue an. Die Lampen im Arbeitszimmer waren nun eingeschaltet und übergossen uns mit blendendem Licht. Anna lehnte in einem Winkel, schluchzte schon wieder und horchte ebenfalls, was oben vor sich ging. Alexia allerdings würdigte Drue keines Wortes, sondern blickte schließlich zu Anna hinüber und sagte voller Verwunderung: »Hör schon auf! Heulen nützt auch nichts. Ich liebe ihn ja auch. Oder«, fügte sie plötzlich hinzu, »ich habe es jedenfalls geglaubt. Jetzt bin ich mir nicht mehr so sicher.«

Ich glaube nicht, dass Drue etwas davon hörte; sie sah nach oben, lauschte auf das, was im oberen Stock mit Craig geschah. Anna jedoch hörte Alexias Worte und sagte, immer noch schluchzend: »Wie wussten doch, dass er Mr. Brent ermordet hat. Sie wussten es – oh, wie konnten Sie ihm nur helfen! Wie konnten Sie nur!«

»Ihm helfen!«, sagte Alexia. »Ich habe ihm nicht geholfen. Ich wusste überhaupt nichts von der Sache.«

»Aber ja doch, Sie wussten davon!«, rief Anna. »Er hat mir gesagt, dass Sie ihm geholfen haben. Er sagte, Sie glaubten, er sei in Sie verliebt. Er sagte, Sie würden alles tun, was er von Ihnen wollte.«

»Was sagst du da?«, brachte Alexia gefährlich leise heraus. »Was sagst du?« Langsam, geschmeidig wie ein Panter glitt sie auf Anna zu. Anna schluchzte und sah völlig verängstigt aus, wich jedoch nicht zurück. »Ja!«, rief sie. »Er hat gesagt, er hätte Ihnen aufgetragen, die Frederic-Miller-Schecks zu stehlen. Er sagte, wenn er die erst hätte, würde Mr. Brent es nicht wagen, der Polizei zu verraten, wer er sei und wo er herkam. Er sagte, Mr. Brent würde gar nichts zu tun wagen, wenn er die Schecks erst einmal …«

»War er dieser Frederic Miller?«, fragte Alexia immer noch im gleichen Ton.

»Nein, nein. Er wusste nur von den Schecks. Er hatte schon – ach, jahrelang hier gelebt. Er gehörte zum ›Bund‹, und er wusste, dass Mr. Brent der deutschen Idee zugetan war. Er wusste – er wusste …«

»Und er hat behauptet, ich würde alles für ihn tun?«, fragte Alexia.

»Ja, ja. Hat's immer gewusst, wenn Frauen ihn mochten. Er wusste ja, dass Sie ...«

»Ach, er wusste, dass ich ihn mag, so?«, meinte Alexia. »Das ist ja nett. Das ist ja wirklich – toll!« Sie beugte sich zu Anna vor, lachte ganz leise und hämisch. »Das ist ja wirklich toll. Denn jetzt wird er ganz genau erfahren, wie sehr ich ihn mag.«Sie wirbelte herum und machte einen Schritt auf die Tür zu. Da sagte ich: »Wussten Sie, dass Peter Huber Ihren Mann ermordet hat?«

Alexia blieb wie angewurzelt stehen. Ihr schönes, zartes Gesicht sah furchtbar abgespannt aus. Nach längerem Schweigen fragte sie: »Woher wussten Sie das?«

»Ich habe ja gehört, was Sie gerade gesagt haben. Aber ich wusste es schon vorher – oder habe es zumindest erraten.«

»Wann?«

»Als ich den Zettel fand, auf dessen einer Seite Aufzeichnungen über Digitalis standen und auf der anderen Seite ein paar Sätze, die Maud geschrieben hatte. Peter Huber hatte sich übernommen; er hatte Maud Chivery etwas über spanische Juwelen erzählt ...«

Alexia lächelte dünn. »Es gab gar keine spanischen Juwelen. Er hat's mir erzählt. Hat sich einen Spaß erlaubt.«

»Tatsächlich! Ich glaube, er wollte Maud ausnehmen, aber dann hat er sich's anders überlegt. Ich weiß nicht, warum ...«

»Es reichte ihm nicht!«, rief Anna aus ihrer Ecke. »Er sollte Geld von Mrs. Chivery bekommen. Aber dann wurde ihm klar, dass er von Mrs. Brent mehr bekommen würde. Er hat gesagt, sie würde ihm Geld geben ...«

»Anna!«, sagte ich scharf. »Hat er deswegen Mr. Brent ermordet? Weil Mrs. Brent dann sehr reich werden würde? Und weil er glaubte, sie werde ihm Geld geben?«

»Nein, nein!«, rief Anna aus. »Er hat Mr. Brent ermordet, weil der alles herausgefunden hatte. Er hat rausgekriegt, dass Peter mit seiner Frau herumtändelte. Er hat rausgekriegt, dass

Mrs. Brent Peter auch mochte und wer Peter in Wirklichkeit war, und er hat gesagt, er würde ihn der Polizei ausliefern. Dann hat Peter Mrs. Brent dazu gebracht, die Schecks aus dem Schreibtisch zu nehmen. Er hat Mr. Brent gesagt, die Schecks habe nun er, verstehen Sie, und Mr. Brent war halb verrückt vor Wut. So war Mr. Brent eben. Er hat Mr. Craig angeschossen. Er dachte, Mr. Craig wäre Peter, weil Mr. Craig mit Mrs. Brent im Garten war. Mr. Brent wollte auf Peter schießen, ihn vielleicht sogar töten, vielleicht auch nur verwunden. Er wollte die Schecks zurückbekommen, dann die Polizei rufen und ihnen sagen, wer Peter war, und dass er auf Peter geschossen habe, um sich zu verteidigen. Nur hat er einen schrecklichen Fehler gemacht, er hat auf Mr. Craig geschossen statt auf Peter. Und da wusste Peter, dass Mr. Brent es ernst meinte. Er wusste, dass die Schecks – ich meine, er hatte sie ja, weil sie bei Mrs. Brent waren, und Peter wusste, er konnte jederzeit dran, weil Mrs. Brent alles tun würde, was er ihr sagte, sie war ja so verrückt nach ihm …«

»Er wird noch erfahren, ob ich in ihn verliebt bin oder nicht. Und zwar bald!«, sagte Alexia mit dieser leisen gefährlichen Stimme. Ihr Gesicht war ganz weiß und sah plötzlich giftig und gar nicht mehr schön aus. Anna fuhr fort, als hätte sie Alexia nicht gehört: »Peter wusste, dass Mr. Brent ihn töten oder der Polizei ausliefern würde. Er wusste, dass es Mr. Brent gar nicht mehr um die Schecks ging – oder dass es ihm bald nicht mehr darum gehen würde, jedenfalls hat er das gesagt. Er sagte: ›Der alte Brent geht weiter, als ich dachte. Jetzt ist der Zeitpunkt gekommen, wo es nur noch darum geht, wer als Erster zuschlägt.‹ Er sagte: ›Ich kann nicht mehr auf die Schecks zählen, um ihn unter Kontrolle zu halten. Ich muss jetzt handeln.‹ Und ich hab gesagt: ›Nein, nein, Peter.‹ Denn, müssen Sie wissen, ich wusste, was er vorhatte. So war er schon immer«, setzte sie plötzlich flüsternd hinzu, während sie mit schreckgeweiteten blauen Augen ins Leere starrte. »Er war immer schon grausam. Er hat gelacht und gelächelt und war doch innerlich schrecklich und verderbt.«

Sogar Alexia zeigte sich von Annas Blick beeindruckt. Auch

Drue hatte sich zu uns gewendet und hörte zu, und ich spürte, wie ihre Hand nach meiner griff. »Ja. Immer«, flüsterte Anna noch. Und da fügten sich meine losen Kettenglieder, meine Knoten im Henkersseil zu einem Ganzen zusammen!

»Anna –«, sagte ich wieder mahnend, um ihre Aufmerksamkeit zu gewinnen. Sie schaute mich verstört an. »Anna, hören Sie zu! Er kam von diesem deutschen U-Boot, nicht wahr? Das vor einem Monat vor der Küste Neuenglands torpediert wurde und sank?«

Alexia hatte nichts davon gewusst, das wurde mir klar, als sie plötzlich starr wurde. Anna nickte langsam. »Er hat sein Gepäck gar nicht verloren«, fuhr ich fort. »Weil er nämlich nie welches hatte. Stimmt das etwa nicht?«

Wieder nickte Anna. »Warum ist er dann hergekommen? Woher wussten Sie so viel? Wie konnte er Sie dazu bringen, sein Geheimnis zu bewahren? Wie konnte er Sie dazu bringen, die Scherben der zerbrochenen Vase zu verstecken? Wie hat er es geschafft ...?«

»Er ist mein Bruder«, flüsterte Anna und rang die Hände. »Er hat seinen Namen von Haub in Huber geändert. Er kam erst nach mir nach Amerika. Er hat gearbeitet und ging zur Schule. Er hat gelernt, wie ein Amerikaner zu leben. Aber im Herzen ist er immer Deutscher geblieben. Und er war immer so wie ein – ein Wolf. Zu Hause bei uns in den Wäldern hat es Wölfe gegeben, die lauerten und töteten« – sie brach ab und starrte ins Leere und flüsterte – »und deshalb hatte ich Angst vor ihm. Ich kannte ihn ja. Ich hatte einfach Angst.«

Dann kam Craig die Treppe herunter ins Zimmer, gefolgt von Nugent. Er schloss auch die Tür, sodass wir nur die Schritte der anderen Männer auf der Treppe und in der Diele hörten; sie gingen langsam, als führten sie etwas an einer Kette mit sich. Ein gefährliches Tier.

Doch es war ein Mann – in Handschellen.

Die Tür schlug zu, und wir hörten ihre Schritte auf der Veranda, dann das Aufheulen eines Motors.

Und das war alles, im Grunde. Da waren die Fakten, die für sich selbst sprachen. Aber ich hörte aufmerksam zu, während der Stoff von Motiv und Gelegenheit um das Gerüst der Fakten gewoben wurde. Und als die Reihe an mich kam, trug auch ich mein Scherflein dazu bei und händigte der Polizei einen Zeitungsausschnitt, einen Zettel und eine leere Pillenschachtel aus. Die Schachtel war völlig uninteressant, Drue schaute sie fast verächtlich an. »Die steckte in der Tasche von Craigs Morgenmantel, in der Nacht, als Conrad starb«, sagte sie. »Ich habe sie gefunden und versteckt.«

»Wahrscheinlich wurde sie absichtlich dort hineingesteckt«, meinte Nugent.

»Dann war es also Peter Huber, der mich niedergeschlagen hat?«, fragte Craig.

Nugent nickte. »Er war zu dem Zeitpunkt wirklich sehr beschäftigt, und er hatte damit gerechnet, dass Sie in Ihrem Zimmer blieben, im Bett. Es muss ihm einen ganz schönen Schreck eingejagt haben, als er auf Sie stieß, wie Sie im Korridor herumirrten. Er hat Sie bewusstlos geschlagen und Sie in die Wäschekammer geschleift, um Sie los zu sein. Und da hatte er wohl schon die leere Schachtel in der Tasche, vielleicht weil er sie Ihnen irgendwann unterschieben wollte. Jedenfalls tat er es dann gleich an Ort und Stelle. Die Schachtel wie auch die blutbefleckten Handschuhe wurden absichtlich an den Stellen platziert, wo wir sie gefunden haben. Getürkte Hinweise, die uns auf eine falsche Spur führen sollten. Obwohl die Handschuhe natürlich schon benutzt worden waren«, fügte er hinzu und blickte ziemlich grimmig drein.

Dann schauten sie sich den Zeitungsausschnitt an und den Zettel mit Mauds Brief an Peter Huber auf der einen Seite und den Notizen, die er sich über Digitalis gemacht hatte, auf der anderen. Kein Beweis, aber ein wichtiges Glied in der Kette der Motive.

»Wann haben Sie angefangen zu glauben, dass es Huber war?«, fragte Craig. Er saß zurückgelehnt in Dr. Chiverys Sessel. Er sah nun besser aus, obwohl die Anstrengung seinen Zustand hätte verschlimmern müssen; zum Teil kam es von der Aufregung, zum Teil jedoch von seiner kräftigen Konstitution, nehme ich an. Drue saß natürlich neben ihm, auf dem Boden, und seine Hand streifte leicht ihre Schulter – auch das mochte zu seiner fortschreitenden Genesung beitragen.

»Kurz bevor er zum Cottage kam«, antwortete ich. »Er muss Alexia und mich belauscht haben, er muss schließlich erraten haben, dass Anna Drue hierher gebracht hatte, und er muss befürchtet haben, dass Anna Drue alles erzählt haben könnte ...«

Drue hob schnell die Hand, und ich sah mit Befriedigung, wie Craigs Hand ihre schlanken Finger fest umschloss. Dann fuhr ich fort: »Es war, als ich zurückkam, um den Zettel zu holen, auf dem die Notizen über Digitalis standen. Da las ich zum ersten Mal Mauds kleinen Brief, und mir wurde klar – da Peter uns ja die Geschichte über spanische Juwelen erzählt hatte, um sich zu schützen, falls Maud es erwähnte –, dass er an Peter gerichtet war. Und auf einmal fügten sich die einzelnen Teile – dieser Brief und der Zeitungsartikel mit dem Bericht über das U-Boot – nahtlos aneinander. Mir wurde klar, dass es nicht der Bericht über die Verhaftung einiger ›Bund‹-Mitglieder gewesen war, von dem Conrad Brent wollte, dass ein anderer im Zimmer ihn hören sollte, sondern der über das torpedierte U-Boot. Und natürlich erinnerte ich mich an die Geschichte über Deutsche von Unterseebooten, die an unsere Küste gekommen waren, wie zum Beispiel die drei Saboteure, die einmal auf Long Island erschienen. Das schien zwar für den Augenblick zu weit hergeholt. Aber dann erinnerte ich mich, wie Peter Huber mit dem Verkäufer beim Herrenausstatter im Dorf gesprochen hatte. Der Verkäufer hat gelacht, als er sich daran erinnerte, wie Huber ausgesehen hatte, als er in den Laden kam und sich neue Sachen kaufte. Er hat sich seiner deutschen Uniform entledigt, sobald er an Land kam, und hat dann wahrscheinlich eine Hose und ein Hemd in einem Haus in der Nähe des Strandes gestohlen. In Balifold angekommen, hat er eine Geschichte erfunden, die seine Aufmachung erklären sollte, hat sich etwas Geld von Anna geliehen«, (an dieser Stelle nickte Anna heftig), »und sich neue Kleider gekauft. Der Verkäufer erinnerte sich daran, wie er angezogen war. Das ergab schon einmal eine Verbindung, verstehen Sie? Und gleichzeitig wurde mir klar, dass nur Anna gesagt hatte, Peter Huber sei ein alter Schulfreund; es war nur Anna gewesen, die mir den Eindruck vermittelte, er sei oft in diesem Haus zu Gast gewesen und ein alter Freund von Ihnen.« Ich schaute hierbei Craig an und er nickte, ohne Drues Hand loszulassen. Er wollte schon etwas sagen, doch ich fuhr rasch fort, ehe er meinen Vortrag unterbrechen konnte, »aber nach dem, was Craig Brent sagte, bekam ich den Eindruck, dass er Huber noch gar nicht so lange kannte, und später sagte auch Alexia, dass ›keiner von uns ihn kannte‹. Also hatte ich irgendwie das Gefühl, dass trotz dieses ganzen Geredes von einem alten Schulfreund ...«

Diesmal gelang es Craig, mich zu unterbrechen. »Ich habe ihn noch nie zuvor gesehen«, sagte er. »Er hat meinem Vater erzählt, er kenne einen Mann, den ich in der Schule gekannt hatte. Wenn er in Amerika zur Schule gegangen ist ...«

»Oh, das stimmt«, unterbrach ihn nun ihrerseits Anna. »Er ist hier zur Schule gegangen. Deshalb wusste er ja auch so viel. Er sprach so gut Englisch, niemand hätte auch nur im Traum daran gedacht, dass er Deutsch noch viel besser sprach. Er – deshalb ist das alles ja meine Schuld, Mr. Craig. Er wusste alles über Ihre Familie. Ich hab ihm ja immer geschrieben, schon als er noch sehr jung war. Hab ihm alles erzählt. Deshalb kam er nach Balifold. Er ist nach Deutschland zurückgekehrt, müssen Sie wissen, bevor der Krieg begann. Und hier hatte er für die ›Bund‹-Bewegung gearbeitet, aber damals wusste ich nichts davon. Aber er wusste von mir, wie Mr. Brent zu Deutschland stand. Er kannte einen Mann namens Frederic Miller und hat ihm erzählt, dass Mr. Brent vielleicht etwas spenden würde. Das war noch vor dem Krieg; es war, bevor Mr. Brent seine Ansichten geändert hat und nicht länger den deutschen Idealen anhing.

Dieser Frederic Miller, der ist auch nach Deutschland zurückgegangen. Aber Peter wusste, dass es ein paar Schecks auf seinen Namen gab. Und er wusste, dass Mr. Brent nicht wollte, dass irgendjemand spitzkriegte, was er getan hatte. Es ist alles meine Schuld!«, begann sie wieder zu schluchzen. »Ich habe es angefangen. Ich habe ihm von dem Geld und von der Familie erzählt. Und als er sich von dem U-Boot gerettet hatte und die Küste erreichte, hat er sich wieder an mich und die Brents erinnert. Er ist nach Balifold gekommen und hat dort gewartet, bis ich an meinem freien Tag ins Dorf ging, und dann hat er mich gefunden. Er hat mich nach der ganzen Familie ausgefragt. Dann hat er mich nach Freunden von Mr. Craig gefragt und mir fiel ein Name wieder ein. Peter ist wirklich in Amerika zur Schule gegangen, und er wirkte ja so amerikanisch! Werden Sie mich jetzt verhaften? Es ist doch alles meine Schuld. Aber ich hatte Angst. Verstehen Sie, ich wusste, dass es Ärger geben würde. Ich wusste, dass er etwas wollte. Er – er hat mich gefragt, wie Mr. Brent zu Deutschland stehe, und er hat gesagt, er könnte ganz bestimmt Geld aus Mr. Brent herausschlagen ... Aber ich habe versucht, ihn aufzuhalten. Ich habe ihn eines Abends auf der Weide getroffen und ihm gesagt, ich würde zur Polizei gehen und sagen, wer er sei. Er hat mich aber nicht gehen lassen. Er hatte ein Gewehr. Ich glaube nicht, dass er mich umbringen wollte, er wollte mir nur Angst machen. Aber ich bin weggerannt. In der Dunkelheit bin ich unter die Bäume gelaufen, und da hat er ... Die Schwester stand über uns auf der Brücke, man hat sie gegen das Licht gesehen. Er muss gedacht haben, ich wäre es. Aber er wollte sie nicht töten. Und mich auch nicht. Er wollte nicht schießen, um zu töten. Er wollte mir nur Angst einjagen. Also wollte ich nichts darüber sagen – und habe es auch nicht getan. Ich hatte Angst.«

Ich wandte mich an Nugent. »Was war sein Motiv?«

»Er hat ein wenig geredet«, erwiderte Nugent. »Bevor man ihn weggebracht hat. Es war zwar nicht viel, aber er wird schon noch den Mund aufmachen. Sein Motiv bestand zunächst einmal nur darin, seine Haut zu retten. Die Brents sind eine einflussreiche Familie; wenn er sich eine Zeit lang bei ihnen verstecken und ein bisschen Geld in die Hand bekommen konnte, war es vielleicht möglich zu entkommen, ohne interniert zu werden. Er schwebte in Gefahr. Er ist Brent in der Dorfschänke begegnet und schaffte es, sich als Freund eines Freundes von Craig einzuführen. Craig war damals nicht im Hause. Als er wiederkam, saß Huber schon fest im Nest und Craig hieß ihn ebenfalls als Freund eines Bekannten willkommen.«

»Natürlich«, warf Craig ein, »ich habe nicht daran gezweifelt. Mein Vater schien sich so gut mit ihm zu verstehen.«

»Zunächst verstanden sie sich auch gut. Ich glaube, Huber dachte, er könne die Sympathien Ihres Vaters für die Deutschen immer noch anzapfen. Er muss fest daran geglaubt haben, aber am Ende kam es zum Eklat. Er legte die Maske ab und zeigte sein wahres Gesicht als Nazi-Sympathisant, Ihr Vater hingegen sagte, er hege keine freundlichen Gefühle mehr für Deutschland. Ein Wort gab das andere, und Ihr Vater drohte damit, ihn hinauszuwerfen und der Polizei zu übergeben. Jedenfalls glaube ich, dass es sich so abgespielt hat …«

»Ja«, sagte Anna. »O ja. Dann hat Peter Mrs. Brent gebeten, die Schecks an sich zu nehmen, falls sie nicht zerrissen worden seien. Das waren sie nicht, und Mrs. Brent hat sie genommen.«

Alexia hatte auf der anderen Seite des Zimmers am Fenster gestanden. Plötzlich brach sie ihr Schweigen: »Ich war ja so dumm. Er … ich habe die Schecks genommen. Aber ich habe sie versteckt. Ich traute ihm nicht ganz.«

»Wie viel wussten Sie über den Mord, Mrs. Brent?«, fragte Nugent.

»Nichts«, erwiderte Alexia sofort. »Gar nichts!« Langsam ging sie auf die Tür zu. »Kann ich jetzt gehen, Lieutenant?«, fragte sie. »Ich kann Ihnen nichts mehr sagen, und ich möchte jetzt gerne nach Hause …«.

»Gewiss«, sagte Nugent unerwartet. »Ein Mann wartet draußen und wird Sie heimbringen. Ach, und übrigens, Mrs. Brent, machen Sie ihm gegenüber bitte eine vollständige Aussage. Vielen Dank.« Er hielt ihr die Tür auf und fügte kühl hinzu: »Bis später dann, Mrs. Brent.«

Er schloss die Tür in dem Augenblick, als der Polizist in der Diele auf Alexia zutrat.

Doch es verging noch eine Woche, bevor Alexia dazu bewegt werden konnte, ihre Aussage vor dem Staatsanwalt zu machen; sie gab nie eine Mittäterschaft in den Mordfällen zu, und man konnte ihr niemals nachweisen, weder damals noch später, dass sie etwas gewusst hatte. Dennoch war es ziemlich klar, dass sie Peters Rolle bei der ganzen Geschichte gekannt oder zumindest erraten hatte. Jedenfalls war sie an dem Abend, als Chivery ermordet wurde, auf der Wiese gewesen. Und sie hatte die auf Frederic Miller ausgestellten Schecks an sich genommen und versteckt – die Schecks, die Peter als Druckmittel gegen Conrad benutzt hatte, als Conrad seine wahre Identität aufgedeckt und gedroht hatte, ihn auszuliefern. Wir erfuhren nie, ob Peter seine wahre Identität zugegeben und gestanden hatte, wie er nach Balifold gekommen war, doch es war sicher, dass Conrad diese Identität aus einer zufälligen Anspielung oder einem unbedachten Blick erraten haben musste. Es war der Zeitungsausschnitt, der uns überzeugte. Und von jenem Zeitpunkt an war es eine Frage von töten oder getötet werden, wie Nugent und Craig gesagt hatten. Denn Conrad hätte es nicht ertragen, wenn bekannt geworden wäre, dass er vor dem Krieg und dann auch noch später aus falschen Beweggründen Geld an den »Bund« gespendet hatte. Und hinzu kam sein wachsender Verdacht, dass Alexia sich in Peter verliebt habe. Eifersucht, Stolz und Angst waren zusammengekommen, um ein überwältigendes Motiv für einen Mord zu liefern.

Ich konnte jedoch nie glauben, dass er Peter hatte töten wollen. Ich glaubte, dass er ihn verwunden wollte, um wieder an die Schecks zu kommen, und dass er ihn dann der Polizei ausliefern wollte. Doch stattdessen hatte er Craig angeschossen. Und da wusste Peter, dass die Zeit um Handeln gekommen war.

Aber der Wind wurde mir doch erheblich aus den Segeln genommen, als ich erfuhr, dass sowohl Nugent als auch Craig schon lange begonnen hatten, Peter zu verdächtigen. Nugent, weil die Adresse in Hollywood, die Peter ihm gegeben hatte, zwar existierte, dort aber niemand je von einem Peter Huber gehört hatte. Und Craig, weil Alexia in Peter verliebt war und er dies auf seine Art überprüft hatte, indem er Alexia bat, seine Frau zu werden. Zuerst hatte er nur Drue vor Alexia schützen wollen. Alexia hatte die Oberhand und hasste Drue, und es schien ihm sicherer für Drue, so zu tun, als wolle er Alexias Forderungen in Bezug auf eine Heirat nachgeben. Er glaubte nicht, dass Alexia wirklich in ihn verliebt war, sondern dass sie diese angebliche Liebe nur als Vorwand benutzte und dass es einen Grund dafür geben musste. Und was für ein besseres Motiv konnte es geben, als den wahren Stand der Dinge zu verschleiern, weil es so gefährlich war, wenn der ans Licht kam? Und alles, alles endete bei Peter Huber.

Da Craig nicht im Stande gewesen war, ohne Hilfe zum Cottage der Chiverys zu gelangen, hatte er versucht, Peter eine Falle zu stellen.

»Chivery hatte mir ja von dem Zettel in dem Buch erzählt – aber das reichte noch nicht. Und ich hatte Angst, es der Polizei zu erzählen, weil Drue irgendwie darin verwickelt sein konnte. Dann dachte ich daran, dass, falls Peter Huber der Mörder war, er das Papier bestimmt zurückhaben wollte. Ich weiß nicht, woher Huber wusste, dass Chivery es hatte; das werden wir vielleicht nie erfahren. Aber ich schätze, dass er Chivery ganz geschickt ausgehorcht hat. Er hatte den Zettel natürlich vermisst und wusste, wo er ihn verloren haben musste – und so kam er auf Chivery. Er musste ihn loswerden. Claud war immer schon ungeschickt und machte Fehler, vielleicht hat er auch in diesem Falle einen entscheidenden Fehler gemacht. Dann wurde er ermordet. Und ich wusste, wenn ich es vor der Schwester – Miss Keate – erwähnte, würde sie sofort ins Cottage gehen und den Zettel suchen.«

Ich muss sagen, ich war geschockt. »Sie …«, setzte ich an.

Craig sah ziemlich schuldbewusst aus – womit er auch Recht hatte. »Ich glaubte, Sie wären in Sicherheit«, erklärte er. »Ich habe Peter noch hier festgehalten, nachdem Sie gegangen waren. Ich hielt ihn so lange fest, bis ich glaubte, dass Sie genügend Zeit gehabt hätten, den Zettel zu finden. Dann bin ich aufgestanden und Peter gefolgt. Natürlich kam er geradewegs hierher. Ich war nur ein kleines Stück hinter ihm; ich war stärker, nun, da ich einmal in Bewegung war, stärker als ich gedacht hatte, aber trotzdem immer noch ein bisschen wackelig auf den Beinen. Aber Nugent …«

»Ich habe Sie beobachtet«, sagte Nugent. »Ich hoffte, Miss Cable würde versuchen, Ihnen eine Nachricht zukommen zu lassen. Ich dachte, wenn ich Sie im Auge behalte, würden Sie mich schon zu ihr führen. Und bis dahin wusste ich nur, dass an Huber irgendetwas Seltsames war, ich wusste aber nicht, was. Aber als ich mit dem Verkäufer beim Herrenausstatter über die gelben Handschuhe sprach, erzählte er mir, wie Huber angezogen war, als er mit seiner Geschichte von dem verlorenen Gepäck und ein bisschen Geld ankam – das er vermutlich von Ihnen bekommen hat, Anna« – sie nickte und Nugent fuhr fort: »Ich fand, dass diese Aufmachung schon reichlich seltsam war: kein Hut, und Jackett und Hose passten absolut nicht zueinander. Er hatte sie wohl irgendwo auf dem Weg hierher gestohlen, nehme ich an. Das werden wir wahrscheinlich nie ganz genau erfahren, so wie viele andere Dinge auch. Aber dies ist die Zusammenfassung der wichtigsten Punkte.«

Doch er sollte nicht Recht behalten. Außer Alexias Anteil an der Geschichte und dem Umfang dessen, was sie wusste, gab es wenig, was wir nicht doch nach und nach erfuhren. Und am Schluss fügten sich alle kleinen Teile zu einem Bild zusammen. Wir erfuhren zwar nie in allen Einzelheiten, wie und wann Chivery sein Wissen über den Zettel und die Notizen darauf verraten hatte, das zu seinem unglücklichen Ende führte, doch das war so ziemlich das Einzige, das im Unklaren blieb. Natürlich gab Peter Huber nichts davon zu. Aber die Anklage gegen ihn stand ohnehin auf einem sicheren Fundament.

Dies alles ist natürlich schon eine Zeit lang her. Doch letzte Woche wurde ein neues Kapitel der Geschichte aufgeschlagen. Craig hatte das erste Mal Urlaub und kam nach Hause, braun gebrannt und glücklich. Es war eine schöne Hochzeit – die Uniform der Air Force macht schon etwas her. Drue ging neben ihm, ihre Augen leuchteten, und das Emblem der Air Force war ans Revers ihres blauen Blazers geheftet. Stolzen Schrittes ging sie über den roten Teppich zum *Twentieth Century-Express*, als schwebe sie über Wolken. Die beiden haben zwei Wochen Zeit füreinander, dann muss Craig wieder zu seiner Staffel.

Doch irgendwann kommt er zurück. In ein schöneres, glückliches Leben.